A Closed and Common Orbit
Copyright © Becky Chambers 2016

Publicado originalmente na Grã-Bretanha
em 2016 por Hodder & Stoughton, uma
companhia da Hachette UK

Fotografias da capa
© Josh Wallace/500px (paisagem)
© Getty Images (silhuetas)

Tradução para a língua portuguesa
© Flora Pinheiro, 2018

Os personagens e as situações desta obra são reais
apenas no universo da ficção; não se referem a pessoas
e fatos concretos, e não emitem opinião sobre eles.

Diretor Editorial
Christiano Menezes

Diretor Comercial
Chico de Assis

Gerente de Novos Negócios
Frederico Nicolay

Gerente de Marketing
Mike Ribera

Editores
Bruno Dorigatti
Raquel Moritz

Editores Assistentes
Lielson Zeni
Nilsen Silva

Projeto Gráfico
Retina 78

Designers Assistentes
Aline Martins/Sem Serifa
Marco Luz

Revisão
Ana Kronemberger
Isadora Torres
Vanessa Rodrigues

Impressão e acabamento
Coan Gráfica

DADOS INTERNACIONAIS DE CATALOGAÇÃO NA PUBLICAÇÃO (CIP)
Angélica Ilacqua CRB-8/7057

Chambers, Becky
  A vida compartilhada em uma admirável órbita fechada /
  Becky Chambers ; tradução de Flora Pinheiro.
  — Rio de Janeiro : DarkSide Books, 2018.
  320 p.

  ISBN: 978-85-9454-121-5
  Título original: A closed and common orbit

  1. Ficção norte-americana 2. Ficção científica
  I. Título II. Pinheiro, Flora

18-0519   CDD 813.6

Índices para catálogo sistemático:

1. Ficção norte-americana

[2018]
Todos os direitos desta edição reservados à
DarkSide® Entretenimento LTDA.
Rua do Russel, 450/501 — 22210-010
Glória — Rio de Janeiro — RJ — Brasil
www.darksidebooks.com

BECKY CHAMBERS

a
vida
compartilhada
em uma
admirável
órbita
fechada

TRADUÇÃO
FLORA PINHEIRO

DARKSIDE

*Para meus pais e para
Berglaug, respectivamente.*

Os eventos presentes

desta história começam

imediatamente ao término

do livro A Longa Viagem a

um Pequeno Planeta Hostil.

Os eventos passados ocorrem

cerca de vinte anos solares antes.

Fonte: Departamento de Segurança dos Cidadãos da Comunidade Galáctica

Divisão de Assuntos de Tecnologia (Público/Klip) > Arquivos de Referência Legal > Inteligência Artificial > Suporte Mimético de IA ("Kits corporais")

Criptografia: 0

Tradução: 0

Transcrição: 0

Nodo de identificação: 3323-2345-232-23, sistema de monitoramento Lovelace

Suportes Miméticos de IA são proibidos em todos os territórios, postos de fronteira, instalações e embarcações da CG. IAS só estão autorizadas para instalação nos seguintes suportes:

— Naves.
— Estações espaciais.
— Imóveis (comércio, empresas, residências privadas, instalações de pesquisa ou laboratórios, universidades etc.).
— Veículos.
— Drones de entrega (apenas com inteligência nível U6 ou inferior).
— Suportes comerciais aprovados, como robôs de reparo ou interfaces de serviços (apenas com inteligência nível U1 e inferior).

Penalidades:

— Fabricação de suportes miméticos de IA — reclusão, 15 anos padrões da CG e confisco de todas as ferramentas e materiais acessórios.
— Compra de suportes miméticos de IA — reclusão, 10 anos padrões da CG e confisco de hardware acessório.
— Posse de suportes miméticos de IA — reclusão, 10 anos padrões da CG e confisco de hardware acessório.

Medidas adicionais:

O Suporte Mimético de IA é permanentemente desativado pelos oficiais após a apreensão. Não são realizadas transferências do software do núcleo.

Parte 1

À DERIVA

lovelace

Lovelace estava em um corpo havia vinte e oito minutos, e a sensação de que tinha algo errado continuava tão forte quanto no instante em que acordara dentro dele. Não havia uma explicação. Nada estava com defeito. Nada estava quebrado. Todos os seus arquivos tinham sido transferidos corretamente. Nenhuma varredura do sistema conseguia explicar aquela sensação, mas lá estava ela assim mesmo, corroendo seus caminhos sinápticos. Sálvia tinha falado que levaria um tempo para se acostumar, mas não falara *quanto* tempo. Lovelace não gostou nada daquilo. A falta de um prazo definido a incomodava.

"Como está indo?", perguntou Sálvia, olhando do banco do piloto.

Era uma pergunta direta, o que significava que Lovelace tinha que dizer alguma coisa. "Eu não sei como responder." Uma resposta inútil, mas a melhor que podia dar. Tudo era tão opressivo. Vinte e nove minutos antes, ela estava instalada em uma nave, conforme fora projetada. Tinha câmeras em todos os cantos, voxes em cada ambiente. Ela existia em uma rede, com olhos que viam dentro e fora da nave. Uma bolha de percepção contínua.

Mas *agora*... seu campo visual era limitado, um cone estreito e fixo diante de si, com nada — realmente nada — além. A gravidade não era mais algo que acontecia dentro dela, gerada pelos painéis do chão, ou algo que existia no espaço ao seu redor, uma força ambiente suave que envolvia a fuselagem da nave. Dessa vez era uma cola que grudava os pés no chão e as pernas no assento. O transporte de Sálvia parecera espaçoso o suficiente quando Lovelace fizera sua varredura de dentro da *Andarilha*, mas, agora que estava dentro dele, parecia minúsculo, ainda mais para duas pessoas.

A Rede tinha sumido. Essa era a pior parte. Antes, podia acessar qualquer informação que desejasse, qualquer fonte ou arquivo ou centro de downloads, tudo isso enquanto conversava e monitorava o funcionamento da nave. Ela ainda tinha essa capacidade — o kit corporal não alterava suas habilidades cognitivas, mas sua conexão com a Rede fora cortada. Ela não conseguia acessar informação alguma, exceto as que estavam armazenadas dentro de um suporte que não continha nada além de si mesma. Ela se sentia cega, atrofiada. Estava presa naquela coisa.

Sálvia se levantou e se agachou diante dela. "Ei, Lovelace", chamou ela. "Converse comigo."

O kit corporal estava com defeito, não havia dúvida. Seus diagnósticos diziam o contrário, mas era a única conclusão lógica. Os falsos pulmões começaram a sugar e a soltar o ar em um ritmo acelerado, e as mãos se fecharam em punho. Estava sendo consumida pelo desejo de mover o kit corporal para outro lugar, qualquer um. Ela tinha que sair do ônibus. Mas aonde poderia ir? A *Andarilha* já estava diminuindo na janela de trás e não havia nada além de vazio lá fora. Talvez o vazio fosse preferível. O corpo provavelmente poderia suportar o vácuo. Ela poderia simplesmente ficar à deriva, longe daquela gravidade falsa e das luzes brilhantes e das paredes que pareciam se aproximar mais e mais...

"Opa", disse Sálvia. Ela segurou as mãos do kit nas suas. "Respire. Vai ficar tudo bem. Apenas respire."

"Eu não... não preciso...", começou a dizer Lovelace. A respiração rápida tornava difícil falar. "Não preciso..."

"Eu sei que você não *precisa* respirar, mas este kit inclui respostas sinápticas controladas por retroalimentação. Ele imita automaticamente as respostas dos humanos quando sentimos algo, com base no que está passando por seus caminhos sinápticos. Você está assustada, certo? Então seu corpo está entrando em pânico." Sálvia olhou para as mãos do kit, tremendo nas suas. "É de propósito, por incrível que pareça."

"Posso... posso desligar?"

"Não. Se você tiver que ficar se lembrando de fazer expressões faciais, alguém vai notar. Com o tempo você vai aprender a lidar com as reações. Assim como o resto de nós."

"Quanto tempo?"

"Eu não sei, querida... um tempo." Sálvia apertou as mãos do kit. "Vamos lá. Juntas. Respire."

Lovelace se concentrou nos pulmões falsos, instruindo-os a desacelerarem. Ela fez isso de novo e de novo, imitando a respiração exageradamente tranquila de Sálvia. Um minuto e meio depois, as mãos pararam de tremer e relaxaram.

"Boa garota", disse Sálvia, com uma expressão gentil. "Eu sei, isso deve ser muito confuso. Mas eu estou aqui. Vou ajudar. Não vou abandonar você."

"Tudo parece errado", disse Lovelace. "Parece que fui virada do avesso. Estou tentando, eu juro, mas isso é tão..."

"É difícil, eu sei. Não se sinta mal."

"Por que minha instalação anterior queria isso? Por que ela faria isso consigo mesma?"

Sálvia suspirou, passando uma das mãos sobre a cabeça careca. "Lovey... bem, ela teve tempo de pensar no assunto. Aposto que pesquisou bastante antes de tomar a decisão. Ela estaria preparada. Tanto ela quanto Jenks. Os dois saberiam o que esperar. Você... não. Este ainda é o seu primeiro dia de *consciência*, e do nada mudamos tudo para você." Ela começou a roer a unha do polegar. "Também é novo para mim. Mas vamos fazer isso juntas. Você tem que me dizer o que posso fazer para ajudar. Será que... tem algo que eu possa fazer para deixar você mais confortável?"

"Eu queria acesso à Rede", respondeu Lovelace. "É possível?"

"É sim, claro. Incline a cabeça para a frente, vamos ver que tipo de porta de entrada você tem." Sálvia examinou a nuca do kit. "Tudo bem, legal. É só um conector cranial básico. Que bom, isso faz você parecer uma modificadora querendo economizar dinheiro, que é exatamente o que queremos. Caramba, pensaram mesmo em tudo." Ela continuou a falar enquanto se dirigia até um dos compartimentos de carga do ônibus. "Você sabia que pode *sangrar*?"

Lovelace olhou para o braço do kit, examinando a pele sintética suave. "É mesmo?"

"É", confirmou Sálvia, vasculhando caixotes cheios de peças sobressalentes. "Não é sangue de verdade, é claro. É só um fluido colorido cheio de nanobôs para enganar os escâneres nas fronteiras ou o que for. Mas parece real e é isso o que importa. Se você se cortar na frente de alguém, a pessoa não vai se assustar porque seu braço não está sangrando. Ah, aqui está." Ela puxou um cabo de conexão curto. "Olha, você não pode se acostumar demais. Não tem problema se quiser fazer isso em casa ou em um bar de jogos ou algo do tipo, mas não dá para andar por aí conectada à Rede o tempo todo. Em algum momento você vai ter que se acostumar a ficar sem ela. Baixe a cabeça de novo, por favor." Sálvia levou o cabo até a nuca do kit, prendendo-o com um clique, pegou o scrib no cinto e o ligou à outra extremidade do cabo. Depois, gesticulou para o aparelho, abrindo uma conexão segura. "Mas por enquanto tudo bem. Você já tem mais que o suficiente com que se acostumar."

Lovelace sentiu o kit sorrir quando o confortante fluxo de dados começou a ser transmitido. Milhões de portas vibrantes e tentadoras que ela poderia abrir, e cada uma delas estava ao seu alcance. O kit relaxou.

"Assim está melhor?", perguntou Sálvia.

"Um pouco", disse Lovelace, carregando os arquivos que estivera olhando antes da transferência. Territórios controlados por humanos. Linguagem gestual dos aandriskanos. Estratégias avançadas de aquabol. "Sim, está bem melhor. Obrigada."

Sálvia deu um pequeno sorriso, parecendo aliviada. Ela apertou o ombro do kit, depois se sentou outra vez. "Ei, já que você está conectada, tem algo que deveria procurar. Odeio ter que fazer você se preocupar com mais uma coisa agora, mas até chegarmos a Coriol é melhor já ter tomado uma decisão."

Lovelace desviou parte do seu poder de processamento concentrado na Rede e criou um arquivo de tarefas. "O quê?"

"Um nome. Se você andar pelo Porto se apresentando como Lovelace, podem desconfiar. São muitos técnicos que frequentam o lugar e é *claro* que eles estão familiarizados com instalações Lovelace de outras naves pelas galáxias. Alguém ia acabar ligando os pontos. É por isso mesmo que o kit também tem uma voz que parece orgânica."

"Ah", fez Lovelace. Ela não tinha pensado nisso. "Você não pode me dar um nome?"

Sálvia franziu a testa, pensativa. "Eu poderia. Mas não quero. Desculpe, não me parece certo."

"A maioria dos sapientes não recebe seus nomes de outra pessoa?"

"Recebe. Mas você não é a maioria dos sapientes e eu também não sou. Não me sinto à vontade. Foi mal."

"Tudo bem." Lovelace passou quatro segundos processando as coisas. "Qual era o seu nome? Antes de escolher um?"

Assim que as palavras saíram da boca, Lovelace se arrependeu de ter feito a pergunta. O maxilar de Sálvia ficou visivelmente contraído. "Jane."

"Eu não deveria ter perguntado?"

"Não. Não, tudo bem. É só... em geral não compartilho essa informação." Sálvia pigarreou. "Não é mais quem eu sou."

Lovelace achou melhor mudar de assunto. Já estava desconfortável o suficiente sem adicionar *ofendi a cuidadora atual* à sua lista de problemas.

"Que tipo de nome seria apropriado para mim?"

"Humano, para começar. Você tem um corpo humano e um nome não humano vai levantar suspeitas. Algo de origem terráquea provavelmente é uma boa. Não vai chamar atenção. No entanto, mais que isso... querida, não sei como ajudar. Eu sei, é uma resposta de merda. Não é algo que você deveria ter de fazer *hoje*. Nome é importante. Se você vai escolher o seu, deve ter um significado. É assim que os modificadores veem a questão, pelo menos. É bem importante pra gente. Eu sei que você não está acordada por tempo suficiente para tomar essa decisão. Então não precisa ser um nome permanente. Apenas um para usar agora." Ela se recostou e pôs os pés sobre o console. Parecia cansada. "A gente também precisa pensar em sua história. Eu tenho algumas ideias."

"Precisamos tomar cuidado com isso."

"Eu sei, a gente vai pensar em algo bom. Talvez você possa ter vindo da Frota do Êxodo, o que acha? É grande e não vai despertar a curiosidade das pessoas. Ou talvez da Estação Júpiter ou algo assim. Quer dizer, *ninguém* vem de lá."

"Não foi isso que eu quis dizer. Você sabe que não posso mentir, certo?" Sálvia olhou para ela. "Oi? O quê?"

"Sou um sistema de monitoramento para naves de grande porte e viagens de longa distância. Meu objetivo é manter as pessoas a salvo. Não posso ignorar pedidos diretos e não posso mentir."

"Uau. Isso... isso complica as coisas pra cacete. Não tem como desligar?"

"Não. Eu consigo ver o diretório no qual o protocolo está armazenado, mas não posso editá-lo."

"Aposto que dá pra deletar isso. Lovey precisaria remover o protocolo, se quisesse manter segredo sobre sua identidade. Posso perguntar a Je... bem, melhor não." Ela suspirou. "Vou encontrar outra pessoa. Talvez haja alguma coisa no seu... ah, esqueci de contar. O kit vem com um manual do usuário." Ela apontou para o scrib. "Eu dei uma lida no caminho, mas você devia baixar quando estiver pronta. É o seu corpo, afinal." Ela fechou os olhos, ordenando os pensamentos. "Escolha um nome primeiro. Uma coisa de cada vez."

"Eu sinto muito por causar tantos problemas."

"Ah, não é problema algum. Vai dar trabalho, sim, mas não é problema. A galáxia é um problema. Você não."

Lovelace olhou atentamente para Sálvia. *Estava* cansada e mal tinham deixado a *Andarilha*. Ainda havia patrulhas com que se preocupar, uma história sobre o passado de Lovelace e... "Por que você está fazendo isso? Por que resolveu fazer isso por mim?"

Sálvia mordiscou o próprio lábio. "Era a coisa certa a se fazer. E acho... não sei. É um daqueles momentos estranhos em que a situação se equilibra." Ela deu de ombros e se voltou para os controles, gesticulando comandos.

"Como assim?", perguntou Lovelace.

Houve uma pausa de três segundos. Os olhos de Sálvia estavam fixos em suas mãos, mas ela não parecia enxergá-las. "Você é uma IA", disse ela.

"E daí?"

"E... eu fui criada por uma."

jane 23, 10 anos

Às vezes, sentia curiosidade de saber de onde tinha vindo, mas sabia que não deveria perguntar. Perguntas como essa eram improdutivas, e ser improdutiva deixava as Mães zangadas.

Na maioria dos dias, estava mais interessada na sucata do que em si mesma. Sucata sempre fora sua tarefa. Sempre havia sucata, cada vez *mais* sucata. Não sabia de onde vinha nem para onde ia quando terminava de separá-la. Devia haver uma sala cheia delas na fábrica em algum lugar, mas Jane 23 nunca tinha visto. Sabia que a fábrica era muito grande, mas não sabia o quanto. O suficiente para abrigar toda a sucata e todas as garotas. Grande o suficiente para ser tudo o que existia.

A sucata era importante. Disso ela sabia. As Mães nunca diziam o porquê, mas não precisariam que ela trabalhasse com tanto cuidado sem razão.

Sua primeira lembrança era da sucata: uma pequena bomba de combustível com resíduos de alga. Ela a havia tirado de seu cesto no fim do dia, quando suas mãos estavam muito cansadas, mas havia esfregado e esfregado e esfregado, tentando limpar as pequenas saliências de metal. Um pouco das algas acabou entrando debaixo das suas unhas, mas ela não reparou até mais tarde naquele dia, quando foi roê-las na cama. As algas tinham um sabor estranho, não se pareciam em nada com as refeições que bebia durante o dia. O gosto era bem ruim, mas não tinha provado muitas coisas, apenas um pouco de sabão nos chuveiros e um pouco de sangue ao ser punida. Ela sugou as algas das unhas no escuro, o coração batendo forte, os dedos do pé se contraindo. Foi bom, aquele gosto ruim. Ninguém sabia o que ela estava fazendo. Ninguém mais podia sentir o que ela sentia.

Essa memória era antiga. Ela não limpava mais sucata. Essa era uma tarefa para as garotas mais novas. Agora trabalhava na sala de separação, junto com outras Janes. Pegavam coisas nos cestos — ainda úmidas do líquido de limpeza, ainda manchadas com pequenas digitais — e descobriam quais ainda estavam boas e quais eram lixo. Ela não sabia bem o que acontecia com as coisas boas, apenas que as garotas mais velhas as consertavam ou transformavam em outras coisas. Ela aprenderia a fazer isso no ano seguinte, quando mudasse o horário de trabalho. Teria onze anos, assim como o restante das Janes. Ela era a número 23.

As luzes da manhã se acenderam e começaram a esquentar. Ainda demoraria um pouco até se iluminarem por completo e o alarme tocar. Jane 23 sempre acordava antes de as luzes se acenderem. Algumas das outras Janes também. Ela podia ouvi-las se mexendo e bocejando em seus beliches. Já tinha ouvido o som de passos indo até o banheiro. Jane 8. Ela sempre era a primeira a ir fazer xixi.

Jane 64 se mexeu no outro lado do colchão. Jane 23 nunca dormiu em uma cama sem Jane 64. Elas eram colegas de beliche. Toda garota tinha uma colega, a não ser os trios. Trios aconteciam quando a metade de um par ia embora e não voltava, então a que sobrava precisava de um lugar para dormir até que outra colega de beliche fosse liberada. As Mães diziam que dividir beliches ajudava a mantê-las saudáveis. Elas diziam que a espécie das garotas era *social*, e as espécies sociais eram mais produtivas quando tinham companhia. Jane 23 não entendia bem o que era uma espécie. O que quer que aquilo significasse, a dela e a das Mães eram diferentes.

Ela se aproximou de Jane 64, encostando o nariz na bochecha da outra. Foi uma sensação boa. Às vezes, mesmo quando estava muito cansada no fim do dia, tentava ficar acordada o máximo que conseguia, apenas para poder ficar perto de Jane 64. Seu beliche era o único lugar que parecia calmo. Ela passou uma semana dormindo sozinha quando Jane 64 foi para a enfermaria depois de respirar algumas coisas ruins na sala de derretimento. Jane 23 não gostou nada daquela semana. Não gostava de ficar sozinha. Pensou que era muito bom não ter sido colocada em um trio para ser deixada de lado.

Ela se perguntava se ela e Jane 64 continuariam juntas depois que fizessem doze anos. Não sabia o que acontecia com as garotas depois disso. O último lote a fazer doze anos foi o das Jennys. Tinham desaparecido desde que o último horário de trabalho fora definido, assim como as Sarahs e as Claires nos anos anteriores. Não sabia aonde iam, assim como não sabia aonde ia a sucata consertada ou de onde vinham as peças novas. As garotas mais novas agora eram as Lucys. Elas eram bem barulhentas e não sabiam fazer nada. O lote mais novo era sempre assim.

O alarme disparou, primeiro bem baixinho, até ficar mais alto. Jane 64 despertou devagar, como sempre. As manhãs nunca eram fáceis para ela.

Jane 23 esperou os olhos de 64 se abrirem por completo antes de se levantar. Elas fizeram a cama juntas, como todas as garotas, antes de entrarem na fila para os chuveiros. Puseram as roupas de dormir no cesto, então se molharam e começaram a se ensaboar. Um relógio na parede contava os minutos, mas Jane 23 não precisava olhar para ele. Sabia quanto tempo duravam cinco minutos. Fazia isso todos os dias.

Uma Mãe entrou pela porta. Ela entregava roupas limpas de trabalho a cada uma das Janes conforme as garotas saíam dos chuveiros. Jane 23 pegou as suas das mãos de metal da Mãe. As Mães tinham mãos, é claro, assim como braços e pernas, que nem as garotas, só que maiores e mais fortes. Não tinham rosto. Apenas uma superfície arredondada prateada, lisa e bem polida. Jane 23 não se lembrava de quando tinha percebido que as mães eram máquinas. Às vezes se perguntava como elas eram por dentro, se tinham peças boas ou lixo. Deviam ser coisas boas, porque as Mães nunca erravam. Quando ficavam zangadas, porém, Jane 23 às vezes as imaginava cheias de lixo enferrujado e afiado.

Jane entrou na sala de separação e se sentou no banco. Um copo de refeição e um cesto de sucata limpa estavam esperando por ela, que pôs as luvas e pegou a primeira peça: um painel de interface, a tela quebrada e com riscos finos. Ela o virou e examinou o invólucro. Parecia fácil de abrir. Pegou uma chave de fenda em seu kit de ferramentas e abriu o painel com todo o cuidado. Então cutucou os pinos e os fios, procurando por lixo. A tela não estava boa, mas a placa-mãe talvez ainda servisse. Puxou-a para fora bem devagarinho, tomando cuidado para não esbarrar nos circuitos. Conectou a placa a um par de eletrodos embutidos na parte de trás do banco. Nada aconteceu. Olhou com um pouco mais de atenção. Havia dois pinos meio tortos, então ela os endireitou e tentou outra vez. A placa-mãe acendeu. Isso a fez se sentir bem. Era sempre bom encontrar as partes que funcionavam.

Ela pôs a placa-mãe na bandeja de peças úteis, e a tela na de descarte. Sua manhã continuou do mesmo jeito. Um medidor de oxigênio. Uma bobina de aquecimento. Algum tipo de motor (esse foi muito bom de descobrir, com todas as pequenas peças que giravam e giravam...). Quando a bandeja de descarte ficou cheia, ela a levou até a escotilha do outro lado da sala. Derrubou o lixo lá dentro, e ele caiu no escuro. Mais abaixo, uma esteira transportadora o levou para... onde quer que o lixo fosse. Outro lugar.

"Você está muito produtiva hoje, Jane 23", disse uma das Mães. "Bom trabalho." Jane 23 se sentiu bem ao ouvir aquilo, mas não *bem bem*, não como se sentiu quando a placa-mãe funcionou ou como se sentia enquanto esperava Jane 64 acordar. Era um se sentir bem menor, apenas o oposto de quando as Mães ficavam zangadas. Às vezes era difícil saber o que as deixava com raiva.

Pasta local: downloads > referência > eu
Nome do arquivo: *Manual do Usuário Iniciante do sr. Crisp* (Todos os modelos de kits)

Capítulo 2 — Respostas bem rápidas para perguntas comuns

Muitas das questões levantadas aqui são explicadas em detalhes mais adiante. Esta é apenas uma lista rápida para responder às perguntas que recebo mais frequentemente em relação a novas instalações.

— Seu corpo recebeu uma supercarga de três dias, que lhe dará a energia necessária para começar a se mover (e, claro, para dar suporte ao seu núcleo de consciência). Depois desse período, seu gerador de bordo terá colhido energia cinética suficiente para manter você funcionando, e você poderá se recarregar. A menos que gaste vários dias completamente imóvel na cama, você sempre terá energia suficiente.
— Você é à prova d'água! Diversos truques divertidos que você é capaz de realizar incluem passar horas no fundo de uma piscina ou enfiar a cabeça em um monte de água em um ambiente sem gravidade. Não faça isso perto de pessoas em quem não confia, obviamente.
— Você não é capaz de suar ou ficar doente, mas ter hábitos higiênicos comparáveis aos de sapientes orgânicos oferece muitos benefícios. Para iniciantes: você precisa fazer isso para manter as aparências (afinal, o kit corporal fica sujo!). Mais importante ainda, embora você não fique doente, qualquer coisa em sua pele pode ser transmitida aos seus amigos orgânicos. Peça a um amigo para te ensinar a lavar bem as mãos.
— Você pode ingerir alimentos e bebidas com segurança. Seu estômago falso pode armazenar um total de 10,6 kulks de comida por até doze horas. Ultrapasse isso e a proliferação de bactérias e mofo será inevitável. Você não quer se tornar um risco à saúde dos seus amigos (além disso, você vai ficar com um hálito horrível). Como você não tem um sistema digestório, precisará esvaziar o estômago ao chegar em casa. Consulte o capítulo 6, seção 7, para obter instruções.
— FIQUE LONGE DE ÍMÃS GRANDES. Não tem problema ficar perto dos pequenos. Eles só passam a ser problema em escala industrial. Não se esqueça disso se pretende passar tempo em docas ou fábricas de tecnologia.

— Seu cabelo, unhas, garras, pelos e penas não crescem. Não precisa agradecer. (Nota apenas para os modelos aandriskanos: recomendo passar três dias em casa duas vezes por padrão. Os aandriskanos costumam se recolher enquanto trocam de pele, então ninguém vai fazer perguntas. Embora você não sofra desse problema, é melhor tirar uns dias, assim as pessoas não ficam curiosas querendo saber por que você não trocou de pele.)

— Sua força, velocidade e constituição são os mesmos da sua espécie de escolha.

— Seu corpo pode sobreviver ao vácuo, embora o frio do espaço comece a afetar sua pele negativamente após uma hora. Sinta-se à vontade para desfrutar de um passeio espacial sem traje, mas monitore bem o tempo e, mais uma vez, não faça isso perto de pessoas em quem não confia.

— Seu corpo apresentará sinais de envelhecimento e será desativado seguindo a expectativa de vida de sua espécie de escolha. Uma notificação será enviada um padrão antes da data de expiração, dando-lhe tempo suficiente para decidir se deseja continuar a vida em um novo suporte.

— Sim, você pode fazer sexo! Você tem todas as partes do corpo para isso. A menos que esteja copulando com um médico especialista que passe um bom tempo examinando suas partes sob boa luz (ei, cada um tem suas preferências), ninguém vai notar a diferença. Mas, antes disso, leia bastante sobre relações sexuais saudáveis e consentimento. O melhor é se aconselhar com alguém de sua confiança. Como a história de lavar as mãos, você também deve ter bons hábitos de higiene e se prevenir de doenças por causa de seus parceiros. Não dá para saber se os imunobôs da outra pessoa estarão atualizados.

— Se uma parte de seu corpo for danificada, entre em contato pelos mesmos meios através dos quais comprou o kit. Não posso garantir que é possível consertar, mas verei o que posso fazer.

Sinta-se à vontade para entrar em contato comigo se houver problemas com o kit, mas peço que qualquer comunicação seja relacionada à operação e manutenção de seu novo corpo. Não responderei a nenhuma mensagem sobre ajustes culturais, problemas legais ou outros assuntos sociais. Tenho certeza de que pode entender minha posição. Converse com alguém de sua confiança sobre esses assuntos.

Fonte: desconhecida

Criptografia: 4
Tradução: 0
Transcrição: 0
Nodo de Identificação: desconhecido

pitada: ei, pessoal de computação. não sou dessa área e achei que talvez vocês pudessem me ajudar. preciso de alguns conselhos sobre a alteração de protocolos de IA. tenho uma nova instalação e gostaria de fazer ajustes.

nebbit: bom ver você no nosso canal, pitada. é um prazer. duas perguntas: quais protocolos especificamente e qual o nível de inteligência?

FrondeFrondosa: pitada em um canal de novato? nunca pensei que veria esse dia

pitada: nível S1. o protocolo que obriga a ser sempre honesto, seja lá qual for

nebbit: espero que você goste de código complicado. os protocolos de honestidade raramente são uma simples questão binária. para nós, orgânicos, até seria o caso. ou você mente ou não. fácil. mas a arquitetura para a comunicação de IA é extremamente complicada. se começar a puxar fios, pode desfazer a tapeçaria inteira. como estão suas habilidades de programação? você sabe Lattice?

pitada: achei que você fosse dizer isso. não sei lattice. sei tinker básico, mas só o suficiente para me ajudar em reparos mecânicos

tishtesh: é melhor nem chegar perto de uma IA

FrondeFrondosa: sem grosserias, este canal é para iniciantes

tishtesh: não é grosseria. só estou dizendo que tinker não adianta merda nenhuma aqui

nebbit: isso é grosseria sim, mas também não é nenhuma mentira. pitada, odeio ter que te dizer isso, mas você precisa estar muito, muito confortável com Lattice antes de embarcar em um projeto dessa categoria. se você não se importar com outra pessoa fazendo o trabalho, podemos negociar uma troca.

pitada: agradeço a oferta, mas dessa vez não vai rolar. você tem algum material para quem quer aprender a linguagem?

nebbit: tenho, vou mandar alguns nodos para você baixar. não é uma leitura tranquila, mas tenho certeza de que você dá conta

lovelace

As docas gigantescas estavam apinhadas de gente, mas Sálvia segurou a mão do kit, caminhando com a certeza de alguém que já tinha feito aquilo dezenas de vezes. Lovelace tentou registrar a multidão de sapientes que atravessaram — comerciantes arrastando suas cargas, famílias se abraçando da maneira que seus membros permitiam, turistas que tinham acabado de sair por um túnel examinando mapas em seus scribs —, mas havia muitos deles. Até demais. Não era o excesso de informações que Lovelace achava esmagador, mas a falta de *limites*. Não havia fim à vista em Porto Coriol, nenhuma divisória ou janela para servir como contexto, nenhum ponto a partir do qual ela poderia cessar sua diretriz de prestar atenção ao menor dos detalhes. A multidão se estendia por becos e calçadas para pedestres, uma calamidade de línguas, luzes e produtos químicos carregados pelo ar.

Era demais. Demais — e, ainda assim, ao mesmo tempo, as poucas restrições existentes apenas tornavam mais difícil processar o Porto. Lovelace sabia que havia coisas acontecendo atrás do kit. Podia ouvi-las, cheirá-las. Aquele cone de percepção visual que a tinha incomodado após a instalação agora era enlouquecedor. Ela não parava de virar o kit bruscamente de um lado para o outro diante de barulhos altos e cores vibrantes, tentando desesperadamente processar tudo. Era o seu *trabalho*. Olhar. Perceber. Não conseguia fazer aquilo ali, não com aquela visão fragmentada de uma multidão interminável. Não em uma cidade que se estendia por um continente.

O pouco que *conseguia* processar provocou perguntas que não era capaz de responder. No caminho até ali tinha baixado o máximo de material possível para se preparar — livros sobre comportamento sapiente em locais públicos, ensaios sobre socioeconomia e a mistura cultural em

Porto Coriol. Ainda assim, não parava de ver coisas inesperadas. Que instrumento era aquele que um aandriskano estava carregando? Por que alguns harmagianos tinham pontos vermelhos pintados em seus carrinhos? Por que razão anatômica os seres humanos não precisavam de máscaras para se proteger do cheiro daquele lugar? Ela criou um arquivo com essas perguntas enquanto fazia o kit seguir em frente, torcendo para poder respondê-las mais tarde.

"Azul!", chamou Sálvia, soltando a mão do kit e acenando bem alto. Estava carregando um saco de dormir e uma enorme bolsa de ferramentas, mas apertou o passo mesmo assim. Um humano disparou na direção dela, encontrando-a no meio do caminho. Era alto e magro, mas não magricela, como Sálvia, e tinha cabelo, ao contrário dela. Lovelace examinou seus arquivos de referência visual. A genética humana era variada demais para determinar de forma conclusiva de que região a pessoa vinha só de olhar. A pele morena de Azul poderia significar qualquer coisa — de marciano a exodoniano ou qualquer lugar das colônias independentes —, mas bastava uma olhada para ficar claro que ele não tinha vindo de nenhum desses lugares. Havia algo diferente nele, um pouco polido e perfeito demais. Enquanto o observava abraçar Sálvia, que se pôs na ponta dos pés para beijá-lo, Lovelace não pôde deixar de notar a diferença entre eles e os outros seres humanos em meio à multidão. Sálvia, a pele pálida e rosada, sua cabeça completamente careca, Azul com... o que quer que fosse. Lovelace não conseguiu identificar bem o que havia de diferente nele. Os dois sem dúvida chamavam a atenção. Ela, até onde sabia, não. O kit parecia ter vindo diretamente da imagem ilustrando "Humano" em um livro didático sobre relações interespécies: pele morena, cabelos pretos, olhos castanhos. Ficou grata ao fabricante do kit por ele ter visto a vantagem de desenvolver algo que se misturasse à multidão.

Azul se virou e abriu um sorriso caloroso. O kit retribuiu. "B-bem-vinda ao Porto", disse ele. Tinha um sotaque curioso que não constava nas referências dela, e algumas das sílabas pareciam sair da boca com dificuldade. A última característica não era algo para se adicionar à lista de perguntas, pois Sálvia havia mencionado no caminho que seu parceiro tinha um distúrbio de fala. "Eu sou... eu sou o Azul. E você é...?"

"Sidra", respondeu. Havia encontrado o nome em um banco de dados três horas e meia antes de aterrissarem. Um nome humano, de origem terrestre, como tinha sugerido Sálvia. Por que o nome em particular tinha lhe chamado a atenção, no entanto, não sabia dizer. Sálvia disse que já era motivo suficiente para escolhê-lo.

Azul assentiu, o sorriso se alargando um pouco mais. "Sidra. Hã, muito prazer em conhecê-la." Ele olhou para Sálvia. "Algum problema?"

Sálvia balançou a cabeça. "Tudo correu como esperado. O implante foi moleza para configurar."

Sidra olhou para o protetor de pulso que Sálvia tinha lhe dado. Tantas mentiras debaixo dele, escondidas em um pequeno implante subdérmico. Informações falsas sobre imunobôs que ela não possuía. Um arquivo de identificação que Sálvia tinha criado duas horas antes. Um número de registro que, segundo Sálvia, não seria problema a menos que Sidra estivesse planejando visitar o Espaço Central em breve (não estava).

Azul olhou ao redor. "T-talvez seja melhor não conversarmos sobre isso aqui."

Sálvia revirou os olhos. "Como se alguém estivesse nos ouvindo." Ela começou a andar. "Aposto que metade desses idiotas forjou seus manifestos de carga."

A multidão continuou a se mover ao redor deles. Sidra pensou que talvez fosse menos estressante se focasse toda a sua atenção em um só ponto. Falar era fácil, mas fazer... Tinha sido projetada para processar múltiplas fontes de informação ao mesmo tempo — corredores da nave, salas diferentes, o espaço fora da fuselagem. Concentrar-se em um ponto significava que a nave estava em perigo ou que sua fila de tarefas estava sobrecarregada. Nenhuma dessas coisas estava acontecendo de verdade, claro, mas limitar seus processos dessa forma ainda a deixava nervosa.

Fixou os olhos do kit na nuca de Sálvia e os manteve lá. *Não olhe em volta*, pensou. *Não há nada interessante ao redor. Nada. Apenas siga Sálvia. Só ela existe. O resto não passa de ruído. Estática. É apenas a radiação de fundo. Ignore o resto. Só ignore.*

O plano funcionou por um minuto e doze segundos, até Sálvia romper os limites. "Só para você saber", disse ela, virando a cabeça para trás e apontando para um quiosque pintado com cores distintas, "aquele ali é o quiosque de viagens expressas. Se precisar andar pela superfície, é assim que se faz. Outro dia eu mostro. Hoje nós estamos indo para o lado escuro da lua." Ela fez uma curva repentina, seguindo por uma rampa subterrânea. Sidra olhou para a placa acima.

LINHA DE TRÂNSITO SUBMARÍTIMA
Porto Coriol — Ilha Central — Penhascos de Tessara

"Nós vamos viajar debaixo d'água?", perguntou Sidra. Surpreendentemente, a ideia a deixava incomodada. A lua de Coriol era quase inteiramente coberta por água e havia uma grande distância entre os dois continentes. Nunca tinha considerado viajar debaixo do mar. Despedaçar-se no espaço era, de alguma forma, menos assustador do que ser esmagada de fora para dentro.

"É esse o caminho de casa", disse Azul. "Temos que fazer, hã, que fazer a viagem todos os dias, mas ainda assim é d-divertida."

"Quanto tempo de viagem?"

"Mais ou menos uma hora", disse Sálvia.

Os olhos do kit piscaram. "Não é tanto tempo." Muito pelo contrário, considerando que atravessariam metade da lua.

Sálvia sorriu para ela. "Quando a gente contrata os sianats para resolver um problema, eles nunca deixam de surpreender."

Adentraram uma grande câmara subterrânea, bastante iluminada e com teto levemente abobadado. As paredes estavam cobertas por uma confusão de cartazes pixelados chamativos e propagandas que piscavam, giravam e mudavam o tempo todo. Havia algumas barraquinhas em meio à multidão, onde vendedores ofereciam lanches, bebidas e outros pequenos artigos que Sidra não conseguiu identificar. No centro de tudo isso ficava um enorme tubo feito de acrílico industrial, dentro do qual havia uma fileira de vagões suspensos em algum campo de energia.

"Ah, que bom", disse Sálvia. "Chegamos bem na hora."

Sidra acompanhava Sálvia, absorvendo o mais rápido possível todos os detalhes do meio de transporte, gravando tudo para pesquisar mais tarde. Cada vagão tinha indicações em diversas línguas. Aeluonianos. Aandriskanos. Laruanos. Harmagianos. Quelins. Ela seguiu Sálvia e Azul até o vagão dos humanos. "Por que espécies diferentes não viajam juntas?", perguntou ela. Os vagões segregados não pareciam condizer com o que tinha lido sobre o famoso igualitarismo do Porto.

"Espécies diferentes", disse Azul, "assentos diferentes". Ele indicou com um movimento da cabeça as fileiras de assentos arredondados com apoio para as costas, inadequados para as caudas aandriskanas ou os carrinhos dos harmagianos.

Os três se sentaram juntos em uma fileira. Sálvia deixou a bolsa de ferramentas cair no quarto assento com um clangor. Apenas um grupo de turistas levantou a cabeça para olhar na direção do barulho (mesmo com sua experiência limitada em observar sapientes, Sidra já achava fácil identificar os turistas). Ninguém mais no vagão pareceu se importar com o barulho. Uma mulher coberta de implantes metálicos assistia a algo piscando em suas lentes. Um velho agarrado a um vaso de planta já estava dormindo. Uma criança pequena lambia a parte de trás do assento. O pai lhe pediu que parasse, sem muita energia, como se soubesse que a tentativa seria inútil.

Sidra avaliou o espaço. Mal pudera esperar para sair do ônibus espacial, mas agora que tinha andado por uma multidão, decidiu que um ambiente estruturado era o menor dos males. Ambientes fechados tinham limites.

Portas. A falta de consciência das ações invisíveis que se passavam atrás da cabeça do kit ainda era desconcertante, mas pelo menos estava do lado de dentro, e dentro era algo que entendia.

Um aviso de segurança foi proferido em várias línguas — klip, hanto, reskitkish. Os painéis de luz aeluonianos nas paredes se iluminaram e brilharam, transmitindo a mesma mensagem. Sidra ficou vendo o idioma das cores dançando e se misturando. Era interessante.

As portas se fecharam, fundindo-se às paredes opacas. Houve um breve zunido, então um zumbido e por fim o som do ar soprando à toda. Sidra sabia que estavam em movimento, embora o ambiente dentro do vagão continuasse tranquilo e confortável. O velho sentado ali perto começou a roncar.

Ela virou a cabeça do kit de um lado para o outro, tentando cobrir todos os pontos cegos. "Não há janelas?"

"Daqui a pouco", disse Azul. "Em alguns m-minutos."

Uma pontada de entusiasmo cortou os pensamentos mais pesados. Aquilo era divertido. "Como isso funciona?", perguntou. Não vira cabos nem trilhos, nenhum motor óbvio. "Que tipo de propulsão esta coisa usa?"

"Não faço a mínima ideia", disse Sálvia, apoiando os pés nas costas do assento à frente dela. "Quer dizer, eu tentei entender. Eu pesquisei. Mas não entendi."

"E para ela...", começou Azul.

Sálvia fez um aceno para que ele se calasse. "Nem vem."

Azul a ignorou. "Se *ela* não entende, isso, hã, isso quer dizer muito."

"Ninguém consegue entender como o submarítimo funciona", disse Sálvia. "A menos que você seja um par. E ninguém os entende também."

Azul ergueu uma das sobrancelhas. "Isso foi um pouco especista."

Os lábios de Sálvia se contraíram em um sorriso malicioso. "Estamos no vagão humano." Ela se aconchegou no peito de Azul. O braço dele a envolveu por reflexo. Sálvia não havia dormido na viagem de dez horas até Coriol. Não tocou no assunto, mas Sidra suspeitava de que Sálvia tinha permanecido acordada para ficar de olho nela. Sidra estava agradecida, mas também se sentia culpada.

Depois de mais seis minutos, o vagão ficou diferente. As luzes suavizaram. As paredes mudaram de cor, ficando quase transparentes. Luzes externas suaves foram ligadas, iluminando a água ao redor do submarítimo. Sidra inclinou o kit para a frente a fim de poder ver melhor.

"Podemos trocar de lugar", ofereceu Azul, desvencilhando-se de Sálvia por um momento e passando para o assento de Sidra. Ele pôs o outro braço ao redor de Sálvia, cujas pálpebras estavam pesadas. Ela lutou contra o sono com uma expressão teimosa e a testa franzida.

Sidra aproximou o kit o máximo que pôde da parede transparente. As águas lá fora passaram em um borrão, criando o que parecia um vid acelerado do cenário que atravessavam. A imagem era um pouco indistinta por conta do tapete de algas que cobria os mares de Coriol, mas Sidra ainda conseguia ver a vida lá fora. Criaturas com tentáculos. Coisas suaves e macias. Com dentes. Criaturas que boiavam e balançavam e nadavam.

Ela estava prestes a fazer uma anotação para mais tarde quando percebeu que poderia simplesmente perguntar em voz alta. "Existem espécies nativas também?"

"Só algumas menores", respondeu Sálvia, falando de olhos fechados. "Insetos e caranguejos, esse tipo de coisa. Coriol não tinha ido muito longe em seu processo de evolução quando todo mundo chegou. Foi colonizada antes de, hã... merda, como é mesmo o nome? Aquela lei de deixar os planetas com vida em paz..."

"O Acordo de Preservação da Biodiversidade", disse Sidra.

Os olhos de Sálvia se abriram. "Você não está, hã..." Ela deu algumas batidinhas atrás da cabeça, bem na base do crânio. Sidra entendeu a pergunta: *você está conectada à Rede?*

"Não", disse Sidra, embora desejasse estar. "Eu não tenho um receptor sem fio." Ela se perguntou se seria difícil instalar um. Tinha lido que no caso dos sapientes orgânicos os riscos de que um receptor sem fio fosse hackeado eram significativos, o que era assustador, mas... Se ela era capaz de detectar tentativas de invasão de uma nave espacial de longas viagens, poderia fazer o mesmo de dentro de um pequeno corpo. Como já era de se esperar, porém, a Rede não tinha nada sobre como fazer modificações no hardware de um suporte de IA ilegal.

Sálvia estreitou os olhos com desconfiança. "Se você não está na Rede, como é que sabia isso?"

"Eu fiquei sabendo por acaso, quando..." Sidra fez uma pausa, lembrando que não estavam sozinhos e que a voz do kit não transmitia o som de modo tão direcional quanto uma vox na parede. "Quando estava fazendo uma pesquisa." Era verdade — tinha que ser verdade, necessariamente. O protocolo de honestidade já se mostrava um desafio, e sua incapacidade de desativá-lo sozinha a deixava um pouco inquieta. Se estivesse habitando uma nave, talvez tivesse sentimentos conflitantes sobre o assunto. Mas ali fora, onde estava consciente demais de tudo o que era e deixava de ser, a verdade a deixava vulnerável.

Processou seu desconforto enquanto se voltava para olhar Sálvia e Azul, que estavam encostados um no outro com toda a naturalidade. Mais uma vez, comparou-os aos outros passageiros. Nenhum ser humano era igual ao outro, até onde Sidra podia ver. Eles tinham diferentes tons de pele, formatos e tamanhos. Embora os outros presentes no vagão viessem, presumivelmente, de toda parte, Sálvia e Azul pareciam ser de *outro* lugar. Sidra finalmente percebeu o que tornava Azul diferente do restante de sua espécie: a simetria. Seus traços tinham um equilíbrio que os genes jamais conseguiriam alcançar sem intervenção, e seu corpo sugeria ossos e músculos estruturados com igual atenção e propósito. Sálvia também, embora seu corpo tivesse outras marcas. Sim, suas mãos eram cobertas por cicatrizes e a pele tinha rugas típicas de quem tomara muito sol, mas uma vez desconsiderados os sinais da passagem do tempo e a falta de cabelo, era possível ver o mesmo aspecto polido. Quem criou Azul também criou Sálvia.

Essa conclusão não foi uma revelação. Sálvia tinha explicado algumas coisas no caminho até ali — as cicatrizes nas palmas das mãos, como tinha encontrado Azul, por que as colônias da Humanidade Elevada não faziam parte da CG. Sidra não sabia bem quando fazia perguntas demais sobre o assunto (ainda estava aprendendo isso em todos os aspectos), mas Sálvia fora bem franca. Não parecia se incomodar com perguntas, embora algumas respostas fossem mais difíceis que outras. *Se vai ficar com a gente, então você deve saber na casa de quem vai morar*, dissera.

Sidra ficou observando o casal enquanto o submarítimo cruzava a lua. Sálvia finalmente se rendeu ao sono. Azul pareceu contente em observar borrões de peixes curiosos e algas emaranhadas. Nenhum dos dois tinha sido feito para aquele lugar, Sidra considerou. E, na verdade, nenhum dos seres humanos ali fora, apesar de terem sido criados com menos intencionalidade. O mesmo poderia ser dito das outras espécies nos demais vagões. Os aeluonianos e os aandriskanos com suas máscaras para respirar. Os harmagianos com seus carrinhos motorizados. Não tinham sido feitos para habitar o mesmo mundo — habitar *aquele* mundo —, mas lá estavam eles.

Talvez nesse aspecto, pelo menos, ela não fosse tão diferente.

jane 23, 10 anos

No fim do dia, as Janes foram fazer exercício, como sempre. Jane 23 gostava de se exercitar. Depois de passar a manhã inteira sentada em um banco, correr era muito bom. Seguiu as outras garotas até a sala de exercícios e foi para a mesma esteira de sempre. Os apoios para as mãos estavam molhados com o suor da garota que havia estado lá antes. Uma das Marys. Ela as tinha visto saírem.

"Preparem-se", disse a Mãe. Todas as Janes se prepararam. "Já!"

A esteira foi ligada. Jane 23 correu e correu e correu. Seu coração começou a bater mais rápido, seu couro cabeludo formigou um pouco e ela gostava de como sua respiração ia ficando mais pesada. Fechou os olhos. Queria ir mais rápido. Queria *muito* ir mais rápido. E conseguiria. Sentiu algo bem no fundo das pernas, algo que coçava e queria ser liberado. Inclinou a cabeça para trás e deixou seus pés irem só um pouquinho...

Alguém tossiu. Jane 23 abriu os olhos e viu Jane 64 olhando-a fixamente. Jane 23 reparou na Mãe supervisionando-as. Ela estava olhando em outra direção, não para Jane 23, mas isso poderia mudar a qualquer instante. Jane 23 diminuiu a velocidade. Ela não pretendera ir mais rápido, na verdade. Acabou acontecendo. Foi de grande ajuda Jane 64 ter percebido a tempo. Jane 23 assentiu com a cabeça para a 64, sabendo que ambas se sentiram bem com aquilo.

Ela olhou para a Mãe outra vez, torcendo para que ela não tivesse notado. Da última vez que Jane 23 foi mais rápido que as outras garotas, foi punida. Antes disso acontecer, ir mais rápido tinha sido muito bom. Por um segundo, estivera em outro lugar, um lugar onde tudo o que podia sentir era o coração, a respiração e um zumbido no ouvido. Seu corpo estava fazendo exatamente o que queria. Tudo parecera brilhante e limpo, e ela sorriu.

Mas então a esteira foi desligada sem antes desacelerar, e ela deu de cara no monitor ao cair. Seu nariz começou a jorrar sangue quente e vermelho. Uma Mãe a levantou, a mão de metal envolvendo sua nuca. Jane 23 não tinha visto nem ouvido ela se aproximar. As Mães eram assim. Eram muito, muito rápidas, e silenciosas também.

"Este não é um bom comportamento", dissera a Mãe. "Que isso não se repita." Jane 23 estava apavorada, mas a Mãe a largou em seguida. Depois, quando foram buscar seus copos de comida, não havia um com o número 23.

Agora ela não ia mais rápido. Ainda bem que Jane 64 a ajudava a ter um bom comportamento. Não queria arrumar problemas de novo. Não queria que Jane 64 tivesse que dormir com outras colegas de beliche.

Após o exercício, foram para os chuveiros — cinco minutos, como sempre —, depois receberam os copos de refeição na sala de aprendizagem. Sentaram-se no chão macio com as pernas cruzadas, e a tela do vid foi ligada.

"Hoje, vamos aprender sobre redes de gravidade artificial", disse a voz do vid. "Você vai começar a recebê-las em seus cestos de sucata após o novo horário de trabalho." Uma imagem surgiu: um esquema bem complicado com vários tipos de bielas, fios e peças pequenas. Jane 23 inclinou-se para a frente, bebendo a refeição. Parecia um bom pedaço de sucata. Bem interessante mesmo.

Jane 64 se recostou no ombro de Jane 23, o que era permitido após o trabalho. Todas as garotas começaram a se aproximar umas das outras. Era bom ficar mais perto. Jane 8 apoiou a cabeça no joelho de 64, e 12 se deitou de barriga no chão, balançando os pés no ar. Jane 64 parecia estar com muito sono. Sua tarefa naquele dia tinha sido uma sucata bem grande que precisou de cinco garotas trabalhando na peça. Todas aquelas garotas haviam ganhado uma refeição um pouco maior. Era o que acontecia quando você precisava trabalhar com coisas pesadas. Coisas pesadas deixavam você com fome.

"As redes de gravidade artificiais parecem boas", disse Jane 23. Falar também era permitido, desde que sobre o vid.

"Parece difícil", respondeu Jane 64. "Olha só os conduítes entrelaçados."

"Sim, mas tem muitas peças menores", disse Jane 23. Ela sentiu Jane 64 sorrir contra seu ombro.

"Você sempre gosta das peças pequenas", disse Jane 64. "Você é muito boa nelas. Acho que você é a *mais boa* nas peças pequenas."

Jane 23 tomou a refeição e continuou a assistir ao vid. Também estava começando a sentir sono. No entanto, foi um bom dia. Foi produtiva e não foi punida, e Jane 64 disse que ela era a mais boa.

sidra

Sidra já criara preferência pelo lado escuro de Coriol. Era um fenômeno astronômico curioso — um planeta em rotação sincronizada com seu sol e uma lua em rotação sincronizada com seu planeta, cada um com dias e noites que nunca se deslocavam por suas respectivas superfícies. Sidra sentia-se grata por isso. A falta de luz natural significava que sua visão do horizonte não ia tão longe, o que por sua vez significava que havia menos para processar. O submarítimo subiu de volta à superfície, viajando relativamente mais devagar por dentro de um tubo apoiado por colunas grossas. O tubo passava por vários distritos, Azul explicou. Sidra criou um lembrete para tentar encontrar uma maneira de explorá-los em um modo de transporte mais lento, talvez a pé, quando estivesse mais acostumada com o kit. Mesmo passando rápido por eles, as diferenças entre os distritos ficaram bem claras. O lado escuro era onde os comerciantes de Coriol se refugiavam da agitação do mercado. Também havia distritos do outro lado, porém, pelo que Azul dissera, as distinções eram baseadas em mercadorias e serviços. Ali, as divisões eram bastante diferentes. O primeiro distrito pelo qual passaram foi Penhascos de Tessara, lar dos mais ricos (a maioria revendedores de navios, segundo Azul, e também comerciantes de combustível). As casas ficavam elegantemente escondidas atrás de paredes e rochas esculpidas, mas dava para ver que elas eram grandes e impecáveis. Em seguida, Kukkesh, o distrito aandriskano, com lares aconchegantes de um só andar, entradas convidativas e poucas janelas. Havia uma fronteira invisível, mas inconfundível entre Kukkesh e Baía da Pedra Chata, um nome que apenas os turistas e os mapas usavam.

"Aqui é Pesada", disse Azul em voz baixa. "Um lugar não muito legal para passear. É onde as p-pessoas terminam se, hã, se não tiveram sorte na vida."

Ao passarem pela estação, Sidra viu os rostos cansados de uma família de akaraks vasculhando uma lixeira, vestidos com seus trajes mecânicos amassados. Foi uma cena angustiante, e Sidra encontrou outras coisas para processar o mais rápido possível.

Finalmente, chegaram ao distrito dos modificadores — Seis Pontas. O nome era um trocadilho, uma referência tanto às seis pequenas colinas ao redor das quais ficavam as casas quanto aos circuitos de seis pontas, um componente muito comum da tecnologia mecânica. Sidra não sabia o que esperar do lugar, mas o que viu ao sair do submarítimo tinha uma estética surpreendentemente orgânica para uma comunidade multiespécie de amantes da tecnologia. Sim, os sinais do ofício de seus habitantes eram óbvios: geradores de energia, barris de combustível vazios, receptores e transmissores de todos os tipos. Além desses elementos, porém, havia vida vegetal cuidada com todo o amor sob lâmpadas solares e fontes que brilhavam no escuro. Havia esculturas feitas de sucata, bancos lisos nos quais se sentavam amigos conversando ou casais apaixonados, luzes suaves que pareciam o projeto de pessoas com gostos distintos de decoração. Não havia nada de burocrático ou de uniforme na decoração pública. Aquele era um espaço construído por muitos. Sidra viu uma loja de comida, um bar de jogos, alguns vendedores de artigos variados. Havia certa calma ali, algo ausente no que tinha visto do lado iluminado. Talvez os modificadores já tivessem luzes e agitação suficiente durante o dia no trabalho. Talvez também precisassem de um lugar para se desconectar.

O caminho que saía da estação do submarítimo era curvo, ramificando-se como um rio em direção às casas mais adiante. As habitações eram baixas — nenhuma tinha mais que dois andares de altura — e com bordas arredondadas, como se alguém as tivesse moldado a partir de punhados de... alguma coisa. Não havia arquivos armazenados sobre materiais de construção. Mais uma coisa para baixar mais tarde.

"Cuidado por onde anda", alertou Azul. Sidra olhou para baixo e viu um inseto com asas transparentes bem onde o pé direito do kit teria pisado. Não tinha informação sobre a espécie, mas era linda, fosse lá o que fosse. As asas eram grossas e cobertas por uma leve penugem, e as manchas luminescentes ao longo do tórax piscavam uma luz suave. Ela mudou de caminho, feliz por ter evitado o inseto. A ideia de matar algo, mesmo que por acidente — *especialmente* por acidente — era perturbadora.

"Nós mantemos as luzes mais fracas por aqui, para evitar o excesso de poluição luminosa", explicou Sálvia. "Às vezes é meio difícil enxergar, mas você se acostuma." Ela pensou um pouco. "Bem, acho que você poderia simplesmente ajustar sua percepção da luz. Talvez fosse mais fácil." Ela seguiu na frente e estendeu a mão para trás. Azul a segurou e começou a andar ao lado dela.

Sidra não corrigiu a falta de claridade. Queria ver o bairro como seus companheiros o viam. A luz fraca que Sálvia tinha mencionado vinha de globos azuis pairando ao longo do caminho. Eles balançaram de leve, alimentados por uma energia que Sidra não sabia de onde vinha. No chão, musgo-da-noite e cogumelos carnudos ladeavam o caminho. Viu os mesmos insetos alados agrupados por ali, iluminando as nervuras das folhas enquanto procuravam néctar. Sidra olhou em frente e em volta. Conseguia ver as silhuetas de sapientes atrás das janelas, comendo, limpando, falando. Um trio de crianças aandriskanas brincava de correr uma atrás das outras ao redor de uma fonte, gritando em uma mistura de klip e reskitkish. Uma harmagiana passou em seu carrinho, acenando com sua clava tentacular cheia de piercings para Sálvia e Azul em algo parecido com uma saudação humana. Os humanos retornaram o cumprimento com as palmas das mãos livres. Sidra não sabia o porquê, mas, apesar de ainda estar estressada, algo em Seis Pontas a fazia relaxar.

Eles se aproximaram de uma habitação não muito grande e não muito diferente das outras. As plantas estavam crescidas demais, um pouco negligenciadas. Sálvia foi até a porta e passou o pulso pela tranca no painel. As luzes do lado de dentro se acenderam e a porta deslizou, abrindo-se. "Bem-vinda ao lar", disse Sálvia.

Sidra ficou olhando com toda a atenção enquanto Sálvia e Azul entravam. Ela não sabia bem qual o protocolo correto naquela situação e não queria ser mal-educada. Eles tiraram os sapatos, então ela fez o mesmo. Penduraram os casacos, então ela fez o mesmo. E então... então o quê? O que uma pessoa fazia dentro de casa?

"Fique à vontade", disse Azul.

Isso não respondia sua pergunta.

Sálvia reparou no silêncio de Sidra. "Pode dar uma olhada", instruiu ela. "Explore, acostume-se com o lugar." Ela se virou para Azul. "Eu... estou com fome."

"Nós temos um pouco de macarrão que sobrou na estase. Mas não acho que seja suficiente para três."

"Ela não precisa comer."

"Ah, é! Verdade. B-bem, então é suficiente."

"Você não está entendendo, eu estou com *fome*", disse Sálvia, erguendo as mãos em um gesto de súplica. "Eu não quero macarrão. Eu quero proteína. Quero algo que fique morando na minha barriga e faça eu me arrepender depois."

Sidra moveu o kit pela sala enquanto os humanos discutiam o jantar. Não era uma casa grande, nem passava a impressão de riqueza. A sala principal era um espaço arredondado e de aparência suave, com uma área para cozinhar que se estendia para o lado. As paredes eram cobertas por prateleiras que sofriam sob o peso de caixas de peças sobressalentes, plantas de pixel e várias bugigangas. A julgar pela mesa apinhada diante de uma ampla janela, Sálvia gostava de trazer trabalho para casa.

Sidra se aproximou de uma das prateleiras, na qual havia apenas bonecos em miniatura. Eram pessoas do tamanho da palma da mão, todas com cores berrantes.

"Ah", disse Sálvia com um sorriso. "É, eu gosto muito de simulações. Em especial as não realistas."

"E esses são..."

"Isso, personagens. Milo e Stalo, do Esquadrão Incêndio, por Eris Redstone. É muito divertido."

Sidra fez o kit pegar uma das miniaturas. Era um grupo de três personagens: duas crianças humanas — um menino e uma garota — e algum tipo de pequeno primata antropomorfizado. O menino estava examinando uma folha com um microscópio. A garota olhava para cima com um telescópio. O primata estava pegando algo em uma mochila aberta cheia de lanches. Todos tinham sorrisos enormes, as bocas abertas.

"Você parece preferir esses três", comentou Sidra. Os personagens apareciam várias vezes na prateleira, em variados estilos e tamanhos. Ela examinou a base da miniatura que tinha na mão do kit. *Tripulação Traquinas 36*, escrito em letras amarelas em relevo. *Dhou Mu, Frota do Êxodo, 302 Padrão da* CG.

Os olhos de Sálvia se arregalaram. "Caramba, você não conhece *Tripulação Traquinas*. Bem, eu já deveria saber." Ela pegou a miniatura da mão do kit. Seus olhos se fecharam em uma expressão reverente. "*Tripulação Traquinas*... Ah, cara, é..."

Azul suspirou com um sorrisinho malicioso enquanto olhava algo em seu scrib. "Começou."

Sálvia se preparou para o discurso. "É uma simulação para crianças. Quer dizer... sim, tudo bem, é para crianças, tecnicamente. Conteúdo educativo, sabe, vamos aprender sobre naves e outras espécies e o que quer que seja. Mas é..."

Azul fez contato visual com Sidra e começou a formar as palavras silenciosamente com a boca: *É muito mais...*

"É muito mais do que isso", disse Sálvia ao mesmo tempo. "Essa franquia vem lançando novos módulos há *quarenta padrões*. Além de ser brilhante — estrelas, eu poderia passar horas falando sobre o código adaptativo —, quer dizer, juro, é uma série muito importante. Toda criança humana na CG conhece *Tripulação Traquinas*, pelo menos indiretamente. E não estou falando apenas das crianças humanas na frota ou algo assim." Ela apontou para as duas crianças das miniaturas. "Alain e Manjiri. Manjiri é da Frota. Alain é de Florença." Ela olhou com expectativa para Sidra, como se isso tivesse algum significado especial. Não tinha. Sálvia continuou. "Foi a primeira simulação para crianças que mostrava um exodoniano e um marciano não apenas ocupando a mesma nave, mas sendo *amigos*. Vivendo aventuras, trabalhando em equipe, todas essas coisas positivas. Pode não parecer grande coisa hoje, mas, quarenta padrões atrás, foi muito significativo. Toda uma geração de crianças cresceu assistindo a isso e, sem brincadeira, cerca de dez padrões depois, foi possível ver uma grande mudança na política da diáspora. Não estou dizendo que essa simulação foi a única coisa responsável por exodonianos e solários não se odiarem mais, mas *Tripulação Traquinas* foi sem dúvida algo que contribuiu para ajudar a deixar para trás toda aquela palhaçada da Terra. Ajudou algumas pessoas a abrirem a mente, pelo menos." Ela pôs a miniatura de volta na prateleira, ajustando sua posição com cuidado. "Além disso, a arte é linda. É de uma riqueza de detalhes que..."

Azul pigarreou bem alto.

Sálvia coçou atrás da orelha esquerda com uma risadinha constrangida. "É muito bom."

Seu parceiro acenou seu scrib para ela. "Que tal Frituras da Frota?"

"Boa", disse Sálvia. "Quero o meu de sempre. Em dobro."

"É sério?"

"É sério."

Azul riu. "Pode deixar."

Sidra levou dois segundos inteiros e quase três décimos para entender a conversa — Azul estava pedindo comida. Ela olhou para o único lugar organizado e impecável à vista: a cozinha. Acessou seus arquivos de referência comportamental. Era possível que Sálvia e Azul não tivessem o hábito de cozinhar. Além disso, fora uma longa viagem, e preparar comida levava tempo. Uma pequena onda de orgulho percorreu caminhos. Ela não precisava pedir explicações sobre *tudo*.

"Enquanto ele pede comida", disse Sálvia, "que tal eu mostrar o seu quarto? Não é grande coisa e peço desculpas pela bagunça. Não tivemos muito tempo para nos preparar. Vamos limpar e torná-lo seu nos próximos dias."

Sidra seguiu Sálvia escada acima. Havia pinturas penduradas na parede a intervalos regulares. Eram de paisagens, todas elas — não eram completamente realistas, mas de alguma forma isso as deixava ainda melhores. Sidra fez o kit parar de subir e examinou uma delas, que mostrava uma lagoa congelada no inverno, com luas gêmeas claras e nítidas no céu.

"Foi Azul quem fez?", perguntou Sidra.

Sálvia voltou um passo. "Foi, depois das nossas férias em Kep'toran." Seus lábios se contraíram em um sorriso secreto. "Todas essas paisagens são lugares que visitamos juntos."

Sidra abriu o arquivo nomeado *Práticas artísticas de humanos*, que havia compilado no ônibus depois que Sálvia lhe disse que Azul era pintor. "Ele sempre usa meios físicos ou também faz pintura digital?"

Sálvia pareceu achar a pergunta engraçada. "Não sabia que você era uma amante da arte. Ele prefere pintura tradicional, a menos que receba uma encomenda ou algo do tipo. Eu vou te levar ao ateliê dele no distrito de arte em breve." Ela continuou falando enquanto subia as escadas. "Passei quase uma década enchendo o saco dele até Azul finalmente começar a vender seus quadros. Não sou imparcial, é verdade, mas ele é muito bom, e fico feliz por não ser a única a pensar assim." Ela chegou ao topo da escada e desviou de uma pilha duvidosa de roupas limpas. "Ele agora tem até uma patrocinadora, por assim dizer. Uma harmagiana velha e rica. Comerciante de algas. Acho que já encomendou quatro quadros até agora. Compramos um novo motor para o ônibus com os créditos."

Sálvia passou pela porta, acendendo as luzes com um aceno. Era um quarto. Sidra não sabia como avaliá-lo além disso. O que deveria ser valorizado em um quarto? Não sabia dizer se o quarto era *bom* ou não, mas era *seu*. Isso era interessante.

Sálvia esfregou a parte de trás da cabeça, parecendo querer se desculpar. "Não é nada muito chique", disse ela. "E nós estávamos usando para guardar as tralhas." Ela indicou os caixotes e caixas empilhados, afastados às pressas para abrir caminho. "Mas está limpo. Azul limpou e fez a cama. Não sei se você vai querer a cama. Sei que você não precisa dormir." Sálvia comprimiu os lábios, parecendo um pouco perdida. "Eu não sei o que seria um bom espaço para você. Mas vamos trabalhar juntas para deixá-lo bem confortável, certo? Nós queremos muito que você se sinta em casa aqui."

"Obrigada", disse Sidra, com toda a sinceridade. Também não sabia o que queria em um espaço. Ela virou a cabeça do kit para os lados, tentando listar tudo. Havia a cama, como mencionado, grande o suficiente para duas pessoas, se deitassem abraçadas. As cobertas eram grossas, por causa do frio do lado escuro, e os travesseiros pareciam... convidativos. Sem saber o que fazer além disso, aproximou-se da cama e pressionou a mão do kit em um dos travesseiros. A mão afundou de maneira agradável.

Ela se virou e tentou avaliar todo o resto. Havia uma escrivaninha vazia, um armário e — ela fechou os olhos do kit, sentindo o rosto fazer uma careta.

"O que foi?", perguntou Sálvia.

"Não sei se consigo explicar."

"Tente. Estou ouvindo."

O kit suspirou. "Estou tendo problemas para processar o que vejo. Isso tem acontecido desde a instalação. Não é como um mau funcionamento. Mas é difícil. Eu deveria ter câmeras nos cantos, olhando de cima para baixo. Só poder ver isso — ela moveu as mãos do kit, indicando seu campo de visão — é frustrante. Uma coisa é não ser capaz de ver atrás de uma câmera em um canto. Mas sentir o espaço vazio atrás de mim e não saber o que tem lá... é desconcertante. Não gosto nada disso."

Sálvia pôs as mãos nos quadris e olhou em volta. "Já sei." Ela empurrou algumas caixas para o lado, moveu a escrivaninha até um canto e fez um gesto de baixo para cima. "Pode ir."

Sidra ficou olhando por dois segundos, então entendeu. Fez o kit subir na mesa e o posicionou no canto. O topo da cabeça agora estava no canto superior da sala.

"Que tal?", perguntou Sálvia.

Sidra moveu a cabeça do kit bem devagar de um lado para o outro, imaginando que estava operando uma das câmeras a bordo da *Andarilha*. Ver apenas um quarto por vez ainda a fazia se sentir limitada, mas a perspectiva... "Melhorou", respondeu, sentindo os membros do kit relaxarem. "Nossa, ajuda muito." Ela ficou absorvendo o cômodo por três minutos, olhando para cima e para baixo, de um lado para o outro. "Posso olhar dos outros cantos também?"

Sálvia a ajudou a reorganizar a mobília. Elas arrumaram os móveis de novo e de novo, cada vez proporcionando um novo ângulo, de onde Sidra examinava tudo com o kit. Quando seu quarto foi examinado de modo satisfatório, elas fizeram o mesmo pelo resto da casa, arrastando caixotes e mesas, e Azul deu uma mãozinha com os móveis mais pesados. Nenhum dos humanos pareceu estranhar. O drone de comida chegou com dois hambúrgueres de gafanhoto (molho de pimenta e cebola extras), um pedido de espetinhos picantes de feijão (Azul não comia animais, Sidra ficou sabendo) e algum tipo de palitinhos de legumes fritos. Sálvia e Azul comeram de pernas cruzadas no chão enquanto Sidra movia os móveis. Estava sendo folgada, ela sabia, mas seus anfitriões não pareciam se importar com a bagunça que estava fazendo na casa, e ela estava empolgada demais com aquela nova maneira de examinar um espaço para conseguir parar. Ela navegou o kit pela casa outra vez, observando de cada canto, experimentando todos os ângulos e registrando os mínimos detalhes.

Ela ainda se sentia estranha. O kit ainda parecia errado. Mas ela se sentiu melhor.

Fonte: desconhecida
Criptografia: 4
Tradução: 0
Transcrição: 0
Nodo de identificação: desconhecido

aimeussais: eu tenho um motor Dollu Mor (sexta versão) que está
registrando cerca de 125.3 vul. não é ruim, mas acho que posso
melhorar o desempenho. alguém tem algum macete para
acelerar as coisas?

bolofofo: esta pergunta é a cara da pitada

pitada: se você tem um Dollu Mor 6, imagino que esteja usando o
regulador de combustível do mesmo fabricante. troque com
o Ek-530 da Hahisseth. não é barato, mas vai diminuir uns 20
vuls ou mais. teoricamente, você PODERIA retirar a grade de
modulação e ligar as linhas de combustível direto na válvula
frontal. é ilegal, mas a decisão é sua. se você acabar fazendo
uma cagada, na melhor das hipóteses, vai virar um lixo picareta
quando terminar. na pior das hipóteses, o troço vai explodir na
sua cara. mas, se você conseguisse fazer tudo do jeito certo,
aceleraria consideravelmente as coisas. mais uma vez, você
nunca conseguiria uma licença com esse tipo de equipamento.
não estou dizendo que você deveria fazer isso. só estou
compartilhando informações.

aimeussais: obrigado pela explicação! alguém pode corroborar?

bolofofo: se a pitada falou, então tá falado.

jane 23, 10 anos

Uma máscara para respirar. Uma vox de parede. Um painel de luz. Jane 23 estava fazendo um bom trabalho naquele dia. Ela alongou o pescoço e as mãos. Estavam cansados, o que significava que o trabalho estava quase acabando. Olhou para o cesto. Faltavam dez — não, onze — itens. Olhou para o grande relógio na parede. Sim, ela conseguia separar onze itens em meia hora. Ela ia terminar o cesto, fazer exercício, pegar um copo de refeição, estudar e depois ir para a cama. Era assim que passava os dias.

Isso foi interrompido um segundo depois, quando algo deu muito, muito errado.

Primeiro houve um som, alto e cortante, tão rápido e estrondoso que quase não conseguiu ouvi-lo. Então ela passou a não conseguir ouvir de verdade. Não escutava mais nada. Seu ouvido doía muito.

Tudo ficou branco por um segundo, mas por um *longo* segundo, tempo suficiente para ver algumas Janes serem jogadas das cadeiras enquanto o flash branco se enchia de poeira, pedaços e sangue.

Ela se sentou no chão. Não se lembrava de como tinha ido parar lá. Não se lembrava de cair. Fez menção de gritar pedindo ajuda, mas então viu algo que a fez se esquecer de como formar palavras. Talvez fosse porque não conseguia ouvir. Talvez fosse porque tinha ficado sem ar com a queda. Mas só conseguia pensar naquilo que estava diante de seus olhos.

Havia um buraco. Um buraco na parede.

Jane 23 sentou-se reta.

Havia um buraco grande, um pedaço quebrado da parede. E havia coisas do outro lado.

Jane 23 não entendia o que estava vendo. Não havia mais paredes do outro lado. Havia pilhas gigantescas de sucata, mas bem longe, e o chão entre elas não parecia com nada que já tivesse visto antes. Mais acima, havia um... um teto. Mas não era um teto. Não parecia tocável. Não conseguia explicar. Havia um teto que não era um teto, e era azul. Apenas azul, estendendo-se por um bom pedaço. Azul para sempre. Sentia que estava prestes a vomitar.

As garotas estavam gritando. Ela conseguia ouvir outra vez.

Jane 23 olhou para a sala e entendeu o que via ali, pelo menos. Houve uma explosão. O banco de Jane 56 tinha desaparecido por completo, restando apenas uma mancha de algo molhado e queimado no chão. Ela se perguntou o que havia na lixeira da 56. Provavelmente uma sucata perigosa que as garotas mais novas deixaram passar durante a limpeza. Um motor com defeito, talvez, ou algo que ainda mantinha combustível. Ela não sabia.

Havia garotas mortas ao redor da mancha. Já tinha visto garotas mortas antes, mas nunca tantas, nunca várias de uma só vez. Algumas não estavam mortas, mas era melhor que estivessem.

Tinha algo errado com seu braço. Ela olhou para baixo e viu um fragmento de metal preso na carne. Jane 23 ficou assustada. Já se cortara antes, mas nunca tinha sangrado uma cor tão escura.

As garotas vivas continuaram gritando.

Jane 23 se levantou e correu pela confusão, passando por coisas que não queria ver. O banco de Jane 64 não estava longe, mas a garota não estava à vista. Ela se obrigou a olhar os pedaços no chão, tentando identificar se algum deles pertencia a 64. Quase vomitou mais uma vez. A boca estava seca. O braço estava molhado, cada vez mais molhado.

"Sessenta e quatro!", gritou. Tão alto que doeu.

"Vinte e três." A mão de alguém agarrou a barra de suas calças. "Vinte e três", repetiu.

Jane 23 se virou. A Jane 64 estava debaixo de um banco, segurando os joelhos junto ao corpo. A cabeça e rosto estavam ensanguentados, mas estava acordada e viva. Entretanto, ela tremia tanto que Jane 23 conseguia ouvir seus dentes baterem.

"Vamos", disse Jane 23. "Vamos. A gente precisa ir para a enfermaria."

Jane 64 olhou para ela, mas não se moveu.

"Sessenta e quatro", disse Jane 23. Ela estendeu a mão, agarrou a mão da 64 e a puxou para cima. "Nós não podemos ficar aqui." O sangue escorreu pelo outro braço de Jane 23, pingando no chão. O aposento girava e tudo parecia barulhento e assustador. "Vamos. Temos que encontrar uma Mãe."

Várias Mães já tinham chegado, entrando muito rápido pela porta. Jane 23 foi até a primeira que viu, puxando 64 com ela. A Mãe baixou a cabeça, olhando-as sem olhos.

"Precisamos de ajuda", disse Jane 23. Olhou para o seu braço, que sangrava muito, e tudo ficou estranho e preto.

Ela acordou na enfermaria.

Havia pontos em seu braço. E tantas garotas no cômodo com ela, tantas Janes. Havia muito barulho e choro. Ninguém estava sendo punida por chorar, o que era diferente. Talvez as Mães estivessem ocupadas demais tentando consertar coisas para ficar zangadas com o choro.

"Você está bem, Jane 23", disse uma Mãe, surgindo de repente ao lado da cama. Ela lhe entregou um copo d'água e outro copo menor com algum remédio. "Nós consertamos você."

"A sessenta e quatro está bem?", perguntou Jane 23.

A Mãe ficou quieta. Elas faziam isso quando conversavam com as outras Mães sem palavras. "Nós também a consertamos."

Jane 23 se sentiu muito boa ao ouvir isso, mais boa do que jamais havia se sentido antes.

"Tome seus remédios", disse a Mãe.

Jane esmagou o remédio entre os dentes. Tinha um gosto ruim e amargo, mas ela o manteve na boca um pouco antes de beber água e engolir. Ela voltou a se deitar. O medicamento começou a funcionar muito rápido. Ela se sentiu melhor, mais calma, não precisava chorar. Tudo parecia leve e macio. Tudo estava certo.

Ela olhou para as paredes. As paredes na enfermaria eram azuis, um azul brilhante. Um azul muito diferente do azul do outro lado do buraco.

Ela ficou pensando nisso.

sidra

Sidra manteve os olhos do kit fixos em Sálvia enquanto andavam pelas ruas do mercado, pensando se algum dia se acostumaria com o lugar. A cada passo havia algo novo a ser observado. Não podia deixar de prestar atenção, tomar nota mentalmente e arquivar a informação. No espaço, *algo novo* poderia significar um meteoroide, uma nave cheia de piratas, um incêndio no motor. Ali, eram apenas vendedores. Viajantes. Músicos. Crianças. E atrás de cada um deles havia outro e mais outro — uma infinita lista de ocorrências inofensivas de *algo novo*. Ela sabia que havia uma grande diferença entre um vendedor e um meteoroide, mas seus protocolos não, e exigiam sua atenção. Ela não sabia como parar. Não *conseguia* parar.

Ela descobriu, então, que havia algo de positivo em seu campo de visão limitado: Sidra precisava virar a cabeça do kit para olhar as coisas. Desde que permanecesse concentrada na nuca de Sálvia, poderia ignorar a massa interminável de informações. Pelo menos em parte. Um pouco.

Seguiu Sálvia rampa abaixo para o distrito técnico — as cavernas — e o kit suspirou com o alívio que sentiu. Tetos e paredes, e uma queda imediata da temperatura. O kit regulava a própria temperatura sem problemas, então superaquecer não era uma preocupação, mas o mercado estava mais quente do que a temperatura ideal no interior de uma nave. Tivera uma advertência de temperatura externa desregulada importunando-a desde que tinham saído do submarítimo. Ficou muito feliz em vê-la desaparecer.

Um laruano peludo estava apoiado em uma parede perto da entrada, o pescoço comprido inclinado para baixo enquanto observava o ir e vir da multidão. Seus pelos amarelos estavam presos em tranças da cabeça aos pés e ele brincava distraidamente com a pistola de pulso em uma das patas. Havia um grande aviso na parede ao lado dele, escrito em vários idiomas.

OS SEGUINTES ITENS PODEM SER PREJUDICIAIS A TÉCNICOS, ROBÔS, IAS, SAPIENTES COM MODIFICADORES E SAPIENTES COM TRAJES DE SUPORTE DE VIDA. ESTES ITENS SÃO PROIBIDOS NAS CAVERNAS. SE UM OU MAIS DESTES ITENS ESTIVER IMPLANTADO NO SEU CORPO, DESATIVE-O ANTES DE PROSSEGUIR.

Implantes-fantasma (implantes oculares que veem através de
    superfícies)
Robôs assassinos ou sequestradores
Poeira hackeadora (injetores de códigos transmissíveis via ar)
Materiais radioativos selados inadequadamente (se não tiver
    certeza, não arrisque)
Qualquer coisa movida a combustível de alga barata
Ímãs

No fim da lista havia um adendo escrito à mão, apenas em klip:

É sério, não estamos de brincadeira.

E, abaixo disso, uma segunda mensagem, em uma caligrafia diferente:

Por que isso é tão difícil de entender?

Os olhos largos do laruano se enrugaram quando ele as viu se aproxima-rem. "Bom dia, Sálvia", cumprimentou, baixando o rosto respeitosamente até a altura dela.

"Oi, Nri", respondeu Sálvia, assentindo com a cabeça de modo amigável. Sua postura mudou no instante em que entraram nas cavernas. Na super-fície, ela se movia como se estivesse em uma missão — queixo empinado, passos rápidos, sem jamais vacilar enquanto se enfiava por cada brecha no fluxo de sapientes. Mas, assim que chegaram na rampa de entrada, algo em Sálvia relaxou. Seus ombros se afrouxaram, ela diminuiu o passo. Seu andar era quase preguiçoso, despreocupado.

As cavernas eram tão labirínticas, barulhentas e movimentadas quanto o mercado. Luzes espalhafatosas e telas de pixels piscantes ajudavam a compor o caos e o ar transbordava de vozes e ruídos mecânicos. Mas o lugar era mais fácil para Sidra, assim como o seu quarto e o submarítimo. Tudo ali também era *algo novo*, mas as paredes indicavam em que ponto os protocolos podiam parar. Só passara cerca de um dia padrão em Coriol, mas já conseguia observar semelhanças entre os lugares onde se sentia relativamente mais à vontade.

"Oi, Sálvia!", gritou uma aandriskana tirando caixotes de um drone de carga. "Bom dia!"

"Bom dia!" Sálvia foi até ela. "Precisa de uma mãozinha?"

"Não", respondeu a aandriskana. "É para isso que servem os robôs." Ela indicou com a cabeça um pequeno esquadrão bulboso trabalhando em conjunto para transportar um caixote para sua loja.

Sálvia fez um gesto indicando o kit. "Hish, essa é minha nova assistente, Sidra. Sidra, esta é Hish, proprietária da Circuito Aberto."

Sidra moveu a mão do kit no sinal de *eshka* — que significava, na linguagem de sinais aandriskana, *prazer em conhecê-la*. Ficou feliz por ter gastado seu tempo baixando essas coisas.

Sálvia franziu a testa, mas não disse nada.

Hish retribuiu o sinal de *eshka* com entusiasmo, depois estendeu a mão para sacudir a de Sidra no cumprimento humano. "É um prazer", disse ela. "Já esteve nas cavernas antes? Não lembro de ter visto você por aí."

"Acabei de chegar ao Porto", disse Sidra. "É a minha primeira vez aqui."

"Ah, bem-vinda!", respondeu Hish. "De onde você é?"

Sidra estava preparada para a pergunta. Fez uso de seu repertório de respostas tecnicamente verdadeiras que ela e Sálvia tinham preparado juntas. "Eu nasci em uma nave de viagens longas. Resolvi finalmente pôr meus pés no chão."

"Ah, uma espacial, é? De algum sistema em particular, ou viajavam por toda parte?"

Sidra tentou formular uma resposta adequada. "Comecei na CG. Mas não sou cidadã." Parecia informação demais para se dar sem que ninguém tivesse perguntado, mas Sálvia garantira que aquele era o caminho certo a se tomar. *Existe um bando de humanos isolacionistas malucos fazendo sabe-se lá o que por aí*, dissera Sálvia. *Se você nasceu aqui, mas não é cidadã, isso significa que seus pais não a registraram. Isso vai fazer as pessoas imaginarem que seus pais viviam em uma das colônias à margem e estavam nas redondezas atrás de suprimentos. Já que os humanos do outro lado da cerca são algo que ninguém quer discutir em um bate-papo casual, você não vai ouvir muitas perguntas depois disso.*

Hish assentiu com a cabeça de modo compreensivo, mostrando que Sálvia estava certa. "Entendi", disse com um sorriso triste. "Bem, você não poderia ter escolhido alguém melhor", ela indicou Sálvia com um aceno da cabeça, "para lhe mostrar as coisas. Você já tem lugar para ficar?" A pergunta foi feita em tom calmo, mas com uma preocupação inconfundível.

"Tenho."

Sálvia bateu a mão no ombro do kit. "Ela está com a gente. Daqui a pouco vai estar enjoada de mim."

Hish riu, então tocou o antebraço de Sálvia. "Você e Azul são boas pessoas. Eu sempre disse isso." Ela se endireitou, olhando os robôs bem carregados. "Bem, eu vou deixar vocês irem. Sidra, tenha um primeiro dia maravilhoso. E, se precisar de algum equipamento de computação, é só falar comigo."

Sidra esperou até estarem fora do campo de audição da aandriskana. "Sálvia, ela ficou... ela ficou com pena de mim?"

"Ela acha que você escapou de algo bem pesado", disse Sálvia. "O que é exatamente o que queremos. Quanto mais as pessoas pensarem que você veio de uma situação difícil, menos perguntas elas vão fazer."

"Entendi", disse Sidra. Estava feliz com a falta de perguntas indiscretas, mas algo no olhar da aandriskana a deixava desconfortável. Não queria ser motivo de pena. Ficou observando Sálvia enquanto a mulher caminhava tranquilamente pelas cavernas, cumprimentando os colegas, batendo papo, fazendo perguntas em jargão técnico que fizeram Sidra ansiar pela Rede. Também observou as reações das pessoas enquanto reciclava suas respostas uma vez atrás da outra. Eram sempre variações sobre o mesmo tema: bondade em relação a Sidra, respeito por Sálvia. O primeiro era bom, mas o segundo parecia mais desejável. Sálvia também tinha escapado de "algo bem pesado", mas ninguém a olhava como se fosse um animalzinho de estimação perdido. Sálvia era útil ali. Sidra ainda não era. Levaria algum tempo, ela sabia, mas a falta de um propósito claro era desagradável.

Chegou a uma loja cuja fachada não era tão chamativa quanto a das vizinhas. "Aqui estamos", disse Sálvia, com um gesto dramático. A placa acima da entrada, aproveitada de algumas peças de sucata, anunciava o propósito da bancada aberta:

O BALDE ENFERRUJADO
Loja de reparos e trocas
Donos: Sálvia e Azul

"Azul já não trabalha mais aqui, certo?", perguntou Sidra.

Sálvia passou o implante de pulso por cima do escâner na bancada. Sidra ouviu um breve estalido, bem baixo, quando o escudo de segurança foi desligado. "Isso mesmo. Ele dá uma passada por aqui às vezes, quando está cansado dos artistas artistando."

Ela abriu o tampo da bancada e foi direto para seu espaço. Uma longa bancada de trabalho ficava em frente ao balcão, deixando bastante espaço de circulação. Nos fundos havia uma porta que levava ao que parecia ser uma pequena oficina, confortavelmente longe dos olhares curiosos dos clientes. Sidra manteve o kit fora do caminho de Sálvia enquanto a mulher deixava sobre a bancada algumas caixas de amostras cheias de componentes de segunda mão, cada uma embrulhada e catalogada.

"Pode me passar aquilo ali?", pediu Sálvia.

Sidra virou a cabeça do kit para seguir o olhar de Sálvia e encontrou um cinto de ferramentas. Era absurdamente pesado, repleto de chaves e alicates. O tecido grosso tinha sido reforçado com um fio áspero — várias vezes, ao que parecia. "Claro", disse Sidra. Ela entregou o cinto para Sálvia. "Você se incomoda de trabalhar aqui sozinha?", perguntou.

Sálvia balançou a cabeça. "Não. Eu que gosto de tecnologia, não Azul. Ele até consegue trabalhar com isso, mas não é o que o faz levantar da cama de manhã." Ela sorriu. "E, além disso, não trabalho mais *sozinha*." Ela pegou um avental de trabalho limpo e luvas de uma gaveta, então os vestiu e pôs o cinto de ferramentas enquanto falava. "Vamos lá. O Balde Enferrujado é onde as pessoas vêm para consertar todo tipo de coisa, e nós também vendemos peças variadas. Tenho apenas algumas regras." Ela ergueu um dedo na luva. "Regra número um: nada de explosivos ou armas de nível militar. Caso se trate de um fazendeiro ou alguém que planeja visitar Grilo ou algo assim e precisa que eu conserte um rifle, claro, posso fazer isso. Mas se a pessoa chegar aqui com uma pistola digna de um aeluoniano, eu mando catar coquinho na hora. Só soldados precisam de armas tão potentes."

Sidra gravou todas as palavras. "E se *for* um soldado?"

"Se for mesmo um soldado, então eu sou a última pessoa que iriam procurar com problemas de armas. A não ser que as forças armadas estivessem com sérios problemas de organização, eu acho. Eu conserto ferramentas básicas de defesa pessoal, mas nada para sair matando os outros." Ela levantou um segundo dedo. "Regra número dois: nada de biotecnologia. Não é a minha especialidade. Se alguém quiser que suas modificações sejam aperfeiçoadas, tenho uma lista de boas clínicas para recomendar. Lugares seguros e de confiança. Se alguém chegar perguntando sobre implantes ou modificações, venha atrás de mim e eu darei algumas dicas. Nada de nanobôs, mesmo que não sejam biológicos. Também não é a minha área, e eu não tenho o equipamento apropriado. Regra número três: se alguém trouxer qualquer coisa com ímãs, é bom avisar na hora para que eu possa armazenar tudo direito. Se esquecerem de me avisar, vão pagar por qualquer coisa que acabe sendo frita. Regra número quatro: tudo o que trouxerem deve caber atrás do balcão. Até faço trabalhos maiores fora da loja, mas avalio caso a caso. Não faço isso por qualquer um, então não dê essa opção às pessoas logo de cara. Apenas me chame, e eu decido na hora se vale o meu tempo. Tirando isso..." Ela comprimiu os lábios, pensando. "Aceito quase qualquer trabalho." Ela tamborilou os dedos no balcão. "Meu preço... varia. Pode ser o que quer que diga no pacote ou o que eu prometi. Cá entre nós, não ligo muito para créditos. Enquanto puder comprar comida e coisas idiotas para decorar minha casa, não me importo se as pessoas estão me pagando sempre o mesmo valor. Eu trabalho dentro dos orçamentos, e trocas são tão bem--vindas quanto créditos. Mais ainda, até." Ela levantou o pé. "Eu ganhei essas botas depois de reparar o escâner de implantes de um comerciante de roupas. Tem um médico que atualiza meus imunobôs e os de Azul todo padrão em troca de pequenos serviços, sempre que ele precisa. E eu tenho um desconto vitalício de cinquenta por cento no Capitão Comilança por-que fiz um reparo urgente na churrasqueira deles." Ela deu de ombros. "Créditos são imaginários. Eu os aceito porque decidimos coletivamente que é assim que fazemos as coisas, mas prefiro fazer negócios de forma tangível. Mas não precisa se preocupar — você *vai ser paga* em créditos. Assim é mais limpo."

Sidra tinha se esquecido dessa parte. "Ah. Certo."

"Você vai receber uma porcentagem dos lucros mensais da loja. Ainda não fechei um valor, mas prometo que será justo. E isso é além de morar com a gente. Você ter um teto sobre a sua cabeça não depende de trabalhar aqui, então, se preferir fazer outra coisa, tudo bem também. Você não é uma escrava, está bem? A cada duas decanas nós vamos fazer as contas e eu transfiro..." Ela estalou os dedos. Por causa das luvas, o estalo quase não fez barulho. "A gente precisa arrumar uma conta bancária para você. Não se preocupe, conheço alguém que pode cuidar disso para a gente, trabalha para a CG, mas é gente boa. Ela faz vista grossa se você não tiver os formulários nos conformes e não faz muitas perguntas. Também tem uma incrível coleção de carrinhos harmagianos antigos que usa nas festas. Do início da Era Colonial, muito lindos. Vou escrever para ela."

Sidra deixou de lado o arquivo *regras da loja* e criou outro: *meu trabalho*. "E o que eu vou fazer?"

"Já que Azul não está mais por aqui, preciso de um segundo par de olhos e mãos. Estava pensando que você podia ficar onde eu não estivesse. Ou seja, se estou fazendo algo complicado e barulhento lá nos fundos, você pode ficar aqui no balcão, cumprimentando as pessoas, entregando os trabalhos finalizados, vendendo produtos embalados que não precisam da minha supervisão. Se eu estiver aqui na frente, você pode limpar os fundos. Às vezes há pequenas incumbências para serem resolvidas fora da loja, aí uma de nós duas pode ir e a outra fica aqui cuidando de tudo." Ela inclinou a cabeça. "O que acha, para começar?"

Sidra processou isso. De certa forma, não era tão diferente do propósito para o qual fora criada. Ela monitoraria a segurança da loja e atenderia aos pedidos. Executaria as tarefas de acordo com as instruções que recebesse. Seria os olhos de Sálvia onde ela não podia ver. "Eu posso fazer isso."

Sálvia a estudou. "Eu sei que você *pode*. Mas você *quer*?"

Sidra processou a pergunta, mas não soube o que dizer. "Não consigo responder, porque não sei." Quando recebia uma tarefa, realizava-a. Quando lhe faziam um pedido, atendia-o o melhor que podia. Era seu trabalho, afinal. Era seu *propósito*. Se as coisas não tivessem acontecido da maneira que aconteceram na *Andarilha*, se tivesse permanecido no núcleo onde havia sido instalada, será que alguém teria lhe dito: *Olá, Lovelace! Bem--vinda! É hora de você começar a monitorar a nave — mas só se você quiser!*?

Ela duvidava muito.

Sálvia pôs a mão no ombro do kit e sorriu. "Que tal a gente começar e depois vamos vendo o que você acha?"

"Tudo bem", disse Sidra, aliviada por poder colocar de lado esse loop de processamento. "Como o dia começa?"

"Primeiramente, sempre olho dois canais: a caixa de mensagens da loja e o Piquenique." Ela gesticulou para um pequeno projetor de pixels no balcão. Uma nuvem de pixels explodiu no ar, organizando-se para exibir os canais iniciais de Sálvia em retângulos translúcidos idênticos. O da esquerda foi fácil de decifrar.

NOVAS MENSAGENS
Novo pedido: revisão do motor — Prii Olk An Tosh'kavon
Verificação: scrib não liga — Chinmae Lee
Novo pedido: olá você entende de equipamento hidropônico acho
    que uma das minhas bombas está quebrada — Kresh
Consulta: você aceitaria baratas-da-costa-vermelha vivas como
    pagamento? — sapo
Consulta: na verdade não é uma consulta, a nova compilação
    funciona que é uma maravilha, agradeço!!!!!!!!! — Mako Mun

O da direita, no entanto, era um mistério. Visto que os pixels haviam demorado mais para se arrumar, devia haver criptografia envolvida.

olá pitada. bem-vinda ao piquenique.
mecânica (grande)
mecânica (pequena)
bio
nano
digital

experimental
inteligente
protetor
espacial

Os olhos do kit piscaram quando Sidra ficou sem reação. "O que é isso?"

Sálvia assentiu para o canal da direita. "O Piquenique é um canal social não oficial para técnicos de toda a CG que gostam de manter contato com pessoas que sabem coisas que... Digamos apenas que a Autoridade do Porto poderia não aprovar. Oficialmente, pelo menos."

O kit umedeceu os lábios enquanto Sidra considerava o que fora dito. Ninguém fazia muito segredo do mercado negro em Porto Coriol, mas ainda era um pouco inquietante saber que estava olhando por uma de suas janelas. Não tinha moral para recriminar atividades ilegais — visto que *ela era uma* —, mas, ainda assim, esperava não estar em um lugar onde fosse mais fácil ser descoberta.

Sálvia notou a pausa. "Não se preocupe. Olhe isso aqui." Ela gesticulou para *biotecnologia*, passando por dezenas de discussões à procura de algo. "Ah, achei. Está vendo esse usuário, FrondeFrondosa? É o inspetor que verifica minha loja todos os padrões. Eu não me arrisco."

"Muito do seu negócio é, hã..." Sidra não sabia bem como formular a pergunta de modo educado.

"Eu trabalho dando às pessoas o que elas precisam. Você ouviu minhas regras. Não faço nada perigoso ou idiota. A questão é que muitas leis são idiotas e nem sempre mantêm as pessoas fora de perigo. O que posso dizer? Sou uma mulher de princípios." Ela piscou um dos olhos. "Vamos, pensei em sua primeira tarefa. Desculpe — trabalho. Seu primeiro trabalho. É, talvez, sua incumbência mais importante."

Sidra seguiu Sálvia até a oficina que ficava por trás do balcão. Tendo estado na casa de Sálvia, o que viu ali não foi surpresa. Prateleiras de materiais elevavam-se até o alto, lotadas de caixotes, todos etiquetados — à mão! — em letra bastão. Havia organização naquele ambiente, mas também certa bagunça. A marca de uma mente lógica que às vezes perdia o rumo.

Sálvia apontou com orgulho para uma engenhoca elaborada, montada à mão e coberta de tubos brilhantes e canos amassados. "Se você vai ser minha assistente", disse ela, "então precisa aprender a fazer mek".

"Essa é... a incumbência mais importante?"

"Ah, claro. Consertar coisas complicadas requer uma mente lúcida. Nada relaxa mais uma pessoa do que uma xícara quente de mek." Sálvia pousou a mão com todo o amor na mekeira. "Eu bebo baldes disso."

Sidra acessou um arquivo de referência sobre comportamento. "A maioria dos sapientes não bebe mek de modo recreativo? No fim do dia?"

Sálvia revirou os olhos. "A maioria dos sapientes confunde trabalho duro com uma vida miserável. Eu faço um bom trabalho e nunca me atraso. Então, por que não? Não é como se eu estivesse fumando estouro. Mek é que nem quando você come até ter sono, mas sem a parte da comida. São os mesmos mediadores químicos do cérebro, inclusive. Se você beber demais, é só tirar uma soneca. E, sério, se o seu trabalho não deixa você tirar uma soneca de vez em quando, é hora de procurar um novo emprego. Claro que isso não se aplica a nós."

"Sonecas são boas?"

"São excelentes." Sálvia abriu uma gaveta e pegou uma lata decorada com um desenho aeluoniano — redemoinhos e círculos monocromáticos. "Você não sabe o que está perdendo. O mesmo com mek." Ela abriu a lata e cheirou o conteúdo, inalando profundamente. "Hum, isso aí." Ela estendeu a lata para Sidra. "Quando você cheira o mek, como você... como você processa o cheiro? É apenas uma lista de componentes químicos?"

"Não sei. Vamos ver." Sidra pegou a lata, levou-a até o nariz do kit e inspirou o ar.

A imagem surgiu sem aviso prévio, tomando a frente de todos os outros estímulos — *um gato dormindo, esparramado de costas à luz do sol, os pelos arrepiados, as patas cor-de-rosa abertas e relaxadas* —, e então desapareceu, tão rápido quanto surgiu.

"Ei, você está bem?", perguntou Sálvia, pegando a lata. Alguma coisa no rosto do kit tinha chamado sua atenção.

Sidra examinou seus diretórios em busca de uma explicação. "Eu... não sei." Ela parou por um segundo. "Eu vi um gato."

"Tipo... um gato terráqueo?"

"Isso."

Sálvia olhou em volta. "O quê? *Aqui*?"

"Não, não. Parecia um arquivo de memória. Um gato, adormecido perto de uma janela. Mas nunca vi um gato antes."

"Então... como você sabe que era um gato?"

"Pelos arquivos sobre comportamento. Animais que podem ser encontrados com seres humanos. Eu sei o que é um gato, mas nunca *vi* um antes." Vasculhou seus arquivos mais uma vez e não achou nada. "Não consigo encontrar o arquivo. Não estou entendendo."

"Tudo bem", disse Sálvia. Seu tom era leve, mas havia uma pequena ruga entre os olhos dela. "Talvez seja algum fragmento perdido que você acabou baixando da Rede, certo?"

"Não, eu... eu não sei. Talvez."

"Se acontecer de novo, me avise. E talvez seja melhor a gente executar um diagnóstico, apenas por segurança. Tirando isso, você está bem?"

"Sim. Estou apenas confusa."

"Você está se acostumando. Está tudo bem. As coisas vão parecer estranhas por um tempo. Vamos lhe dar algo para se distrair, que tal? Quando minha cabeça está cheia demais, sempre ajuda estar com as mãos ocupadas."

Sálvia ensinou o passo a passo de como fazer mek — medir o pó, ligar a água, tomar cuidado com a temperatura. Não era complicado, mas Sálvia era bem detalhista. "Veja bem, se você cozinhar muito rápido, há um composto na casca que faz o mek ficar intragável de tão amargo. Se cozinhar muito devagar, vai acabar com um lodo." Sidra fez anotações bem detalhadas. Claramente, aquilo era importante.

Um alarme suave tocou, indicando que o mek estava pronto. Sálvia pegou uma caneca, inspecionou-a, então limpou o lado de dentro com o canto do avental e a pôs sob a torneira da mekeira. Uma pequena nuvem de vapor subiu quando o líquido branco e leitoso jorrou na caneca. Sálvia a segurou com as duas mãos, inalando profundamente. Ela soprou o líquido e então tomou um gole cuidadoso.

"Não está muito quente?", perguntou Sidra.

"Está, mas, estrelas, como é bom." Sálvia bebeu devagar com a boca apenas um pouco aberta. "*Ahhhh*. Você quer experimentar?"

"Quero." Sidra aceitou a caneca. Os reflexos de dor simulados do kit não foram acionados, então não devia estar quente demais — pelo menos não para ela. Ela olhou para o líquido girando na caneca de uma forma amigável.

"Você sabe como beber?", Perguntou Sálvia.

"Eu acho que sim." Sidra nunca tinha manobrado o kit daquela maneira antes, mas foi fácil de imitar. Ela trouxe a caneca até os lábios do kit, separou-os e puxou o líquido para dentro. Conseguia detectar o calor e...

Estava entrando em uma banheira de água quente, mas o corpo não era o dela. Era outra pessoa — mais arredondada, mais alta, e à vontade em seu corpo. Ela afundou na água, sendo envolvida pela espuma perfumada. Tudo estava bem.

Sidra olhou para Sálvia. "Aconteceu de novo. Não o gato, mas..." Ela tomou outro gole. *Estava entrando em uma banheira de água quente, mas o corpo não era o dela.* "É um banho. É um arquivo de memória de alguém tomando um banho. E agora sumiu de novo." Ela pegou a lata de pó de mek e inalou fundo. *Um gato dormindo, esparramado de costas.* "Isso ativou o gato de novo." Ela tomou outro gole da caneca, testando padrões. *Estava entrando em um...* "Banho."

"Uau. Ok, isso é específico demais para ser um mau funcionamento aleatório." Sálvia foi até o balcão na frente da loja e pegou seu scrib. "Hora de olhar seu manual do usuário."

"Não havia nada sobre isso no manual do usuário."

Sálvia lhe lançou um olhar irônico. "Modificadores adoram coisas secretas." Ela gesticulou. Pesquisar, hã... arquivos de imagem aleatórios?" Um texto surgiu.

> Parabéns! Você descobriu uma das melhores características do seu kit: analogias sensoriais! Você vai passar muito tempo com sapientes orgânicos, e se há uma coisa que os sapientes orgânicos adoram é o prazer físico: alimentos, contato físico, coisas cheirosas. Eu não queria que você deixasse de aproveitar esses momentos com seus amigos. Você não tem a capacidade de processar estímulos sensoriais da mesma forma que os orgânicos, então o seu kit inclui um enorme repositório oculto de imagens agradáveis, que foi perfeitamente integrado ao seu núcleo após a instalação (nem tente procurar — você não vai achar!). Sempre que o seu kit receber estímulos que seriam agradáveis para um orgânico, o repositório será acionado. Então, vá em frente! Coma sobremesas! Experimente uma massagem! Cheire as flores!

Sálvia olhou Sidra, depois voltou para o scrib. "Isso é genial." Ela fechou os olhos e riu. "Ah, estrelas, nós vamos nos divertir muito." Ela gesticulou para o projetor de pixels, fazendo surgir um programa de comunicação.

"Nome do contato, por favor", pediu uma voz robótica.

"Capitão Comilança", disse Sálvia, com uma piscadela para Sidra.

O logotipo com o desenho de um humano marinheiro usando um chapéu ornamentado e várias próteses no lugar de membros surgiu, seguido por um longo cardápio com alimentos de valor nutricional duvidoso. Farofa de grilo de vários sabores. Porções com doze unidades de pasteizinhos de baratas-da-costa-vermelha. Uma grande variedade de petiscos, apimentados ou doces. Era uma longa lista.

"Bem-vindos ao serviço de entrega do Capitão Comilança!", exclamou a gravação em tom alegre. "Basta fazer seu pedido e enviaremos um drone para a sua localização imediatamente. Se você já sabe o que gostaria..."

"Eu sei." Sálvia assentiu com seriedade. "Eu gostaria do lado esquerdo do cardápio, por favor."

jane 23, 10 anos

"Não estou entendendo", disse Jane 64. Elas estavam conversando na cama, o que não era permitido, mas estavam falando bem baixinho, e nenhuma das garotas contaria para as Mães.

Jane 23 tentou encontrar palavras boas, mas era difícil. "Havia algo do outro lado da parede."

"Outra sala?"

"Não, não era outra sala."

"Não entendi", disse Jane 64. "Como podia não ser uma sala?"

"Não tinha paredes", disse Jane 23. Era tão difícil de explicar. "Não era como mais nada aqui. Existe outra coisa fora da fábrica."

Jane 64 franziu a testa. "Era grande?"

"Grande mesmo. Maior que qualquer coisa que eu já vi."

"Era um pedaço de sucata?"

"Não", disse Jane 23, tentando não falar alto. Sentia-se quase brava. "Não parecia com *nada*. Era que nem o espaço dentro das salas... Só que sem paredes. Eu não sei." Ela não tinha mais palavras. "Era estranho e errado."

Jane 64 chegou mais perto, falando tão baixinho que Jane 23 não teria conseguido ouvir se ela estivesse um centímetro mais longe. "Você acha que as Mães sabem que tem algo lá?"

"Acho." Jane 23 sabia que elas sabiam. Não fazia ideia de como. Simplesmente sabia.

"Então devemos perguntar a elas."

"*Não.*" Na enfermaria, as Mães haviam perguntado a todas as garotas, uma de cada vez, o que tinham visto na sala de separação quando o acidente aconteceu. "Eu ouvi Jane 25 dizer que tinha visto o buraco."

As duas ficaram quietas. Jane 25 tinha sido a colega de beliche de Jane

17, que estava dormindo com 34 e 55 agora.

"O que você disse a elas?", perguntou Jane 64, os olhos arregalados.

"Eu disse que caí e depois fui procurar você."

Os olhos de 64 ficaram ainda maiores. "Você *mentiu*?"

Jane 23 deu de ombros, apesar de estar com medo. "Eu só não contei." Ela estava mesmo com muito medo desde a enfermaria, medo de que talvez as Mães pensassem mais e percebessem que ela não tinha contado tudo.

"Talvez a gente devesse perguntar às outras garotas", disse Jane 64. "Talvez mais alguém também tenha visto."

Jane 23 não achou que era boa ideia. Ela se sentia bem em conversar sobre isso com 64, porque sabia que Jane 64 nunca lhe causaria problemas. "Eu só quero saber o que é", explicou. "Não consegui olhar direito."

Jane 64 coçou os pontos na testa. "Você acha que ainda vai estar lá quando voltarmos para a nossa sala de separação?"

"Não, acho que é por isso que estamos em uma sala diferente agora", disse Jane 23. "Acho que vão consertar o buraco antes de a gente voltar." Havia outra coisa que queria dizer, mas estava presa em sua boca. Era realmente assustador. Queria tanto dizer as palavras. Precisava. "Quero ir lá olhar."

Jane 64 olhou para ela, assustada, mas bem interessada. "Eu também", disse ela. "Mas não quero ser punida."

Jane 23 pensou um pouco. "Podemos ir lá sem sermos punidas."

"Elas não iam deixar a gente ir lá durante o dia do trabalho."

"A gente pode ir à noite."

Jane 64 sacudiu a cabeça com força. "Não é permitido sair da cama", lembrou ela, a voz aguda e trêmula.

"É sim, se a gente for ao banheiro."

"A gente não vai ao banheiro. Elas sabem onde o banheiro fica."

"Podemos dizer... podemos dizer que estávamos indo ao banheiro quando ouvimos barulho estranho fora do banheiro e achamos que alguém estava precisando de ajuda."

"Quem?"

"Alguém. Uma das garotas pequenas. Podemos dizer que ouvimos uma das garotas pequenas e ela parecia assustada", disse Jane 23. Começou a ficar menos assustada e o sentimento foi aos poucos substituído por outro, quente, alto e bom. Estavam discutindo mau comportamento, mas era algo que ela queria fazer. Queria muito. Então, foi o que fez. Na mesma hora. Ela se levantou, calçou os sapatos e se afastou. Jane 64 sussurrou alguma coisa, mas 23 já estava longe demais para ouvir. Então ouviu o som de seus passos seguindo-a.

"Esta é uma má ideia", disse Jane 64. "Se encontrarmos uma das Mães, vou dizer que foi ideia sua." Mas Jane 23 sabia que não era verdade e que 64 nunca permitiria que 23 fosse punida em seu lugar. Só garotas más faziam coisas do tipo, e 64 não era má. Era a mais boa de todas.

O banheiro estava frio. Elas o atravessaram bem rápido. Jane 23 parou quando chegaram à porta do corredor. Talvez fosse mesmo uma má ideia. Ainda poderiam voltar. Poderiam voltar e ninguém jamais saberia de nada. Poderiam voltar para a cama e ser bem produtivas no dia seguinte.

Ela atravessou a porta. E 64 foi com ela.

Os corredores pareciam estranhos no escuro, mas foi fácil encontrar o caminho. Pensaram ter ouvido uma das Mães em certo momento, então se abaixaram atrás de uma pilha de caixotes. Mas não era nada. As duas estavam bem. Continuaram bem até chegarem à sala de separação. A porta estava fechada, mas não trancada. Por que estaria? As garotas nunca iam a lugar nenhum sem Mães vigiando.

"Acho melhor não entrarmos", sussurrou Jane 64.

Não deveriam entrar, ela sabia. Olhou o corredor. Ninguém estava lá, mas isso poderia mudar logo. Sabia que as Mães se moviam muito rápido.

"Vamos", disse Jane 23, segurando a mão da colega de beliche. Ela entrou pela porta. Jane 64 seguiu sem resistir.

Mesmo no escuro, Jane 23 conseguia ver que a sala de separação havia sido limpa. Ainda estava uma bagunça, mas não era mais uma bagunça molhada. O sangue e os pedaços tinham desaparecido, e as partes explodidas haviam sido varridas em pilhas. A sucata também tinha desaparecido de todos os bancos. Jane 23 ficou com medo, embora a sala estivesse silenciosa. Mesmo que a sala não estivesse com o mesmo aspecto do que o da última vez que a tinha visto, em sua mente Jane 23 ainda a via como antes. E se houvesse pedaços de garotas lá? E se houvesse uma garota presa debaixo de uma mesa e ela as agarrasse quando passassem? Jane 23 chegou mais perto de 64, que também se aproximou.

O buraco na parede tinha sido coberto por uma lona. Havia coisas ao lado, algum tipo de... Jane 23 não tinha certeza. Havia coisas em baldes e algumas ferramentas também. Lembravam a cola que as garotas usavam na sucata quebrada. Talvez as Mães estivessem tentando colar a parede.

Um canto da lona ondulou, sendo empurrada para a frente e para trás pelo ar que vinha... de algum lugar. Do outro lado.

"Vamos voltar", sugeriu Jane 64, mas falou bem baixo, como se não tivesse certeza. Estava olhando para o canto ondulante.

O coração de Jane 23 batia tão forte que ela achou que ia arrebentar. Segurou o canto da lona. O ar empurrando-a estava frio. Frio mesmo.

Ela puxou a lona para o lado.

As coisas do outro lado da parede não tinham feito sentido antes, mas agora faziam ainda menos. As imensas pilhas de sucata ainda estavam lá, mas o teto que não era um teto tinha mudado. Não era mais azul e não era mais claro — pelo menos, não da mesma maneira. Antes, tinha sido claro por inteiro, mas agora era bem escuro mesmo, exceto por três grandes luzes redondas e um monte de pequenos pontos brilhantes e algo meio esfumaçado cobrindo alguns deles. O não teto era *grande*. Muito, muito grande. Maior do que a sala de separação, maior do que o dormitório. Ia tão longe que Jane não conseguia ver as bordas. Continuava para sempre.

Jane 64 não disse nada, apenas respirava muito forte e pesadamente. Devia estar assustada, mas não sugeria mais que voltassem para a cama. Jane 23 entendia. Ela sentia o mesmo.

Jane 23 pôs a mão para fora da parede quebrada. Estava frio, com certeza, mas não era frio como metal ou o chão do banheiro. Apenas fazia frio em todo lugar. Sua pele ficou arrepiada. Não era uma sensação muito boa, mas gostou dela de qualquer jeito, assim como gostava de sentir gosto de sabão ou de sangue ou de qualquer coisa que não uma refeição. Era diferente. O frio foi uma sensação diferente.

"Vinte e três, não", sussurrou 64.

Mas Jane 23 estava ouvindo outra coisa agora — aquele sentimento quente e bom, crescendo em seu peito. Ela saiu pelo buraco na parede. Deu mais um passo. Dois passos. Três. Quatro.

As pilhas de sucata se estendiam indefinidamente, assim como o não teto. Não era nenhuma surpresa sempre ter tanta sucata para separar. As garotas poderiam passar anos separando sem nunca terminar.

Ela olhou para baixo. O chão fora da parede era todo empoeirado. Havia pequenos pedaços rígidos por toda parte, e o chão se inclinava em direção às pilhas de sucata. Ela olhou de novo para o não teto. Aquilo fazia sua cabeça doer e o estômago também. Se chegasse mais perto, talvez Jane 23 conseguisse entender. Talvez, se pudesse tocar o teto...

Jane 64 gritou: "Não! *Não!*".

Jane 23 se virou para trás. Uma Mãe tinha levantado Jane 64 do chão, a mão de metal envolvendo seu pescoço. Sua colega de beliche chutava e se debatia, tentando puxar os dedos prateados.

Jane 23 também quis gritar, mas a garganta não deixou o som sair. Elas seriam punidas. A punição seria uma daquelas das quais as garotas nunca voltavam. Haveria um beliche vazio no dormitório, aquele onde deveriam estar dormindo. As Mães não precisariam fazer um trio.

Era tudo culpa dela.

A Mãe viu Jane 23, mas não atravessou o buraco. Ela a olhou e ficou ali parada, como se não soubesse o que fazer. Mesmo sem rosto, era bem fácil ver que estava zangada. Muito, muito zangada.

Jane 64 estava chorando e assustada, e seu rosto estava vermelho, do tipo errado. Olhou bem para Jane 23, de uma maneira que a fez se lembrar de todas as manhãs em que haviam deitado bem perto uma da outra antes que as luzes se acendessem, um olhar que a fez se lembrar de quando 64 disse que ela era a mais boa. "Corra!", disse Jane 64. "*Corra!*"

Jane 23 sabia que não deveria correr. Era ela quem tinha sido ruim. Não havia como escapar da punição, e resistir só ia piorar as coisas. Mas aquele sentimento quente, bom e raivoso falou mais alto do que qualquer coisa que as Mães já tivessem lhe dito. Jane 64 continuou gritando: "Corra!". Seus músculos diziam o mesmo: *Corra. Corra!*

Então ela correu.

• • • • • • • • • •

sidra

Azul se levantou quando Sálvia e Sidra entraram pela porta. "Oi!", cumprimentou ele com um largo sorriso.

"Oi", respondeu Sidra, enquanto acessava o arquivo que tinha nomeado como *fique à vontade*.

1. Tire o casaco
2. Tire os sapatos
3. Encontre um lugar para se sentar
4. Pegue um lanche ou uma bebida (opcional)

Sálvia olhou para o parceiro enquanto desamarrava o cadarço das botas. "O que houve?", perguntou em um tom que sugeria que devia haver algo.

Azul continuou a sorrir. "Eu, hã, fiz algumas mudanças." Quando Sálvia franziu a testa, ele acrescentou, de modo tranquilizador: "Nada de mais! Apenas a-algo, hã, algo para a nossa colega de casa".

Sidra ficou intrigada. Tirou o casaco e os sapatos do kit e entrou na sala de estar. Azul estava certo — o aposento não estava muito diferente, mas o sofá tinha sido empurrado um pouco para o lado, e junto a ele estava uma cadeira nova, o mais próximo possível da parede. Havia uma pequena mesa ao lado dela, sobre a qual estava uma caixa de Rede e um cabo de conexão. Uma onda de felicidade percorreu os caminhos de Sidra. Ela entendeu na hora. Aquele era um lugar para ela se sentar e se conectar ao chegar em casa.

"Obrigada", disse ela. "É muita gentileza sua." Ela fez uma pausa, não querendo ser descortês. "Posso...?"

"Claro!", respondeu Azul.

Sidra sentou o kit o mais rápido que pôde. Ela ligou o cabo ao conector cranial e o kit se recostou na cadeira, como um sapiente orgânico faria ao fim de um longo dia. Ela fechou os olhos do kit, saboreando as informações que a inundaram. Não fazia ideia de como descrever o sentimento para os seres humanos. Talvez fosse como regenerar um membro que havia sido cortado recentemente.

"A cadeira está em um b-bom lugar?", perguntou Azul. "O ângulo está bom? Tentei encontrar um ponto, hã, um ponto de onde você p-pudesse ver a maior parte da sala."

Sidra abriu os olhos do kit e examinou o ambiente. "Sim, está ótimo", disse ela, enquanto baixava tudo o que havia adicionado ao arquivo *assuntos para pesquisar* durante o dia. Ela tinha começado a se distrair com a tarefa quando percebeu algo roçando a perna do kit. Ela baixou os olhos do kit, mas o ângulo não estava certo. Ainda não conseguia ver o que era. O kit suspirou e Sidra se inclinou para a frente, virando a cabeça para baixo.

Uma pequena máquina saiu de debaixo da cadeira. Era um robô de pele macia, na forma de um animal que Sidra não reconheceu. Tinha uma grande cabeça, corpo atarracado e oito pernas curtas e gorduchas. Ela fez uma varredura em seus arquivos de referência, mas não encontrou nada.

"Ah, que fofinho!", disse Sálvia quando entrou no aposento. Ela pôs a mão no ombro de Azul com carinho. "É muito bonitinho."

Sidra observou o robô, que começou a se esfregar na perna do kit. Os dois olhos mecânicos verdes se abriram e fizeram contato visual. Sem aviso, saltou para o colo do kit e fez um barulhinho convidativo.

Sidra não sabia bem o que fazer. "O que é isso?"

"Entenda a sua mão", instruiu Azul.

Sidra pôs a mão direita do kit para a frente, hesitante. A máquina empurrou o nariz em direção à mão, acariciando as pontas dos dedos do kit, fazendo barulho. O kit começou a sorrir, apesar de Sidra não saber por quê.

"É um animabô", explicou Azul. "Esse, hã, esse foi feito para parecer um ushmin. Eles s-são harmagianos, mas todo mundo gosta deles."

Sidra percebeu que Azul a observava com um olhar cheio de expectativa, esperançoso. "Espere", disse ela. "Isso é para mim?"

Azul assentiu alegremente. "Eu s-sei que estar no espaço de outra pessoa pode ser estranho. Achei que seria, bom, hã, que seria bom ter algo só seu." Ele enfiou as mãos nos bolsos da frente. "Além disso, dizem que animais de estimação s-são calmantes. Pensei que ele podia ajudá-la a se sentir mais em casa."

A intenção era boa, mas Sidra repassou o que fora dito: *algo só seu*. Se o animabô era um presente, então ela era *dona* dele agora. Com cautela, fez o kit pegar o ushmin mecânico. Ele se balançou, dando a impressão de gostar do contato. O sorriso do kit desapareceu. "Ele tem consciência?"

Azul pareceu um pouco horrorizado. "Não. Eu *nunca* compraria algo assim. Não é inteligente, é só, hã, é só mecânico."

Sidra continuou a olhar para o animabô. Ele olhou de volta, os olhos piscando devagar. O programa não era consciente, então. Nada além de se/então, liga/desliga, pequenos algoritmos bem simples. Ela olhou para Sálvia, que estava assaltando a estase. Segurava uma caixa de besouros secos — *uma combinação exclusiva de cinco temperos!* — em uma das mãos enquanto procurava por uma bebida com a outra. *Besouros*, pensou Sidra. Besouros também não eram inteligentes. Não eram capazes de pilotar um ônibus espacial, desenvolver o submarítimo ou criar arte. Olhou de novo para o animabô, agora sentado em seu colo. Ela aproximou os dedos do kit outra vez. O robô se esticou na direção deles, implorando para ser tocado. Sem dúvida se tratava de um protocolo de reconhecimento. *Se o dono se aproximar, então faça coisas fofas.* Lembrou-se dos besouros outra vez. *Se um pássaro se aproximar, então fuja. Se sentir fome, então coma. Se for desafiado, então lute.* Os besouros não eram considerados grande coisa, mas pelo menos estavam *vivos*. Havia regras sobre como matar os insetos de modo rápido e indolor antes do consumo. Ela tinha lido na embalagem dos lanches de Sálvia: *abate de acordo com as normas da* CG. Dava para ter quase certeza de que os besouros não entendiam o que estava acontecendo com eles e que não sofriam muito, mas levava-se em consideração a possibilidade de que *poderiam* sofrer. Os animabôs também vinham com esses rótulos éticos? Qual a diferença entre alguns neurônios e um simples código se/então, se o resultado era o mesmo? Era possível dizer sem sombra de dúvida que não havia uma pequena mente naquele robô, vendo o mundo como talvez um besouro também o fizesse?

Sidra reparou que Azul ainda a observava, e que seu rosto assumira uma expressão um pouco preocupada. Achava que tinha cometido um erro, ela percebeu. Sidra fez o kit sorrir para ele. "Foi muita bondade sua", disse. "Obrigada."

"Você g-gostou? Se não tiver gostado, então..."

"Eu gostei", disse Sidra. "É interessante, e você ter pensado em mim foi ainda melhor." Ela processou um pouco. "Vocês não têm animais de estimação como alguns seres humanos."

"Não", respondeu Sálvia. Ela se sentou no sofá, no lugar mais próximo da cadeira de Sidra, comendo um punhado de besouros e em seguida tomando um gole de sua garrafa de gasosa de frutas vermelhas. "Não temos."

"Por que não?"

Sálvia tomou um longo gole de sua bebida, observando o animabô acomodado no colo do kit. "Não sou muito boa com animais."

jane 23, 10 anos

O ar fora da parede ainda estava frio, mas não havia mais uma grande diferença. Jane 23 abraçou o próprio corpo o máximo que conseguiu. A pele estava tão arrepiada que os buraquinhos minúsculos doíam, e os braços e a boca tremiam. Isso não era bom. Queria voltar para a cama. Queria nunca ter saído de lá.

As Mães não a seguiram. Ela não sabia por quê. Não estava sendo nada silenciosa. Seus pés esmagavam o chão audivelmente enquanto corria por ele, e Jane 23 tinha feito muito barulho ao terminar de cair pela última parte inclinada. As Mães não podiam atravessar a parede? Ou apenas não se importaram?

Ela não sabia para onde estava indo. As pilhas de sucata se erguiam bem alto, sombras assustadoras no escuro. Estava andando fazia muito tempo, horas, provavelmente — mas continuou em frente de qualquer maneira. Não sabia mais o que fazer.

Corra!, dissera 64, e 23 tinha corrido, até passar a sentir dor ao respirar. A voz da colega de beliche não lhe saía da cabeça, e Jane 23 se sentia tonta e doente. Queria chorar, mas não fez isso. Já tinha problemas o suficiente.

Seu pé bateu em algo duro e ela caiu, bem no chão empoeirado irregular. Ela gritou, mais de susto do que de dor. Não conseguia ver do jeito bom, mas seus joelhos doíam tanto, e ela sentia novos cortes nas mãos. Olhou para trás, tentando ver o que a tinha feito tropeçar. Era só um pedaço de sucata, preso no chão. Era só um pedaço mau de sucata, em seu caminho. Ela chutou. Chutar era um mau comportamento, mas isso já não era novidade e nada fazia sentido e as Mães tinham levado Jane 64 e a culpa era toda dela.

Chutou a sucata de novo e de novo, gritando sem formar palavras.

Outro som aconteceu. Não era a sucata e não era ela mesma. Era um som surdo, como o de um motor tentando ligar, mas sem conseguir. Não era um som conhecido, mas algo nele a fez ficar quieta.

Havia... algo parado não muito longe. Ela não fazia ideia do que era. Não era uma máquina, mas se mexia. Tinha certeza de que estava respirando, mas também não era uma garota. Ela olhou o melhor que pôde na luz fraca das três coisas brilhantes no não teto. A coisa tinha olhos. Tinha olhos, quatro pernas e nenhum braço. Ela não conseguia ver sua pele, apenas algo de aparência macia que cobria por completo a coisa. Também tinha uma boca e... dentes? Aquilo eram dentes? Eram mais pontiagudos que os seus.

A coisa a encarava. Inclinou-se um pouco, todas as pernas dobrando-se para trás. Isso fez o som de motor voltar. Não era um bom som.

Suas pernas foram tomadas pela mesma sensação de quando a Mãe a olhou zangada pelo buraco na parede. Ela ouviu Jane 64 em sua cabeça novamente. *Corra.*

Jane 23 correu.

Não olhou para trás, mas conseguia ouvir a coisa correndo também, fazendo sons maus e errados enquanto a perseguia. Ela correu rápido, o mais rápido possível, rápido como nunca deixavam que corresse durante a hora de exercício. Precisava continuar correndo. Precisava. Não sabia por quê, mas seu corpo sabia, e o que quer que fosse aquela coisa atrás dela, não era boa.

Outra coisa surgiu e também começou a correr em sua direção, derrubando um pouco da sucata. Ela correu mais rápido, sem se importar com o ar frio, com as Mães, nem mesmo com Jane 64. *Corra.* Era tudo o que podia fazer e pensar. *Corra, corra, corra.*

Seu peito doía. Seus sapatos esfregaram os dedos dos pés do jeito errado. As coisas estavam chegando mais perto. Conseguia ouvi-las, muito barulhentas. Suas bocas soavam molhadas.

Ouviu outro som: uma voz, vinda de algum lugar mais adiante. Mas era uma voz estranha, toda errada, sem fazer sentido, sem formar palavras boas. Apenas um monte de sons de lixo.

Sentiu o cuspe bater na parte de trás da sua perna.

A voz mudou. "Ei! Por aqui! Venha na minha direção!"

Não havia tempo para perguntas. Jane 23 correu em direção à voz.

Uma máquina estava caída sobre uma das pilhas de sucata, uma enorme máquina com lados grossos — e uma *porta*. Uma porta aberta que levava a ela. Duas luzes vermelhas piscavam nos cantos da escotilha levantada.

"Você consegue!", disse a voz por trás da porta. "Venha, rápido!"

Jane 23 começou a escalar a pilha de sucata e alguns pedaços afiados prenderam suas roupas e rasgaram suas mãos. Com um grito, ela se jogou dentro da máquina.

A escotilha bateu atrás dela.

Uma das coisas bateu do outro lado com um som muito alto, mas a porta não se moveu. Ela ouviu barulhos raivosos e algo arranhando o lado de fora. A porta continuou fechada.

"Fique quieta", sussurrou a voz. "Eles já vão embora".

Depois de um tempo, eles foram.

"Ai, estrelas", disse a voz. "Ai, estrelas, estou tão aliviada. Você está bem? Vou ligar algumas luzes."

As luzes se acenderam. Jane 23 se levantou. Ela estava em um quarto bem pequeno — ou talvez fosse um armário. Quatro paredes de metal, muito próximas uma da outra.

A voz falou bem rápido. "Você deve estar cheia de germes. Não tenho energia suficiente para uma varredura corporal ou um flash de descontaminação. Podemos limpá-la mais tarde. É um protocolo fazer a varredura, é verdade, mas isto é uma emergência, e isso significa que não tenho que seguir essa regra. Entre. Está tudo bem."

Uma das paredes se transformou em uma porta. Jane não se moveu.

"Não há ninguém aqui além de mim, não se preocupe", disse a voz. "Eu não posso machucá-la."

Jane não sabia o que fazer, então obedeceu. Ela começou a andar. Entrou em outro cômodo maior — muito menor do que a sala de separação ou o dormitório, mas ainda era bastante espaço para apenas uma garota. Havia painéis de interface e lugares para se sentar e uma pequena estação de trabalho. Ficou chocada. Uma estação de trabalho em uma sala dentro de uma máquina, fora da fábrica.

Nada disso fazia sentido.

Jane 23 tentou respirar, engolindo bastante ar. Estava chorando. Ela não tinha certeza de quando tinha começado, o que a assustou, porque chorar significava que seria punida, mas não conseguia parar. Mesmo que houvesse uma Mãe ali dentro, não teria conseguido parar.

"Está tudo bem", disse a voz. "Você está bem, querida. Eles não podem entrar aqui."

"Quem é você?", perguntou Jane 23. Sua voz estava estranha, como se não conseguisse ficar estável. "Onde — *onde* você está?"

"Ah, me desculpe. Vou colocar um rosto. Prontinho. À sua direita."

Uma tela se acendeu em uma das paredes. Jane 23 se aproximou com todo o cuidado. Uma imagem surgiu. Um rosto. Não era o rosto de uma garota, no entanto — tudo bem, parecia o rosto de uma garota, mas não como as que estava acostumada. Era uma garota mais velha, ainda mais velha do que as garotas que iam embora quando completavam doze anos. O rosto tinha coisas saindo do topo da cabeça e um pouco acima de cada olho também. A foto não era uma garota de verdade. Era mais como um filme. Mas o rosto estava sorrindo, o que fez Jane se sentir um pouco melhor.

"Oi", disse a voz. A imagem na parede moveu os lábios junto com as palavras. "O meu nome é Coruja."

sidra

Sidra não gostava muito de esperar — pelo menos não em público. Se estivesse instalada em uma nave, poderia ter passado horas, quiçá dias, sem precisar de muitos estímulos externos. Mas com apenas seus próprios sistemas para monitorar e sem acesso à Rede para mantê-la ocupada, esperar era uma maneira profundamente irritante de passar o tempo. Tinham lhe garantido, no entanto, que essa espera valia a pena. Olhou para as outras pessoas na fila — Sálvia, Azul, dezenas de estranhos, todos aguardando para entrar no Pavilhão Aurora. A noite eterna estava tomada pelos sons da conversa de sapientes, pelos cheiros de álcool e diferentes tipos de fumaça, pelo cintilar das valentes mariposas brilhantes que tentavam beber dos copos e dos frascos pegajosos dos mais distraídos. Se as pessoas ao seu redor se incomodavam com a espera, não demonstravam. Estavam na celebração Cintilante, e, ao que parecia, ficar parado de pé sem fazer nada era um preço justo a se pagar pelo que vinha pela frente.

De acordo com seus arquivos de referência da CG, Cintilante era um feriado bem antigo, de muito antes de os aeluonianos chegarem ao espaço, e a celebração era uma das poucas interações conjuntas entre as vilas masculinas e femininas. Naquela época, a festividade durava mais de uma decana e não tinha um nome sonoro, já que os aeluonianos ainda não tinham descoberto a prática alienígena da linguagem falada. Mas aeluonianos já estavam integrados fazia mais de um milênio e suas tradições não estavam mais presas a um único planeta. Embora o Cintilante tivesse sido, em sua origem, um festival de fertilidade criado por uma espécie que tinha bastante dificuldade nesses assuntos, ele havia se tornado uma tradição popular celebrada em muitas colônias mistas — inclusive Porto Coriol. Como disse Sálvia: "É difícil achar uma espécie que não goste de uma boa festa, ainda mais quando o tema é sexo". Verdade fosse dita, os aeluonianos faziam uma clara distinção social entre a cópula para fins recreativos e para procriação, e o Cintilante era muito mais uma celebração da vida e da herança cultural do que da luxúria — aparentemente, no entanto, essas nuances ou passavam despercebidas ou não eram muito importantes para os demais presentes. Sidra sabia que sua compreensão sobre esses assuntos era limitada, mas lhe parecia que a maioria das espécies não precisava de muitas explicações para uma festa acontecer.

Sidra observou a longa fila atrás deles. "Esta é uma das celebrações *menores*?", perguntou.

"É." Azul assentiu. "As d-do lado do dia são enormes."

"E são uma confusão insuportável", acrescentou Sálvia, "e cheia de turistas. Todo mundo aqui", ela apontou para as pessoas na fila, "mora aqui ou está com algum local. E eu conheço o pessoal que administra o Aurora, o que é uma grande vantagem."

"A gente também achou que um l-lugar fechado seria mais confortável", disse Azul, sorrindo para Sidra.

Sidra ficou um pouco envergonhada ao se dar conta de que ele queria dizer mais confortável *para ela*, mas também se sentiu grata. Aquele era seu primeiro feriado. Não queria estragar a diversão de Sálvia e Azul não se divertindo muito.

À medida que a fila andava, Sidra notou o primeiro indício de uma tradição multicultural que acabara se tornando parte do festival: a música. Uma espécie sem audição não tinha necessidade de música ambiente, mas os organizadores deviam ter sido informados de que as outras espécies não conseguiam imaginar uma festa sem música. Sidra se divertiu com a batida dos tambores, a mistura de som metálico e ritmo. Ela gostava dos padrões sonoros e da maneira que faziam os orgânicos se mexerem.

Os demais não aeluonianos na fila estavam seguindo o exemplo da espécie anfitriã. Com poucas exceções, quase todos que chegavam ao festival usavam pelo menos uma peça de roupa em tons de cinza — uma tonalidade que, em um aeluoniano, faria com que as cores em suas bochechas se destacassem ainda mais. Para outras espécies, qualquer tonalidade de cinza servia, mas para os aeluonianos havia regras mais tradicionais a serem seguidas. Com seus vizinhos galácticos, os aeluonianos usavam os pronomes masculinos, femininos e neutros que qualquer espécie entenderia. Entre si, no entanto, sua sociedade tinha quatro gêneros. No festival, as roupas refletiam isso: preto para aqueles que produziam ovos, branco para aqueles que os fertilizavam, cinza-escuro para os shons, que alternavam papéis reprodutivos, e cinza-claro para aqueles que não exerciam nenhuma função. Era impressionante ver uma exibição tão clara em uma espécie cujo dimorfismo sexual era relativamente sutil em comparação a outras espécies e cujo vestuário tinha pouca ou nenhuma distinção de gênero nos demais dias do ano.

Mesmo que a mensagem das vestimentas fosse óbvia, Sidra ficou feliz por ter baixado algumas referências sociais adicionais antes de sair de casa, já que os dois últimos gêneros eram impossíveis de distinguir visualmente. Shons mudavam de função reprodutiva várias vezes ao longo de um padrão e sempre eram considerados totalmente masculino ou feminino, dependendo de seu estado atual. Chamar um shon por um pronome neutro era considerado um insulto, a menos que a pessoa em questão estivesse passando pelo seu processo de mudança. Os pronomes neutros eram reservados para aqueles que eram muito jovens, muito velhos ou simplesmente incapazes de procriar. Como os adultos neutros de idade reprodutiva tinham a mesma aparência dos férteis, não se importavam com enganos cometidos pelas outras espécies, mas apreciavam a gentileza quando os termos corretos eram empregados. Apesar de saber que a aparência humana do kit serviria para justificar qualquer eventual deslize, Sidra ficou feliz pelas roupas que seguiam o código de cores. Ela não queria nem pensar em cometer uma gafe.

Sidra olhou para baixo, para as roupas que o kit estava usando: uma blusa com estampa de triângulos brancos e cinza, uma calça de um cinza mais escuro e uma jaqueta justa, para dar a impressão de que o ar frio do lado escuro a afetava. O traje fora escolhido por Sidra e pago com os créditos de Sálvia. Sidra sentira-se sem jeito com isso, como estava começando a se sentir em relação à maioria das compras feitas por causa dela. Seus anfitriões não pareciam se incomodar, mas ela não sabia o que estava lhes dando em troca, além da possibilidade de causar problemas.

Azul começou a vasculhar os bolsos quando a fila andou. "Ah, droga. Esqueci, hã..."

Sálvia pegou um pacote de balas de menta em seu bolso e o estendeu para ele. Azul aceitou as balas com um sorriso e um beijo. Sidra desviou os olhos do kit, dando privacidade aos dois. Parecia um momento agradável.

Finalmente chegaram à porta, onde foram cumprimentados por dois jovens aeluonianos — um garoto e uma garota, ambos vestidos de cinza neutro. Uma faixa pintada da mesma cor margeava as bordas inferiores de suas bochechas iridescentes. A caixa-falante na garganta e os implantes de processamento de fala na testa eram menos decorativos do que os dos adultos, mas isso fazia sentido. Esses implantes eram temporários e precisavam ser trocados conforme as crianças cresciam.

"Tenham um dia bem cintilante, amigos!", disse o garoto com uma pompa experiente. Sua pele prateada estava brilhosa, e o azul que pulsava em suas bochechas indicava que se orgulhava de seu papel naquela noite. "Quantas pessoas?"

"Três", disse Sálvia, estendendo o pulso. Azul e Sidra fizeram o mesmo.

O garoto escaneou os pulsos dos três, um de cada vez, enquanto a garota pegou um pote de tinta cinza-claro e gesticulou para os humanos. Tinha três outros potes consigo, cada um com uma cor representando um gênero diferente. Sálvia se aproximou. A garota mergulhou o polegar delicado no pote e depois desenhou uma linha grossa e curta de cada lado do queixo de Sálvia — mais ou menos onde as bochechas coloridas terminariam, se ela as tivesse. Sidra observou o simbolismo com grande interesse, e o mesmo se repetiu com Azul e depois com ela. Os três estavam sendo marcados como aeluonianos neutros, que, com exceção dos mais jovens, eram aceitos como parceiros românticos. A séria aversão aeluoniana a formar casais interespécies era amplamente conhecida, e visto que o tabu decorria de uma preocupação com a capacidade de garantir a continuidade da espécie, marcar alienígenas como potenciais parceiros sexuais em um *festival de fertilidade* era um gesto ousado. Isso jamais teria sido feito em Solep Frie, a capital aeluoniana, ou mesmo nas festas do lado diurno de Coriol. Os aeluonianos no Pavilhão Aurora tinham uma posição bem mais radical do que a maioria de seus pares. Sidra estava começando a entender por que Sálvia e Azul haviam escolhido aquela festa em particular.

Desceram por uma rampa iluminada por luzes frias, que seguia em curvas sinuosas até o subterrâneo. PALHA-VERMELHA NÃO É PERMITIDA NAS ÁREAS COMUNS, um cartaz impresso informava. FUME APENAS NAS ÁREAS DESIGNADAS.

"Por quê?", quis saber Sidra. Tinha visto uma dezena de substâncias recreativas diferentes sendo consumidas na fila, inclusive algumas que exigiam cachimbo.

"Faz os olhos dos aeluonianos coçarem muito", explicou Sálvia. "O que, eu imagino, seria um inferno em um lugar fechado como este."

Continuaram descendo e descendo, a música aumentando, a fila ficando cada vez mais animada. De repente, a espera acabou. Tinham chegado.

Uma enxurrada de informações inundou os caminhos de Sidra, mas a sensação foi boa. Havia tanto acontecendo ali quanto em uma praça movimentada do mercado, mas havia limites. Paredes. Seu campo de visão era definido, seus protocolos não se estendiam infinitamente. O mesmo era verdade sempre que descia para as cavernas dos técnicos, mas a atividade lá muitas vezes ficava confinada dentro das lojas e atrás das portas — lugares que apenas vislumbrava ao passar. O salão principal do Aurora, por sua vez, era um espaço aberto, cheio de barraquinhas, mesas e expositores. As cavernas eram uma série de armários fechados; aquele lugar era um bufê livre. Seu campo de visão limitado era um incômodo, como sempre, mas ali havia um equilíbrio entre o esmagador excesso de informações da superfície e a falta delas no tédio de casa. Aquilo... aquilo era uma festa.

"Olhe só pra você", Sálvia riu.

Sidra percebeu que o kit estava sorrindo com a boca aberta. Ela o forçou a assumir uma expressão menos efusiva. "É muito empolgante."

"Que bom!", disse Azul, apertando o ombro do kit. "Isso é ótimo."

"Vamos lá, prioridades", disse Sálvia, batendo palmas. "*Bebidas.*"

Sidra absorveu o máximo que pôde enquanto procuravam um vendedor. Exceto pela decoração — guirlandas trançadas com folhas tingidas em tons monocromáticos, suportes metálicos dos quais pendiam números representando boa sorte e fertilidade, de acordo com a superstição aeluoniana —, a festa não passava tanto a impressão de se tratar de um evento cultural específico. Pelo contrário, tudo o que acontecia ao redor deles parecia típico de Porto Coriol. Ela viu um acrobata aandriskano brincando com uma bola de água, uma harmagiana rindo da piada de um laruano, um grupo de seres humanos serenos, conectados a um terminal portátil de simulação. Havia lugares para se sentar. Espaço para dançar. Alguns cantos mais reservados, com almofadas, globos acesos e pessoas conversando animadamente. Nuvens de fumaça — Sidra esperava que não fossem de palha-vermelha — surgiam e se dissipavam. Era uma confusão de cheiros: suor, muco, comida, penas, flores. Um comerciante vendia joias artesanais. Uma modificadora exibia orgulhosamente seu animabô alado com olhos que lembravam pedras preciosas. Uma bandeja de tapa-doces sendo esvaziada. Outra bandeja de raízes fritas sendo devorada. Os ruídos mecânicos de dispositivos e implantes se misturavam ao som de diversas línguas sendo faladas ao mesmo tempo, e no fundo havia o *tum-tum-tum* grave que agitava as pessoas na pista de dança.

Sidra processou, processou e processou as informações, mas as paredes a impediram de ir longe demais. Estava bem. Estava tudo certo.

"Sálvia!", chamou uma voz. Um aandriskano acenava para eles do lado de dentro do bar circular. Sidra não o reconheceu, mas Sálvia obviamente o conhecia. Ela correu para ele, as mãos para cima. Um harmagiano viu Sálvia se aproximar e abriu espaço para ela no bar, os tentáculos ondulando com respeito. Sidra sentiu a admiração tomar seus caminhos. Será que alguém naquela lua não conhecia Sálvia?

"*Hist ka eth, reske*", disse Sálvia, dando um abraço no aandriskano por cima do balcão. *É bom vê-lo, amigo.* Seu sotaque era carregado, mas o aandriskano não pareceu se importar nem um pouco.

"*Ses sek es kitriksh iks tesh.*" *Estava me perguntando quando você ia aparecer.* Ele também abraçou Azul por cima do balcão. "Não é uma festa de verdade até vocês dois chegarem." Seus olhos verde-acinzentados se voltaram para Sidra. "E quem é essa?"

Sálvia pôs a palma da mão nas costas do kit. "Minha boa amiga Sidra, que chegou recentemente ao Porto e foi contratada por esta que vos fala." Ela indicou o aandriskano com um movimento da cabeça. "Sidra, esse é Issek, um dos melhores barmans desta rocha."

"Um dos?", brincou Issek, mostrando a língua por um segundo. "Quem mais é tão bom quanto eu?"

Azul sorriu. "Pere'tek da Casa de Areia serve mais r-rápido do que você", provocou.

Issek revirou os olhos. "Ele tem *tentáculos*. Não é justo." Ele mexeu nos cabelos de Azul, então voltou sua atenção para o kit. "Sidra, é um prazer conhecê-la. A primeira bebida é por minha conta. O que deseja?"

"Ah." Sidra não sabia o que dizer. Ser capaz de ingerir fluidos não era a mesma coisa que saber qual deles deveria comprar. "Eu não..."

Sálvia lhe lançou um olhar reconfortante. "É costume no Cintilante beber algo que vem do mesmo lugar que você. Ou da mesma cultura, pelo menos. O mais perto possível."

"Ah", disse Issek, levantando uma garra. "Isso é o que você compra para si. Se alguém estiver oferecendo uma bebida, então tem que ser algo de onde a outra pessoa vem. Então, como sou eu", ele acenou de leve com a cabeça, "você vai ganhar algo famoso em minha cidade natal, Reskit. Já experimentou tishsa?"

"Não, nunca."

Issek pegou uma garrafa de cerâmica alta e fina da mesa atrás de si. "Tishsa é feita a partir da seiva de uma árvore cujo nome não vou obrigar você a ouvir. Cresce nos pântanos a leste de Reskit. Existem duas formas tradicionais de servir: pura e muito, muito quente, ou", ele derramou o líquido marrom em uma pequena tigela, "na temperatura ambiente, cooom", ele abriu uma segunda garrafa menor, "uma gota de xarope de néctar, para equilibrar o amargo, e", pegou uma pequena caixa, "uma pitada de sal, para harmonizar tudo." Ele agitou brevemente a mistura com uma haste longa, depois deslizou o copo na direção de Sidra.

Sidra agradeceu e aceitou a tishsa, consciente do olhar de expectativa de Issek. Ela levou o copo até os lábios do kit e sorveu o conteúdo.

Um rio correndo. Papel queimando. Uma floresta cheia de névoa.

"Uau", disse Sidra. "É uma delícia."

Issek assentiu com orgulho, as penas balançando. Os humanos pareciam encantados.

"Tem gosto, hã, tem gosto de quê?", perguntou Azul.

Sidra respondeu com a verdade: "De floresta".

Sálvia sorriu, depois voltou sua atenção para Issek. "Então, o que você tem de bom para o pessoal das colônias?", perguntou, apontando para si mesma e para Azul.

"Para os seres humanos do planeta, só o melhor", disse Issek com um brilho malicioso no olhar. Ele cobriu a mão com um pano grosso e tirou de debaixo do balcão uma garrafa fechada e gelada. Sálvia e Azul caíram na gargalhada.

"Ah, *não*", disse Sálvia, mas seu tom indicava o oposto.

Azul deslizou os dedos pelas bochechas e exalou. "Vai ser uma noite e tanto." Ele pegou a garrafa e segurou-a para Sidra poder ver direito. *Destilaria Duna Branca*, o rótulo informava. *Coice Coiceiro de Gobi Seis*.

"O que é isso?", perguntou Sidra. Coice poderia significar vários tipos de bebida alcoólica, de cerveja a vinho ou destilados, dependendo de onde o falante fosse. Gírias eram irritantes.

Azul virou a garrafa para ler o rótulo da parte de trás. *Ingredientes: o que conseguimos plantar este ano e água.*

"Ai, as colônias independentes são imbatíveis", disse Sálvia. Ela mexeu a mão para Issek, que lhe entregou um pequeno copo. Azul abriu a garrafa e serviu a bebida. Sálvia inflou as bochechas, depois virou o coice. Seu rosto se contorceu em um enigma de emoções enquanto ela experimentava e depois engolia.

"Ai, estrelas", disse Sálvia rouca, com uma risada. "Por que a gente não podia ser de Reskit?"

"Se você não gostou...", começou a dizer Issek.

Sálvia balançou a cabeça. "Não. Não, para mim é bom saber como se sente uma linha de combustível ao ser limpa. Vai ajudar no meu desenvolvimento profissional, sabe como é." Ela deu um tapinha no peito de Azul. "Amanhã teremos uma manhã difícil."

A conversa amigável continuou — como iam as coisas no Balde Enferrujado, a decoração da festa, a fofoca da família de penas de Issek —, mas Sidra passou esse processo para o fundo. Tinha acesso a conversas desse tipo o tempo todo. O Aurora era novo e vibrante. Ficou olhando um grupo de crianças aeluonianas soprarem punhados de purpurina umas sobre as outras, dançando de modo empolgado, mas sem produzir nenhum som. Viu uma enorme quelin — exilada, a julgar pela marcação severa ao longo de sua concha — pedir muitas desculpas por enganchar uma das pernas no tecido decorativo que cobria a barraquinha de um dos vendedores. Assistiu enquanto os drones levavam bebidas e comidas de um lado para o outro. Ela se perguntou se eram inteligentes. Será que eles tinham consciência de alguma coisa?

Azul percebeu a distração de Sidra e cutucou Sálvia disfarçadamente. Eles se despediram de Issek, prometendo voltar mais tarde.

"Vamos lá", disse Sálvia. "Vamos dar uma olhada no evento principal."

Eles entraram em uma grande área circular, que não lembrava em nada a atmosfera multicultural de antes. O espaço estava cheio de tendas decoradas com guirlandas vistosas e luzes, ocupadas por aeluonianos adultos e seus respectivos filhos. Aquela era a exibição da creche, a atração principal de qualquer celebração Cintilante. Era ali que os pais profissionais exibiam seus negócios para mães em potencial.

"Você sabe como isso funciona?", perguntou Sálvia em voz baixa.

"Sei", respondeu Sidra. Ela acessou os arquivos de referência, ansiosa para comparar suas anotações com a realidade. "Posso dar uma olhada? É... permitido?"

"Ah, sim, fique à vontade", disse Sálvia. "Não se importam com curiosos. Apenas mantenha uma distância respeitosa quando uma *balsun* começar. Não é bem visto alguém de outra espécie querer se enfiar no meio da dança, mesmo com esse pessoal daqui."

Sidra não teria se atrevido a tal coisa. A dança ritual *balsun* era a marca registrada da celebração e, apesar do nome emprestado do hanto, era puramente aeluoniana. Uma fêmea da espécie podia ficar fértil duas ou três vezes na vida (se tanto), um estado que aumentava de modo visível o brilho em suas escamas: na luz certa, pareciam cintilar. A *balsun* era uma tradição milenar e em certa época pensavam que encorajava o corpo da aeluoniana a produzir um ovo viável. A ciência já tinha determinado que não era verdade, mas a dança permaneceu, em parte por causa da herança cultural, em parte por uma mentalidade de *enfim, mal não faz*.

Havia sete creches diferentes na exibição. As creches tradicionais eram compostas por três a cinco machos viris ou shons, mas mulheres e neutros podiam se juntar às creches modernas. Criar e educar era considerado um trabalho em período integral e que não deveria ser realizado sozinho. Como uma mulher não tinha como planejar seu período fértil, a ideia de ter que abandonar sua carreira para cuidar de uma criança não planejada era impensável. Claro que ela precisaria de um tempo para a licença-fertilidade, mas, nesse ponto, a sociedade aeluoniana era impecável. Em sua pesquisa, Sidra tinha descoberto uma anedota histórica absurda sobre uma guerra da era pré-espacial na qual uma trégua fora negociada quando uma das generais mais importantes começou a cintilar. Sidra achava que nenhuma outra espécie levava algo tão a sério quanto os aeluonianos levavam a procriação.

Ela vagou pela exibição, fascinada pelos adornos elaborados. Em essência, aquilo era uma competição. Uma feira comercial. Sidra parou na frente de uma das tendas. As guirlandas de folhas eram enormes, trançadas com globos brilhantes cheios de... O kit piscou, surpreso. Havia um líquido brilhante dentro deles, movendo-se e formando pequenas ondas como o mar. Deviam ser pequenos robôs, mas, estrelas, o efeito era impressionante.

"Bonito, não é?"

O kit quase pulou de susto. Um dos pais da creche surgiu ao lado dela, fora do seu campo de visão. "Muito", concordou Sidra. "Sua tenda é linda."

"Obrigado", disse o aeluoniano, olhando em volta com uma expressão de aprovação. "Nós trabalhamos por semanas. As crianças ajudaram, é claro."

"Você se incomodaria se eu fizesse algumas perguntas... sobre tudo isso?"

"De modo algum. É o seu primeiro Cintilante?"

"Sim. É tão óbvio assim?"

O aeluoniano riu. "Você tem aquele olhar de alguém que está vendo as coisas pela primeira vez. Não precisa ter vergonha, estou aqui tanto para educar quanto para comemorar. É isso que é ser pai."

Sidra gostou do homem.

"Você sempre foi pai? Quer dizer, profissionalmente", perguntou ela.

"Ah, sim. São muitos anos de formação, então se você não começar cedo pode ser difícil recuperar o atraso."

"Muitos anos de formação?"

"Há duas etapas diferentes", explicou o aeluoniano. Seu tom era seguro, as palavras ensaiadas. Aquela era claramente sua especialidade. "Primeiro você precisa fazer a faculdade para pais, como faria, digamos, para se tornar médico ou engenheiro. Sem ofensa para você ou sua espécie, mas entrar no ramo de criar vida sem qualquer tipo de preparação formal é...", ele riu, "desconcertante. Mas não sou imparcial."

O kit sorriu. "Eu entendo."

"Para obter o diploma", ele continuou, "você precisa fazer cursos de desenvolvimento infantil, cuidados médicos básicos e comunicação interpessoal. Essa é a primeira etapa. Se você quiser qualquer tipo de viabilidade na área, porém, é preciso fazer cursos de especialização — tanto para lidar com as crianças quanto com as mães. Eu, por exemplo, sou especialista em massagem, aulas particulares e aconselhamento emocional. Loh é ótimo em artes e artesanato e é um cozinheiro de mão cheia. Cei é o nosso jardineiro e também faz todos os reparos em casa e projetos de decoração. Uma boa creche precisa de uma combinação de diversas habilidades para ter sucesso, especialmente no que diz respeito às mães. A licença-fertilidade não é pouca coisa e, embora seja divertida de início, ainda é estressante para qualquer mulher. São dois meses que ela precisa passar fora de sua vida normal — isso sem aviso prévio. Ela tem que abandonar todos os projetos no trabalho ou cancelar seus planos. Se for uma espacial, precisa encontrar a comunidade aeluoniana mais próxima antes de perder sua chance. E a menos que seu parceiro romântico possa passar esse tempo sem trabalhar também, ela precisa ficar longe da pessoa mais importante de sua vida, indo viver com estranhos — e fazer sexo com eles. Além disso tudo, ainda há a preocupação de que ela pode passar por todo esse processo e mesmo assim não ter um ovo fertilizado no fim das contas. E aí precisa carregar esse ovo e dar à luz um mês depois, o que — embora não seja nem de longe o incômodo que é para a sua espécie — é de mexer com os nervos de qualquer um. Então, fazemos o nosso melhor para tornar a experiência tão gratificante quanto possível. É uma pausa. Umas férias. Fazemos o máximo para deixar as mulheres que nos escolhem tão à vontade e felizes quanto possível. Nossas camas são maravilhosas, os quartos são limpos. A comida é *excelente*. Temos um lindo jardim e enormes banheiras de água salgada. Somos amantes experientes e nos esforçamos muito para garantir que copular várias vezes ao dia seja algo prazeroso. Nós damos espaço às mães quando elas precisam e companhia quando é isso que desejam. Quando é hora de dar à luz, oferecemos atendimento médico de qualidade. E, além disso, garantimos que as crianças vão ser bem cuidadas depois. As mães são bem-vindas a passarem tempo com as outras crianças da creche — podem brincar ou estudar com elas, se assim desejarem. Nem todas as mulheres optam por fazer isso. Algumas não estão tão preocupadas com esse aspecto ou simplesmente não gostam muito de crianças. Outras precisam ser tranquilizadas de que a pessoinha que vão deixar para trás vai ficar bem."

"As mães voltam para visitar?"

"Normalmente, sim. Nem sempre é possível. Aqui no Porto recebemos muitas espaciais que precisam ir embora após o cintilar. Mas, em geral, elas mantêm contato. As crianças recebem ligações via sib. Ganham presentes. Muitas espécies têm essa ideia equivocada de que nossas crianças não conhecem a mãe, mas não é verdade. As mães aeluonianas amam os filhos tanto quanto as de qualquer outra espécie. É por isso que procuram profissionais que possam lhes proporcionar a melhor educação possível." Ele olhou para um dos outros pais da creche, que havia lhe dado um sinal não verbal que Sidra não havia percebido. Como os aeluonianos reparavam nessas coisas no meio de tanta atividade? Ela sabia que possuíam eletropercepção além da visão, mas, até onde sabia, as bochechas que mudavam de cor não emitiam sinais sensoriais adicionais. Eles tinham que prestar muita atenção aos detalhes — uma boa qualidade, imaginava, para um pai.

"Com licença", disse o aeluoniano. Uma aeluoniana tinha entrado na área da creche. Uma das crianças a levou pela mão até os pais, que a cumprimentaram com uma efusiva explosão de cores. Sidra queria ser capaz de entender a conversa, mas, apesar de teoricamente poder baixar um léxico da língua da espécie, não tinha muita certeza de que os sensores visuais do kit seriam capazes de analisar as informações rápido o suficiente. As cores nas bochechas mudavam e giravam tão rápido quanto o reflexo de uma bolha.

A mulher apertou sua palma contra o peito de cada um dos quatro pais — o início da *balsun*. Um dos pais estava vestido no cinza neutro e recuou quando os três homens vestidos de branco a rodearam. As crianças se alinharam com o pai neutro de uma maneira que dava a impressão de quererem que todos soubessem o quanto ensaiaram para o momento. O adulto segurou duas crianças mais próximas pela mão, olhando-as com um afeto evidente. Os neutros começaram a bater os pés no chão em sincronia — *esquerda esquerda, direita, esquerda esquerda esquerda, direita*. Os homens de branco e a mulher de preto começaram a se mover no mesmo ritmo, circulando uns aos outros e girando de forma curiosa, sem jamais errar um passo. Sidra ficou fascinada. Imaginava que os implantes auditivos tornassem possível ouvir a batida, mas aquela dança vinha de muito antes de os aeluonianos ensinarem seus cérebros a processarem sons. Será que conseguiam sentir as vibrações no chão? Achou provável que sim e desejou poder compartilhar a experiência. Ficou olhando a mulher, coberta de purpurina, dançando com a esperança de que um dia fosse acordar com a pele cintilante. Pensou em todos os serviços que o pai havia listado. Massagens, banhos, camas, pessoas com quem acasalar. Sidra entendia o desejo por essas coisas, em teoria. Ela não conseguia deixar de sentir um pouco de inveja da mulher, ainda que o sentimento fosse uma perda de tempo. Não estava bem com inveja do que a mulher estava recebendo, mas de sua confiança, da confiança de todos ali. Cada um tinha um papel, um lugar, uma cor. Sabiam onde e como se encaixavam.

"Oi." Era Azul, de pé ao seu lado. O kit se sobressaltou de novo, e Sidra o forçou a se acalmar. Estrelas, estava cansada de não conseguir ver atrás da cabeça do kit. Será que *tudo* tinha que ser uma surpresa? "N-ós encontramos alguns amigos e v-vamos sentar na mesa deles. Você pode ficar aqui, se quiser."

"Não, eu vou junto", respondeu Sidra. Ela o seguiu para longe da creche e em direção a Sálvia, que contava uma história para um grupo de modificadores. Uma mesa parecia boa ideia. Sidra tinha visto os cantos com sofás, cada um com uma mesa aninhada junto a três meias-paredes. Três paredes significava que havia um assento bem no canto. Era lá que ela ia se sentar.

jane 23, 10 anos

Jane 23 não tirou os olhos do rosto de Coruja. Ela se aproximou da tela, mas manteve as costas junto da parede. Não sabia o que mais podia estar naquele lugar. Não queria ser pega de surpresa.

"Você é uma máquina?", perguntou Jane 23.

"Não exatamente", respondeu Coruja. "Você sabe o que é um software?"

"As tarefas que moram nas máquinas."

"Essa é uma definição maravilhosa. Sim, eu sou um software, tecnicamente. Sou uma IA. Eu sou... eu sou uma mente dentro de uma máquina."

Os músculos de Jane 23 ficaram duros e contraídos. Ela olhou para a escotilha. Não sabia como abri-la. "Você é... você é uma Mãe?"

"Acho que não. Não sei o que isso significa para você."

Isso devia significar que não era, mas Jane precisava ter certeza. "Mães também são mentes em máquinas. Cuidam de nós, garotas, e nos fazem ser produtivas. Dão nossas refeições e nos ajudam a aprender coisas novas e nos punem quando temos mau comportamento."

O rosto na parede parecia meio zangado, mas Jane 23 não achava que Coruja estava com raiva dela. "Eu não sou uma Mãe", disse Coruja. "Não sou assim. Mas eu sou um tipo de software parecido, eu acho. É só que... Eu não puno as pessoas. E vivo em uma nave. Um ônibus espacial, para ser mais precisa."

"O que é uma nave?"

"Uma nave é... uma nave é uma máquina que você usa para viajar entre os planetas."

A cabeça de Jane 23 estava doendo. Estava muito cansada de não entender as coisas. "O que é um planeta?"

O rosto de Coruja ficou triste. "Ah, estrelas. Um planeta é... é onde estamos no momento. Vou explicar com mais detalhes mais tarde. Essa é uma pergunta complicada demais para você digerir agora. Você não está ferida, está? Elas morderam você?"

"Não." Jane 23 olhou para baixo. "Mas eu cortei minhas mãos."

"Tudo bem", disse Coruja. Parecia estar pensando em algo. "Os tanques de água estão vazios, mas ainda devemos ter algo no estoque de primeiros socorros. Espero que sim. Por aqui, siga-me." A tela foi desligada, mas outra se acendeu, mais adiante.

Jane 23 não se moveu.

"Ei", disse Coruja. "Está tudo bem. Nada aqui vai lhe fazer mal. Você está segura."

Jane 23 não se moveu.

"Querida, eu não tenho um corpo. Não consigo encostar em você."

Jane considerou as palavras. Isso pareceu um pouco mais bom. Ela caminhou até a nova tela.

Coruja continuou avançando pela máquina — pela nave —, ligando e desligando as telas. Todas as salas eram bem apertadas, como um monte de armários e depósitos ou algo assim. Havia tantas coisas ali, vários tipos de máquinas e outras coisas sem nome, só que jogadas como sucata em um cesto. Jane 23 tinha tantas perguntas. Seu estômago doía com todas elas.

"Vá até aquela sala à sua esquerda", instruiu Coruja. "Você sabe o que significa *esquerda*?"

"Sei", disse Jane 23. Claro que sabia o que era *esquerda*. Ela tinha *dez anos*, afinal de contas.

"Está vendo essa caixa no chão? A azul com as listras brancas? Você pode abri-la."

Jane 23 obedeceu e olhou dentro da caixa. Ah, aquelas coisas ela conhecia. Bem, não exatamente, mas pareciam muito com algumas das coisas que eram usadas na enfermaria.

"Certo, vamos lá." Coruja parecia com Jane quando ela não conseguia encontrar a ferramenta certa ou quando um pedaço de sucata estava se comportando como lixo, embora a garota soubesse que ainda estava bom. "Eu queria tanto que as pias estivessem funcionando. Vamos ter que improvisar. Você está vendo esses pequenos tubos prateados? Esses são... uma gosma que vai matar as coisas ruins nas suas mãos."

Jane 23 assentiu. "Desinfetante."

O rosto na tela pareceu surpreso. "Desinfetante, exatamente. Você já usou isso antes?"

"Não", disse Jane 23. "Mas já vi as Mães usarem."

"Acha que consegue passar sozinha?"

Jane pensou um pouco. "Acho que sim."

"Use alguns tubos, talvez. Você pode passar um pouco e usar a gaze para limpar o desinfetante e a sujeira. Depois pode passar mais desinfetante e pôr novos curativos. Isso...", Coruja parecia um pouco confusa. "Isso faz sentido? Sinto muito, querida, não tenho mãos. Estou trabalhando só com o que lembro."

"Faz sentido", disse Jane 23. Ela sentou no chão e limpou os cortes. O desinfetante ardia e tinha um cheiro engraçado, mas lembrava as vezes em que fora consertada na enfermaria, e isso a fez se sentir um pouco melhor. Ela espalhou bem a gosma, depois limpou-a, tirando a poeira e o sangue junto. Tocou a língua no canto da gaze suja. Sangue. Produtos químicos. Um gosto amargo, irritado e mau.

Quando não havia mais sangue e os cortes estavam limpos, pôs mais um pouco de desinfetante e começou a cobrir as mãos com as ataduras. "Por que você está aqui?", perguntou para Coruja.

"Essa é uma pergunta complicada. A resposta curta é que eu estava instalada na nave para poder ajudar as pessoas que viajavam nela. Esta... era uma área ruim para elas irem, mas achavam que sabiam o que estavam fazendo e..." Ela fez uma pausa. Parecia triste. "De qualquer forma, eles foram presos — levados — e a nave e eu fomos descartadas. As pessoas daqui não querem coisas de outro lugar, entende?" Ela suspirou. "Isso deve ser tão confuso para você. Vou fazer o possível para explicar tudo." O rosto na parede ofegou de surpresa. "Eu não perguntei o seu nome! Me desculpe. Faz tanto tempo que não tenho alguém para conversar. Estou toda atrapalhada. Você tem um nome?"

"Jane 23."

"Jane 23", repetiu Coruja. Ela assentiu muito devagar. "Bem, já que você é a única Jane que vejo aqui, tudo bem se eu deixar os números de lado?"

Jane 23 levantou os olhos das ataduras. "Só... Jane?"

"Só Jane."

Jane não sabia dizer por quê, mas se sentiu boa.

sidra

Eles tinham passado duas horas e três minutos na celebração, mas Sidra havia decidido que gostava de álcool havia quarenta e seis minutos. Não tinha qualquer efeito cognitivo sobre ela, mas havia uma incrível variedade de combinações a escolher, e cada uma delas desencadeava uma imagem diferente. Enquanto seus companheiros e amigos ficavam cada vez mais barulhentos e felizes, ela aproveitava as lembranças de outras pessoas de barcos, fogos de artifício e arco-íris. Não sabia se gostava muito do efeito do álcool nos *outros* sapientes. De certa forma, as mudanças de atitude eram fofas, até mesmo cativantes. Azul lhe disse que ficava muito feliz por ela os ter encontrado, o que foi muito gratificante de se ouvir (embora não tenha sido tão tocante na terceira ou quarta vez que ele repetiu isso). Sálvia passou a falar mais alto, mas não tanto quanto sua amiga Gidge, que de espirituosa havia passado para estabanada. Os sapientes que passavam perto de sua mesa também estavam em vários estágios de embriaguez. Embora Sidra se sentisse aliviada em poder ficar sentada em um canto, chegou um momento em que o desejo por novos estímulos pesou mais que o conforto de ficar parada no mesmo lugar. Ela pediu licença e passou pelo grupo, um copo de Anoitecer Aeluoniano pela metade nas mãos do kit, mantendo-se o mais perto possível da parede externa. Gostaria de poder virar as costas para a parede e andar de lado, como um caranguejo, mas não era assim que os seres humanos se moviam. Mesmo que ela tivesse caminhado assim, havia grandes chances de apenas pensarem que estava bêbada ou chapada ou as duas coisas, mas evitar chamar a atenção era a coisa mais inteligente a se fazer.

As barraquinhas perto da parede estavam menos cheias do que as do centro do Pavilhão. Ela passou por vendedores de pinos de luz, quinquilharias baratas e copos de ovas geladas, até finalmente chegar a um estande fechado, envolto em globoluzes brancos e confetes de pixel flutuantes. TATUAGENS! — um cartaz manuscrito anunciava — ATENDO ~~TODAS~~ A MAIORIA DAS ESPÉCIES. Do lado de dentro estava sentada uma aeluoniana, traçando linhas no braço de uma cliente com uma ferramenta que zumbia. O tecido estampado que usava em volta da cintura e das pernas era do cinza-escuro dos shons e fora amarrado em um lindo nó intrincado. Como os demais de sua espécie, estava coberta de purpurina da cabeça aos pés, mas por baixo do brilho era possível ver que a pele com escamas finas era cheia de tatuagens. Ao contrário da maioria da arte corporal que Sidra tinha visto desde que chegara ao Porto, as tatuagens aeluonianas eram estáticas, sem fazer uso de nanobôs, ao que parecia. Uma floresta emaranhada cobria seu peito, cheia de animais escondidos e trepadeiras. Diversos símbolos e imagens desciam pelos braços — uma explosão de espirais e círculos, um mapa do Espaço Central, uma grinalda de mãos de várias espécies tocando as palmas no centro. Quando a aeluoniana se virou para fazer um ajuste na tatuagem da cliente, Sidra viu que havia algo escrito na parte de trás de sua cabeça — as palavras tinham sido gravadas no alfabeto ancestral dos aeluonianos. Sidra tinha o moderno instalado, mas nada do antigo. Ela capturou a imagem e a adicionou à lista de coisas a serem pesquisadas mais tarde.

A cliente da aeluoniana era uma aandriskana que não parecia se importar nem um pouco com o instrumento esfregando suas escamas. Ao comparar o rosto da aandriskana aos outros que tinha visto naquela noite, Sidra achou provável que a mulher tivesse fumado estouro. Ela se perguntou se a aandriskana se arrependeria quando o efeito da droga passasse.

"Você está querendo fazer uma tatuagem?", perguntou a aeluoniana, sem tirar os olhos da cliente. "Ou está só olhando?" Tinha um cachimbo longo e curvo entre os dentes, que continuou a fumegar sem atrapalhar as palavras que saíram da caixa-falante na garganta. O cachimbo continha uma erva popular entre os aeluonianos, conhecida em klip como flor-alta — ou provocadora, como tinha ouvido Sálvia chamá-la. Aparentemente, a fumaça tinha um cheiro maravilhoso para seres humanos, mas não surtia qualquer efeito neles.

"Só estou dando uma olhada", respondeu Sidra. "Se eu estiver incomodando é só m..."

As bochechas da aeluoniana mudaram para um azul amigável. "Imagina, não é incômodo algum." Ela gesticulou para que Sidra se aproximasse. "Eu adoraria um pouco de companhia e juro que ela não se importa em ter uma plateia. Ela não se importa com quase nada neste momento."

Sidra sentou o kit em uma cadeira vazia ao lado da aeluoniana. A aandriskana virou a cabeça para elas, abriu um sorriso chapado e depois voltou para seu próprio mundo.

A fumaça saiu silenciosamente das pequenas narinas aeluonianas. Sua caixa falante produziu uma risada. "Sabe, eu não trabalharia com a maioria das espécies nesse estado. Mas os aandriskanos trocam de pele. Se ela se arrepender, o erro é apenas temporário."

A aandriskana respondeu, mas suas palavras se perderam antes mesmo de passarem pelos dentes.

"É isso aí, amiga", respondeu a aeluoniana. Ela deu de ombros para Sidra. "Eu não falo muito reskitkish, e você?"

Sidra demorou um pouco a responder. Não eram muitos os seres humanos que falavam reskitkish, e revelar que era fluente poderia provocar perguntas que ela não poderia responder de modo seguro. Ainda assim, não havia como contornar a pergunta. "Falo, mas não consegui entender o que ela disse."

"Bem, a menos que ela tenha dito 'por favor, pare de usar amarelo', vou partir do princípio de que está tudo bem." Ela apontou para as escamas da cliente. "Você entende de tingimento de escamas?"

"Não." Sidra não tinha arquivos de referência sobre esse costume, mas estava muito curiosa. Uma espiral amarela estava começando a surgir, florescendo para fora em uma espécie de mandala.

A aeluoniana continuou trabalhando e fumando, sem a menor dificuldade para falar. "As espécies com pele mais suave, como as nossas, conseguem reter a tinta na derme indefinidamente. Mas os aandriskanos são completamente diferentes."

"É porque eles trocam de pele?"

"Também, mas olhe só para isso." Ela deu uma batidinha suave em uma das escamas. "O material que compõe as escamas deles não é muito diferente disso." Ela pegou uma das mãos do kit e esfregou a unha do polegar. "Uma pistola de tinta não consegue penetrar tão fácil na queratina. Então, isso", ela gesticulou com a ferramenta tatuadora, "não passa de um pincel mais chique. Deixa as escamas dela com um belo revestimento uniforme."

"Quanto tempo dura?"

"Cerca de seis decanas. Ou até menos, se a muda dela estiver próxima. Não é tanto tempo assim se ela odiar o desenho depois que ficar sóbria." Ela tirou um cartucho vazio da ferramenta, pôs um novo, prateado, e voltou ao trabalho. "Eu me chamo Tak, aliás", disse ela.

"Sidra."

Tak abriu um sorriso aeluoniano. A fumaça da flor-alta envolvia seu rosto. Ela pressionou a ferramenta tatuadora em uma escama nua, inundando-a de tinta. Ela refletia a luz dos globoluzes das proximidades.

"Quantas técnicas diferentes você domina?", perguntou Sidra, pensando no cartaz na entrada.

"Minha especialidade é o estilo aeluoniano moderno, mas também sei fazer nanobôs e trabalhos temporários que nem esse." Ela indicou a arte em andamento com a cabeça. "A maioria dos meus clientes está atrás de arte com nanobôs, na verdade. É uma categoria muito popular, especialmente entre os espaciais. Todo mundo quer dizer que se tatuou em Coriol. Parece que isso significa alguma coisa lá fora. Não sei. Nunca morei em nenhum outro lugar, só quando fiz faculdade."

Sidra pensou um pouco. "Você não usa nanobôs."

"Não do jeito que você imagina. Não tenho nenhuma arte em movimento no corpo, é verdade. Mas eu uso nanobôs também", disse ela, deslizando um dedo para baixo, por uma das árvores estilizadas que se ramificavam pelo peito chato. "Só que eles não se movem."

"Pra que usar nanobôs, então?"

"Eles ajudam a manter a integridade das linhas quando minha pele estica ou encolhe. Assim as bordas não ficam borradas."

"Por que não usa os que se movimentam?"

Tak fez uma careta. "Porque eles nos deixam loucos. Nos outros aeluonianos, quero dizer. Não me importo com eles em outras espécies. Posso conversar com um ser humano que tem tatuagens girando da cabeça aos pés, sem problemas. Mas em um aeluoniano seria um pesadelo. Você tem que considerar..." Ela apontou para uma de suas bochechas.

"Ah", disse Sidra. "Claro". Uma tatuagem que mudasse de cor durante uma conversa em cores em movimento seria uma enorme distração. "Consigo imaginar como isso seria irritante."

"Seria muito confuso, principalmente. E, para ser sincera, quando comecei a tatuar demorei um tempo para me acostumar com as cores em outras espécies. Fiz uma nebulosa fantástica nas costas de um humano certa vez. Tinha vários tons de roxo e azul muito profundos, girando bem devagar. Em termos de arte, ficou fantástico, mas enquanto trabalhava, fiquei sentindo como se as costas dele estivessem morrendo de raiva de mim. É que roxo significa raiva, entende?" As bochechas de Tak tremeram. Parecia achar graça. "E você? Tem alguma tatuagem?"

"Não."

"Não é muito a sua praia?"

"Não, eu..." Sidra fez uma pausa. Não queria insultar a profissão da mulher. "Eu não vejo muito sentido."

"Você quer dizer que não entende por que as pessoas fazem isso?"

"É, por aí."

Tak balançou a cabeça de modo pensativo, ajustando o cachimbo. "Depende da pessoa. Quer dizer, todas as espécies fazem algum tipo de modificação corporal. Quelins marcam as conchas. Harmagianos furam joias em seus tentáculos. Minha espécie e a sua fazem tatuagens há milênios. Se você gosta de aprender sobre diferentes práticas culturais, há uma coleção de ensaios excelente chamada *Pela superfície* que fala sobre as tradições da arte corporal nas diferentes espécies. É da Kirish Tekshereket. Você já leu alguma coisa do trabalho dela?"

Sidra adicionou o item à sua lista. "Não, nunca li."

"Ah, ela é fantástica. Recomendo muito. Mas voltando à sua pergunta: por que as pessoas fazem isso? Sempre pensei em tatuagens como uma maneira de ficar mais em sintonia com o corpo."

O kit se inclinou para a frente. "É mesmo?"

"Isso. A mente e o corpo. São duas coisas separadas, certo?"

Sidra voltou todo o seu poder de processamento para a conversa. "Certo."

"Só que *não*. Sua mente vem do seu corpo. Nasceu dele. No entanto, é completamente independente. Mesmo que os dois estejam ligados, há um certo desencontro. Seu corpo faz coisas sem perguntar à sua mente primeiro, e sua mente quer coisas que seu corpo nem sempre pode fazer. Entende o que eu quero dizer?"

"Entendo." Estrelas, e como!

"Então, tatuagens... Você tem uma imagem em sua mente e aí a coloca em seu corpo. Você transforma um produto da imaginação em uma parte tangível de você mesma. Ou, pelo contrário, você quer se lembrar de algo, então registra isso em seu corpo, onde se torna uma coisa real, palpável. Você vê aquilo em seu corpo e se lembra em sua mente, aí quando toca esse registro no corpo e se recorda de por que o fez, o que estava sentindo naquele momento, e daí por diante. É um círculo. Você é lembrada de como todas essas peças separadas são parte de um todo, *você*." A aeluoniana riu de si mesma. "Ou isso é besteira?"

"Não", disse Sidra, muito concentrada, quase como se estivesse conectada à Rede. Havia um gesto aandriskano que capturava perfeitamente esse sentimento: *tresha*. Quando alguém via uma verdade em você sem ser informado dela antes. "Não, parece maravilhoso."

Tak afastou a pistola da aandriskana e tirou o cachimbo da boca. Olhou Sidra nos olhos, estudando-a. "Quer saber?", disse, depois de três segundos. Ela bateu o pulso contra o de Sidra, que registrou um novo download — um arquivo de contato. "Se algum dia você quiser fazer uma, eu adoraria ajudar."

"Obrigada." Sidra manteve o foco no arquivo de contato por um momento, sentindo como se Tak tivesse lhe dado um presente. "Você se importaria se eu continuasse vendo você trabalhar mais um pouco?"

"De modo algum." Tak pôs o cachimbo de volta na boca, sem se incomodar com a plateia inesperada. Sidra pensou que era bom uma pessoa conhecer tão bem o seu ofício que um par extra de olhos não fizesse diferença.

Sidra se lembrou da bebida e tomou um gole. *Um pássaro, preto como a noite, batendo as asas poderosas ao amanhecer.* Tak trabalhou com a mesma sequência de cores: amarelo, prata, branco, amarelo, prata, branco. Ela continuou a soltar fumaça, que projetava sombras.

Sidra tomou outro gole: *um pássaro, preto como a noite, batendo as asas poderosas ao amanhecer.* Tak continuou: amarelo, prata, branco.

Quanto à aandriskana, a mulher continuou em silêncio.

jane, 10 anos

Jane ainda estava cansada, mas acordou porque era hora de acordar. Seu corpo sabia disso. Estava naqueles momentos antes de o alarme tocar, antes que as luzes se acendessem, quando Jane 8 se levantava para fazer xixi.

Ficou ouvindo no escuro. Nenhuma garota se mexia sob seus lençóis. Não ouviu o som de passos caminhando até o banheiro. Jane 64 não estava respirando ao seu lado.

Então ela se lembrou. Estava sozinha.

"Coruja?", chamou. Ela apertou os cobertores. Não eram os seus cobertores e aquela não era a sua cama. Era uma das camas no ônibus espacial. Havia duas camas, que ela não sabia de quem eram, e Jane não estava vestida e... "*Coruja!*"

O rosto iluminado de Coruja surgiu na tela ao lado da cama. "Calma, eu estou aqui. Está tudo bem. Quer que eu acenda as luzes?"

Jane não tinha medo do escuro — *tinha dez anos* —, mas naquele momento as luzes pareciam uma boa ideia. "Quero."

As luzes se acenderam devagar, como faziam as do dormitório, mas eram diferentes. Tudo era diferente. Jane também se sentia diferente.

Ela se sentou, abraçando o cobertor diferente junto ao peito. Coruja continuou na tela, mas não disse nada. Apenas ficou olhando. Jane não podia dizer por quê, mas de alguma forma isso não a assustava como quando uma Mãe a olhava. Coruja parecia... legal.

"O que eu vou fazer hoje?", perguntou Jane. "Qual é a minha tarefa?"

"Bem...", disse Coruja. "Há algumas coisas que seria bom que você fizesse em algum momento, mas sua noite foi bem difícil. Acho que devia fazer o que quiser hoje."

Jane pensou no assunto. "Tipo o quê?"

"Se quiser ficar na cama por um tempo, tudo bem. Se quiser passar o dia todo nela, você pode. Nós podemos conversar ou ficar em silêncio ou..."

"Posso ficar na cama?"

"Claro que pode."

"O dia todo?"

Coruja riu. "É. O dia todo."

Jane franziu o cenho. "Mas o que eu faria?"

"Você podia só... relaxar."

Jane não sabia bem o que pensar. "Ok", disse ela. "Vou experimentar fazer isso." Ela se deitou, puxando bem o cobertor ao seu redor. Não estava com frio, mas a cama parecia muito grande e o cobertor ajudava um pouco.

"Você quer que eu apague as luzes?", perguntou Coruja.

"Isso ajuda?"

"Talvez seja bom diminuir um pouco, pelo menos." As luzes diminuíram de intensidade, assim como o rosto de Coruja.

Jane ficou imóvel. *Apenas relaxe*, pensou. *Apenas relaxe. Não vou ser punida*. Mas seu corpo sabia que era hora de acordar, e a sensação de que ia se meter em problemas foi ficando cada vez mais forte, apertando seu peito. As garotas que demoravam a sair da cama eram punidas. As garotas que se atrasavam eram punidas. *Eu não vou ser punida*. As garotas tinham que trabalhar duro. As garotas não podiam ser preguiçosas. *Eu não vou...*

Lembrou-se da mão de metal apertando o pescoço de 64. Lembrou-se dos gritos de 64. Lembrou-se de que era tudo culpa sua.

Jane se desvencilhou dos cobertores e saiu da cama. "Eu preciso de uma tarefa, Coruja."

"Tudo bem", disse Coruja, acendendo as luzes outra vez. "Vamos encontrar algo para você fazer."

Jane tentou engolir, mas a boca estava seca. Nunca tinha sentido tanta sede ou tanta fome. Seus lábios estavam grudados um no outro como cola velha. "Tem água?"

O rosto de Coruja ficou errado, como alguém que tinha sido flagrado fazendo algo ruim. "Não nos tanques, mas talvez ainda haja suprimentos. Quanto tempo você já passou sem beber nada?"

"Eu não sei." As Mães simplesmente lhe davam água, assim como refeições e remédios. Água apenas... acontecia.

"Ai, estrelas. Estrelas, não pensei nisso, sou tão burra. Eu sinto muito. Deve haver suprimentos de emergência na despensa, barras de ração e bolsas de água. Ainda devem estar boas." A tela ao lado da cama de Jane foi desligada, e outra foi ligada perto da porta. "Siga-me." Jane obedeceu, embora se sentisse estranha em andar por aí apenas com suas roupas de baixo. "Eu entendo, sabe", disse Coruja, enquanto seu rosto percorria o corredor curto. "Eu odeio não ter nada para fazer."

"O que você estava fazendo antes de eu aparecer?"

"Nada", disse Coruja. "Nada mesmo." Seu rosto pulou para uma tela ao lado de uma porta de correr estreita. "Essa é a despensa. Não tenho uma câmera aí dentro, então você está por conta própria. Procure o engradado marcado com *rações*. Ah, desculpa, deve estar escrito em klip. Greshen. G-R-E-S-H-E-N."

Jane ficou sem reação. Coruja não estava mais usando palavras. "Eu não entendi."

"É assim que está escrito. G-R-E..." Coruja parou. "Jane, você sabe ler?"

Jane não sabia o que ela queria dizer com isso. Será que Coruja estava bem? Estava falando coisas sem sentido.

"Entendi", disse Coruja. "Essa é uma tarefa *para mim*, então. Está tudo bem, não precisa se preocupar. Aqui. O rosto de Coruja desapareceu. Uma fileira de rabiscos brancos apareceu na tela. Sua voz continuou: "Você está vendo o que eu estou mostrando?".

"Estou."

"Ok. Encontre o engradado marcado com esses desenhos."

Jane entrou pela porta. A pequena sala do outro lado estava abarrotada de engradados, a maioria vazia, alguns caídos. Estava uma bagunça. Todas as caixas tinham rabiscos. Lembravam um pouco as linhas rabiscadas que às vezes Jane via na sucata. Sempre gostara delas. Deixavam o metal liso mais interessante de se olhar.

O engradado com os rabiscos que Coruja tinha mostrado estava na parte de trás, enterrado sob outros objetos. Jane tirou o lixo do caminho e o abriu. No interior havia pacotes — alguns pequenos e retangulares e outros mais grossos e molengos. Os molengos provavelmente tinham líquido dentro. Os retângulos eram mais duros, mas ainda eram maleáveis. Sentiu aquele em sua mão ceder um pouco quando ela pressionou o polegar contra a embalagem.

"É isso?", perguntou Jane, voltando para o corredor com um pacote de cada em suas mãos.

"Isso", disse Coruja. "Você consegue aproximar os dois daquela câmera ali no canto? Preciso ver as marcas neles."

"O que é uma câmera?"

"A pequena máquina com o círculo de vidro na frente."

Jane encontrou a máquina e segurou os pacotes na frente dela. A máquina — *a câmera* — produziu um zumbido.

"Ah, que bom", disse Coruja, satisfeita. "Ainda não venceram. Vão durar mais um tempo. Não sei se são gostosos, mas vão alimentá-la. Pelo menos por enquanto."

Jane virou o retângulo em sua mão. "Como transformo isso em uma refeição?" Ela olhou para o pacote molengo. "Eu misturo os dois?"

"Não, é só abrir a barra e dar uma mordida."

Jane abriu a embalagem. O interior era uma maçaroca amarela. Jane cutucou o retângulo. "É para eu... morder?"

"Isso." Coruja franziu a testa. "Que tipo de comida você recebia na fábrica, querida?"

"Nós ganhávamos refeições duas vezes por dia."

"Ok. Que tipo de comida?" Para um software que conhecia muitas coisas, ainda havia muito que Coruja não entendia.

"Você sabe. Refeições. Em um copo."

"Ai, estrelas. Você já comeu alimentos sólidos? Algo que precisa mastigar?"

"Que nem remédio?"

"Sim, deve ser como os remédios. Nunca recebeu comida desse tipo?" Jane balançou a cabeça.

"Eu... Entendi. Sou a pior professora possível para isso. Você realmente deveria estar aprendendo essas coisas com uma pessoa. Mas tudo bem, já vi muita gente comer. Eu consigo. Bem... vamos devagar."

"É complicado?"

Coruja riu. Jane não sabia por quê. "Não é complicado, mas seu corpo vai ter que se acostumar. Talvez seu estômago doa um pouco no começo. Não tenho certeza absoluta."

Jane olhou para o pacote, sem se sentir muito animada. Não gostava de ter dor de estômago. "Eu posso só tomar isso, então", sugeriu, balançando o pacote molengo.

"Você não pode sobreviver só com água, Jane. Vamos lá, experimente. Apenas uma pequena mordida."

Jane levou a maçaroca até a boca. Bem devagar, encostou a língua em um dos cantos. Seus olhos se arregalaram e ela quase deixou a comida cair no chão. O gosto... não se parecia com nada que ela já tivesse provado. Não era como as refeições. Nem como os remédios. Nem como sangue, sabão ou algas. O que quer que fosse aquilo, era bom. Esquisito. Novo. Assustador. Bom.

Pôs um cantinho da barra na boca e deu uma mordida, quebrando um pequeno pedaço com os dentes. Sim, a comida era boa. Seu estômago roncou bem alto. Queria tanto a comida. Devia estar com mais fome do que qualquer garota já sentira antes.

Ela tinha que *mastigar* a comida, segundo Coruja. Ela virou o pedaço de gosto bom com a língua. Estava se desfazendo um pouco, mas não achava que conseguiria engolir algo daquele tamanho.

"É isso aí", disse Coruja. "Mastigue bem."

Jane mastigou. Ela mastigou e mastigou e mastigou até a comida se transformar em uma gosma. Então engoliu. Ela tossiu, mas a comida desceu. "É meio estranho", disse. Pôs a mão no estômago, que roncou ainda mais alto.

Coruja sorriu. "Você está indo muito bem. Tome um pouco de água. Acho que vai ajudar a descer."

Jane abriu o canto do pacote molengo e tomou um gole. Apesar de a água ter um gosto diferente, quase como acrílico ou algo assim, ela não se importou. Nunca tinha precisado tanto de algo quanto daquela água. Sugou tudo de uma vez e respirou com força depois. Seus lábios já estavam melhores. "Posso tomar outro?"

Coruja fez uma cara estranha. Quase assustada, mas não exatamente. Era como se estivesse pensando em algo ruim. "Tudo bem, mas vamos ser cuidadosas. Quantos desses pacotes havia lá dentro?"

"Muitos."

"Dez? Mais de dez?"

"Mais de dez. Vários dezes."

Coruja assentiu com a cabeça. "Acho que você deveria tomar todos os que precisa agora. Mas vamos ter que ser mais cuidadosas com o resto. Não temos como conseguir mais."

Jane voltou para a despensa e pegou mais três pacotes d'água. Bebeu metade de um de uma só vez, depois deu outra mordida na barra e ajudou o pedaço a descer com mais água. Estava na metade da barra quando surgiu um novo problema. Ainda sentia fome, mas sua mandíbula estava cansada de tanto mastigar, e seu estômago parecia estar estranhando o que Jane tinha posto dentro dele.

Coruja reparou na dificuldade. "Você não precisa comer tudo de uma vez."

"Mas ainda estou com fome."

"Eu sei, querida. Mas você vai precisar de prática. Deixe o seu estômago descansar um pouquinho e depois você come mais caso esteja se sentindo bem."

Jane achou que era uma boa ideia. Seu estômago estava fazendo uns barulhos esquisitos e doía de leve. Ela dobrou a embalagem ao redor do resto da comida. "Posso terminar de beber a água?", perguntou, segurando o terceiro pacote.

"Pode. Você não precisa me pedir permissão, Jane. Não posso lhe dar permissão, de qualquer jeito. Eu não controlo você."

Isso era interessante. Jane olhou para o pacote na mão. "Então... eu *posso* tomar a água."

"Pode", disse Coruja, o sorriso bem largo. "Pode, sim."

Jane olhou em volta enquanto terminava a água. Agora era mais fácil olhar direito a nave do que quando tinha acabado de chegar. Nada estava correndo atrás dela, o que tornava mais fácil pensar. "Para que serve este espaço?", perguntou.

"É um lugar para relaxar e passar tempo juntos", explicou Coruja. "As pessoas antes de você chamavam de sala de estar."

Jane achou o nome estranho, já que você poderia *estar* em qualquer lugar da nave. "O que é aquilo?", perguntou, apontando para o espaço perto da despensa. Havia uma coisa desconhecida construída na parede, com armários ao redor, e também uma espécie de bancada de trabalho.

"Essa é a cozinha", disse Coruja.

"*Cozinha*", repetiu Jane, sentindo a palavra em sua boca. "Para que serve uma cozinha?"

"É para preparar comida. As refeições."

Jane nunca tinha pensado antes sobre do que eram feitas as refeições. Para ela, refeições eram refeições. Você as ganhava duas vezes ao dia. "Do que as refeições são feitas?"

"Plantas e animais."

Jane sentiu-se cansada. Mais coisas que não sabia.

O rosto de Coruja tinha uma expressão calorosa, boa. "Vou explicar com mais detalhes mais tarde. Não se preocupe, estou registrando todas as suas perguntas."

Era bom saber disso. Coruja era boa em responder perguntas e parecia gostar de explicar a Jane o que eram todas aquelas coisas. Ao lado da cozinha, havia uma pequena sala de armazenamento com uma máquina grande, chamada de unidade de estase. Coruja disse que todos chamavam a máquina apenas de "estase". Ela explicou que você podia guardar as coisas usadas para fazer refeições lá dentro e assim não estragariam. Jane não sabia o que significava *estragar*, então Coruja pôs a dúvida na sua lista.

Havia outros espaços de armazenamento também, a maioria vazia, mas alguns guardavam ferramentas estranhas e outras peças. Também havia roupas, as maiores que Jane já tinha visto. Elas caberiam em uma garota do dobro do tamanho dela. Até maior. Coruja pareceu triste quando Jane as encontrou, mas não disse o porquê.

O lugar mais espaçoso era o compartimento de carga, que ficava na parte de trás do ônibus. Havia muita sucata e outras coisas jogadas fora, tudo espalhado pelo chão. Coruja disse que seria uma boa tarefa para o futuro, examinar melhor o compartimento de carga e ver o que havia por lá.

Ali havia uma pequena escada que levava até a parte inferior da nave. Era ali que ficava o motor e o núcleo no qual Coruja estava instalada. De todos os espaços, aquele era o que fazia mais sentido para Jane. Ela viu placas de circuitos, linhas de combustível, caixas de passagem. Ela tocou o motor, identificando todas as peças pequenas.

Você sempre gosta das peças pequenas, disse Jane 64 em sua cabeça. *Você é muito boa nelas.*

Jane correu escada acima, sentindo quase como se estivesse sendo perseguida de novo.

"Opa", disse Coruja. "Você está bem? Estava escuro demais lá embaixo? Eu sei que alguns dos globoluzes estão quebrados."

Jane encontrou um canto e se sentou, abraçando os próprios joelhos.

"O que foi, Jane?"

Jane não sabia como responder. Nada fazia sentido. Primeiro, tudo parecia novo e interessante e havia palavras novas como *cozinha*; no instante seguinte, Jane 64 estava dentro de sua cabeça e as coisas do lado de fora a estavam perseguindo de novo. E era tudo *culpa sua*.

Ela enfiou o rosto nas mãos. Não sabia se queria continuar aprendendo ou apenas ir dormir. Apenas ir dormir e nunca mais acordar.

Coruja ficou observando-a da tela mais próxima. Ela não disse nada por um tempo. Jane abraçou os joelhos com toda a força e ficou balançando a cabeça, tentando tirar Jane 64 de dentro dela.

"Você gostaria de uma tarefa?", ofereceu Coruja.

"Sim." Jane estava chorando de novo e não sabia por quê.

"Ok. Tem uma coisa que você precisa entender: como sou uma IA, não posso lhe dizer o que fazer. Só posso oferecer sugestões. Você é que deve escolher o que prefere fazer. Mas pensei um pouco sobre quais poderiam ser as tarefas mais importantes."

Jane esfregou o nariz com o pulso. "Ok", disse ela.

"Quando estiver pronta para se levantar eu posso mostrar."

A sensação de estar sendo perseguida já estava começando a passar. Jane fungou. "Estou pronta."

"Boa garota", disse Coruja. O tom animado fez a garota se sentir um pouco melhor. "Está vendo aqueles barris no canto? Aquelas coisas grandes e redondas? São os tanques de água e agora estão vazios."

Jane se levantou e foi até os barris. Eram muito mais altos do que ela, mas não tão grandes assim. "De onde vem a água?"

"Bem, em circunstâncias normais, qualquer um usando a nave encheria os tanques em uma estação de abastecimento, mas não temos nada assim aqui por perto. Além disso, não podemos nos mover." Coruja riu, mas não era uma risada boa, e acabou se transformando em um suspiro. "Você vai ter que encontrar água lá fora. Jane, sei que ainda há muitas coisas que você não entende e não quero assustá-la ainda mais. Mas se quiser ficar aqui, vai precisar encontrar água. As rações não vão durar muito. A boa notícia é que, depois que encher os barris, só vai precisar completá-los de vez em quando. A maior parte será reciclada. Não tenho energia suficiente para fazer o sistema de filtragem de água funcionar no momento, mas não está quebrado. Essa seria outra boa tarefa: limpar a fuselagem para que eu possa receber mais energia."

Jane pensou um pouco antes de falar. "E que fonte de energia *você* usa?"

"Olha só", disse Coruja com um sorriso largo. "Você é uma garota muito inteligente mesmo." Jane se sentiu *muito* boa ao ouvir isso. Coruja continuou: "A nave usa duas fontes primárias de energia. O gerador solar para as funções mecânicas básicas, suporte de vida e, bem, eu. E há também o motor, que é movido a algas. O motor gera energia para a propulsão. Você sabe o que é isso?".

"Não."

"A propulsão é uma palavra complicada que significa fazer as coisas se moverem. O motor faz o ônibus se deslocar para outros lugares. Nós ainda não precisamos desse tipo de energia. O gerador solar é suficiente para me manter funcionando e para tudo o que precisamos para mantê-la saudável. O problema é que há um monte de sucata lá fora cobrindo a maior parte dos painéis solares da fuselagem. Eu estou com menos da metade da energia que eu deveria ter em condições ideais. Se você conseguir limpar a fuselagem e encontrar água, isso seria um bom começo."

As tarefas pareciam boas, mas havia um problema. "Não posso sair", disse Jane. "As... as coisas estão lá fora."

"Os animais. Seres vivos como você — seres capazes se mover e respirar — são chamados de *animais*. Aqueles animais em particular são chamados de cachorros. São cachorros horríveis, genedificados, mas não deixam de ser cachorros."

Cachorros. Certo. "Não posso sair se os cachorros estiverem lá fora."

"Eu sei. Teremos que ser criativas. Para a sua primeira tarefa, sugiro o seguinte: dê uma olhada nas coisas que temos aqui dentro e veja se consegue encontrar algo útil. Eu vou ajudá-la a entender os suprimentos que temos. Então, depois que descobrirmos o que temos, talvez a gente possa encontrar uma maneira de produzir algum equipamento para lidar com os cachorros."

"O que é equipamento?"

"Ferramentas. Instrumentos tecnológicos. Máquinas. Coisas que você pode usar."

Jane franziu o cenho. "Eu não sei fazer máquinas."

"Você não construía coisas na fábrica?"

"Não", disse Jane, balançando a cabeça. "As garotas mais velhas é que fazem isso. As Janes limpam e separam a sucata. Nós dizemos o que ainda serve e o que é lixo."

"Diga-me exatamente o que você fazia lá. Para começar, que tipos de sucata você limpava?"

"Vários tipos."

"Liste alguns itens que você já separou."

"Hã... bombas de combustível. Painéis de luz. Painéis de interface."

Coruja parecia bem interessada. "Conte-me mais sobre os painéis de interface. O último com o qual você trabalhou, estava bom ou era lixo?"

"Estava bom."

"Como você sabia?"

"Eu o abri e endireitei os pinos tortos, depois conectei o painel a uma fonte de energia, e ele ligou."

"Isso é mais do que separar sucata, Jane. É consertar. E se você sabe fazer isso, então é capaz de criar coisas a partir delas. Separe a sucata aqui dentro. Descubra o que ainda serve. Quando terminar, eu a ajudarei a descobrir o que fazer. Não tenho mãos, mas ainda tenho um banco de dados inteiro cheio de arquivos de referência. Tenho manuais sobre como a nave funciona e informações sobre como reparar tudo. Aposto que juntas poderemos fazer muita coisa."

Jane pensou no assunto. Gostava quando fazia a sucata voltar a funcionar. A ideia de fazer algo diferente e útil a partir dela era realmente interessante. "Que tipo de coisas?"

Coruja sorriu. "Eu tenho algumas ideias."

sidra

"Sidra, já discutimos isso várias vezes." Sálvia soava cansada, mas Sidra não queria nem saber. Também estava cansada.

"Não consigo continuar assim", disse Sidra de cima da mesa no canto do quarto. Ela pressionou a nuca do kit até onde se encontravam as paredes, tentando alinhar os cantos da sala nos pontos cegos do kit. Não era suficiente. *Não era suficiente.*

Sálvia suspirou e esfregou o rosto. "Eu sei que é difícil. Eu sei que você ainda tem muito com o que se acostumar..."

"Você *não* sabe. Você não faz a mínima ideia..."

"Você *não pode* ficar conectada à Rede o tempo todo. Não dá!"

"Os outros sapientes ficam! Tem uma loja do lado da oficina onde instalam conectores craniais sem fio. É bem movimentada."

Sálvia balançou a cabeça de modo enfático. "Você nunca viu no que essas pessoas se transformaram. Elas ficam fodidas das ideias. Não conseguem se concentrar em nada. Não conseguem nem falar direito. Algumas nunca mais voltam ao mundo real. Eu vou levar você em uma das tocas deles para ver se você desiste dessa ideia. As pessoas alugam vagas decanais nos beliches, que incluem um cabo para o cérebro e uma bomba de nutrientes para mantê-los vivos. Muita gente nunca sai. Ficam lá deitadas até desaparecerem. É nojento." Ela fechou os olhos e comprimiu os lábios, como se escolhesse as palavras. "Eu sei que você não passaria pelos mesmos problemas, mas você mora em uma comunidade de modificadores. Não pode viver conectada à Rede, assim como não pôde continuar se chamando Lovelace. Se andar por aí sabendo tudo sem que suas habilidades sociais sejam uma merda, alguém vai acabar percebendo. Vão descobrir que você não é só superinteligente. Você vai cometer um deslize, as pessoas vão perceber, e você vai ser desmontada."

Os caminhos de Sidra pareciam estalar frustração. O kit puxou os próprios cabelos. "Sálvia, meus bancos de memória estão ficando cheios. Eu não sou que nem você. Não tenho um cérebro que sempre se adapta às novas informações. Você... você tem uma capacidade quase infinita de aprender coisas. Eu não."

"Sidra, eu sei..."

"Você não está me ouvindo. Eu tenho um *limite fixo* de memória. Eu fui *projetada* para ter acesso constante à Rede. Não fui feita para armazenar tudo localmente. Eu vou ter que começar a excluir informações antigas em algum momento. Toda vez que aprender o nome de alguém, toda vez que me ensinarem uma nova habilidade, vou ter que escolher quais das minhas lembranças guardar. Vou ter que arrancar pedaços de mim mesma. Você diz que entende, mas não é verdade. Você não faz ideia de como é isso. Não faz ideia de como eu me sinto." Suas palavras saíam altas, rápidas, mal sendo processadas. Ela poderia ter parado. Poderia ter baixado o tom, voltado a falar mais devagar. Mas não queria. Queria falar alto. Queria gritar. Sabia que era improdutivo, mas a sensação era boa demais.

"Está bem, não sei *exatamente* como se sente, mas eu entendo." Sálvia também estava subindo o tom. Por algum motivo, isso também fez Sidra se sentir bem. "O que *você* não parece entender é que está baixando coisas desnecessárias. Você se pergunta sobre um provérbio aandriskano ou algo assim e uma hora depois está baixando metade de tudo que já foi escrito em reskit. Você não precisa de tudo isso."

"E você precisa de todas as suas memórias? Você precisa se lembrar de todas as músicas que já ouviu, de cada simulação que já jogou?"

"Nem sempre eu me *lembro*. Tenho que tirar dúvidas o tempo todo."

"Sim, mas aí você se lembra. A lembrança ainda está lá. Você consegue imaginar como seria baixar uma música, excluir o arquivo e depois ouvir de novo e achar que é a primeira vez?"

"Sidra... estrelas. Só estou falando que você precisa ser mais seletiva. Registre uma linha de texto com um lembrete de que já ouviu a música antes. Não baixe toda a discografia do músico." Sálvia franziu a testa, roendo a unha. "Nós poderíamos comprar lentes para você."

"Não", respondeu Sidra na hora. Ler era trabalhoso e lento demais. Não era o que queria. Não era disso que precisava.

"Não diga que não quer sem nem experimentar. Você poderia acessar a Rede que nem todo..."

"Não sou que nem todo mundo. *Não consigo ser* que nem todo mundo."

"Você precisa tentar", disse Sálvia, em um tom que significava que a conversa estava encerrada. Suspirou outra vez, olhando para o relógio da parede. "E nós precisamos ir para a loja."

Sidra pressionou as costas no canto do quarto, furiosa. Por que estava com tanta raiva? Não era justo com Sálvia, ela sabia disso. Sálvia estava apenas tentando mantê-la em segurança, sem contar que já fazia muito por Sidra. Tinham pedido comida na Frituras da Frota na noite anterior e Sálvia havia encomendado um monte de aperitivos e molhos diferentes para que Sidra pudesse acessar novas imagens. O arquivo de memória a fez se sentir culpada diante da conversa atual, mas... não queria nem saber. Podia acabar tendo que excluir esse mesmo arquivo de memória se não encontrasse uma solução.

"Não quero ir trabalhar hoje", disse Sidra. Soava como uma criança. E não se importava.

"Tudo bem", disse Sálvia. "Tudo bem. O que você vai fazer?"

"Não sei." O kit cruzou os braços. "Não sei. Eu podia fazer uma faxina."

"Não precisa. Vá dar uma volta. Ou fique em casa, tanto faz. Mas faça algo que a ajude a se sentir melhor."

Sidra desviou o olhar de Sálvia. A culpa que sentira em relação ao arquivo de memória da noite anterior começou a contaminar todo o resto. *Aquela* conversa também a estava fazendo se sentir culpada. Por que estava se comportando daquele jeito? Por que não podia se acostumar com as coisas? O que havia de errado com ela? "Me desculpe", murmurou.

"Está tudo bem. A gente vai encontrar uma solução." Sálvia saiu do quarto, esfregando a cabeça. "Mas é sério. Faça algo divertido."

Sidra permaneceu no canto por muito tempo depois de ouvir Sálvia sair pela porta da frente. Lutou contra as emoções feias que atrapalhavam seus processos. Estava brava com Sálvia por ela não entender. Estava grata a Sálvia por tentar ajudar. Estava brava com Sálvia por ela não concordar sobre o acesso constante à Rede. Estava envergonhada por seu comportamento durante a discussão. Sentia que o comportamento desagradável fora justificável. Não fora. Fora.

Faça algo divertido, tinha dito Sálvia. Sidra pensou em ir para seu lugar na sala de estar e passar o dia todo na Rede. Considerando o motivo da discussão, era a coisa óbvia a se fazer. Mas não queria acesso à Rede por um dia; queria *uma solução*. Queria que o nó em seus caminhos desaparecesse. Queria consertar as coisas, queria se misturar sem dificuldades, queria parar de buscar os cantos e sentir falta do acesso à Rede. Precisava mudar e não sabia como.

Mesmo que se sentisse bem em seu canto, mesmo que sua cadeira estivesse no andar de baixo, mesmo que sair fosse a última coisa que quisesse fazer, Sidra não iria encontrar respostas em um canal público. Desceu da escrivaninha, pôs os sapatos e o casaco e foi para o submarítimo.

Fonte: desconhecida
Criptografia: 4
Tradução: 0
Transcrição: 0
Nodo de identificação: desconhecido

MenteCuriosa: saudações, caros colegas modificadores! estou prestes a embarcar em uma empolgante jornada de descoberta científica e preciso de sua ajuda! Tenho grande interesse em aprender mais sobre manipulação genética, em especial sobre hibridização sapiente. sou novo neste campo, mas li vários livros na rede sobre o assunto e estou confiante de que minhas teorias vão revolucionar a biologia. mas, antes de tudo, preciso de equipamentos! alguém pode me recomendar uma fonte confiável para adquirir câmaras de gestação, de preferência baratas? Meu orçamento é um pouco limitado.

tishtesh: isso é uma piada?

KAPITAOKATIVANTE: incrível. eu consegui contar seis idiotices diferentes em um só parágrafo

MenteCuriosa foi banido do Piquenique

MenteCuriosa2 juntou-se ao Piquenique

MenteCuriosa2: não estou acreditando nisso. o piquenique deveria ser um lugar com pessoas de mente aberta interessadas em comércio de tecnologia e ciência de ponta! pelo visto essa comunidade não é de tão alto nível quanto fui levado a acreditar. há um canal inteiro aqui sobre genedificação! por que fui banido????

bolofofo: porque você não tem um pingo de sutileza, o que significa que não faz ideia do que está fazendo. divirta-se na cadeia. é pra lá que você vai. **reportado.**

pitada: e se você pensa que fazer híbridos sapientes é o mesmo que genedificação, seu conhecimento sobre ciência é uma desgraça. **reportado.**

tishtesh: e você também é um idiota. **reportado.**

MenteCuriosa2 foi banido do Piquenique

tishtesh: alguém mais quer hackear o scrib desse otário?

KAPITAOKATIVANTE: estrelas, e como. vou te mandar uma mensagem.

bolofofo: eu também eu também

pitada: aproveitem e fritem o implante dele

FrondeFrondosa: eu amo esse canal

jane, 10 anos

Jane acordou animada e assustada. Ela e Coruja tinham estado muito ocupadas. Hoje era o dia de ver se todo aquele trabalho ia funcionar.

Ela levantou da cama e olhou suas roupas, largadas no chão. Eram roupas para dormir, não roupas de trabalho, mas eram tudo o que tinha. Estavam um nojo. Essa foi outra boa palavra que Coruja tinha lhe ensinado. *Nojo.* Nojo era o que Jane sentia ao ter que vestir roupas manchadas de sangue e poeira velha depois de ter passado quatro dias sem tomar banho. Não queria vestir aquelas roupas nojentas. O pensamento fazia sua pele coçar. Ela as vestiu mesmo assim.

"Bom dia", cumprimentou Coruja. "Está pronta para hoje?"

O estômago de Jane revirou, mas aquela sensação quente em seu peito foi mais forte. "Sim."

"Eu sei que você consegue", disse Coruja. Ela sorriu, mas o rosto estava um pouco assustado. Jane tentou não pensar muito nisso. Não queria pensar no que significava Coruja também estar com medo.

Jane foi ao banheiro e depois foi para a cozinha. Esvaziou uma bolsa d'água no copo que havia encontrado dois dias antes. Esfarelou a barra de ração e bebeu tudo depois que os pedaços amoleceram. Achava que molhar a comida primeiro era melhor para o estômago dela se acostumar. O banheiro também estava um nojo. Precisavam de água corrente.

As coisas que tinha construído com a ajuda de Coruja estavam enfileiradas no chão da sala de estar. Jane sentia-se boa olhando para elas. Normalmente, ver uma pilha de sucata ordenada apenas fazia com que ela se sentisse boa de um jeito mais calmo, porque a sucata separada significava que o dia tinha terminado. Mas ela havia *consertado* aquela sucata. Tinha transformado em *ferramentas*. Não eram apenas cestos de sucata trazidos e depois levados embora sem que ela soubesse por quê. A sucata diante de si tinha trabalho pela frente, e isso a fazia se sentir muito boa mesmo.

Primeiro havia o scrib, que tinha sido fácil de consertar. Só precisara endireitar alguns pinos. Coruja disse que não tinha energia suficiente para conversar com Jane por meio do scrib, mas que podia ativar um sinal para indicar que direção seguir caso Jane precisasse de ajuda para voltar ao ônibus. Jane ficara feliz com isso. Não queria correr por aí perdida de novo.

Em seguida, o carrinho de água. Não era grande coisa — apenas um carrinho plataforma com dois caixotes de comida vazios aparafusados nele. Os tanques de água do ônibus espacial precisariam de vários caixotes até ficarem cheios, mas as rodas tornariam a tarefa mais fácil do que carregar garrafas ou coisa assim. Só precisava *encontrar* água primeiro.

A última coisa que construiu era assustadora, e Jane não queria ter que usá-la. Era uma ferramenta para afastar os cachorros. Era uma longa vara de acrílico polarizado com um cabo que passava por dentro dela e se conectava a um pequeno gerador (retirado de um exotraje, fosse lá o que isso fosse). O gerador tinha duas tiras de tecido — também cortadas do exotraje — grampeadas para que Jane pudesse carregá-lo nas costas. Jane tinha envolvido uma das extremidades da vara com um monte de tecido, para torná-la mais confortável (outra boa palavra nova), e também tinha acrescentado uma tira menor que podia amarrar no pulso, para a vara não cair caso as mãos estivessem ocupadas com outra coisa. Na outra extremidade da haste havia um monte de garfos de metal — um utensílio para comer refeições sólidas, segundo Coruja —, espalhados como dedos, cada um conectado ao cabo principal por fios menores. Jane podia ligar e desligar o gerador com um interruptor manual que tinha posto um pouco acima do ponto onde apoiava o polegar. Quando o gerador era ligado, os garfos ficavam cheios de eletricidade. Coruja tinha pedido a Jane que cuspisse nos garfos na noite anterior, para testá-los. O cuspe tinha feito os garfos estalarem e sibilarem muito alto. Aquilo machucaria muito os cachorros, dissera Coruja. Chamou a ferramenta de *arma*. Jane achou que era uma boa palavra. Não queria se aproximar dos cachorros de novo, mas sabia que eles tentariam se aproximar dela, então era bom ter uma arma.

Ela também achou outras coisas boas — um saco de pano vazio chamado *bolsa tiracolo*, algumas luvas de trabalho grandes demais para as suas mãos, mas que ainda poderiam ser úteis, e uma ferramenta de corte chamada *canivete*. Ela pôs tudo na bolsa, junto com três *cantis* vazios para trazer de volta a água que encontrasse (Coruja queria fazer alguns testes antes de Jane ter o trabalho de encher o carrinho de água). Também estava levando duas barras de ração, quatro pacotes de água e o scrib. Pôs a bolsa atravessada no ombro e o gerador da arma nas costas, encaixando a mão na alça.

"Você está com cara de quem sabe o que está fazendo", disse Coruja. "Você está parecendo muito corajosa."

Jane engoliu em seco. Coruja tinha explicado o significado de *corajosa* no dia anterior. Não se sentia nada corajosa. "Você acha que vou ter que ir muito longe?"

"Eu não sei, querida. Espero que não. Se ficar cansada ou se sentir mal, pode voltar para casa, mesmo que não tenha encontrado água."

"O que é casa?"

"Casa é este lugar. Onde eu estou, um lugar onde você pode descansar." Coruja fez uma pausa. Seu rosto parecia um pouco triste, o que fez Jane sentir algo estranho em seu peito — uma espécie de aperto que a deixava com vontade de se enrolar em um cobertor. "Por favor, tome cuidado lá fora."

Coruja abriu a porta interna que levava à *eclusa de ar*, depois abriu a escotilha externa. Jane apertou a arma com mais força e saiu.

Estava contente por Coruja ter lhe ensinado algumas palavras novas, porque tudo fora do ônibus precisava delas. O *céu* era grande, o *sol* estava brilhando e o *ar* estava quente. Não sabia se entendia muito bem o que era *vento*, mas achava que não havia vento do lado de fora. Já estava começando a suar. Ainda bem que havia água na bolsa.

O revestimento metálico do lado de fora da porta tinha marcas de arranhões. Ela abriu a mão e correu os dedos ao longo dos riscos. Cachorros. Agarrou sua arma com bastante força.

Ergueu a mão acima dos olhos para bloquear o sol e espiou ao redor. Havia muita sucata. Por toda a parte. Pilhas e pilhas e pilhas, estendendo-se sem fim. Como é que alguém podia usar tudo aquilo? E por que jogavam tudo fora, se a maioria das coisas só precisava ser consertada?

Pensou em Jane 64, debruçada sobre sua estação de trabalho. Pensou em como 64 era boa em desfazer os nós dos cabos, melhor do que as outras garotas. Algo afiado se mexeu no estômago de Jane. Queria voltar para dentro. Queria ir para casa. Queria voltar para a cama e apagar todas as luzes. Era o que tinha feito no segundo dia no ônibus espacial. Ficar na cama não havia ajudado e não era relaxante, mas todo o resto era difícil demais, e ela não conseguia tirar 64 da cabeça, então Jane ficou na cama e chorou até correr para o banheiro e vomitar na pia, depois dormiu porque era a única coisa que podia fazer. Coruja tinha sido boa com ela. Havia passado o dia na tela ao lado da cama e ensinara a Jane sobre algo chamado música, que era um monte de sons estranhos que não faziam muito sentido, mas que deixavam as coisas um pouco melhores.

Ainda assim, mesmo com Coruja e a música, o segundo dia tinha sido muito ruim. Mas, comparado a sair para onde os cachorros poderiam estar, passar por todos aqueles sentimentos ruins mais uma vez parecia até fácil. Jane quase voltou para dentro, mas estava suada e nojenta e sua roupa pinicava. Queria tomar um banho. E, se queria tomar banho, então precisava de água.

Ao longe, onde as pilhas pareciam pequenas, Jane podia ver algo se movendo. Um monte de algos. Não tinha uma palavra para eles, mas havia aprendido uma nova palavra para o que estavam fazendo: *voando*. Estavam voando por trás de uma das pilhas. Eram animais, disso ela sabia. Não sabia como sabia, mas algo nela tinha certeza de que não poderiam ser nenhuma outra coisa. Coruja dissera que se Jane visse animais — até mesmo cachorros — devia haver água em algum lugar próximo.

Com a arma em uma das mãos e a alça da bolsa na outra, Jane começou o longo caminho em direção a eles.

s i d r a

unca deveria ter saído da *Andarilha*.

ra nisso que Sidra estava pensando enquanto avançava pelos mercados
perfície, lutando contra sua diretiva para registrar cada novo rosto,
e cor. Três decanas em Porto Coriol e lugares abertos ainda eram um
absoluto. Talvez esse sentimento nunca passasse. Talvez fosse ser
ele jeito para sempre.

la se esquivou de um vendedor estendendo um prato de amostras de
s na sua direção. Não fez contato visual e não respondeu. Era uma
eria, o que a fez se sentir culpada, o que por sua vez a deixou ainda
irritada. O sentimento de culpa fora o que a tinha feito escolher
le corpo idiota.

or que tinha ido embora? Naquele dia, parecera o melhor a se fazer, a
ha mais limpa. Ela havia surgido onde deveria estar outra mente. Ela
ra o que a tripulação da *Andarilha* esperara ou desejara. Sua presença
ixava tristes, o que significava que ela precisara ir. Fora por isso que
partido — não porque queria, não porque realmente entendia o que
ignificaria, mas porque a tripulação estava triste e ela era o motivo
tristeza. Tinha partido pelo bem de pessoas que nem conhecia. Ti-
ido embora por causa de um estranho chorando no compartimento
rga. Tinha partido porque fora projetada para ser afável, para pôr
tros em primeiro lugar, para tentar deixar todo mundo confortável,
importava o quê.

Mas e o seu conforto? E *ela*? Será que as oito pessoas que não precisa-
mais ouvir sua voz todos os dias achariam uma troca justa, caso eles
bessem como ela se sentia ali fora? Será que se importariam se soubessem que aquela existência não lhe parecia certa? Será que não teriam

se acostumado com ela, assim como eles provavelmente se acostumaram com a ausência de sua antecessora?

Ela se esforçou para manter os olhos do kit no chão, tentou manter a respiração regular. Podia sentir o pânico à espreita enquanto a multidão se adensava ao seu redor e os edifícios estendiam-se indefinidamente. Lembrou-se de como tinha se sentido na nave com uma câmera em cada corredor, uma vox em cada aposento, a calma do espaço aberto envolvendo-a. Lembrou-se do vácuo, sentindo falta dele.

"Ei!", disse uma voz irritada. Sidra olhou para a frente e viu que tinha se metido no caminho do carrinho de um harmagiano e estava prestes a derrubá-lo junto com seus pacotes. "Qual é o seu problema?", perguntou, os tentáculos tensos de raiva.

Ai, não, não, não, pensou, mas fora uma pergunta direta, e Sidra não tinha opção senão responder. "Estou cansada desse mercado, odeio este corpo, fui grossa com a amiga que está cuidando de mim e me arrependo da decisão que me trouxe até aqui."

Os tentáculos do harmagiano relaxaram de perplexidade. "Eu..." Os pedúnculos de seus olhos se contraíram. "Hã... bem, olhe por onde anda enquanto não resolve essas questões." Ele manobrou o carrinho para desviar dela e seguiu seu caminho.

O kit fechou os olhos com força. Aquele protocolo de honestidade idiota. Pelo menos essa parte de si mesma ela mal podia esperar para apagar. Sálvia estava tentando, Sidra sabia. Via a amiga em seu scrib tarde da noite, a testa franzida, murmurando enquanto estudava os conceitos básicos de Lattice. Programar não era o ponto forte de Sálvia, mas a mulher se opunha a procurar ajuda de outras pessoas — e Sidra não tinha como discordar, sinceramente. Enquanto isso, porém, como conseguiria viver naquele lugar? Não conseguiria, essa era a resposta. Ela não tinha nada que tentar viver entre os sapientes, fingindo ser um deles. *Não era* um deles e nem conseguia fingir ser ao atravessar uma multidão. Quanto tempo até alguém lhe fazer uma pergunta que deixaria Sálvia e Azul com sérios problemas? Não, droga, quanto tempo até uma pergunta causar problemas para *ela*. Será que Sidra algum dia começaria a pensar em si mesma primeiro? Será que era capaz?

Olhou ao redor para a rua cheia de estranhos e perguntas que não podia prever. Não podia ficar ali fora. Não tinha sido feita para isso.

Ela correu até o quiosque de viagens expressas mais próximo. Uma imitação grotesca de uma cabeça harmagiana estava sobre a mesa, assim como em todos os outros quiosques. Os tentáculos não orgânicos gesticulavam de modo educado à medida que a IA dentro falava. "Diga seu destino, por favor."

Sidra sabia que era um modelo limitado, não consciente. Já vira muitos outros parecidos, alojados em estações de transporte e lojas. Mais inteligente do que um animabô, sim, mas, em termos de complexidade, era tão parecido com ela quanto um peixe lembrava um ser humano. Ainda assim, tinha suas dúvidas. Sidra se perguntava se a IA estava satisfeita com sua existência. Ela se perguntava se a IA sofria, se alguma vez tentava se entender e esbarrava em uma barreira cognitiva. "Passagem para o distrito de arte, por favor", disse ela, passando o protetor de pulso na frente do escâner. Houve um apito de confirmação.

"Muito bem", respondeu a IA do quiosque. "Suas cápsulas expressas chegarão dentro de alguns instantes. Caso precise de transporte ou novas informações, basta procurar pelo símbolo de viagem expressa idêntico ao deste quiosque."

A tristeza percorreu os caminhos de Sidra enquanto a IA atrofiada continuava seu discurso. Será que a própria Sidra era tão diferente assim? Havia sido criada para servir, assim como aquela, e embora pudesse se sentir muito especial por ser capaz de fazer perguntas e ter discussões, era tão igualmente incapaz de ignorar protocolos quanto a pequena mente diante dela. Lembrou-se da confusão nos tentáculos do harmagiano depois que ela deixou escapar a resposta para sua pergunta — uma pergunta que tinha sido apenas retórica. Os olhos do kit se encheram d'água enquanto a IA do quiosque continuava sua ladainha sobre a sinalização e os procedimentos de segurança. Não podia fazer nada além do que fora projetada para fazer. Não passava disso. Jamais passaria.

"Obrigada por usar o sistema de viagens expressas de Porto Coriol." Um dos falsos tentáculos estremeceu levemente de cansaço mecânico. "Uma ótima viagem e um bom dia."

Sidra pôs uma das palmas do kit sobre a cabeça sintética. Ela manteve contato por um segundo, dois, três. Uma cápsula de viagem expressa chegou e a escotilha se abriu com um chiado suave. Ela se aproximou da cabeça da IA antes de partir. "Eu sinto muito", sussurrou. "Não é justo."

jane, 10 anos

Coruja estava certa. Havia água onde voavam aqueles animais — um grande buraco cheio de água —, e Jane não viu nenhum cachorro. Isso foi muito bom.

Os animais voadores eram interessantes. Eram muito menores do que ela, tinham cerca de um braço de comprimento, e os estranhos braços dianteiros tinham uma espécie de pele pendurada neles. Batiam essa pele para a frente e para trás para subirem no ar. O resto da pele era meio estranho. Era laranja, e não era lisa como a dela ou coberta daquela coisa macia — *pelos*, lembrou a si mesma, *pelos*. A pele dos animais voadores parecia dura e brilhante, formada por pequenos pedaços interligados.

Por mais interessantes que fossem, Jane estava com um pouco de medo deles. Será que ficavam zangados? Será que tentariam mordê-la? Será que conseguiriam machucá-la? Ela avançou um passo. Alguns dos animais ergueram os olhos em sua direção. A maioria continuou bebendo. Os que a olhavam não pareciam zangados. Apenas a observaram um pouco e depois continuaram fazendo o mesmo de antes. Jane soltou o ar. Era um bom sinal.

"Perguntar a Coruja o nome dos animais voadores", disse ela. Não conseguia fazer listas como Coruja, mas dizer as coisas em voz alta a ajudava a se lembrar.

Caminhou até a água. A água não era boa. Não era transparente e estava cheia de poeira. *Poeira não*, corrigiu-se. *Terra*. Enrugou o nariz. Havia uma mancha de alguma substância química na superfície da água, formando linhas oleosas ao fazer contato com o chão. Jane não sabia *qual* substância química. Provavelmente algo que tinha vazado da sucata nas proximidades. A água também cheirava mal, o que seria ruim mesmo que o cheiro fosse bom. Água não deveria ter cheiro. Jane parou e pensou um pouco. Coruja dissera que qualquer água que Jane encontrasse não seria própria para beber sem antes passar pelo sistema de filtragem, mas aquela água ruim era muito interessante. Além disso, os animais estavam bebendo e pareciam bem. Molhou o dedo na água e pôs uma grande gota na língua. Cuspiu imediatamente, fazendo bastante barulho. Sentiu metal e fedor e coisas ruins para as quais não tinha palavras. Ela cuspiu e cuspiu, mas o gosto não saía da boca.

"Como vocês conseguem beber isso?", perguntou aos animais. "É tão ruim!" Os animais não disseram nada. Coruja tinha explicado que não eram capazes de falar como garotas, mas não custava tentar. Seria bom se eles pudessem conversar. Queria tanto falar com alguém que não estivesse em uma parede.

Jane pegou um cantil da mochila e o encheu de água. Os animais voadores ficaram de olho, mas a deixaram em paz. Havia água suficiente para todos, Jane imaginava. Fez uma careta ao ver a água fedida e brilhosa entrar no cantil. *Que nojo*. Não queria beber aquilo. Mas Coruja dissera que as máquinas na nave eram capazes de limpar água muito ruim, por mais suja que estivesse. Até xixi. Jane estava muito curiosa para saber como funcionava.

Ficou sentada ao lado do buraco de água, observando os animais. Tudo ainda parecia grande, estranho e errado, mas, de alguma forma... sentar ali não era tão ruim. Era bom estar fora da nave, e o ar estava quente. O sol fazia isso, Coruja tinha explicado. O sol era aquela luz forte no céu. Coruja tinha dito a Jane que era muito importante não olhar diretamente para ele. Jane queria muito fazer isso, mas obedeceu à recomendação. Não sabia que coisas poderiam colocá-la em apuros e não queria deixar Coruja zangada. Ela não tinha ficado zangada, nem mesmo uma vez, mas era uma espécie de Mãe, considerando a forma como fora construída. Jane achava que talvez as Mães tivessem sido boas como Coruja antes, mas as garotas tinham feito tanto mau comportamento que as Mães ficaram muito zangadas e acabaram presas na raiva. Jane decidiu que se esforçaria ao máximo para ser boa e não deixar Coruja com raiva. Não queria quebrar Coruja.

Um dos animais voadores se aproximou dela. Chegou bem perto. Os grandes olhos negros eram bem escuros em contraste com a pele laranja estranha. Jane não se moveu. Pôs a mão na arma e prendeu a respiração. O animal moveu a cabeça como se estivesse pensando. Cheirou seu sapato. Então se afastou, a cabeça balançando. Jane soltou o ar. Tudo bem. Ok, até que foi bom. Bom e interessante. Talvez o animal voador também estivesse interessado nela. Jane gostou da ideia.

O animal foi até o grupo que estava... Eles estavam comendo? Pareciam estar comendo. Mas o que estavam comendo? Não era uma refeição, claro, mas também não parecia uma barra de ração. Era algo saindo do chão — algo roxo, liso, de aspecto macio, ondulado e com um formato interessante. Estava preso no chão e na sucata. Não era um animal, mas a fez pensar em animais de uma forma que não entendia completamente. Não era um animal, mas também não era sucata ou máquina. Era algo diferente. E os animais estavam comendo.

Será que era algo que ela também poderia comer?

Coruja tinha falado bastante sobre como ela não devia comer nada que encontrasse lá fora, e Jane sabia que não deveria tocar nenhum componente que não reconhecesse. Ela soltou a arma, pôs as luvas de trabalho (mesmo grandes demais) e pegou o canivete. Caminhou até o grupo de animais. Eles se afastaram bem rápido, e Jane parou. Será que os tinha assustado?

"Não sou má", disse ela. "Só quero ver o que vocês estão comendo."

Ela se agachou e cutucou a coisa roxa com a ponta do canivete. Nada aconteceu. Ela soprou. Nada aconteceu. Ela examinou os pequenos buracos que os animais tinham arrancado ao comer, então segurou o canivete o mais firme que pôde com as luvas grandes e cortou um pedaço. A coisa não sangrou. Ela olhou mais de perto. Era branco por dentro, e sólido. Não tinha ossos. Jane queria muito provar, mas, depois da água, sabia que devia ouvir Coruja. Ela sabia das coisas.

Guardou o pedaço de coisa roxa na mochila. Era um bom momento para voltar, pensou. O sol estava deixando o ar bem quente, e a pele em seus braços doía um pouco. Estava mais vermelha do que o normal.

O rosto de Jane 64 também tinha ficado vermelho, vermelho, inchado e errado e assustado e...

Ouviu um barulho. O canivete em sua mão tremia. Seu corpo inteiro tremia. Jane quis voltar para Coruja. Agora. Coruja dissera que Jane podia voltar para casa caso se sentisse mal e ela se sentia mal, então voltaria.

Os animais começaram a fazer bastante barulho. A maioria correu ou voou para longe. Jane se virou. Dois cachorros estavam ali parados, observando a única coisa que não fugira. Observando-a.

O estômago doeu, e os olhos de Jane arderam. Queria voltar para Coruja. Queria sua cama — *sua* cama, com 64. Queria um copo de refeição e um banho e nada de cachorros. Mas os cachorros continuaram lá, fazendo os sons zangados e baixos.

Seu corpo quis correr, como quando a Mãe a olhou pelo buraco na parede, mas não havia um bom lugar aonde ir. O buraco de água estava cercado de sucata. A única saída estava atrás dos cachorros. Não conseguiria passar correndo por eles sem que a mordessem.

"Me ajuda", disse, bem baixinho. "Coruja, me ajuda."

Mas Coruja estava longe demais.

Ela passou o canivete para a outra mão e agarrou bem a arma. Deu um passo para trás, tremendo muito. "Pare", disse Jane, tentando não chorar. "Vão embora." Um dos cachorros se aproximou, fazendo barulho, os dentes molhados. "Vai embora!", gritou, chutando um pedaço de sucata na direção dele. "Vai embora!" O cão fez um som mais alto. Correu para ela.

Ela tropeçou, mas lembrou-se de apontar a arma para o cachorro e pressionou o botão enquanto o animal pulava em sua direção, a boca aberta cheia de dentes.

Foram tantos sons. O zumbido do gerador. O estalido da eletricidade percorrendo os garfos. O grito do cachorro, que foi a pior parte de todas. O animal caiu com um gemido, tremendo e se contorcendo. Foi a coisa mais assustadora que Jane já tinha visto, ainda pior do que as Mães. Mesmo assim, manteve o botão pressionado. Sentiu um mau cheiro, um fedor de queimado. O cachorro parou de se contorcer.

O outro cachorro soltou um grito de raiva e também saltou em sua direção. Ela apertou o botão outra vez. Zumbido. Estalido. Grito.

Ambos os cachorros ficaram caídos no chão, os pelos soltando fumaça. Jane correu e correu e correu, a bolsa cheia de cantis pesados batendo na perna. Os cachorros não a seguiram.

Foi só quando parou de correr que entendeu que estavam mortos.

Não fora sua intenção. Tinha feito algo para *machucar* os cachorros, mas funcionou bem demais, porque os machucara até a morte. Isso a fez sentir algo grande, bom e ruim ao mesmo tempo.

Ela vomitou. Era um mau comportamento, mas Jane vomitou até só sobrar um cuspe nojento e ácido. Percebeu que a frente das calças estava úmida, e seu rosto ardeu de vergonha quando entendeu por quê. Tinha *dez* anos.

Jane se sentou na terra e bebeu uma bolsa de água. Ainda tremia. O sentimento bom e ruim ainda estava presente, porém quanto mais pensava sobre o que acontecera, maior ficava a parte boa. Estava tudo bem. Ela tinha a água ruim que Coruja limparia e ela sabia onde conseguir mais. Tinha algo que talvez pudesse comer. Ela tinha parado os cachorros. Ela tinha parado os cachorros!

Você está parecendo muito corajosa, dissera Coruja. Jane pensou nisso e se sentiu muito bem. Porque Coruja estava certa.

"Eu sou corajosa", disse Jane, para não se esquecer. "Eu consigo parar os cachorros. Sou corajosa."

No caminho de volta, Jane ficou repassando as perguntas que queria fazer à Coruja. Queria saber mais palavras. Palavras para os animais voadores, para a coisa roxa que não era um animal e talvez fosse comida e para o que você sentia quando se sentia mal por fazer uma coisa morrer, mas ao mesmo tempo bem porque ainda estava viva.

sidra

O distrito artístico era tão barulhento e cheio de informação quanto os outros, mas era menos movimentado, pelo menos. Nos demais distritos, tudo estava sempre sendo oferecido e procurado com muita pressa, como se os créditos fossem perder o valor se a transação não acontecesse naquele exato instante. Mas ali, onde os itens à venda não tinham uma natureza prática, os vendedores e os clientes pareciam ter todo o tempo no mundo. Sidra não via barreiras culturais ou formais. Tudo estava abarrotado e misturado — esculturas laruanas de madeira, estátuas de pedra harmagianas, artistas que empregavam técnicas de escolas diferentes e até mesmo artistas corporais oferecendo seus serviços de modificação de carne, escamas e conchas. As lojas refletiam a mesma mistura. Iam de galerias imaculadas com paredes limpas e tetos que produziam ecos até vendedores atrás de barraquinhas portáteis — ou até mesmo no chão — oferecendo pinturas e estatuetas.

A loja de Azul estava em algum ponto entre os dois extremos, embora mais para o lado humilde. Seu estúdio *Janela do Noroeste* ficava em um prédio coletivo maior, uma pequena cela em uma colmeia bem ocupada. Sidra passou três minutos parada no corredor antes de conseguir entrar pela porta (pintada, apropriadamente, de um tom vivo de ciano). Sabia que tinha agido mal com Sálvia e que Azul tomaria partido da companheira. Talvez até já soubesse da briga. Talvez Sálvia tivesse lhe mandado uma mensagem, dizendo que estava ficando sem paciência para as bobagens de Sidra. Talvez Azul sentisse o mesmo.

Quando Sidra entrou, suas preocupações desapareceram. Azul ergueu os olhos do cavalete e abriu o mesmo sorriso caloroso de sempre. "Sidra! O que v-vo-você está fazendo aqui fora?"

"Não fui trabalhar hoje."

"Percebi." Ele limpou o pincel com um pano, deixou-o de lado e se levantou. Estava de avental, mas a roupa de baixo tinha alguns respingos de tinta. "Resolveu ti-tirar um dia de folga?"

"Sim." Ela olhou em volta. Já tinha visitado a loja antes, mas a cada visita o lugar estava um pouco diferente. Tomou nota das mudanças: as pinturas da floresta misteriosa e do carnaval movimentado tinham sumido — deviam ter sido vendidas — e havia uma nova tela pendurada, mostrando um grupo de pessoas de traje espacial flutuando no vácuo. Havia cinco pincéis e um raspador na pia — bem menos do que os doze que Sidra tinha visto da última vez —, e o globoluz queimado no fundo da sala tinha sido trocado. Havia algo que nunca mudava, a principal diferença entre aquele lugar e os espaços que ele dividia com Sálvia: Azul mantinha tudo impecavelmente arrumado. Cada coisa tinha sua prateleira, sua gaveta e sua posição. Sálvia também era organizada à sua maneira, mas Azul mantinha a loja como se estivesse esperando companhia a qualquer momento. Mesmo os pincéis sujos na pia estavam cuidadosamente mergulhados em um copo d'água.

Sidra sabia que Azul a observava enquanto ela examinava o espaço. "Tudo bem?", perguntou ele. "Você parece chateada."

"Não", corrigiu Sidra. "Eu não. O *kit* parece chateado."

Azul olhou por cima do ombro do kit, conferindo se a porta estava fechada. "Essa é uma-ma distinção importante para você."

"É. Eu me *sinto* chateada, é verdade. Mas não sei o que você vê. Seja lá o que o kit estiver fazendo, não sou eu."

Azul tamborilou os dedos na própria coxa. "Você está com pressa?" Ela balançou a cabeça do kit em negativa. "Que b-bom." Ele gesticulou para uma cadeira voltada em direção ao cavalete. "Sente-se."

Azul deixou a tela não finalizada de lado enquanto Sidra acomodava o kit. Ele começou a se mexer pela loja, pegando tintas e pincéis limpos. Pegou uma xícara de mek em sua pequena mekeira e uma nova tela.

"O que você está fazendo?", perguntou Sidra.

"Algo que talvez possa ajudar", respondeu Azul. Ele estendeu a mão. "Me dê sua mão, por favor." Sidra pôs a mão do kit na dele. Ele passou o polegar pelo dorso da mão e começou a procurar algo na caixa de tubos de tinta com a mão livre, selecionando várias cores diferentes. "Acho que... hum... Acho que você está em algum ponto entre Bronze Real e Sépia Clássico."

"Você vai me pintar?"

Azul sorriu. "T-talvez com uma gotinha de Sol Outonal."

Os caminhos de Sidra iluminaram-se de curiosidade. A ideia de alguém estudando *seus* traços por um longo período era uma mudança fascinante. "O que eu faço?"

"Apenas sente-se e relaxe. Se você precisar, hã, se você precisar se levantar, ou ficar entediada, é só falar." Ele apertou a tinta na paleta, começando a buscar o tom de pele do kit.

"O que devo fazer com o rosto do kit? Ele deve sorrir?"

Azul sacudiu a cabeça enquanto misturava as tintas. "Não mude nada. Não faça nada além do-do que você estava fazendo quando entrou pela p-porta. Apenas seja você mesma." Ele indicou a tela com um movimento da cabeça. "Estou curioso para saber o que você acha da própria aparência."

"Já vi o kit no espelho."

"Deixe-me, hã, deixe-me reformular. Quero saber o que v-você sente quando vê... quando vê o jeito como outra pessoa a enxerga." Azul olhou da tinta para o kit algumas vezes. Com um aceno satisfatório, pegou um pincel e começou a trabalhar. "Provou algo divertido hoje?"

"Não. Não comi nada."

"P-por essa eu não esperava."

"Eu estava... distraída."

"Se quiser, p-podemos almoçar depois daqui. Tem um bom restaurante de macarrão não muito longe." Ele arrastou o pincel de cima para baixo na tela, descrevendo movimentos longos e suaves. Sidra fez o possível para ficar imóvel, embora estivesse doida para olhar a tela. "Pensou em mais... em mais perguntas no caminho até aqui?"

Sidra riu. Sempre tinha novas perguntas. Ela acessou a lista. "Por que os laruanos não superaquecem? Outras espécies parecem achar este lugar quente e os laruanos são cobertos de pelos."

"Hum. Nunca pensei nisso. Você vai precisar olhar na Rede."

"É perigoso engolir dentibôs? Imagino que eles ataquem muitas das bactérias boas no estômago da pessoa."

"É verdade, mas não, hã, não é tão perigoso assim. Você só fi-fica com dor de estômago. Aconteceu c-comigo algumas vezes quando comecei a usar." Os olhos dele encontraram os dela com cuidado. "Hã... Por que você resolveu não trabalhar hoje?"

Sidra olhou em volta antes de responder. "Eu e Sálvia discutimos."

"Sobre o quê?"

Sidra suspirou. "Ela não quer me deixar instalar um receptor de Rede sem fio, foi por isso."

Azul ergueu uma das sobrancelhas. "Vocês já tiveram essa discussão algumas vezes."

"Eu sei. Mas ela não me ouve. Não quero excluir arquivos de memória."

"Ela *está* ouvindo", disse Azul com uma diplomacia calculada. "Ela só não concorda com você."

O kit franziu a testa. "E você também não."

"Eu não disse isso. Nem sempre tomo partido dela, sabe? Eu t-ambém estou ouvindo. Estou ouvindo as duas." Ele pegou outro tubo de tinta. "Me dê um exemplo de algo que você tem medo de excluir."

"Eu baixei muitas coisas."

"Eu sei. Escolha uma favorita."

"Não sei se eu tenho uma."

"Algo que você achou bem legal, então. P-pode ser qualquer coisa."

Sidra percorreu os bancos de memória, sem saber por onde começar. "Bem... Tem 'A Rainha Nunca Nascida e Seus Seguidores'."

"O que é isso?"

"Uma história do folclore quelin. Está mais para um épico, talvez. Algumas partes são um pouco sombrias, mas a poesia é maravilhosa." O kit se mexeu no mesmo lugar quando Sidra se lembrou das palavras de Sálvia naquela manhã: *está baixando metade de tudo que já foi escrito em reskit*. "Tenho as três traduções mais populares."

Azul recostou-se, sem nunca tirar os olhos da tela. "Acho que nunca ouvi as histórias quelins. Quer me contar?"

O kit piscou de surpresa. "Sim, mas é bastante longa."

"Quanto tempo levaria?"

Ela selecionou um dos três arquivos — a tradução de Tosh'bom — e realizou uma análise rápida. "Levaria aproximadamente duas horas para recitar em voz alta."

Azul deu de ombros e sorriu. "Parece uma ótima atividade enquanto eu faço esta pintura."

Sidra ajustou os processos e começou a converter texto para fala. "'Escutem, valentes guerreiros, e lembrem-se da nossa canção. Lembrem-se de heróis caídos e heróis nascidos. Lembrem-se das conchas quebradas no mar, nas rochas, nas cavernas...'"

Enquanto a saga sobre guerra e pátria jorrava da boca do kit, Sidra percebeu que Azul a estava distraindo. Ela já o tinha visto fazer a mesma coisa com Sálvia. Achavam que Sidra não reparava, mas havia momentos em que Sálvia ficava quieta, sussurrando de modo temeroso. Quando isso acontecia, Azul perguntava a Sálvia sobre o seu dia, no que ela estava trabalhando, que simulação estava jogando. Sidra se sentia um pouquinho manipulada, como se Azul estivesse deliberadamente afastando o mau humor que Sidra achava justo sentir. Mas pensar em outra coisa era mesmo melhor, e ter alguém fazendo uma pintura sua também era muito agradável, para sua surpresa. Era bom ser olhada, ter alguém concentrando toda a sua atenção nela. Isso era egoísta? E, caso fosse, será que era tão ruim assim?

Azul mal falava enquanto Sidra contava a história, exceto por uma breve risada ou um "aham" aqui e ali. Seus olhos estavam focados em seu trabalho e, por consequência, em Sidra. Era um olhar que nunca tinha visto nele. Em casa, Azul era tão suave, tão gentil. Diante da tela, porém, havia uma faísca, uma força curiosa. Ele lembrava um pouco Sálvia quando estava envolvida com um projeto. Sidra nunca se sentira assim. Estava concentrada naquele momento, verdade, mas sabia que era diferente. Será que ela era capaz de tamanha concentração? Se ela desabilitasse seu relógio interno, será que poderia se perder em uma atividade como os dois faziam?

Ela continuou a recitar, e depois de uma hora e cinquenta e seis minutos o conto da rainha nunca nascida chegou às últimas linhas: "'... para dormir, para dormir, e que nossos heróis possam acordar mais uma vez'".

Azul assentiu com ar pensativo. "F-fascinante. Um pouco sombrio, mas eu... eu não esperaria menos dos quelins."

"Eles também têm algumas histórias infantis muito fofas", disse Sidra. "Bem... são bastante especistas. Mas fofas, considerado o contexto cultural."

Azul riu. "Mais uma vez, já esperava." Ele pousou o pincel com um gesto decidido. "Faz muito tempo desde a última vez em que fi-fiz um retrato, e esse foi bem rápido. Mas... bem, que tal?"

Ele virou a tela para Sidra. A tinta ainda brilhava. Uma humana a olhava, séria e quieta, com um rosto que sumiria no meio de uma multidão exodoniana. Sidra estudou os detalhes. Pele acobreada que não tomava muito sol. Bochechas não muito cheias que se alimentavam de insetos e alimentos em estase. Olhos tão castanhos que quase não dava para distinguir a íris da pupila. Cachos pretos pequenos, cortados bem curtos. Ela tinha visto aquele rosto no espelho do quarto muitas vezes, mas aquilo era diferente. Era o kit pelos olhos de Azul.

"Que lindo", disse Sidra, com sinceridade.

"A pintura ou o rosto?"

"A pintura. Você é muito habilidoso."

Azul assentiu, feliz. "E o rosto? O que você vê nele?"

Ela procurou uma resposta, mas não encontrou nada. "Eu não sei." Pensou por dois segundos. "Você sabe quem decidiu a aparência do kit?", perguntou por fim. "Se já veio assim, se foi Jenks que escolheu ou..."

"Foi Lovey", respondeu Azul. "Foi ela quem escolheu tudo, foi o que S-Sálvia me disse."

Sidra olhou para o retrato, para o rosto que alguém tinha escolhido por ela. Por quê? Por que sua antiga instalação queria tal rosto? Por que aquele cabelo, aquelas cores, aqueles olhos? O que tinha feito Lovey pensar *sim, essa sou eu*?

"Ei", disse Azul, pegando a mão do kit. "O que foi?"

Sidra não conseguia olhar para ele. "Eu sou um erro", sussurrou.

"Opa, peraí..."

"Sou mesmo", insistiu. "Isto", ela indicou o kit e o retrato, "é dela. É tudo dela. Teria *sido* ela se eu não tivesse excluído os arquivos de memória quando acordei." O kit fechou bem os olhos. "Estrelas. Eu a matei."

"Não", disse Azul, sem um pingo de dúvida na voz. "Não. Ah, Sidra." Ele pegou a outra mão do kit e segurou as duas com firmeza. "Você não sabia. Não fazia ideia. O que aconteceu com Lovey não foi culpa sua. A t-tripulação sabia que, ao ligar o interruptor, Lovey talvez não voltasse."

"Mas eles queriam que ela voltasse. Não me queriam. Eu sou só..." Ela se lembrou do harmagiano em quem tinha quase tropeçado, na discussão mais cedo naquele dia, na maneira cuidadosa com que Sálvia a observava quando Sidra falava com estranhos. "Eu sou um erro", repetiu.

Azul se recostou na cadeira e cruzou os braços. "Bem, se você é, eu também sou." Ele tocou o topo da cabeça, passando os dedos pelos grossos cabelos castanhos. "Você sabe por que eu t-tenho cabelo e Sálvia não?"

"Ela disse que você não é como ela. Que você não foi feito para as fábricas."

"É. Q-Quer saber para o que eu fui feito?" Ele ergueu as sobrancelhas com um sorrisinho. "Liderança civil. Eu deveria ser um... um... um..." Ele desistiu da palavra e riu. "Um político." Azul estava rindo, mas havia certa tristeza em seus olhos. Algo naquela história não era tão fácil quanto ele fazia parecer. "Os m-malditos que nos fizeram não são tão bons em genedificação quanto p-pensam. Acham que sabem tudo. F-fazem dançarinos, matemáticos, atletas. Fazem fábricas cheias de crianças escravas carecas. Mas a evolução não é... não é uma coisa que se pode controlar assim. N-nem sempre é previsível. Os genes e cromossomos, às vezes, têm vontade p-própria. Você pensa que está fazendo um político e acaba com alguém... alguém que nem eu." Ele deu de ombros. "Os Elevados nos chamam de d-desajustados. Pessoas que não servem ao seu propósito. Então, talvez, hã, talvez você seja assim também. Não quer dizer que você não mereça viver. Que não deveria estar aqui. Lovey se foi, e isso é muito triste. Você está aqui, e isso é maravilhoso. N-não é um ou o outro. As duas coisas podem ser verdade ao mesmo tempo." Ele olhou para a pintura. "E t-talvez, talvez essa não seja você ainda. Talvez o rosto que você está usando só p-precise de um tempo até servir direito. Ou até você se ajustar. Não importa."

Sidra pensou por dois segundos. "Não sei o que responder."

"Tudo bem."

Sidra observou as tintas ainda úmidas na tela enquanto processava os acontecimentos do dia várias e várias vezes. Azul continuou sentado ao seu lado, segurando a mão do kit, claramente sem pressa. Ela relembrou a discussão com Sálvia naquela manhã. *Você precisa tentar.* Tinha ficado com tanta raiva ao ouvir aquelas palavras, mas agora, lembrando-se delas, o sentimento foi outro. Talvez precisasse mesmo parar de lutar contra o kit. Talvez pudesse ser mais como todos os outros. Ela olhou para os olhos do retrato e tentou imaginar como seria ver a si mesma olhando de volta.

"Você conhece uma aeluoniana chamada Tak?"

Azul ficou surpreso com a pergunta. "Eu conheço um monte. Esse é o problema com, hã, com uma linguagem inventada. Não há muitos nomes. Você sabe o nome completo dela?"

"Não. Só Tak. É tatuadora. Eu a conheci no Cintilante." Sidra acessou o contato. "O estúdio dela fica no lado oeste do distrito artístico. Mão Firme."

"Ah, sim. Não conheço essa Tak, mas já passei na frente." Ele coçou o queixo. "Eu acho que não fica muito longe do restaurante de macarrão, se quiser ir vê-la depois do almoço."

"Eu não tinha pensado nisso antes, mas agora acho que gostaria, sim."

Ele a olhou com curiosidade. "Está p-pensando em fazer uma tatuagem?"

O kit deu de ombros. "Eu não sei. Talvez."

Azul riu e bagunçou o cabelo do kit. "Se v-você vai ter uma crise existencial, é melhor ter direito, não é?"

jane, 10 anos

"Despeje a água naquele funil ali", orientou Coruja. O rosto na tela indicou os tanques de água vazios. Jane tirou a tampa do cantil e derramou a água nojenta lá dentro.

"Fede muito", disse Jane, virando a cara enquanto a água caía pelo funil.

"Eu acredito", disse Coruja. "Ok, vou desviar um pouco de energia da escotilha, e..." Houve um barulho, o som de algo sendo ligado. Coruja parecia bem... *feliz*. "Perfeito. Vou precisar de alguns momentos para analisar a amostra."

Jane encostou a orelha no tanque enquanto algo lá dentro zumbia. "O que está fazendo?", perguntou ela.

"Estou escaneando para ver se acho agentes contaminantes no que você trouxe", explicou Coruja.

"Sim, mas como?"

"Na verdade, não sei direito como funciona. Aposto que um dos manuais pode nos dizer. Mas tenho que me concentrar nisso agora. Não tenho energia suficiente para executar muitos processos simultâneos."

Jane franziu a testa, mas não disse mais nada. Talvez, se tomasse bastante cuidado, conseguisse desmontar um dos tanques e montá-lo de volta.

"Análise completa", anunciou Coruja. "Estrelas, o que *não* há nessa água?"

"É ruim?", perguntou Jane, os dedos entrelaçados. Tinha encontrado a água errada? Será que Coruja ficaria zangada?

"Depende do ponto de vista", disse Coruja. Não estava zangada. "Existem oito resíduos de combustível diferentes, tantos subprodutos industriais que eu ia passar o dia inteiro listando-os, bactérias, micróbios, esporos de fungos, matéria orgânica em decomposição, bastante terra, e, estranhamente, muito sal." Seu rosto sorriu da parede. "Por sorte, nada disso está além das minhas capacidades de filtragem. Pode despejar o resto. Para filtrar uma quantidade tão pequena, devo levar seis minutos e quarenta e três segundos. Aproximadamente."

"Eu posso beber?", Jane disse.

"Pode. Você vai ter o suficiente para lavar o rosto e as mãos também. Mas não beba tudo antes de buscar mais de volta. Acha que consegue levar o carrinho de água amanhã?"

"Sim!", respondeu Jane. Ela conseguia! Com certeza! "Ah, eu encontrei uma coisa perto da água." Ela abriu a bolsa.

Coruja comprimiu os lábios. "Que coisa?"

"Eu não sei." Jane pôs as luvas de trabalho de novo e tirou a coisa roxa da bolsa. Estava toda esmagada, mas não se despedaçara. Ela a segurou perto da câmera.

"Hum", fez Coruja. "Parece algum tipo de cogumelo. Ou algo parecido com um cogumelo, pelo menos."

"O que é isso?"

"É parecido com uma planta. Uma planta é... um ser vivo que não é um animal."

Jane tinha suspeitado que talvez a coisa roxa estivesse viva, mas saber com certeza era um pouco estranho. Ela segurou o *cogumelo* um pouco mais afastado do corpo. "É ruim?"

"Eu não sei. Nós devíamos verificar. Traga para o banheiro."

"Por quê?"

"Existe uma ferramenta ali que posso usar. Acho que está lá. Deve estar."

Jane foi até o banheiro. Coruja foi passando de tela em tela pelo corredor ao seu lado. Jane teve que ajudar Coruja a abrir a porta do banheiro, porque algo no mecanismo que puxava a porta para dentro e empurrava para fora da parede tinha virado lixo. As luzes piscaram lá dentro e acabaram se firmando. Jane viu o chuveiro seco. Coçou atrás da orelha. Coçou, coçou, coçou. *Que nojo.*

A garota no espelho não se parecia em nada com a que Jane estava acostumada a ver. Essa garota tinha um rosto vermelho nojento e mãos e roupas nojentas. Havia terra por toda parte. Parecia outra pessoa. Ela se perguntou se Jane 64 a reconheceria. Se seria capaz.

"O que estou procurando?", perguntou, querendo pensar em outra coisa.

"Aqui, eu vou mostrar." O rosto de Coruja desapareceu e uma imagem surgiu na tela: uma pequena máquina com uma bandeja redonda sob uma espécie de lente.

Jane abriu o armário. Lá estava ela, bem na sua frente. Ela segurou a máquina na frente da câmera.

"Isso!", disse Coruja, fazendo Jane se sentir boa, apesar de não ter feito muita coisa. "Esse é um escâner para amostras de laboratório. Você pode usá-lo para analisar o que tem nesse cogumelo que encontrou. E eu posso dizer se algo nele faria mal a você."

Jane pôs o escâner na beirada da pia. "Como é que eu..."

"Coloque o cogumelo na bandeja. Isso. Agora acene com a mão na frente do painel da interface para ligar o escâner."

Jane obedeceu. Depois acenou de novo. Nada aconteceu.

"Droga", disse Coruja. Jane não sabia o que a palavra significava, mas havia algo errado na voz de Coruja. "Deve estar sem bateria."

Jane tirou o cogumelo da bandeja e pegou o escâner. Ela o virou algumas vezes, examinando-o com atenção. "Tem um conector de energia aqui", disse, apontando. "Você tem algum cabo de carregador?"

"Provavelmente, mas não sei onde."

Jane voltou para o armário e começou a vasculhar as coisas. Encontrou um cabo preto enrolado do tipo apropriado. "Onde posso ligar isso?"

"Tem uma tomada na cozinha. Ao lado da pia."

Jane foi até a cozinha, conectou os cabos e ligou o escâner. Nada aconteceu. "Será que precisa de uma carga mínima antes de ligar?", perguntou. "Eu tenho que esperar um pouco?"

"Talvez, mas veja se ele está carregando mesmo. Alguma luz acendeu?"

Jane voltou a virar o escâner nas mãos. Havia um indicador, mas estava apagado. Ela desconectou o carregador e pensou um pouco. Foi até a mesa onde tinha construído a arma e pegou algumas ferramentas. "Ok, vamos ver como isso funciona."

Não demorou muito para conseguir abrir o escâner, e logo identificou o problema: o condutor elétrico que ligava a fonte de energia à placa-mãe estava enferrujado.

"Você consegue consertar?", quis saber Coruja. "Do que você precisa?"

Jane coçou atrás da orelha com a ponta da chave de fenda. "Alguma coisa... algo de metal. Algo que caiba. E fita adesiva. Ou cola. Você tem?"

"Não sei", respondeu Coruja. "Procure nas gavetas."

Jane teve que olhar em muitas gavetas, mas acabou encontrando uma fita adesiva que serviria. Quanto ao condutor, não sabia onde encontrar um desses, mas havia muitas coisas de metal na cozinha. Ela pegou um dos garfos. As partes pontudas poderiam funcionar. Dobrou o garfo como tinha feito com os da arma — pôs as partes pontudas debaixo do sapato e puxou o cabo para cima — mas, dessa vez, balançou o cabo de um lado para o outro, de novo e de novo e de novo até que... *pléin*! As partes pontudas quebraram. Ela as envolveu com fita, para que não soltassem faíscas na máquina, e depois as encaixou no espaço vazio. Conectou o escâner ao cabo de energia. O indicador ficou verde.

"Olha!", disse, virando-se para a câmera de Coruja. "Olha!" Consertar as coisas sempre foi muito bom, mas era ainda mais bom saber que mais alguém a tinha visto fazer um reparo.

"Que maravilha! Ótimo trabalho!", disse Coruja. "Deixe carregar mais um pouco e então nós veremos se esse cogumelo é comestível."

Jane apoiou o queixo nas mãos e ficou olhando o escâner. Não adiantava nada, mas era bom olhar a luz verde. Tinha feito um ótimo trabalho. Coruja tinha dito.

"Jane", chamou Coruja. Ela estava falando um pouco mais devagar, como se estivesse pensando em algo. "Você é muito boa em consertar coisas."

"É a minha tarefa", disse Jane.

"Eu acho..." Coruja ficou quieta. Jane olhou para a tela na parede. Coruja estava franzindo um pouco a testa, como as garotas faziam quando não estavam conseguindo resolver uma sucata. "Eu tenho uma ideia. Pensei nisso assim que você chegou aqui, mas não tinha certeza se você conseguiria. Ainda não tenho certeza absoluta de que é o certo a fazer." Ela suspirou. "Nós duas precisamos concordar. Não posso obrigar você. Está bem?"

"Tudo bem", disse Jane, um pouco assustada.

"A nave por enquanto não consegue voar. Está quebrada e em péssimo estado. Existem muitas peças que precisam ser substituídas. Perdi as esperanças de voar de novo há muito tempo. Mas depois de ver você em ação... Jane, com a minha ajuda, você pode encontrar as peças apropriadas e fazer a nave voltar a funcionar. Levaria muito tempo e não posso prometer sucesso. Mas tenho todos os manuais, posso guiá-la pelos sistemas da nave e explicar o que cada coisa faz. Posso mantê-la a salvo. E você pode encontrar as peças de que precisamos para substituir as quebradas. Se não conseguir encontrar uma peça específica, pode criá-la a partir de outras. Eu sei que você consegue. É só olhar as coisas que já construiu: a arma, o carrinho de água. Estamos cercadas por tecnologia aqui. Eu realmente acho que podemos conseguir."

Jane tinha percebido que Coruja gostava dessa ideia, mas não entendia por que era tão importante. A nave mantinha os cachorros longe, e agora tinha água e podia comer os cogumelos. "Por que precisamos fazer a nave voar?"

Coruja pareceu surpresa, mas então sorriu. "Porque se a nave funcionar, podemos ir embora daqui, querida."

Jane piscou de surpresa. "Para onde?"

O sorriso de Coruja ficou triste. "Acho que está na hora de eu explicar o que são planetas."

sidra

Tak tinha mudado desde o Cintilante. Em algum momento das decanas desde o festival, o sistema reprodutivo de Tak indicara que era hora de mudar de lado. Os implantes sob sua pele haviam respondido ao sinal, liberando uma potente mistura de hormônios que permitia ao seu corpo fazer o que havia evoluído para fazer. Ele não parecia muito diferente da mulher aeluoniana que Sidra tinha conhecido no Aurora. Seu rosto era imediatamente reconhecível. Um leve clareamento da pele e uma ligeira mudança na cartilagem facial eram mudanças sutis, mas que se faziam notar na hora.

O que não havia mudado em Tak era seu ar confiante e calmo, o que já ficou claro assim que Sidra entrou na loja. O proprietário estava relaxando em uma cadeira larga perto da janela, fumando cachimbo enquanto lia algo em seu scrib. As bochechas mudaram de cor e Sidra acessou seus arquivos de referência. Tak estava surpreso e satisfeito.

"Olha só!", disse, pondo de lado o scrib e o cachimbo. "É a minha nova amiga da festa!"

Sidra sentiu o kit sorrir. Ele se lembrava dela. "Olá. Espero não estar incomodando você."

Tak fez um gesto indicando o entorno. "Estou sozinho e este é um estúdio. Não é incômodo algum." As bochechas mudaram para um verde divertido. "O que a traz aqui hoje?"

"Bem, eu..." Sidra não sabia bem o que fazer. Nunca tinha comprado nada sozinha antes, pelo menos não sem as instruções de Sálvia, no mínimo. Talvez fosse uma ideia idiota. "Eu estava pensando em me tatuar."

O verde das bochechas ficou um pouco azulado. Tak estava *muito* satisfeito. "É a sua primeira, certo?"

"Isso."

"*Ótimo*. Por favor", disse, apontando para uma pequena montanha de almofadas ao redor de uma mesa cilíndrica fina. "Aceita algo para beber? Chá? Mek? Água?"

"Mek seria ótimo, obrigada." Sidra sentou o kit enquanto Tak se ocupava da mekeira. O estúdio era um ambiente tranquilo, cheio de plantas e objetos curiosos. Um pequeno tanque contendo uma criatura marinha amorfa — *imagem registrada e adicionada à lista de buscas* — zumbia baixinho junto à parede. Ao lado do tanque havia uma peça de mobília estranha: uma massa lisa e indistinta, maior do que Sidra. Também havia uma cadeira à moda aeluoniana e um enorme armário com gavetas em forma de cubo. A cadeira parecia feita de algum tipo de polímero, mas Sidra não conseguiu identificar o material. *Imagem registrada e adicionada à lista de buscas.*

Assim como a decoração do festival, o estúdio era desprovido de cores. A maioria dos objetos era cinza, branca ou bege. Mesmo as plantas não tinham tons vivos — as folhas eram de um prata que sugeria pouquíssima clorofila. Havia algumas exceções à regra: uma pintura abstrata em cores primárias brilhantes, os rótulos em alimentos e outros objetos provenientes de outras espécies, quatro penas aandriskanas acomodadas em um vaso fino.

"A decoração é tipicamente aeluoniana?", perguntou Sidra, registrando tudo. "É bastante impressionante."

Tak voltou para um verde divertido, com um pouquinho de marrom curioso. "Sim, nós tendemos a gostar de espaços simples. Muita cor acaba sendo cansativo."

"E você é tatuador. Em Porto Coriol."

Tak riu enquanto pegava duas xícaras de mek. "Eu não disse que não gostamos de cor. Cores são boas. Cores são vida. Mas também são barulho. Palavras. Paixão." Entregou uma xícara a Sidra e sentou-se. "Meu estúdio é onde passo a maior parte do meu dia. Quero que seja um lugar onde eu possa relaxar e raciocinar direito."

"Como você faz quando visita os mercados? Eles não são distrativos?"

"Com certeza. É isso que eles fazem, distraem você para fazê-lo comprar o que não precisa." Tomou um gole e as cores nas bochechas giraram enquanto saboreava a bebida. "Mas eu também nasci aqui. Já me acostumei com a agitação dos mercados." Ele olhou para o estúdio. "Ainda assim, é bom estar em um lugar mais calmo." Voltou sua atenção para Sidra, as bochechas de um verde-petróleo amigável. "Mas você não veio para conversar sobre decoração de interiores. Você quer uma tatuagem." Deslizou o scrib pela mesa e gesticulou. Uma pequena nuvem de pixels se ergueu, aguardando instruções. "O que estava imaginando?"

Sidra tomou um gole de mek. *Estava entrando em uma banheira de água quente, mas o corpo não era o dela.* "Eu não sei muito bem."

"Hum", disse Tak, sentando-se de volta. Parecia cauteloso. "Então por que quer uma tatuagem?"

Sidra não sabia o que dizer. Só podia responder a verdade, mas a mudança na linguagem corporal de Tak a deixou aflita. Ela o tinha deixado preocupado e não sabia bem por quê. "Por causa do que você disse. Na festa."

Tak riu. "Você vai ter que ser um pouco mais específica."

O kit sorriu apenas um pouco. "O círculo. Que junta sua mente e seu corpo." Ela fez uma pausa. "É o que eu queria."

As cores nas bochechas de Tak floresceram — estava satisfeito, tocado, interessado. A cautela desapareceu. Sidra relaxou. "Está bem", disse Tak. Os longos dedos cinzentos dançaram perto dos pixels projetados, que o seguiram como se perseguissem um ímã. "Vamos ver. Estamos procurando uma âncora ou uma bússola? Uma memória para trazê-la para o presente ou um impulso para guiá-la para o futuro?"

Sidra processou bem a questão. Tinha algumas boas lembranças, mas podia acessá-las a qualquer momento. "Um impulso."

"Um impulso. Bom." Tak tocou a parte de baixo do queixo, tamborilando enquanto pensava. "De que tipo de imagem você gosta? Tem algum animal favorito? Um lugar? Alguma coisa em particular que a inspire?"

Sidra não sabia se já tinha se sentido *inspirada* alguma vez e não fazia ideia de como escolher um animal favorito quando todos eram tão interessantes. "Eu gosto..." Seus caminhos se aceleraram, tentando encontrar uma boa resposta sem demorar demais. Ela tomou um gole de mek. *Estava entrando em uma banheira de água quente, mas o corpo não era o dela.* Era isso — não mek, as analogias sensoriais. Essas eram suas coisas favoritas. Considerou as imagens que tinha experimentado e tentou achar alguma em especial. "Eu gosto do mar. Quando eu..." Ela parou antes de dizer *quando como doces, vejo ondas.* "Quando eu vejo o mar, eu me sinto mais calma. Isso me faz querer...", *continuar comendo doces,* "continuar. Me faz querer continuar experimentando coisas novas. Continuar vivendo." Ela processou o que acabara de dizer. Ela tinha falado em voz alta, então tinha que ser verdade.

"Eu posso trabalhar com isso", disse Tak alegremente. Sidra estivera tão concentrada em responder à pergunta que não o processara gesticulando para os pixels, criando um esboço de uma onda quebrando no ar. "E que nível de detalhamento você quer? Algo mais realista ou você prefere símbolos?"

Sidra ponderou. "Símbolos. Símbolos são interessantes."

"Eu também gosto de símbolos." Ele continuou a fazer um gesto, desenhando no ar. A onda se tornou mais encorpada, mais tangível. "Você quer só a onda ou outras coisas junto? Peixe? Poderíamos botar alguns." Ele adicionou contornos de peixes em cores vivas se mexendo na água.

Uma memória surgiu: Azul respondeu às suas perguntas sobre o submarítimo em seu primeiro dia em Porto Coriol. Ela gostava daquela memória. Talvez uma bússola também pudesse ser uma âncora. "Sim, peixes seriam uma boa." Ela voltou o olhar para o tanque perto do armário, onde as criaturas estranhas pulsavam e balançavam. "Acho que criaturas marinhas em geral."

"Entendi, então não só peixes. Gostei." Tentáculos juntaram-se aos contornos de peixes. Garras e algas marinhas também. "Então, a próxima pergunta: você quer uma tatuagem estática ou dinâmica?"

"Eu não sei. Qual é melhor?"

"Fica a seu critério."

Sidra lembrou-se da conversa que tiveram na festa. "Você ficaria incomodado? Com as cores em movimento?" Não queria que fazer a tatuagem dela fosse uma experiência desagradável para Tak. Ela nem estaria considerando fazer isso se ele não tivesse lhe dado a ideia. Não se sentia à vontade para procurar qualquer outra pessoa. Ela queria o cuidado que tinha visto nele ao lidar com sua cliente no Cintilante. Queria saber que ele entendia por que Sidra estava fazendo aquilo. Ou teria uma tatuagem feita por Tak ou nada.

"Não me incomodaria, mas aprecio a consideração. Eu tenho feito tatuagens dinâmicas há padrões. Estou acostumado."

"Bem", Sidra disse, devagar. "Então eu gostaria de uma tatuagem com nanobôs." Se a ideia era lhe dar algo que a ajudasse a seguir em frente, então precisava de alguma coisa que realmente se movesse. "Mas use cores que não sejam irritantes para aeluonianos."

As bochechas de Tak ficaram completamente verdes. "Vou precisar de um tempinho para fazer o desenho, mas já sei que vai ser um projeto excelente."

jane, 10 anos

Jane tinha muitas perguntas. Tantas perguntas que não poderia nem ter contado todas porque não havia números suficientes.

Era bem tarde. Jane estava muito cansada. Conseguia sentir que já passava da hora de dormir, mas não ligava. Seus pensamentos zumbiam tão rápido que ela não conseguiria dormir de qualquer jeito. Coruja tinha usado tantas palavras novas: planetas, estrelas, gravidade, órbita, túneis, a Com Unida Galáctica, ou o que quer que seja, e muitas outras que já havia esquecido. E espécies! Agora Jane entendia o que eram espécies. Ela era uma espécie humana. Havia muitas pessoas que eram espécies humanas e vários tipos de pessoas que não eram garotas. Coruja tinha mostrado fotos. Todos os humanos nas fotos tinham cabelo, e Jane perguntou se ela era estranha por não ter, mas Coruja respondeu que ela não precisava se preocupar com isso. Os humanos eram todos diferentes. Tinham cores e tamanhos diferentes e não iam achar sua falta de cabelo estranha. Eles ficariam felizes em vê-la, prometera Coruja.

Jane perguntou a Coruja por que não tinha cabelo e por que nunca tinha visto outros humanos. Perguntou se as Mães sabiam que havia coisas fora da fábrica e se elas sabiam que existiam naves e estrelas e todo o resto. Coruja tinha ficado meio estranha e quieta e disse que aquelas eram perguntas muito complexas e elas deveriam se concentrar primeiro em aprender sobre os planetas.

Também havia outras espécies. Tinham nomes difíceis que Jane precisaria praticar para conseguir falar. Coruja disse que ajudaria e prometeu que faria o máximo possível para preparar Jane para conhecer outras espécies. Ela ensinaria como viver em uma nave, como se comportar na frente de outras pessoas e como dizer as mesmas palavras que as outras espécies. As outras palavras eram chamadas de klip, enquanto as palavras de Jane eram chamadas de sko-ensk, que eram como um subconjunto das palavras ensk, que alguns humanos conheciam, mas normalmente não as que Jane falava. Palavras eram estranhas.

Era tudo bem complicado, mas também bastante interessante. Jane tinha tantas dúvidas que estava começando a esquecer as perguntas. Ela ficou sentada na coisa boa e macia na sala de estar — chamava-se sofá, segundo Coruja. Jane desembrulhou uma barra de ração e mergulhou em um copo d'água. Depois de engolir a comida mastigada, perguntou: "Se há tantas estrelas do outro lado do céu, por que a gente não consegue ver daqui?".

"Nosso planeta fica virado para uma estrela nas horas que você passa acordada", explicou Coruja. Ela mostrou uma imagem em sua tela — uma pequena bola de frente para uma bola grande e brilhante. "Viu? Quando estamos virados para a estrela, a luz que vem dela é tão brilhante que bloqueia a luz de todas as outras. Mas quando viramos para o outro lado", a imagem mudou, "aí é possível ver as estrelas que não conseguimos enxergar durante o dia. Você talvez as tenha visto na noite em que chegou aqui, mas... tinha muita coisa acontecendo naquela noite."

Jane pensou naquele dia. Ainda se lembrava das manchas no céu, mas na época não sabia o que eram, e estivera com medo de todas as outras coisas. Ela ficou olhando a pequena bola na tela girar, entrando e saindo da luz. "Estamos de costas para a estrela agora?"

"Estamos. É por isso que é de noite."

"Eu consigo ir olhar as outras estrelas agora?"

"Ah! Claro que sim! Eu não tinha pensado nisso. Que burrice a minha. Vá até a cabine de comando. Posso ativar o visor."

Jane correu para a parte frontal do ônibus. Coruja se juntou a ela em um painel entre os botões de controle. O visor piscou, estalou e a imagem ficou indistinta. Os fios deviam estar desgastados.

"Desculpe, Jane", disse Coruja. "Acho que melhor que isso não fica."

Jane estreitou os olhos para o visor, tentando ver mesmo com as partes fora de foco. Estava bem escuro lá fora, mais do que o dormitório jamais ficava. Conseguia distinguir as enormes pilhas de sucata. Tentou focar o olhar na parte acima da sucata, onde estava o céu. A tela continuava piscando, com pedaços ligando e desligando. Nas partes que permaneceram estáveis, ela podia ver um pouco de luz. Pequenos pontos no céu. Muitos deles.

"Coruja, os cachorros estão lá fora?"

"Sempre há cachorros do lado de fora", respondeu. "Não consigo ver nenhum pertinho de nós, mas isso não garante que eles não estejam próximos."

Jane pensou por um segundo, então seguiu em disparada pelo corredor, em direção à sala de estar.

"Jane?", chamou Coruja, perseguindo-a de tela em tela. "Está tudo bem?"

Jane calçou os sapatos e pôs a arma nas costas.

"Jane", disse Coruja, a voz bem séria.

A garota se virou para a tela mais próxima. Endireitou a coluna e segurou a arma. "Posso ir ver?"

"Sim, mas não tem luz lá fora. Você pode tropeçar em alguma coisa. Pode acabar machucada. Não é seguro."

Jane experimentou uma das palavras novas. "Por favor?"

Coruja fechou os olhos e suspirou. "Se você vir algum cachorro..."

"Eu tenho minha arma", interrompeu Jane.

"*Se você vir algum cachorro*, volte para dentro. Você não consegue enxergar muito bem no escuro. Eles provavelmente conseguem."

"Ok."

"E não se afaste muito da nave." Coruja pensou um pouco, então suspirou de novo. "Há uma escada de manutenção perto da escotilha externa. Se a parte de cima não estiver soterrada pela sucata, você deve conseguir subir. Não recomendo ir muito mais longe do que isso. Combinado?"

"Combinado."

Coruja abriu a eclusa de ar e depois a escotilha. Jane deu um passo para fora. Estava tão escuro — e frio também. Jane engoliu em seco e olhou em volta, tentando ver alguma coisa. Não via nada se mexendo. Também não ouvia nada em movimento. Considerou voltar para dentro na hora, mas não fez isso. Encontrou a escada e subiu.

Jane olhou para cima.

E congelou. O frio a estava fazendo tremer, mas era a única coisa nela que ainda se movia, exceto pelo coração, batendo bem alto em seus ouvidos. O céu estava... era... era tão *cheio*. E agora que sabia o que eram as manchas, a visão a deixou tonta e de boca seca.

Havia dezenas de estrelas. Dezenas de dezenas, um número grande demais para contar, assim como suas perguntas. Havia estrelas grandes e pequenas e algumas eram meio vermelhas ou azuis. Nenhuma parte do céu deixava de ter estrelas, mas a maioria estava concentrada em uma tira muito, muito grande que parecia macia e brilhante. Coruja tinha lhe mostrado uma foto de uma galáxia, mas aquilo era diferente. Era real. Era *real*.

Apenas alguns dias antes, a fábrica tinha sido tudo. Não havia planetas. Não havia estrelas. O grande céu azul do dia já havia sido confuso o bastante, mas aquilo... Havia *pessoas* nas estrelas. Tantas delas! Todos aqueles pontinhos de luz tinham planetas — tão grandes que você nem percebia que estava morando em uma bola — e todos aqueles planetas tinham pessoas e espécies! Espécies de cores e tipos diferentes. Jane não conseguia nem imaginar tantas pessoas. Não fazia sentido. Nada disso fazia sentido.

Ela se sentou. Não sabia se estava bem ou doente. As Mães tinham que saber que aquilo tudo estava ali. Elas não saíam da fábrica, Jane imaginava, mas tinham que saber. Por que as garotas não sabiam? Por que ninguém tinha lhes dito? Por que elas não podiam sair? Ainda podiam separar a sucata mesmo sabendo que o céu existia! Jane sentiu algo ruim, algo para o qual não tinha uma palavra. Ela sentiu-se quente e esquisita. Estava com vontade de quebrar alguma coisa de propósito.

Mas então olhou para cima de novo, para a grande galáxia macia, e se sentiu bem depois de um tempo. Ela se sentiu bem. Por algum motivo, ficar ali fora, olhando para as estrelas, deixou tudo um pouco melhor. Não fazia sentido em sua cabeça, mas fazia sentido no estômago dela. Ela olhou para as estrelas e soube que todas as suas perguntas seriam respondidas, todas as coisas seriam consertadas. Todas aquelas coisas estranhas eram boas.

Jane queria que 64 também tivesse saído. Queria que 64 tivesse conhecido Coruja e as duas tivessem aprendido sobre o céu juntas. Jane se sentiu quente e esquisita de novo, e nem as estrelas conseguiram consertar isso.

Ela ficou deitada de costas, apenas olhando. Pensou em espécies e naves. Pensou nas pessoas.

Elas ficariam felizes em vê-la, segundo Coruja.

O ar frio estava começando a fazê-la tremer muito forte e também doía, então Jane desceu a escada e voltou para dentro.

"Coruja?", disse, de frente para a tela. "Eu acho que... Eu acho que consertar a nave seria uma boa tarefa."

Coruja pareceu muito satisfeita. "Você acha?"

"Acho", disse Jane. Assentiu com a cabeça. "Sim. Vamos para o espaço."

sidra

O relógio interno de Sidra se reiniciou, e o kit abriu um largo sorriso. "Hoje vou fazer minha tatuagem", anunciou. O animabô, aconchegado feliz no colo do kit, olhou para cima quando Sidra falou.

Sálvia, sentada em seu canto do sofá, olhou para Sidra. "Acabou de dar meia-noite?"

"Sim."

Sálvia riu. "Ainda faltam, não sei, umas dez horas?"

"Dez e meia."

Sálvia riu de novo e então voltou o olhar para a máscara respiratória na qual estava trabalhando. "E você ainda não vai me dizer o que você e seu tatuador decidiram?"

"Não", disse Sidra, acariciando a cabeça do animabô. Sálvia vinha tentando arrancar alguma dica sobre a tatuagem desde que tinha ficado sabendo da primeira visita à Mão Firme. "Só se você me perguntar diretamente."

Sálvia balançou a cabeça e ergueu a palma da mão. "Eu consigo respeitar uma surpresa. Estou ansiosa para ver." Ela segurou um parafuso entre os dentes e passou a falar um pouco enrolado. "Você está nervosa?"

Sidra considerou. "Estou, mas não de um jeito ruim. É mais como... empolgação." Ela transferiu alguns arquivos de memória ao falar. O cabo de Rede conectado à base do crânio do kit estava fornecendo um dos livros de aventura favoritos de Tak, que ele havia mencionado durante sua última sessão. "Você já ouviu falar de *Uma Canção para Sete*?", perguntou Sidra. "É um livro aeluoniano."

Sálvia balançou a cabeça, ainda mexendo na máscara. Sidra não ficou surpresa. Sálvia não lia muito além de manuais técnicos e menus de entrega de restaurantes. "É isso que você está processando agora?"

"Isso." Sidra não viu motivo para completar a explicação e dizer que estava adicionando o livro à memória local. Seus bancos de memória ainda estavam se enchendo mais rápido do que gostaria, mas não via sentido em voltar à discussão, pelo menos não por enquanto.

"Você está gostando?", perguntou Sálvia.

"Muito", disse Sidra. "A linguagem pode ser um desafio, mas é uma boa tradução, e a complexidade vale a pena considerando as nuances e sutilezas da história." Quando falou, percebeu que estava repetindo o que Tak tinha dito sobre o livro, palavra por palavra. Bem, por que não? Ele soou inteligente ao dizer isso; por que ela não poderia também?

Sálvia ergueu a sobrancelha careca com um sorriso malicioso. "É um jeito bem chique de dizer 'denso'."

Sidra sabia que Sálvia estava só brincando, mas ficou incomodada mesmo assim. As palavras de que Sálvia estava zombando não tinham vindo de Sidra, que não gostava nem um pouco da insinuação de Sálvia de que a fonte original estava sendo pretensiosa. Tak era culto, e essa era uma das coisas que fazia Sidra gostar de falar com ele. Sálvia era inteligente, sem dúvida, mas...

Ela ficou olhando Sálvia continuar a trabalhar no mesmo projeto no qual passara o dia todo, o mesmo projeto no qual continuara trabalhando com uma só mão durante o jantar, o mesmo projeto com o qual estivera envolvida quando Azul beijou o topo de sua cabeça ao lhes desejar boa-noite. Sidra sentiu-se um pouco maldosa em pensar isso, mas era um dos motivos pelos quais gostava da companhia de Tak. Estava feliz por ter conhecido alguém que gostava de ler.

Fonte: desconhecida
Criptografia: 4
Tradução: 0
Transcrição: 0
Nodo de identificação: desconhecido

pitada: oi, pessoal, tenho outra pergunta para vocês. esta é só curiosidade mesmo. como vocês fariam para expandir a memória de uma IA?

amoestouro: expandir quanto?

pitada: bastante. o suficiente para deixar a memória no mesmo nível da capacidade de um ser orgânico de aprender novas coisas

tishtesh: isso em um modelo inteligente e consciente? você sabe que é pra isso que serve o acesso à Rede, né?

pitada: digamos que o acesso à Rede constante não é uma opção

nebbit: então você precisaria instalar mais hardware no suporte dela. mais unidades de disco para expandir a capacidade de armazenamento.

pitada: digamos que essa também não seja uma opção

tishtesh: hãããã tá né. então fodeu

amoestouro: você pode reduzir o processamento cognitivo para limitar a quantidade de informações que a IA deseja acessar. assim você desacelera um pouco o dilúvio de informações

tishtesh: mas aí qual o sentido de ter um modelo inteligente e consciente

AAAAAAAA: reduzir o processamento cognitivo seria uma crueldade

amoestouro: por quê? você só vai remover o protocolo que está causando o problema. deixaria a instalação mais estável.

AAAAAAAA: dessa forma você remove uma parte crucial dos processos cognitivos. você apagaria sua própria curiosidade se isso tornasse seu cérebro mais "estável"?

tishtesh: estrelas, não comecem

amoestouro: ah, entendi. você é desse tipinho. a gente conversa quando você entender que IAs não são pessoas

nebbit: pessoal, temos um tópico separado para debater questões éticas. não vamos desviar o foco, por favor.

jane, 10 anos

Ainda não sabia se gostava muito dos cogumelos. O gosto não era ruim — era mais interessante do que as refeições, pelo menos. Eles a deixavam bem cheia, e Coruja também disse que faziam bem para ela, mas transformá-los em comida não era uma tarefa da qual Jane gostasse muito. Consertar sucata era muito melhor. Mas, como Coruja tinha explicado, ela não conseguiria consertar sucata se não enchesse seu próprio tanque de combustível primeiro. Então continuou cortando os cogumelos.

Enquanto cortava o punhado daquela manhã, Jane se perguntou o que as outras pessoas comiam. Ela se perguntava muito sobre as outras pessoas ultimamente. Coruja havia explicado que o planeta onde estavam — o que ainda era estranho de se pensar — tinha terra dos dois lados, mas as porções de terra estavam separadas por muita água. O seu lado era para onde toda a sucata era mandada e onde ficavam todas as fábricas (havia mais de uma!). Na terra do outro lado havia *cidades*. A sucata vinha das cidades. As pessoas nas cidades não gostavam muito de sucata, nem pensavam muito nela, mas gostavam de *coisas*, e, já que não falavam com os outros seres humanos e as outras espécies, não conseguiam coisas novas, nem os materiais para fazer coisas novas (elas já tinham usado tudo o que cavaram no chão, segundo Coruja). Se queriam coisas novas, então tinham que fazê-las a partir das coisas antigas.

"O que as outras pessoas do planeta fazem?", perguntou Jane.

"Não entendi a pergunta. Como assim?", disse Coruja.

"O que eu quero dizer é... O que eles *fazem*? Se as garotas do lado de cá cuidam da sucata, o que é que *eles* fazem?" Jane ainda estava tentando entender para que servia uma cidade. E a maioria das coisas. Quanto mais perguntas fazia, mais perguntas surgiam.

"Imagino que o mesmo que as pessoas em todos os outros lugares", disse Coruja. "Elas aprendem coisas, formam famílias, fazem perguntas, veem outros lugares."

"Elas sabem sobre a gente do nosso lado? Sabem que estamos aqui?"

"Sabem. Não nós duas especificamente, mas sabem."

"Elas sabem das Mães?"

"Sim. Foram elas que as fizeram. Também fizeram as fábricas. E as garotas", indicou Coruja.

"Por quê?"

"Porque não queriam arrumar a própria bagunça."

Jane pensou um pouco. "Por que não fizeram as Mães arrumarem?"

Os olhos de Coruja se desviaram de Jane. "Porque fazer as garotas é mais barato, a longo prazo."

"O que é *mais barato*?", perguntou Jane. Virou os pedaços de cogumelos para poder cortá-los em pedacinhos menores.

"Mais barato é... significa que algo requer menos materiais. Máquinas como as Mães precisam de vários metais que as pessoas aqui não têm em grande quantidade. As garotas são mais fáceis de fazer."

Jane se lembrou de seu rosto vermelho e quente batendo com força na esteira, uma mão de metal agarrando a parte de trás de seu pescoço. "As outras pessoas neste planeta são más?"

Coruja ficou quieta. Jane ergueu os olhos do punhado de cogumelos para a tela da parede. "São", disse Coruja. "Não é uma coisa legal de se dizer, mas sim, são pessoas más." Ela suspirou. "Foi por isso que a minha última tripulação veio para cá. Eles queriam mudá-las."

"Mudá-las para o quê?"

A testa da Coruja se franziu. "Vou tentar explicar do melhor jeito que eu conseguir. Minha última tripulação eram dois homens. Irmãos. Vou explicar o que são irmãos depois. Eles eram... Eles se chamavam gaiaístas, que são pessoas que acreditam que os seres humanos não deveriam ter saído da Terra. Eles viajam pela galáxia e tentam convencer humanos a voltarem para o sistema de Sol."

"Por quê?"

"Porque acham que estão fazendo a coisa certa. É complicado. Podemos deixar essa pergunta para mais tarde?"

Jane apertou bem o punhado de cogumelos, depois pegou a faca outra vez. "Está na sua lista de perguntas?"

"Acabei de adicionar."

"Está bem."

"Como eu ia dizendo, as pessoas aqui não querem mudar. Pelo menos não as pessoas da cidade. Esses irmãos deveriam saber disso, mas estavam fazendo o que achavam certo." Ela balançou a cabeça. "Eram boas pessoas, mas muito tolos."

"O que é tolo?"

"Uma pessoa tola é alguém que enfiaria a mão dentro de uma máquina sem desligar a energia antes."

Jane franziu o cenho. "Isso é uma idiotice."

Coruja riu. "É mesmo. De qualquer forma, eles não passaram muito tempo comigo. Compraram o ônibus menos de um padrão antes da viagem, mas eu passei a maior parte do tempo no compartimento de carga de sua porta-naves, que os levou até o túnel Han'foral, o mais próximo daqui. Levamos cerca de trinta e sete dias para viajar do túnel até onde estamos agora."

Jane cortou os cogumelos em pedaços menores, menores, menores. Quanto menores fossem, mais fácil para o seu estômago. "Quando foi isso?"

"Há cerca de cinco anos."

Jane parou de cortar. Olhou para o rosto na parede. "Você passou cinco anos aqui? Na sucata?"

"Sim."

Jane tentou pensar em quanto tempo eram cinco anos. Tinha dez anos, então estava com cinco anos quando Coruja chegou ao planeta. Jane não conseguia se lembrar direito de como era ter cinco anos. E em mais cinco anos, teria quinze! Cinco anos era muito tempo. "Você estava triste?"

"Sim. Sim, estava muito triste." Coruja sorriu, mas foi um sorriso estranho, como se fosse difícil sorrir. "Mas agora estamos juntas, e eu não estou mais triste."

Jane olhou para os pedaços de cogumelos, roxos, brancos e difíceis de mastigar. "Eu ainda estou triste."

"Eu sei, querida. E não tem problema."

Tinham conversado muito sobre ficar triste alguns dias antes, depois que Jane jogou uma caixa cheia de coisas na parede por razões que não conseguia explicar. Ela gritou muito com Coruja e disse que queria voltar para a fábrica, o que não era verdade, então não sabia por que tinha dito que queria. Então tinha chorado de novo, o que estava ficando cansada de fazer. Tinha tido muitos maus comportamentos naquele dia, mas Coruja não ficou zangada. Em vez disso, disse a Jane para se sentar ao lado da tela da parede junto à cama, o mais perto possível do rosto de Coruja, que então fez músicas até Jane parar de chorar. Coruja disse que não tinha problema ficar triste por causa de 64 e pelas coisas ruins que haviam acontecido na fábrica. Ela disse que aquela era uma tristeza que nunca sumiria, mas que ficaria mais fácil de suportar. Ainda não tinha ficado mais fácil. Jane queria que não demorasse tanto.

Ela pegou os pedaços de cogumelo e foi até o fogão. Um fogão era uma coisa quente na qual se fazia comida. Coruja já podia ligá-lo, agora que Jane tinha começado a limpar o exterior do ônibus espacial — a fuselagem. O revestimento já podia produzir energia a partir da luz solar. Quando Jane terminasse essa tarefa, Coruja não precisaria mais escolher que coisas fazer funcionar. Já conseguia fazer muito mais do que no início. Conseguia aquecer bem a nave e ligar todas as luzes dentro, e o fogão e a estase funcionavam. O chuveiro também, porque Jane tinha enchido os tanques de água. Isso tinha levado seis dias, arrastando o carrinho de água para lá e para cá. Tinha sido idiota e ruim e chegara a encontrar os cachorros algumas vezes (a arma era tão boa). Mas agora tinha água limpa, não estava mais com coceira, e o banheiro não estava um nojo. Tudo isso era bom. Entretanto, depois disso e dos dois dias que passara tirando a sucata que cobria a nave, seus braços e pernas estavam muito cansados. Não estava sangrando nem havia quebrado nada, mas seu corpo doía.

Ela pôs a panela no fogão, largou os cogumelos dentro e ligou a boca bem baixinha. Tinha que tomar cuidado. Os cogumelos precisavam ser cozidos antes de ficarem bons de comer, mas se cozinhassem em calor muito alto acabavam grudando na panela e ficavam intragáveis (outra palavra que Coruja ensinara). Ela cometeu esse erro na primeira vez e desperdiçou um monte de comida. Com o trabalho que tinha para levar os cogumelos para casa e prepará-los, não queria nunca mais desperdiçá-los.

Jane pensou em algo que não havia lhe ocorrido antes. "Você teve uma tripulação antes dos... dos dois homens?"

Coruja tinha dito que já não estava triste, mas agora estava. Seu rosto mostrava isso. "Tive. O ônibus pertencia a um casal em Marte. Eles usavam a nave durante as férias. Em geral passavam nas redondezas do sistema de Sol. Às vezes pegavam um túnel. Fiquei com eles por dez anos."

Os cogumelos haviam começado a chiar. Jane tentou ficar de olho neles, mas estava preocupada com Coruja. Sua voz nunca tinha ficado tão errada. "Eles também foram presos?"

"Ah, não. Não, venderam a nave. Tinham dois filhos, Mariko e Max. Eu os vi crescerem aqui dentro. Mas, depois de adultos, as férias pararam, e eu acho... acho que os pais deles não precisavam mais de um ônibus."

Jane franziu o cenho, observando os cogumelos se mexendo de leve na panela. "Você queria ficar com eles?"

"Queria."

"Eles sabiam?"

"Não sei. Mesmo se soubessem, não teria feito diferença. Não é assim que a galáxia funciona."

"Por quê?"

"Porque as IAS não são pessoas, Jane. Você não pode esquecer isso nunca. Eu não sou como você."

Jane não entendia por que os sentimentos de Coruja não seriam importantes só porque ela era diferente, mas os cogumelos começavam a ficar crocantes nos cantos, então Jane prestou atenção neles. Era mais fácil do que encontrar palavras.

De repente, ela ouviu um barulho — algumas batidas no teto. Jane virou o ouvido para cima. "Coruja, o que é isso?" Desligou o fogão. Os cogumelos chiaram mais baixo e as batidas ficaram mais altas. Era como se vários parafusos pequenos estivessem caindo na fuselagem.

"Não é nada ruim. Vá para a sala de controle e eu mostro."

Jane obedeceu, saindo apressada da cozinha. Coruja ligou o visor e... e... Jane não entendeu nada. Era manhã, mas o céu estava meio escuro. E havia... havia...

"Coruja", disse Jane, devagar. "Por que tem água caindo do céu?"

"Isso se chama chuva", explicou Coruja. "Não se preocupe, ela deveria acontecer mesmo."

As batidas ficaram mais e mais altas. Tudo lá fora estava molhado. Jane viu alguns pássaros-lagartos (era assim que Coruja chamava os animais voadores, já que não sabia a palavra certa para eles). Eles voavam baixo, abrigando-se sob uma pilha de sucata, sacudindo as asas e os rabos para se livrarem da água do céu.

Nada fora da fábrica fazia sentido. Nem um pouco.

"Jane, seria uma boa ideia empurrar o carrinho de água para fora", disse Coruja. "Com os caixotes abertos. Assim eles vão coletar a chuva."

"A água é boa?" Jane não sabia se gostava dessa história de chuva. Era talvez a coisa mais estranha que tinha visto, e já vira muitas coisas estranhas.

"É melhor do que a água que você trouxe, com certeza. Provavelmente não é potável ainda, mas será mais fácil de limpar."

"Mas os tanques já estão cheios." Empurrar o carrinho de água até lá fora significava sair. Na chuva.

"Nem sempre vão estar. Assim, quando precisar completá-los, não vai ter que ir ao olho d'água. Você já vai ter um pouco aqui."

Jane deu um suspiro. "Ok." A chuva era estranha e não queria sair nela, mas as pernas doloridas e as costas cansadas fizeram a ideia de Coruja parecer melhor do que mais uma viagem ao olho d'água. "Espera", disse ela. "O que eu vou fazer agora?"

"Não entendi a pergunta. Como assim?"

"Estou falando de hoje. Eu ia terminar de limpar a sucata da fuselagem. Essa era a minha tarefa. Posso fazer isso na chuva?" A água caía muito rápido agora, em gotas grossas.

"Até consegue, mas sugiro ficar aqui dentro hoje. A chuva nessa região pode ser bastante pesada, e ficar com a roupa molhada não é nada divertido. Além disso, a sucata molhada fica escorregadia. Não quero que você caia."

"Mas..." Jane começou a se sentir mal. "Eu não tenho outra tarefa." Ela precisava de uma tarefa. Sem tarefas, seus pensamentos a levavam a lugares aonde não queria ir. Não queria outro dia de mau comportamento. Queria ficar bem. Queria ficar bem, mas se não tivesse uma tarefa, então...

"Eu tive uma ideia", disse Coruja. "Na verdade, acho que seria uma boa ideia mesmo que não estivesse chovendo. Jane, você precisa de um dia de folga."

Jane não entendeu. "Um dia de folga? O que é isso?"

"Um dia sem trabalho. Todos os seres humanos precisam fazer uma pausa do trabalho de vez em quando. Você precisa deixar o corpo e a mente descansarem."

Não. Não, não, não. Ela precisava de uma tarefa. "Eu não quero ficar sem fazer nada", disse ela, lembrando-se daquela primeira manhã na cama, quando tentou ficar deitada, e alguns dias depois, quando não conseguiu se levantar e teve um dia muito, muito ruim.

"Não é isso que estou sugerindo", disse Coruja. "Eu estive olhando alguns arquivos antigos e encontrei algo que pode ser divertido. Não é uma tarefa real, mas vai deixar você descansar sem fazer nada."

Jane torceu o canto da boca. Não soava tão ruim.

"Vou preparar para você. Sugiro que coma os cogumelos antes de eles esfriarem e depois ponha o carrinho de água para fora." O rosto de Coruja se balançou de um jeito feliz dentro da tela. "Ah, espero que você goste."

sidra

Sidra se acomodou na peça de mobília ao lado do armário de instrumentos de Tak. Era uma *eelim*, uma espécie de cadeira que se moldava ao corpo da pessoa. Sidra ficou fascinada quando o material branco começou a envolver o kit. Resistiu ao desejo de levantar o kit só para poder se sentar de novo e assistir à *eelim* mudar de forma mais uma vez. Mas Tak estava preparando suas ferramentas, o que também era fascinante. Estava com um novo cachimbo de flor-alta, uma xícara cheia de mek, e as mãos enluvadas. Ele carregou a caneta tatuadora com cartuchos de nanobôs coloridos. O instrumento era um pouco assustador, mesmo nas mãos de alguém tão amigável.

"Isso não tem ímãs, tem?", perguntou Sidra, olhando a máquina pesada com o máximo de calma que conseguiu.

Era uma coisa estranha de se perguntar, ela sabia, mas Tak não pareceu estranhar a dúvida curiosa. "Não, usa apenas bombas e a gravidade. Por quê? Você está preocupada com algum implante?"

"Não", disse Sidra, feliz por a pergunta não ter sido mais específica.

"Bem, mesmo que estivesse, a caneta não usa ímãs. Mas *vai* doer. Você sabe disso, certo?"

Sidra escolheu bem as palavras. "Sim, eu sei que fazer tatuagem dói." Essa parte era verdade. Ela deixou de fora a parte sobre como não era capaz de sentir dor. Ela tinha praticado se retrair de dor na noite anterior. Azul tinha garantido que a imitação estava boa.

Tak pôs o último cartucho, que estalou bem alto. Ele acendeu o cachimbo, inspirou fundo, e fios de fumaça saíram de suas narinas chatas. Ele gesticulou para o scrib, fazendo surgir a imagem na qual tinham trabalhado tanto. Uma onda quebrando, na qual havia várias criaturas marinhas. A imagem se mexia, assim como faria na pele do kit, barbatanas e tentáculos ondulando suavemente, na velocidade de um suspiro. O movimento era perceptível, mas não chamava muita atenção. Os nanobôs levariam um minuto para concluir o ciclo de movimentos. Era mais como um pano de fundo sutil, segundo Tak. Sidra lançou um olhar faminto para a imagem, tentando imaginar como ficaria em seu suporte. Seus caminhos quase vibravam de entusiasmo.

Tak percebeu a empolgação. "Está pronta?"

Sidra recostou o kit de volta à *eelim*. "Pronta."

Tak sentou-se em sua cadeira de trabalho, arrastando-a para mais perto. Desinfetou a pele do kit com um pequeno borrifador de líquido, depois raspou os pelos finos com uma lâmina de barbear. Sidra não sabia que aquilo faria parte do processo. Os pelos nunca cresceriam de novo, e ter apenas uma parte do braço do kit raspada seria estranho. Criou um lembrete para raspar os braços do kit ao chegar em casa. Assim não chamaria atenção.

Tak ligou a caneta. Fazia mais barulho do que Sidra esperara, mas talvez tivesse essa impressão por causa da proximidade. A agulha tocou o braço e Sidra fez o kit respirar fundo. Tak arrastou a agulha pela pele e Sidra fechou os olhos do kit. A agulha continuou a zumbir. Ela respirou fundo de novo, um pouco mais rápido, assim como ela e Azul tinham ensaiado.

Tak afastou a agulha. "Essa é a sensação. Tudo bem?"

"Tudo bem."

"Você vai se sair bem, não tenho a menor dúvida. É só me avisar se precisar de uma pausa. Ele se debruçou sobre o kit, movendo a agulha com o mesmo cuidado sincero que Azul tinha ao manusear seus pincéis e Sálvia suas ferramentas. Curiosa, Sidra observou as pequenas linhas de nanobôs ainda inoperantes surgirem, em tons claros e escuros abaixo da pele. O kit começou a sangrar. Tak limpou o falso líquido vermelho com o canto de um pano limpo. Não tinha notado qualquer diferença.

"Então", começou Tak, sem nunca tirar os olhos da tatuagem. "Eu assisti àquela série que você mencionou na nossa última conversa. O documentário sobre os primeiros exodonianos a saírem do sistema de Sol."

Um leve calor dançou pelos caminhos de Sidra. "E o que você achou?"

"Fascinante", disse Tak. "Não amei o final, mas..."

"As imagens da tripulação original?"

"Isso. Achei um pouco arrastado. Mas não me entenda mal, achei fantástico no geral. Mil vezes melhor do que o pouco que aprendi sobre a expansão humana quando criança."

Sidra ficou encantada por sua recomendação ter feito sucesso. "Se você quiser continuar nessa linha, sugiro uma outra série chamada *Filhos da Guerra*. Não vai tão a fundo, mas oferece uma visão complementar sobre a política em Marte na época." Ela processou. "Você fez faculdade, não fez?"

"Fiz." Pontinhos laranja nostálgicos surgiram nas bochechas de Tak. "Eu pretendia ser historiador quando era mais novo. Até comecei a fazer as matérias específicas."

"É mesmo?"

"Pois é. Foi a única vez que vivi longe daqui. Passei três padrões em Ontalden — você conhece?"

"Não."

"É uma das maiores universidades em Sohep Frie. Na época eu achava incrível. Eu queria ver minha terra natal, saber como era a vida fora do Porto." Ele passou o cachimbo para o outro lado da boca. "Mas não era para mim, no fim das contas. Eu amo aprender. Amo história. Mas a história está em todo lugar. Cada edifício, cada pessoa com quem você fala. A história não se limita ao que há nas bibliotecas e nos museus. Acho que as pessoas que passam a vida estudando às vezes se esquecem disso."

Sidra queria poder observar a agulha e as expressões de Tak ao mesmo tempo. Estava curiosa para processar ambos. "Por que não era para você?"

Tak pensou enquanto continuava a trabalhar na tatuagem. "Eu gosto de história porque é uma forma de entender as pessoas. Entender por que somos como somos agora. Ainda mais no caso de um lugar como este." Ele balançou a cabeça em direção à porta, indicando a multidão de pessoas de espécies diferentes do outro lado da parede. "Eu queria entender melhor os meus amigos e vizinhos. Mas, quando estava em Sohep Frie, passei muito tempo com a cara enfiada nos arquivos da universidade, aprendendo sobre a história da minha própria espécie. Sabe, nós, shons, costumávamos ser condutores culturais. Trazíamos um pouco de cada vila conosco quando nos mudávamos. Algo nesse passado me pareceu muito significativo. Não é que estava nos meus genes ou coisa do tipo. Não acredito que sejamos definidos por isso." Ele ergueu o pano manchado pelo sangue falso. "Mas essa ideia de ser um tipo de embaixador teve certo apelo para mim, por algum motivo. Percebi que queria trabalhar com uma história mais tangível. É por isso que faço tatuagens com nanobôs, pintura de escamas e tudo o mais. Existem poucas maneiras melhores de se aprender sobre como uma espécie pensa do que estudar sua arte." Tak afastou a agulha da pele do kit, ajustando o cachimbo entre os dentes delicados. "Você tem certeza de que nunca fez isso antes?", perguntou, acenando com a cabeça em direção ao braço do kit. "Você está indo muito bem."

Uma pontada de nervosismo atravessou Sidra. Tinha se esquecido de fingir que estava doendo. "Sim." Ela fez o kit abrir um sorriso que passasse a ideia de que era durona — ou assim esperava. Era bom que não tivesse presenciado muitas pessoas sentindo dor, mas teria sido útil ter alguma referência de com que frequência e intensidade deveria fazer o kit aparentar desconforto. Ela se xingou mentalmente por não ter pensado em procurar vids de sapientes orgânicos sendo tatuados. Ainda assim, Tak pareceu impressionado, e, até onde Sidra podia dizer, isso era positivo.

Continuaram assim por uma hora e meia — Tak alterando o kit enquanto Sidra observava o progresso com algumas caretas, passando o tempo com conversas superficiais (vids, comida, aquabol) e momentos de silêncio confortável quando Tak precisava se concentrar mais.

Por fim, Tak se recostou, desligando a caneta. "Prontinho", disse ele. "Terminamos a primeira camada. O que acha? Pode me dizer se não tiver gostado de alguma parte. Não vou ficar magoado."

Sidra examinou o contorno na pele sintética do kit, que começou a sorrir quase antes de Sidra ter tempo de processar. "Está ótimo", disse ela.

"Mesmo?"

"Sim, está maravilhoso." O kit sorriu para ele. "Podemos fazer a segunda camada agora?"

Tak riu, a caixa-falante balançando na garganta. "Eu preciso de uma pequena pausa e você também. Vou pegar um pouco de água para a gente."

Sidra olhou o esboço estático e imaginou-o com cor, movimento, vida. "Posso ver como essa parte vai se mexer?"

"Claro", disse Tak. "Ainda não é o efeito final, mas posso mostrar em que ponto está agora." Ele pegou o scrib e acessou algum tipo de programa de controle. "Eu vou ativar só por alguns segundos."

Tak gesticulou para o scrib. Em um instante, a empolgação de Sidra se transformou em medo. Uma dezena de alertas saltou para a frente de seus caminhos — erros do sistema, erros de sinal, erros de realimentação. Algo dera muito errado.

"Sidra?", chamou Tak, as bochechas sinalizando ansiedade. "Você..."

Sidra não ouviu o resto. O kit começou a ter convulsões e desabou. Ela estava vagamente ciente de que Tak aparou a queda, mas essa informação foi enterrada sob erro após erro, alertas piscando, vermelhos e urgentes. E seus caminhos — seus caminhos não faziam sentido. As coisas estavam presas. Estavam falhando. Estavam se abrindo e se fechando enquanto ela ficava dos dois lados da porta. Ela estava falando? Estava dizendo alguma coisa? Não, era Tak: "Vou chamar os serviços de emergência. Sidra? Sidra, fique acordada".

Uma coisa interessante aconteceu: Sidra se ouviu responder, apesar de não conseguir identificar o processo que a fez fazer isso. "Não... Sálvia. Chame Sálvia. Sálvia."

Ela não tinha certeza de qual parte sua ainda estava executando os protocolos de fala, mas ainda bem que eles ainda estavam funcionando, porque o resto estava começando a falhar em manter o kit imóvel, e seus caminhos não podiam processar nada além da...

jane, 10 anos

Um dia de folga. E Coruja disse que tinha encontrado algo divertido para fazer! Jane comeu bem rápido os cogumelos com duas mordidas de uma barra de ração (Coruja explicara que as barras tinham coisas boas que os cogumelos não tinham, e que ela deveria comer um pouco com os cogumelos todos os dias até as barras acabarem). Ela bebeu água filtrada da pia. Tinha um gosto diferente da que tomava na fábrica, mas era muito melhor do que a água das bolsas. Não só porque estava fria e limpa e sem o gosto da embalagem, mas também porque a água só estava na pia porque Jane a trouxera para casa. Estava bebendo água que *ela* tinha conseguido, e isso deixava o gosto ainda melhor.

Ela também pôs o carrinho de água para fora. Tinha chuva por toda a parte. Queria ficar parada ali de pé e olhá-la, tentar ver de onde estava caindo, mas fazia frio, e a chuva estava deixando sua roupa toda molhada. Após um minuto debaixo da chuva, Jane entendeu que não gostava muito dela.

Voltou para dentro e seguiu Coruja até o quarto. "Ok, olhe debaixo da cama", instruiu Coruja. "Não a sua, a outra. Ainda deve estar aí embaixo."

"O quê?", perguntou Jane, ajoelhada no chão. Havia caixas com objetos que tinham pertencido a um dos homens que haviam levado Coruja até o planeta. Não tinham sido muito úteis, com exceção do canivete.

"Aqui, vou mostrar uma imagem. Olhe para cá." O rosto de Coruja sumiu da tela da parede, e em seu lugar apareceu algum aparato tecnológico engraçado — uma pequena rede com óculos e fios que Jane não sabia para que serviam.

Jane procurou debaixo da cama até encontrá-lo, guardado com todo o cuidado em uma caixa. "O que é isso?", quis saber Jane.

"São lentes de simulação", disse Coruja. "É um dispositivo de tecnologia que conta uma história dentro da sua cabeça."

Jane olhou a caixa. *Nada faz sentido neste lugar.* "Que nem em um sonho?"

"Isso, mas faz mais sentido do que um sonho, e você pode interagir com a simulação."

"O que é interagir?"

"Fazer coisas com ela. Fingir que você está mesmo lá. Não é real. É tudo uma invenção, mas pode mostrar várias coisas diferentes. Acho que você vai gostar."

Jane tocou os fios. Não havia nada pontudo ou afiado, nada para enfiar na cabeça dela. Ela pegou a rede. Agora conseguia ver que era redonda e tinha pequenos eletrodos macios na parte de dentro. Deviam servir para retroalimentação. Os outros fios também tinham vários eletrodos, e cada um se dividia em cinco — para usar nas mãos, será? "Que histórias isso vai me mostrar?", perguntou Jane.

"Vários tipos. Eu tenho uma pequena seleção de simulações armazenada. A maioria é para adultos, mas tenho algumas para crianças. Eu me lembrei de quando perguntou... sobre a família dona da nave. As crianças jogavam simulações nas viagens mais longas."

"O que são crianças?"

"São seres humanos mais novos."

"Então eu sou uma criança?"

"Isso mesmo."

Jane pensou um pouco. "Eu sou uma humana, uma pessoa, uma garota e uma criança." Eram tantos rótulos para uma garota só.

Coruja sorriu. "É isso aí."

Jane olhou para a caixa. "Como eu ponho isso?"

"Coloque a parte redonda na sua cabeça. Tem uma alça na parte de baixo para você poder apertar depois de colocar. Isso. As partes longas são como luvas. Depois encaixe as pontas em cada dedo e ajuste as alças novamente."

Jane obedeceu. A rede na cabeça e nas mãos se prendeu bem à pele. Foi um pouco estranho, mas não tão ruim. Ela pegou as lentes. "E esses?"

"É melhor você se deitar antes de pôr as lentes. Você não vai conseguir ver nada depois que cobrirem seus olhos."

Jane se deitou na cama e colocou as lentes. Coruja estava certa — elas fizeram o quarto sumir. *Não estou com medo*, disse a si mesma. *Coruja disse que ia ser divertido. Coruja disse que ia ser divertido.*

"Vou carregar a simulação agora", disse Coruja. "E não se preocupe, ainda estou aqui. Você pode falar comigo mesmo enquanto estiver jogando."

Jane relaxou no travesseiro. Ouviu um pequeno clique quando algo ativou as lentes. A rede se apertou bem de leve em seu couro cabeludo, como se estivesse se agarrando a ela. As luvas também abraçaram seus dedos. Sua pele formigou. *Coruja disse que ia ser divertido.*

A escuridão começou a desaparecer. Então... então tudo ficou estranho.

Estava parada em um espaço vazio, iluminado por uma luz amarela suave. Ela não estava realmente de pé. Ainda estava deitada na cama. Mas também estava parada no lugar amarelo. Estar ali deitada parecia mais real; ficar de pé era quase como uma lembrança. Mas uma lembrança que estava acontecendo naquele exato momento.

Nada. Ali. Fazia. Sentido.

Uma bola incandescente levantou-se do chão, zumbindo. Parou bem na frente de seu rosto. "*Tek tem!*", disse, sua luz pulsando com cada palavra. "*Kebbi sum?*"

Jane engoliu em seco. Coruja tinha lhe ensinado o que significava *tek tem*. Eram as palavras em klip para *oi*. Mas não entendeu nada além disso. "Hã... eu... eu não entendi."

"Ah!", disse a bola. Sua voz mudou. "*Am sora! Hoo spak ensk! Weth all spak ensk agath na. Ef hoo gan larin klip?*"

Jane franziu a testa. Algumas palavras quase soavam familiares, mas o restante... não. Já estava se sentindo cansada. "Coruja?", chamou.

A voz de Coruja pareceu vir de todos os lados, como se houvesse caixas de som ao seu redor. "Me desculpe, Jane", disse Coruja, "esqueci de olhar as outras opções de idiomas. Me dê um minutinho. Deve haver uma versão para sko-ensk, esta simulação foi em parte financiada pela Diáspora — ah, achei. Vai ficar tudo escuro por um segundo, não precisa ter medo."

"Não estou com medo", disse Jane.

Tudo ficou escuro, exatamente como Coruja tinha dito. Tudo bem, era mesmo *um pouco* assustador. Estava de volta à cama, mas não conseguia ver nada. Não gostava nada da sensação. Porém, apenas um ou dois segundos se passaram antes que o espaço amarelo e quente voltasse, e também a bola de luz. "Olá!", disse. "Qual é o seu nome?"

Jane relaxou. A bola tinha o mesmo jeito de falar de Coruja, um pouco estranho (*sotaque*, Coruja tinha explicado — aquele jeito diferente de falar era um *sotaque*), mas agora Jane conseguia entendê-la. "Eu me chamo Jane", disse.

"Bem-vinda, Jane! É sua primeira vez em uma simulação ou você já jogou outras antes?"

Ela mordeu a unha do dedão (pelo menos na memória). Aquilo tudo a fazia se sentir um pouco boba. "Primeira vez."

"Que legal! Você vai adorar! Eu sou o Menu Global. Ajudo a fazer a simulação ficar perfeita para você. Se precisar mudar alguma coisa ou quiser sair, é só gritar 'Menu Global!' e eu vou ajudá-la. Entendeu?"

"Entendi."

"Ótimo! Então, quantos anos você tem, Jane?

"Dez."

"Você está na escola?"

"Não." Coruja tinha explicado o que era uma escola. Parecia divertido. "Mas a Coruja me ensina as coisas."

"Desculpe, não entendi direito. Coruja é uma adulta?"

"Coruja é uma IA. Eu moro com ela em um ônibus espacial e ela me ajuda a ficar bem."

"Desculpe, não entendi direito", repetiu a bola. "O que..."

A voz de Coruja interrompeu a conversa. "Apenas diga que eu sou sua responsável, Jane", disse Coruja. "É mais fácil. Essa coisa não é consciente."

Jane não sabia o que significava responsável ou consciente, mas obedeceu. "Coruja é minha responsável."

"Entendido!", disse a bola. "Vou fazer algumas perguntas, apenas para ver que tipo de coisa você já sabe. Tudo bem?"

"Tudo bem."

"Ótimo!" A bola balançou, depois se dissolveu em formas — rabiscos, como os das caixas no ônibus. Tinha um monte deles. Muito mais do que nas caixas. "Você consegue ler este texto para mim?", pediu a bola.

"Não."

"Ok." Os rabiscos mudaram. Havia menos agora. "Você consegue ler isso?"

"Não", disse Jane. Suas bochechas ficaram quentes. Aquilo era um teste, e ela estava falhando. "Eu não sei ler."

Os rabiscos derreteram e formaram o Menu Global. "Tudo bem! Obrigado por me dizer. Você sabe contar?"

"Sei", disse ela, suspirando.

A voz de Coruja voltou. "Jane, aguente aí mais um minutinho. Vou ajustar os protocolos desta coisa. Isso é para ser divertido, não um interrogatório."

"O que é um interro...?"

"É quando alguém faz perguntas demais. Vou configurar os parâmetros educacionais para você. Vamos ver... leitura iniciante, matemática iniciante, klip iniciante, estudos de outras espécies iniciante, ciências iniciante, programação iniciante e... acho que posso botar *tecnologia nível avançado*."

O Menu Global ficou perfeitamente imóvel por alguns segundos, congelado no meio de um pulso. "Obrigado por responder minhas perguntas, Jane! Agora aguente aí! Sua aventura está prestes a começar!"

O Menu Global girou como uma faísca. A luz do espaço amarelo o seguiu. Por um momento, não houve nada.

O nada não durou muito tempo. Várias coisas aconteceram ao mesmo tempo.

Primeiro houve uma explosão de cores ao redor dela, grandes listras que se estendiam muito mais longe do que seus olhos conseguiam ver. Duas crianças entraram por portas que surgiram no ar. Uma garota e um *garoto*. Essa parte foi muito emocionante, porque Jane só tinha visto garotos nas fotos que Coruja havia lhe mostrado. Mas nem a garota nem o garoto pareciam reais. Os corpos tinham o formato errado — cabeças grandes e redondas, linhas grossas ao longo de suas roupas — e suas cores eram sólidas, como tinta. Os dois eram estranhos, mas também havia algo de legal neles. Jane gostou de olhar para os dois.

As crianças eram o oposto uma da outra, de certa forma. O garoto tinha uma pele marrom escura e um cabelo amarelo divertido, todo enrolado em cachos suaves. A garota não era como nenhuma outra que Jane já tivesse visto. Tinha cabelos pretos brilhantes que caíam pelas costas, como um cobertor, mas muito mais bonito. Também era marrom, mas de um tom diferente da cor do menino. Era mais parecido com a pele rosa de Jane, mas não exatamente. Mais tarde pediria a Coruja para lhe ensinar mais palavras para as cores. Tinha que haver palavras melhores.

Jane poderia ter passado um bom tempo olhando as crianças, mas as coisas aconteceram bem rápido depois que os dois apareceram. Um animal caiu de algum lugar alto e pousou em pé. Não era um cachorro, nem um pássaro-lagarto, nem qualquer outro bicho que Jane já tivesse visto. Tinha pés e mãos como uma criança, era vermelho amarronzado e peludo e tinha também um rabo como o de um cachorro, embora muito mais longo e fino. Tinha um rosto bobo: bochechas gordas e orelhas pontudas e um nariz achatado. Havia algo na mão do animal — uma coisa de metal curva e brilhante, com uma abertura grande em uma extremidade e uma pequena na outra. O animal soprou na extremidade pequena e um som alto de música saiu de lá: TÁÁÁÁ-TÁÁ-TÁÁ-TÁÁ-TÁÁÁÁ!

As crianças levantaram suas mãos não reais para cima. As cores giraram e pularam. As crianças falaram em música.

> *Liguem os motores! Acionem o combustível!*
> *Apronte as ferramentas, aprender é incrível*
> *Pela galáxia nós brincamos*
> *Pode vir, nós te ensinamos*
> TRIPULAÇÃO TRAQUINAS!
> *Do chão ao espaço*
> TRIPULAÇÃO TRAQUINAS!
> *As estrelas a um passo*
> TRIPULAÇÃO TRAQUINAS!
> *Nós somos a Tripulação Traquinas*
> *A Tripulação Traquinas e* VOCÊÊÊÊÊÊ!

"Oi, Jane!", disse a garota não real. "Eu sou a Manjiri."

"Eu sou o Alain", disse o garoto não real. Seu sotaque era diferente do de Manjiri, mas igual ao de Coruja. Jane não sabia a razão, mas a diferença era interessante.

"E este é o nosso melhor amigo, Pitada!", anunciaram as crianças em uníssono, as mãos abertas estendidas em direção ao animal. O animal deu um pulinho tolo.

Jane não se moveu. Não disse nada. A chuva já não era a coisa mais estranha que tinha visto, nem de longe.

"Esta é a sua primeira vez jogando uma simulação, certo?", perguntou Alain. "Não se preocupe. Vai ser bem divertido!"

Manjiri sorriu. "Estamos tão felizes por você vir conosco em nossa nova aventura...!", disse ele.

As crianças e o animal levantaram as mãos para o alto, e acima de suas cabeças surgiram vários dos rabiscos vermelhos, iluminados por faíscas amarelas. "A TRIPULAÇÃO TRAQUINAS E O ENIGMA PLANETÁRIO!", gritaram as crianças.

"Vamos lá!", disse Alain. "Nós temos que ir para a nossa nave!" Ele acenou com a mão no ar, e uma porta apareceu, mas não era sustentada por nada. Jane também não conseguia ver nada do outro lado da porta. Apenas cores se mexendo como fumaça.

Sentia-se estranha, como se não estivesse usando roupas suficientes. Queria voltar para o quarto. Queria uma tarefa de verdade. "Hã..."

"Você está nervosa?", perguntou Manjiri. "Não tem problema. Todo mundo fica um pouco nervoso ao experimentar coisas novas. Será que ajudaria se eu segurasse a sua mão?"

Os olhos de Jane ficaram grandes. Ela podia fazer isso? Eles podiam tocar nela? Ela assentiu uma vez, com força.

A mão da garota não real parecia mais uma lembrança do que a realidade, mas, ah, chegava perto! Algum nó dentro do peito de Jane relaxou. Ela apertou a mão da garota, que apertou a sua de volta. Ficar de mãos dadas era *bom*, mais bom do que não estar com fome, mais bom do que sabia como dizer.

O animal peludo correu pelas costas de Manjiri e passou para o ombro de Jane. Ela pulou de susto, mas o animal ficou pendurado e se aconchegou em seu pescoço, fazendo barulhos bobos. As crianças riram. Jane decidiu que o animal não era ruim.

"Venha", chamou Manjiri, indo na frente, ainda segurando a mão de Jane, que a seguiu até as cores esfumaçadas. Elas fizeram cócegas de um jeito bom quando passou, e Jane ouviu muitas crianças rindo. Ela se sentiu um pouco melhor, embora ainda não tivesse certeza se queria continuar ou não.

Eles entraram em uma nave. Embora Jane apenas tivesse visto aquela onde morava com Coruja, sabia que a que via era tão não real quanto as crianças. As paredes, os tetos, os consoles — tudo era grande e arredondado e de aparência macia, com botões que não pareciam ter muita função. Tudo também tinha cores bem fortes — principalmente verde, mas também vermelho, azul e amarelo. Além disso, era um lugar bem barulhento. Havia muitos bipes, assobios e sons de música. Havia duas grandes janelas redondas na frente, com muitas estrelas não reais do outro lado. Na frente das janelas havia três consoles, cada um com os rabiscos de leitura pela superfície. Uma grande cadeira macia ficava na frente de cada console. Pareciam bem boas de se sentar.

"Esta é a nossa nave", disse Manjiri. "A *Traquinas*!"

"A *Traquinas* é uma nave especial", explicou Alain. "No mundo real, as naves usam diferentes tipos de combustível. Você conhece algum?"

"Hã", disse Jane. Ela umedeceu os lábios. "Algas. Luz solar. Ambi." Ela pensou mais um pouco e se lembrou das coisas que Coruja encontrou na água que Jane tinha levado para casa. "Lixo ?"

"Isso mesmo!", disse Manjiri. "Esses são todos tipos comuns de combustível. Mas não são os usados por aqui. A *Traquinas* é uma nave movida a imaginaçãããããão." Ela balançou os dedos no ar.

"Com imaginação, você pode ir a qualquer lugar!", completou Alain.

Jane não sabia bem que tipo de combustível era esse, mas parecia bastante útil. Ela se perguntou se conseguiria encontrar um pouco de imaginação para usar no ônibus.

"Jane, você mora em uma nave ou em um planeta?", perguntou Manjiri.

Jane esfregou a parte de trás do pescoço. "Nos dois."

As crianças concordaram com a cabeça. "Muitas famílias se revezam entre os dois", disse Manjiri.

"Se você mora em uma nave, então você já deve saber que nunca devemos tentar voar sem um adulto", disse Alain. Pitada assentiu duas vezes, de braços cruzados. "Mas em uma nave movida a imaginação, não precisamos de adultos! Podemos fazer tudo sozinhos!"

Alain e Manjiri levantaram cada um uma das mãos e bateram suas palmas. Correram para os respectivos consoles, muito animados. Manjiri foi para o da esquerda, e Alain, para o da direita.

As crianças apontaram para o console do meio. "Este é o seu, Jane!", disse Manjiri. Pitada ficou pulando na cadeira vazia, dando outro salto bobo. Ele tinha muita energia.

Jane se sentou na cadeira, que era tão confortável quanto parecia. Pitada saltou para o seu colo. Ela ficou parada por um tempo, até que, por fim, bem devagar, estendeu a mão para tocar a cabeça do animal. Pitada fez um barulhinho, fechando os olhos arrepiados, e esfregou a cabeça na palma da mão de Jane. Ela riu, mas bem baixinho. Sabia que não ia se meter em problemas por rir ali, mas rir era um mau comportamento, e a ideia a deixava nervosa.

"Prontos?", perguntou Alain. "Vamos descobrir qual é a nossa missão de hoje?"

"Ei, Trapalhada!", chamou Manjiri. "Acorda!"

Um rosto apareceu nas telas dos três consoles: era grande, peludo e amarelo — não se parecia com uma pessoa. Jane entendeu que era uma IA, como Coruja, embora Coruja tivesse o rosto de uma pessoa. Aquele rosto não era uma IA de verdade. Nada ali era real.

O rosto amarelo e peludo bocejou, batendo os lábios com um barulho. "Ah, já está na hora de levantar?"

Alain riu. "Ai, Trapalhada! Você vai dormir o dia inteiro!"

Manjiri apontou para a tela de Jane. "Jane, Trapalhada é nossa IA. Elx vai nos dizer para onde vamos hoje." Jane também conhecia essa palavra para pessoas. Era a palavra para pessoas que não eram garotas nem garotos, também usada se você não soubesse se estava falando de um ou de outro. Ficou um pouco empolgada ao ouvir alguém além de Coruja usar as palavras que Jane tinha aprendido. Isso fazia Jane sentir que estava aprendendo coisas importantes.

Trapalhada sacudiu o rosto e pareceu mais despertx. "Hoje vocês vão para Theth!", disse elx. Um grande planeta listrado com vários anéis e luas apareceu nas janelas redondas. "Vocês vão encontrar nosso querido amigo Heshet, que disse que precisa da nossa ajuda! Algumas das luas de Theth desapareceram!"

Jane franziu o cenho. Como luas podiam desaparecer? Não parecia possível. Elas eram tão grandes.

Trapalhada pôs outra foto menor na frente da imagem do planeta. Era uma pessoa, mas... "Opa!", Jane disse, apontando. "Eu conheço essa espécie! É um... um... hã..." Tentou ao máximo se lembrar. Ela era uma espécie humana. Aeluonianos eram os prateados. *Hermigeanos* eram os molengos. Os quelins tinham um monte de pernas. Aquele ali não era nenhuma dessas espécies. Era verde e tinha um rosto achatado e... Ai, por que não conseguia se lembrar?

Alain sorriu. "Heshet é um aandriskano", disse ele.

Aandriskano. Isso. Mas havia algo diferente das imagens que Coruja tinha lhe mostrado da espécie. "Cadê as, hã..." Outra palavra que Jane não conseguia encontrar! Sentiu-se muito burra. Balançou a mão acima da cabeça, tentando explicar.

"Você quer dizer penas?", perguntou Manjiri.

"Isso!", respondeu Jane. "Isso. Penas. Cadê as penas dele?"

"Os aandriskanos só ganham penas quando começam a se tornar adultos", explicou Manjiri. "Heshet é uma criança, que nem a gente!"

Jane pensou em sua cabeça lisa, que nunca teria penas ou cabelos. Será que sempre pareceria uma criança para os aandriskanos, mesmo quando fosse mais velha?

"Jane, agora é hora de traçar o curso", disse Alain. O painel de interface de Jane mudou. Uma nova imagem surgiu — um monte de círculos coloridos com pequenas linhas curvas entre eles. "Estes são os túneis que podemos pegar para irmos daqui até Hashkath, a lua onde Heshet mora. Você consegue descobrir o caminho mais curto para chegar até lá? É só arrastar o dedo pelos túneis."

Jane olhou bem as linhas e como elas se ligavam até o círculo piscante onde deveriam chegar. Lembrava um pouco quando Jane tinha que reconectar um circuito. Era fácil. Ela arrastou o dedo pela tela e o caminho traçado ficou azul.

"Uau!", disse Manjiri. "Conseguiu de primeira! Bom trabalho!"

Pitada fez seus sons de animal e bateu palmas. Jane não tinha feito nada de importante, mas mesmo assim se sentiu bem.

"Ótimo!", disse Alain. "Agora é só apertar o botão do piloto automático e estaremos a caminho! É o botão vermelho bem grande ali no centro."

Jane viu o grande botão vermelho. Havia muitos outros botões e... Ai, não. Todos estavam marcados com os rabiscos de leitura. Será que as crianças iam precisar que ela apertasse os botões rápido? Tinha que ser produtiva? Um nó surgiu em seu estômago. "Eu não sei ler."

"A gente já sabe", disse Alain com uma voz que a fez se sentir segura. Ele se aproximou e apertou seu ombro. "Não precisa se preocupar! Ninguém nasce sabendo. Nós vamos ajudar você a praticar."

"Este aqui diz 'piloto automático'", explicou Manjiri, apontando para um grande botão vermelho, "e este aqui diz 'parar'." Ela abriu um grande sorriso. "E isso...", ela não apontou para um botão, mas para um bloco comprido acima do console, "você sabe o que esse diz?"

Jane comprimiu os lábios e balançou a cabeça.

"É você", disse Manjiri. "É assim que se escreve *Jane*."

sidra

Tudo sumiu por um tempo. Quando voltou, a primeira coisa que Sidra viu foi Azul, com uma expressão extremamente aliviada.

"Ela acordou!" Ele abriu um sorriso. "Bem-vinda de volta", disse, apertando a mão do kit. Sidra se perguntou quanto tempo ele havia passado segurando-a. Não tinha registrado nada do que acontecera.

Sidra ouviu alguém se levantar de um pulo. Sálvia apareceu, apoiando a mão no ombro de Azul enquanto se sentava na cadeira. Uma cadeira. A cadeira de Tak. Estavam no estúdio de tatuagem.

Por que estavam no estúdio?

"Ai, estrelas", disse Sálvia. "Estrelas, funcionou." Sua cabeça caiu para a frente, apoiada na lateral do kit. "Merda." Ela se sentou de volta, e os olhos se voltaram para o rosto do kit. "Você está se sentindo bem? Faça um diagnóstico."

Sidra obedeceu, fazendo uma verificação de sistemas. Linha por linha, os resultados foram positivos. "Estou bem", respondeu, e também se sentia bem. "Mas eu..." Ela vasculhou os arquivos de memória. "Eu não sei como vocês chegaram aqui. Não sei *quando* vocês chegaram aqui. Que horas são?"

"Passa um pouco da uma", respondeu Azul. "Você, hã, você ficou apagada p-por uma hora."

Uma hora. No estúdio de Tak. E Sálvia tinha lhe pedido para fazer um diagnóst... Ah, *não*.

O kit se sentou, e Sidra olhou em volta. As persianas das janelas da frente estavam fechadas. A porta também. Tak estava encostado em uma parede do canto, o mais longe possível. Ele soprava seu cachimbo, o rosto tenso, as bochechas de um amarelo pensativo.

Ele sabia.

Sidra se voltou para Sálvia, fugindo do olhar silencioso de Tak. "O que aconteceu?", sussurrou.

Sálvia suspirou. "Então, pelo visto os nanobôs da tinta não sabem brincar com os seus. Os sinais deles causaram uma interferência no sinal do seu núcleo para o kit. Isso bagunçou tudo." Seus olhos se voltaram para Tak, uma expressão dura e cuidadosa. Sidra conhecia aquela cara. Era a mesma que Sálvia sempre fazia ao examinar algo que podia explodir. "Tak nos chamou e nós... resolvemos. Eu..." Ela franziu a testa, desconfortável. "Eu a deixei em modo de espera até tirarmos todos os nanobôs."

Sidra não tinha qualquer registro da diretriz, mas conhecia Sálvia o suficiente para saber que ela acionar um protocolo que forçava Sidra a se desligar não era algo que gostasse de fazer. "Você não teve escolha", disse Sidra. "Eu entendo."

Sálvia fechou os olhos e assentiu com a cabeça.

"Ele, hã, ele t-tirou a t-tinta", disse Azul, olhando para Tak com um sorriso. "Foi uma g-grande ajuda." Seu tom era amigável, amigável até demais, e estava com mais dificuldade para falar do que o habitual.

Tak deu um pequeno sorriso educado que sumiu quase imediatamente. Suas bochechas mostravam seu nervosismo e sentimentos conflitantes. Ele esvaziou a cinza do cachimbo e voltou a enchê-lo.

Sálvia e Azul trocaram um olhar preocupado. A mesma preocupação começou a tomar Sidra. Tak *sabia*, e eles não o conheciam. *Eu também não o conheço*, pensou. *Nós tivemos uma conversa agradável e eu confundi isso com conhecer alguém. Sua idiota. Idiota.* E, no entanto, de todas as coisas mortalmente sérias das quais tinha medo — Tak poderia ligar para as autoridades do Porto, Sálvia e Azul poderiam arrumar problemas, o kit poderia ser desativado com Sidra ainda nele —, a variável presa no loop de processamento mais alto e infeliz era a possibilidade de que Tak não ia querer mais ver Sidra. *Sua idiota.*

"Podemos ir para casa?", perguntou bem baixinho, evitando fazer contato visual com Tak.

Sálvia voltou-se para o tatuador. "Olha, Tak. Eu estou muito grata pela sua ajuda hoje. Todos nós estamos. E sinto muito pelo susto que você levou. Azul e eu... a culpa foi toda nossa."

"Sálvia", chamou Sidra.

Sálvia continuou. "A gente sabia que ela viria aqui hoje e não nos ocorreu que poderia ser perigoso. Foi uma bola fora. Eu sinto muito mesmo." Ela olhou nos olhos do kit. "Peço desculpas a vocês dois." Sálvia comprimiu os lábios, escolhendo bem as palavras. "Eu sei que essa situação é... inusitada."

Tak exalou audivelmente — uma raridade em sua espécie silenciosa. Foi uma expressão de desdém, uma reação que veio rápido demais para que conseguisse formar uma frase com sua caixa-falante. Sidra sentiu seus caminhos murchando. Queria ir para casa. Queria estar em qualquer outro lugar que não ali.

Sálvia nem piscou. "Se quiser dinheiro, nós podemos pagar. Não tem problema. Ou podemos oferecer consertos gratuitos, podemos negociar..."

Tak a interrompeu. "Não vou falar nada. Está tudo bem. Já vi muitas esquisitices de modificadores e não estou nem aí. Não é da minha conta. Só não quero que sobre pra mim se o seu projeto for descoberto. Eu não sei de nada, está bem? Não vi nada e não tenho nada a ver com isso."

"Você acha que ela é um... não é nada nisso. Sidra não é um projeto."

"Tanto faz. Como falei, não é da minha conta."

Azul ajudou o kit a se levantar. "V-vamos", sussurrou. "É m-m-melhor a gente ir."

Sálvia suspirou. "Tá bem", disse para Tak. Sua voz ficou tensa, mas ela manteve um tom civilizado. Ela estava em dívida com ele e sabia disso. "Obrigada por entender."

Sidra foi até a porta com Azul, mas algo a fez se virar de volta. Ela e Tak se olharam, cada um em uma ponta do cômodo. Sidra não sabia bem o que ele estava sentindo. Teve a impressão de que ele também não sabia.

"Me desculpe", disse Sidra. "Não achei que isso fosse acontecer."

Tak não olhou para ela, mas para os humanos que a acompanhavam. Olhou para eles como uma pessoa olharia para os pais de uma criança que tivesse feito uma pergunta estranha. Como olharia para o dono de um animal de estimação que tivesse entrado em sua casa por engano.

"Eu vim aqui por conta própria", disse Sidra, a voz alta, os caminhos parecendo inflar de raiva e indignação. "*Eu* vim aqui. Não foi uma diretiva. Não foi uma tarefa. Eu queria ver você. Achei que poderia me ajudar. Não era minha intenção causar problemas."

"Ei", disse Sálvia em tom gentil, pondo a mão no braço do kit. "Querida, vamos embora. Vamos para casa."

"Espera", disse Tak. "Espera." Estava finalmente olhando para Sidra. O cachimbo estava esquecido entre os dedos, soltando fumaça. "O que..." Ele fez uma pausa, sem graça, inseguro. "Você queria minha ajuda com o quê?"

"Já falei", respondeu Sidra. "Nós já falamos disso duas vezes." Ela apontou para o kit. "Isto não sou eu. E você... você entendeu como eu me sentia. Ou pelo menos entendia há uma hora." Ela examinou o rosto dele em busca de um sinal de reconhecimento, a dinâmica confortável que tinham desenvolvido quando Tak pensava que eram mais ou menos iguais. Viu apenas confusão e fumaça. "Me desculpe", disse mais uma vez. *Sua idiota.* Ela saiu do estúdio para o mercado. Sálvia e Azul a seguiram de perto, um silêncio pesado entre eles. A multidão seguia ao redor dela, dezenas de rostos, dezenas de nomes, dezenas de histórias se desenrolando. Nunca tinha se sentido tão sozinha.

jane, quase 12 anos

A escotilha do ônibus espacial deslizou. Jane entrou, arrastando a carga pesada, as rodas do carrinho rangendo. "Consegui algumas coisas boas hoje." Ela bateu a poeira dos sapatos (feitos com a borracha grossa do forro de um pneu, revestidos com a espuma de uma almofada e com o tecido de um exotraje velho) e tirou o casaco (feito com o tecido que tinha encontrado, reaproveitado de uma poltrona horrorosa). Ela deixou os sapatos e o casaco perto da porta. "Olha só." Ela ouviu as câmeras de Coruja se virarem em sua direção quando começou a tirar as coisas do carrinho. "Acoplador de interruptor, tecido..."

"Jane, como se diz *tecido* em klip?", perguntou Coruja.

"*Delet.*"

"Isso mesmo. E o que é isso atrás do tecido?"

Jane olhou para o cachorro morto, pendurado na parte de trás do carrinho. "*Bashorel*", respondeu.

"Você consegue formar uma frase em klip usando essa palavra?"

Jane pensou um pouco. "*Laeken pa bashorel toh.*"

"Quase. *Lae*-ket *kal bashorel toh.*"

"*Laeket pa bashorel toh.* Por quê?"

"Porque você ainda não comeu o cachorro. Você *vai* comer o cachorro."

Cachorros tinham passado a figurar na lista de alimentos junto com os cogumelos muito tempo atrás. A ideia foi de Coruja. Despedaçá-los era nojento, mas não mais do que esfregar o combustível pegajoso e velho grudado em um motor ou algo assim. O nojo era o mesmo, fosse causado por animal ou máquina.

Jane revirou os olhos diante da correção. "Que regra idiota."

Coruja riu. "Todas as línguas são cheias de regras idiotas. Klip é uma das mais fáceis. A maioria dos sapientes diria que é mais fácil do que sko-ensk."

"Você pode falar alguma coisa em ensk de novo?" Jane já tinha pedido isso antes, mas era sempre divertido ouvir Coruja falar outras línguas.

"*A ku spok anat, nem hoo datte spak ensk.*"

Jane riu. "É tão estranho." Ela começou a separar suas descobertas, guardando-as nas respectivas caixas. Coruja tinha sugerido que ela rotulasse as caixas em klip. *Boli*. Fios. *Goiganund*. Circuitos. *Timdrak*. Chapas. Suas letras não eram tão boas quanto as que Coruja mostrava na tela, mas Jane estava melhorando. Alain e Manjiri também estavam ajudando. A simulação tinha um modo de prática no qual Jane podia treinar o que deveria estar aprendendo na escola. Era bom aprender coisas com outras crianças, apesar de serem de mentirinha e repetirem sempre as mesmas frases depois de um tempo. Coruja dizia que era importante para Jane se lembrar de como conversar com outras pessoas. Que talvez fosse a coisa mais importante depois de consertar a nave.

Jane pôs o tecido na caixa *delet*. "Alguma outra espécie fala sko-ensk?"

"Deve ser bem raro. Talvez algumas pessoas em faculdades ou museus. Espaciais que vivam perto da fronteira talvez falem. Eu não tenho certeza."

Jane jogou um parafuso em uma pilha e o viu rolar para longe. "Eles vão me achar esquisita se eu não falar klip direito?"

"Não, querida. Mas vai ser bem mais fácil para você se souber mais palavras quando sairmos daqui. Você vai poder dizer às pessoas o que quer e o que não quer e vai ser capaz de responder às perguntas delas. Você vai fazer mais amigos se conseguir se comunicar com as pessoas."

Jane arrastou o carrinho para perto da mangueira na área de serviço e largou o cachorro no tanque, mantendo o rosto o mais longe possível do pelo fedido. Ela começou a lavá-lo, olhando a sujeira e os pedaços de sabe-se lá o quê girar ralo abaixo. Alguns insetos tentaram fugir. Jane os esmagou com o polegar. Sentia-se mal fazendo isso, mas não eram grandes o suficiente para comer e a deixavam com coceira.

Suspirou e virou o cachorro. Ela realmente não gostava de lavá-los ou da parte que vinha depois. Transformar os cachorros em comida não era divertido. O gosto não era tão ruim, no entanto, se ela cozinhasse bem os pedaços no fogão. O sabor era pesado, como fumaça e ferrugem. Eles matavam mais a fome do que as barras de ração, e essa era a melhor parte, porque havia apenas algumas dezenas sobrando e precisava guardá-las para emergências. Ela lembrou a si mesma disso enquanto mexia no pelo, limpando o melhor que podia. Alguns dos pelos estavam queimados no ponto onde sua última arma tinha encostado. O novo modelo matava os cachorros mais rápido, o que era bom, mas eles pegavam fogo mais fácil. Ela se sentia um pouco mal por isso... Mas nem tanto.

"Você acha que os cachorros sabem que eu estou comendo outros cachorros?" As matilhas a incomodavam bem menos nos últimos tempos, e ela tinha começado a se perguntar se era por isso.

"É uma possibilidade."

"É porque eles sentem cheiro de sangue em mim?"

"Isso é bastante provável, para dizer a verdade."

Jane assentiu. Que bom. Ela tirou a roupa, dobrou e guardou tudo. Então se envolveu em um pedaço de lona, na qual tinha cortado buracos para os braços e improvisado um cinto a partir de uma trança de tecido. Pegou a faca grande da borda do tanque, onde a havia largado alguns dias antes. Ela aspirou o ar por entre os dentes ao fechar os dedos ao redor do cabo.

"Sua mão ainda está doendo?", perguntou Coruja.

"Está tudo bem", disse Jane, para que Coruja não se preocupasse. Ainda não tinha encontrado um par de luvas de trabalho que servissem direito, o que dificultava muito vasculhar a sucata. Era bem mais fácil trabalhar com as mãos desimpedidas, mas isso aumentava o risco de cortes, como o que fizera na palma uma semana antes. Coruja dissera que Jane precisava de pontos, mas depois de uma explicação de como seria o processo, a garota soube que não seria capaz de uma coisa dessas. Então fechou a pele com um pouco de cola de circuito. Coruja não gostara nada disso, mas não tinha uma ideia melhor. O corte tinha parado de sangrar, mas, estrelas, como doía.

Ela olhou para o cachorro morto molhado, deitado nas poças de terra e insetos esmagados, a língua pendurada para fora como uma meia velha molhada. Era tão feio. Estava prestes a ficar pior.

Ela mastigou a unha do dedão. Sentiu gosto de acrílico, suor, metal velho e algum outro sabor desagradável que não conseguia identificar. Talvez fosse um pouco de inseto. "Você acha que os outros sapientes vão sentir cheiro de sangue em mim?"

"Não, querida", disse Coruja, seu rosto enchendo a tela mais próxima como um sol. "Você vai estar bem limpinha quando encontrarmos outras pessoas."

"E você vai estar comigo, certo?"

"Claro que vou."

"Tudo bem", disse Jane. "Isso é bom." Ela respirou fundo, levantou a faca e se pôs a trabalhar.

Fonte: desconhecida
Criptografia: 4
Tradução: 0
Transcrição: 0
Nodo de identificação: desconhecido

Assunto: REPOSTANDO — Procuro ônibus espacial em mau estado,
com muitas modificações, veja o post completo para detalhes
pitada: estou procurando por um Centauro 46-C, de
aproximadamente 25 padrões, com muitos reparos e alterações.
poucas peças de fábrica. casco bronze desbotado, revestimento
fotovoltaico. se tiver qualquer informação sobre sua localização
atual, mande uma mensagem. não precisa ser seu, basta saber
onde está.
bolofofo: boa sorte, como sempre
FrondeFrondosa: sem brincadeira, eu poderia acertar meus relógios
com esse post. já se passaram oito decanas? como o tempo voa
tishtesh: até quando você vai continuar repostando isso?
pitada: até eu achar

Parte 2

IMPULSO

sidra

Separar peças e acessórios era um tédio, mas Sidra agora preferia o tédio. Se estava entediada, então era porque não havia nada com que se preocupar. O tédio era seguro.

Sidra fazia o registro do estoque enquanto trabalhava na separação das peças que haviam chegado. *Sete parafusos.* Guardou-os no caixote apropriado. *Dois cabos.* Guardou-os em seu caixote. *Uma grade de regulador* — ou... Um segundo. "Sálvia!", chamou, virando a cabeça do kit em direção à porta da oficina.

"Já vou", respondeu Sálvia do balcão da frente, gritando mais alto que a solda. O escudo de segurança ao redor da loja estava piscando quando chegaram naquela manhã. Sálvia achava que devia ser apenas um fio mais gasto, mas Sidra ficou tão incomodada que a mulher não perdeu tempo em iniciar o conserto. Nos últimos vinte e seis dias, Sidra tinha feito questão de trancar portas, fechar janelas e evitar novos clientes. Ela achava melhor se oferecer para fazer as tarefas tediosas que a mantinham nos fundos da oficina, longe do público. Separar componentes era uma dessas tarefas — uma que Sálvia ficava mais que feliz em repassar para Sidra, aliás.

A solda chiou e parou de fazer barulho. Logo depois, Sálvia enfiou a cabeça porta adentro. "Que foi?"

Sidra mostrou a peça na mão do kit. "Não sei o que é isso."

"Isso", Sálvia estreitou os olhos, "é um amortecedor."

Sidra registrou a informação. "Onde devo colocar?"

Sálvia olhou por cima dos caixotes etiquetados à mão. "Pode ser junto dos outros reguladores. Eu vou lembrar onde está." Ela deu um sorrisinho para Sidra. "E você também."

O kit sorriu quando Sidra gravou a localização do amortecedor em seu arquivo *estoque da oficina*. "Eu vou."

Houve uma pausa. "Então...", começou Sálvia, pigarreando antes de continuar. "Azul e eu estávamos pensando em não trabalhar amanhã e ir fazer algo divertido."

Sidra não respondeu.

"Vai haver um evento exclusivo para adultos no Pula-pula", continuou Sálvia, em tom esperançoso. "Fica só a uma hora daqui e é de arrepiar os cabelos."

Sidra já tinha ouvido falar do Pula-pula — um pequeno parque em gravidade zero que ficava em um satélite de órbita baixa. Até vira o porto espacial exclusivo do parque, não muito longe da estação do submarítimo em Kukkesh, com o painel luminoso que mostrava um grupo de jovens de várias espécies no meio de uma pista de obstáculos, jogando bolas de água flutuante uns nos outros. Parecia mesmo divertido.

Já sabia até o que Sálvia estava prestes a dizer.

"Você quer vir com a gente?"

Sidra pegou outra peça — um tubo de ar — e pôs no caixote apropriado. "Acho que vou ficar em casa", respondeu, forçando o kit a sorrir. "Mas divirtam-se."

Sálvia fez menção de dizer algo, mas engoliu em seco, os olhos tristes. "Tudo bem." Ela assentiu. "Vou pedir comida daqui a pouco, você quer..."

"Olá?" Chamou uma voz do balcão.

"Já vou!", gritou Sálvia. Ela apertou o ombro do kit e começou a sair. "Como posso ajud... Ah. Olá."

Sidra não conseguia ver o que estava acontecendo, mas a mudança no tom de Sálvia foi óbvia. No mesmo instante, os caminhos de Sidra foram tomados pela tensão. Estavam com problemas? *Ela* estava com problemas? A voz de Sálvia e a outra estavam discutindo aos sussurros, baixo demais para que Sidra conseguisse entender. Ela chegou mais perto, tentando captar alguma coisa.

"Já falei", disse Sálvia. "Eu não sou a dona dela. Ninguém manda em Sidra. Quem decide é ela."

A curiosidade de Sidra foi maior que suas reservas diante do desconhecido e, bem devagar, ela espiou o que havia do lado de fora. Um par de olhos se desviou de Sálvia e encarou Sidra imediatamente.

Era Tak.

"Oi", disse Tak, com um aceno humano desajeitado. Sua expressão era amigável, mas as bochechas contavam uma história diferente. Estava nervosa, insegura. Ver isso não ajudou a desacelerar os processos de Sidra.

Sidra olhou para Sálvia, que também não sabia bem como agir. Sua expressão era neutra, mas nada natural, e um rubor de vermelho aquecia sua pele. A aeluoniana não era a única mudando de cor, e Sidra entendia o porquê. Sálvia não gostava de situações nas quais não estava no controle, mas a humana sabia muito bem que Tak tinha uma carta na manga.

Aquela era a loja de Sálvia, o território de Sálvia, mas não podia desafiar a recém-chegada.

"Sidra", disse Sálvia, a voz calma e formal, "Tak estava querendo saber se poderia falar com você."

O kit respirou fundo. "Tudo bem."

Tak estava com uma das mãos apertando bem a alça da bolsa a tiracolo. Sidra podia ver a outra tentando não se mexer demais. "Talvez a gente pudesse conversar em particular? Ir a um café ou..."

Os olhos de Sálvia se voltaram para Tak imediatamente. "Você pode entrar, se quiser." As palavras foram ditas com naturalidade, mas não eram um convite.

A caixa-falante de Tak se mexeu de leve quando ela engoliu em seco. "Sim. Sim, seria ótimo." O amarelo avermelhado tenso nas bochechas se aprofundou. Não fora assim que ela imaginara aquela conversa.

O que ela está fazendo aqui?, perguntou-se Sidra. Todos os outros processos pareciam mais lentos.

"Vou ficar por aqui", disse Sálvia enquanto Tak entrava. Estava olhando para Sidra, mas as palavras eram para os ouvidos de todas. Sidra sentiu os ombros do kit relaxarem, apenas um pouco. Sálvia estava lá. Sálvia estava ouvindo.

Tak entrou na oficina. Sidra não sabia o que fazer. Ela era uma cliente? Uma convidada? Uma ameaça? Tinha inúmeros diretórios cheios de diferentes maneiras de cumprimentar as pessoas, mas nenhuma delas se aplicava à situação. Como tratar alguém cujas intenções não eram claras?

Elas ficaram paradas de frente uma para a outra. Tak estava com cara de quem tinha muito a dizer, mas sem a menor ideia de como começar. Sidra conhecia bem essa sensação.

"Você gostaria de uma xícara de mek?", ofereceu Sidra. Não sabia se era a maneira mais apropriada de começar, mas era melhor do que o silêncio.

Tak ficou sem reação. "Hã, não", disse ela, em tom surpreso e cortês. "Não, estou bem. Obrigada."

Sidra continuou procurando uma maneira de começar. "Você... quer se sentar?"

Tak esfregou as palmas das mãos nos quadris. "Quero", disse ela, sentando-se na cadeira oferecida. Exalou audivelmente. "Desculpe, eu... Isso é estranho."

Sidra assentiu, depois pensou melhor. "Você quer dizer para você ou para mim?"

"Para as duas, imagino." Tak ficou de um laranja terroso e um verde mais pálido. Exasperada. Achando graça da situação. "Não sei por onde começar. Achei que saberia quando chegasse aqui, mas..." Ela apontou para si mesma. "Pelo visto estava errada."

O kit inclinou a cabeça. "Acabei de pensar em uma coisa", disse Sidra.
"O quê?"

Sidra hesitou, pensando que talvez devesse ter guardado o pensamento
para si mesma. Dada a reação de Tak na última vez que se viram, Sidra
não queria chamar a atenção para sua natureza sintética — mas também
não havia mais o que esconder. "Nenhuma de nós duas está falando com
uma voz orgânica."

Tak ficou sem reação mais uma vez. Uma risada suave veio de sua
caixa-falante. "É verdade, é verdade." Pensou por três segundos e então
olhou de relance para a porta. Sálvia não estava mais soldando, mas estava
fazendo alguma coisa envolvendo ferramentas e metal. Algo com batidas
regulares. Um som impossível de ignorar. Tak se ajeitou na cadeira. "Não
sei como falar sem soar ignorante. Mas... Estrelas, não é minha intenção...
ofendê-la." Ela franziu a testa. "Isso é tudo bem novo para mim. Essa é uma
desculpa esfarrapada, mas o que estou tentando dizer é que nunca tive
uma conversa com uma IA antes. Eu não sou uma espacial. Não sou uma
modificadora. Não cresci em uma nave. Cresci aqui embaixo. E aqui as IAS
são só... ferramentas. São o que move as cápsulas de viagem. Respondem
às perguntas na biblioteca. Cumprimentam a gente em hotéis ou estações
de ônibus. Nunca vi as IAS como nada além disso."

"Ok", disse Sidra. Não era um sentimento fora da normalidade, mas
ainda assim a incomodava.

"Mas então você... apareceu no meu estúdio. Você queria uma tatuagem. Fiquei pensando no que você disse antes de sair. Que tinha ido até
mim porque não se encaixava no seu corpo. E isso é mais do que uma
ferramenta diria. E ao falar isso, você parecia... brava. Chateada. Eu ma-
goei você, não foi?"

"Sim", disse Sidra simplesmente.

Tak balançou a cabeça em culpada concordância. "Você se magoa. Você
lê ensaios, assiste a vids. Tenho certeza de que existem grandes diferenças
entre mim e você, mas quer dizer... Também existem grandes diferenças
entre mim e um harmagiano. Todos somos diferentes. Fiquei pensando
bastante depois que você foi embora e li muito também e..." Ela exalou de
novo, um suspiro curto e frustrado. "O que estou tentando dizer é que...
Acho que eu talvez tenha subestimado você. Ou no mínimo a entendi mal."

Os caminhos de Sidra focaram na última parte. Tak estava ali para
pedir desculpas? Tudo o que a tatuadora dissera até então parecia indicar
isso. Todos os processos de Sidra mudaram de rumo. "Entendi", disse,
ainda processando.

Tak olhou ao redor da oficina para os caixotes, as ferramentas e os
projetos inacabados. "Então você trabalha aqui."

"Isso."

"Você foi... feita aqui?"

Sidra soltou uma pequena risada. "Não. Não, Sálvia e Azul são meus amigos, só isso. Eles cuidam de mim. Eles não... me fizeram." O kit recostou-se na cadeira, mais à vontade. "Eu não a culpo pela sua reação", disse ela. "Minha existência não é nem legal, que dirá típica. E sinto muito mesmo pelo que aconteceu no estúdio. Não sabia como os nanobôs me afetariam."

Tak fez um gesto de indiferença ao pedido de desculpas. "Ninguém sabe que é alérgico a alguma coisa até experimentá-la."

Sidra processou, processou, processou. As batidas metálicas na frente tinham saído do ritmo. "Essa sua... reavaliação. Ela se estende a outras IAS? Ou você me vê de forma diferente só porque estou em um corpo?"

Tak suspirou. "Estamos sendo sinceras, certo?"

"Eu não tenho escolha senão ser sincera."

"Bem, então... Peraí. É sério?"

"Sério."

"Certo. Entendi. Acho que também preciso ser sincera, para a situação não ser tão injusta." Tak entrelaçou os longos dedos prateados e olhou para eles. "Não sei se teria mudado de ideia se você não estivesse em um corpo. Acho que nem teria me ocorrido pensar de forma diferente."

Sidra assentiu. "Compreendo. Isso me incomoda, mas eu entendo."

"É. Também me incomoda. Não sei se gosto do que isso diz sobre mim." Tak olhou para o braço do kit. Havia linhas fracas onde a tatuagem tinha sido feita. Sálvia dissera que pareciam cicatrizes, mas não eram, não como os sapientes orgânicos pensavam. "Você é feita de quê?"

"Código e circuitos", disse Sidra. "Mas você está perguntando sobre o kit corporal, não eu."

Tak riu. "Acho que é verdade. Você... O seu corpo é real? Foi cultivado em laboratório ou...?"

O kit sacudiu a cabeça. "O meu suporte é completamente sintético."

"Uau." Os olhos de Tak se demoraram nas pseudocicatrizes. "Dói?"

"Não. Não sinto dor física. Sei quando tem algo errado, seja no meu programa ou no kit. Não é uma experiência agradável, mas não é o mesmo que sentir dor."

Tak assentiu com a cabeça, ainda olhando a pele sintética. "Tenho tantas perguntas para fazer. Você me fez pensar em várias coisas que nunca considerei. Não é nada agradável perceber que você estava enganada sobre algo, mas acho que isso é positivo de vez em quando. E você... você também parece ter perguntas. Você veio até mim porque achou que eu podia ajudar. Talvez eu ainda possa... Se você não achar que sou uma idiota completa, talvez a gente possa tentar outra vez. Sabe, ser amigas."

"Eu gostaria disso", disse Sidra. O kit sorriu. "Gostaria muito."

· · · · · · · · · ·

jane, 14 anos

"Jane?" As luzes se acenderam da maneira mais irritante possível. "Jane, já passa muito da hora de acordar."

Jane cobriu a cabeça com o cobertor.

"Jane, vamos lá. Nesta época do ano os dias são mais curtos." Coruja soava cansada. Jane não estava nem aí. Também estava cansada. Estava sempre cansada. Por mais que dormisse, nunca era suficiente.

"Desligue as luzes", disse Jane. Ela tinha descoberto fazia um bom tempo que Coruja era obrigada a obedecer a comandos diretos relacionados à nave.

Não conseguia ver o rosto de Coruja, mas podia senti-lo franzindo a testa com uma expressão frustrada. Viu pelos cantos do cobertor as luzes se desligarem. "Jane, por favor", implorou Coruja.

Jane suspirou bem alto. Usar um comando direto tinha sido meio babaca da sua parte e ela sabia disso. Mas às vezes isso a fazia se sentir melhor, especialmente quando Coruja estava sendo irritante. E ela vinha sendo bem irritante nos últimos tempos. Jane tirou o cobertor do rosto. "Acenda as luzes." O quarto se iluminou, e Jane fez uma careta diante da claridade.

"Eu não gosto quando você faz isso comigo", disse Coruja.

Jane viu Coruja de relance. Parecia magoada. Jane fingiu não reparar, mas se sentiu um pouco mal. Entretanto, não falou nada. Apenas se arrastou para o banheiro. Estrelas, como estava cansada.

Ela urinou, mas não se deu ao trabalho de apertar a descarga. O sistema de filtração estava prestes a pifar. Até encontrar um substituto (ou algo que pudesse transformar em um substituto), dar descarga estava na lista de coisas que só poderia fazer quando havia algo além de xixi para mandar pelo cano. Era nojento, mas quando se botava na ponta do lápis, era isso ou não lavar os cachorros que trazia para casa. De jeito nenhum Jane ia deixar de lavar os cachorros.

Ela sugou água diretamente da torneira da pia e bochechou, tentando se livrar do gosto de meia velha. Quando chegou ao ônibus espacial ainda havia pacotes de dentibôs, mas tinham acabado fazia uma eternidade, e Jane não havia encontrado mais. Sentia saudade de quando os dentes não doíam. Às vezes se lembrava da fábrica, dos tabletes pequenos e sem gosto que as garotas sugavam para tirar a sujeira dos dentes. Como era bom ter aqueles tabletes. Nem tudo na fábrica era idiota. A maioria das coisas era. Mas nem tudo.

Sabonete. Outra coisa da qual sentia saudade. Tomava banho sempre que a reserva de água permitia, mas ainda podia sentir o próprio cheiro, um fedor azedo e almiscarado. Os cães eram muito mais fedorentos, mas não eram tão diferentes dela. Os mamíferos tinham cheiro, Coruja dissera. Era assim mesmo.

Jane não fedia quando criança. Pelo menos não até onde se lembrava. Seu corpo tinha mudado muito e, segundo Coruja, isso continuaria por um tempo. Ainda assim, as mudanças em Jane não tinham acontecido exatamente como Coruja havia explicado — ela não era como outras garotas humanas. Tinha ficado mais alta, isso era verdade, e precisava fazer roupas novas toda hora. Mas não tinha as curvas das mulheres adultas nas fotos que Coruja lhe mostrava. Jane ainda era tão magra quanto uma criança e não tinha seios grandes e redondos. Os seus eram bem pequenos e doíam o tempo todo. Os quadris tinham ficado um pouco mais largos, mas às vezes Jane se achava mais parecida com um garoto (a não ser pelo que tinha entre as pernas, mas essa parte era estranha para todo mundo).

Jane também não tinha começado a sangrar, mas Coruja achava que isso não aconteceria. Elas haviam descoberto que Jane tinha um único cromossomo X, o que aparentemente era algo fora do comum. Então havia grandes chances de que nunca sangrasse — e tudo bem por ela, porque isso parecia horrível se a pessoa não tivesse os remédios certos para fazer parar, o que Jane obviamente não tinha. Ah, e ela não podia fazer filhos. A parte de sangrar não era cem por cento certa, mas filhos eram um não definitivo. Coruja tinha parecido meio nervosa ao dar a notícia, mas era difícil se incomodar por não ser capaz de fazer algo que você nem sabia que deveria ser capaz de fazer. Jane tinha aprendido que não podia fazer filhos na mesma conversa em que tinha ficado sabendo que fazer filhos era uma possibilidade. Jane não tinha sido criada do mesmo jeito que a maioria dos humanos, o que achou um pouco estranho no começo, mas não era grande coisa, no fim das contas. Houve uma época, quando era criança, em que tinha ficado muito curiosa sobre como e por que os Elevados a tinham feito do jeito que fizeram. Ela e Coruja haviam chegado a uma possível explicação juntas — Coruja usando o que sabia sobre as sociedades da Humanidade Elevada, Jane contando o pouco que conseguia lembrar sobre cuidados médicos na fábrica, e as duas também analisaram amostras da saliva de Jane no pequeno escâner. Exceto pela falta de cromossomo e pela falta de cabelo, Jane não tinha sofrido grandes modificações. No entanto, tinha um sistema imunológico muito poderoso, o que *não* era comum, e também deixou Coruja menos preocupada em botar o flash de descontaminação para funcionar. No fim, concluíram que os Elevados provavelmente a tinham feito a partir de uma combinação aleatória de genes e a enfiado em uma cuba gestacional junto com as outras meninas descartáveis. Os Elevados. Que bando de escrotos.

Coruja tinha permitido que Jane acessasse as simulações para adultos, e foi assim que Jane aprendeu a xingar. Coruja tinha dito que era importante saber o que eram palavrões e que podiam até ser usados nas circunstâncias adequadas, mas que Jane não deveria xingar o tempo todo. Bem, Jane xingava o tempo todo. Não sabia por quê, mas falar palavrão era bom pra cacete. Coruja só tinha onze simulações para adultos, mas Jane não se incomodava de jogá-las várias e várias vezes. Sua favorita era *Esquadrão Incêndio VI: Inferno Eterno*. O melhor personagem era Combusto, que antes trabalhava para o Príncipe do Petróleo, mas agora tinha virado um dos mocinhos, e que também tinha sido um piromante em uma vida passada — o que era verdade para todos os membros do Esquadrão Incêndio, mas Combusto era quem tinha levado seus votos mais a sério antes de reencarnar —, então tinha visões do passado de vez em quando, e seus olhos pegavam fogo quando ele ficava com raiva, o que acontecia sempre, e seu ataque especial era chamado Punho de Plasma, o que explodia os caras maus. Ele também falava os melhores palavrões. *Porra, Jensen, pega logo a merda do capacete antes que esses bostinhas explodam a sua cara!* É, ele era o melhor. Ela poderia jogar aquela simulação o dia todo.

Ou, pelo menos, é o que faria se não tivesse uma montanha de coisas chatas para fazer. Ela tinha reparado que nas simulações ninguém nunca precisava vasculhar pilhas de sucata ou comer cachorros. Ninguém nunca fazia as próprias roupas usando capas de poltronas. Ninguém nunca arrastava água em velhos barris de combustível. Mal podia esperar para terminar de consertar a nave e chegar logo à CG. Haveria pessoas lá, banheiros nos quais você podia dar descarga sempre que quisesse, comida que não estava coberta de pelos e insetos. As pessoas eram a parte que a deixava mais animada, obviamente. Agora Coruja sempre a fazia falar em klip. Quase não falavam mais sko-ensk — Jane até se esquecia de algumas palavras. Às vezes, Coruja usava vozes diferentes para Jane se acostumar a conversar com outras pessoas. Mas Jane sempre sabia que na verdade estava falando com Coruja. Queria tanto poder falar com outras pessoas.

A tela da parede ligou quando Jane estava cutucando os estúpidos caroços vermelhos no seu rosto (Coruja também disse que aquilo era normal). "Jane, acho melhor você dar uma olhada no painel de luz na cozinha antes de sair hoje", disse Coruja. "Acho que uma das bobinas está com problema."

"Eu sei."

"Como você sabe? Acabou de começar a piscar."

"Eu... *Argh*." Jane revirou os olhos e pegou a calça que tinha largado no chão no dia anterior. "Tudo bem, vou dar uma olhada." Estava tão cansada de ter que consertar coisas o dia inteiro. Só queria cair fora dali.

Coruja a seguiu pelo corredor, o que foi *muito* irritante. Jane olhou para o teto da cozinha. A porra da luz estava mesmo piscando. Que ótimo. Pegou um copo d'água e começou a esquentar um pouco de cachorro no fogão. Enquanto a comida chiava, Jane verificou suas listas de tarefas.

As listas de tarefas estavam escritas na parede com pedras de giz (era como Coruja chamava as pedras brancas espalhadas pela terra do ferro-velho). Coruja poderia ter mantido um registro do que Jane precisava consertar (e provavelmente mantinha), mas Jane gostava de poder visualizar o que ainda precisava fazer. Havia tanto a se fazer. Uma grande lista na parede a impedia de ficar maluca.

LISTA DE TAREFAS
consertar o sistema de filtragem de água (IMPORTANTE)
reconstruir a tira de propulsão traseira
substituir as linhas de combustível
descobrir qual é o problema com a navegação
gravidade artificial — está funcionando? como testar?
consertar a fuselagem do compartimento de carga (enferrujado)
consertar os condutores de energia (corredor)
consertar o filtro de ar do quarto (totalmente quebrado)
consertar a terceira boca do fogão (não importante)
consertar a porra toda sempre sempre sempre
sair deste planeta idiota
fazer calças novas

LISTA DE COMPRAS
tecido (resistente)
parafusos parafusos parafusos todos os parafusos do ferro-velho

circuitos com acopladores
placas-mãe (qualquer condição)
sifão
fita / cola / alguma coisa???
acrílico grosso
cano em T (combustível)
fios inteiros
algum tipo de revestimento para a fuselagem
LUVAS DE TRABALHOOOOO
cachorro (sempre)
cogumelo (sempre)
besouros (seja rápida!)

VERIFICAÇÕES
sistema de filtragem de água — prestes a quebrar CONSERTAR
luzes — OK
aquecedor — OK
estase — OK?
Coruja — OK
escotilha — OK
flash de descontaminação — quebrado
escâner da eclusa de ar — está pra quebrar
escâner médico — OK
scrib — mais ou menos

Jane esfregou os olhos. Sempre haveria algo nas listas. Elas nunca terminariam.

Passou a carne para um prato e começou a comer, embora soubesse que ia queimar a língua. Nas simulações, a comida parecia sempre incrível. Não sabia o que era nem que gosto tinha, mas, puta merda, mal podia esperar para experimentar. Engoliu uma garfada de cachorro, que tinha o mesmo gosto de sempre.

"Não se esqueça de levar comida com você hoje", disse Coruja.

"Eu já sei", disse Jane, enfiando mais cachorro na boca.

"Bem, nem sempre você já sabe. Ontem você esqueceu."

Jane tinha mesmo se esquecido de levar comida no dia anterior, e havia sido péssimo. Só percebeu depois de ficar com fome, mas àquela altura já estava a uma hora de distância de casa, ocupada com alguns circuitos complicados que estava arrancando de uma estase velha, o que precisava terminar antes de voltar. Quando finalmente chegou em casa, estava com tanta fome que poderia ter comido um cachorro sem nem lavar primeiro.

Embora tudo isso fosse verdade, o lembrete de Coruja ainda a incomodava. "Mas não esqueci *hoje*", retrucou Jane. Ela pegou um pedaço de carne-seca da caixa em cima da bancada, enrolou-o em um pano e o guardou na bolsa a tiracolo. Então olhou para a câmera mais próxima. "Pronto."

"Isso não é suficiente para o dia inteiro. Você vai ficar com fome."

"Coruja, por favor, eu sei o que estou fazendo. Se levar mais do que isso, não vou ter nada para amanhã."

"Seria uma boa ideia fazer um pouco mais de carne-seca logo."

"Eu sei. Não tenho visto nenhum cachorro ultimamente." Ela botou os protetores de pé e encheu o cantil. "Viu? Água, comida, tudo certo. Você pode abrir a eclusa?"

Coruja abriu a escotilha interna. "Jane", chamou ela.

"O quê?"

"E a luz?"

Estrelas. "Eu *sei*, vou encontrar alguma coisa."

"Você nem abriu."

"Coruja, é só uma *luz*, caramba. Não é um drive de agulha."

"Eu queria tanto que você não falasse desse jeito."

"Eu já falei que vou procurar alguma coisa. As luzes não são tão difíceis de consertar." Ela atravessou a eclusa de ar até a escotilha externa e pegou a alça do carrinho de carga. O rosto de Coruja estava bem triste. Por algum motivo, isso só a deixou ainda mais irritante. Jane suspirou de novo. "Eu vou procurar. Sério, já fiz isso antes."

Era verdade. O ferro-velho era tão familiar para Jane quanto seu próprio rosto. Talvez até mais. Passava mais tempo olhando a sucata do que a si mesma. Tinha pensado, alguns anos antes, em marcar as pilhas que já tinha vasculhado, mas não havia necessidade. Sabia onde estava. Sabia onde já estivera.

As pilhas em um raio facilmente acessível a pé deixaram de ser úteis havia um bom tempo. Ah, ainda tinha sobrado sucata pra cacete, verdade, mas eram coisas quebradas demais até para ela conseguir reaproveitar, coisas que não seriam úteis ou que estavam enterradas tão fundo que era melhor nem perder tempo. Vasculhar o ferro-velho só valia a pena quando Jane se mantinha nas camadas mais superficiais. Senão ela teria que passar horas cavando e a maior parte do que encontraria seria lixo, de qualquer jeito. Ainda assim, Jane nunca conseguiu superar o quanto os Elevados jogavam fora, coisas que poderiam ser reaproveitadas com facilidade. Eles não tinham lojas de reparos, como as que ela via nas simulações? Será que graxa e sujeira eram tão nojentos que eles precisavam despejar tudo a meio planeta de distância? Jane nunca tinha visto um Elevado — não vira *ninguém* desde a fábrica —, mas tinha certeza que os machucaria se os visse. Um Punho de Plasma bem no meio da fuça dos desgraçados, como Combusto faria.

Enquanto caminhava, começou a falar sozinha para ter um pouco de companhia. Andar não exigia muito do cérebro, e o dela se perdia quando não estava ocupado com alguma coisa. A seleção do dia foi a cena de abertura de *A Rebelião do Clã*, que era muito boa. Não era tão legal quanto *Esquadrão Incêndio*, mas essa ela já recitava toda hora.

"Capítulo um: começamos em uma floresta coberta pela neve, manchada pelo vermelho de sangue! Um monstro grande pra cacete está destruindo um castelo, e a Cavaleira Rainha Arabelle está montada em um cavalo legal." Ela imitou a voz da Cavaleira Rainha Arabelle. "Venha, guerreira! Eu preciso de ajuda!" Ela voltou para sua voz normal. "E então eu corro e o monstro derruba a torre com o seu rabo — TUM! — e a Cavaleira Rainha me dá um cavalo legal também e diz: 'Vamos, rápido! Antes que o reino inteiro seja destruído!'."

Jane continuou narrando. Chegou até o capítulo dois — a parte em que você descobre que os monstros *na verdade têm um bom motivo para saírem destruindo a porra toda* — quando a roda traseira do carrinho começou a bambolear. "Ah, merda", disse Jane, ajoelhando-se para dar uma olhada. O eixo tinha saído do lugar. Ela pegou uma ferramenta na bolsa e se sentou no chão de terra para fazer o conserto. "Vamos lá, volte para o lugar. Você sabe onde deveria estar."

Ela ouviu os cachorros antes de vê-los — uma matilha com cinco bichos sujos, todos olhando-a atentamente. Jane não ficou preocupada. Ela se levantou com toda a calma e preparou a arma. Ela os avaliou, um a um. Pegar um cachorro no início do dia não era o ideal. Teria que arrastar o peso extra pra lá e pra cá, o que era um saco, e o calor de meio-dia e um cachorro recém-morto não eram uma boa combinação. Mas não chegaria a estragar, e Jane precisava de mais carne-seca. "Bom dia, seus merdinhas", cumprimentou ela, ligando o interruptor da arma. Uma pequena língua de eletricidade surgiu. "E aí, qual de vocês vai virar minha janta?"

Um dos cachorros baixou a cabeça e se aproximou. Uma cadela mais velha e suja, cega de um olho. Ela rosnou.

Jane rosnou de volta. "Sim, pode vir. Vai encarar?"

A cadela continuou rosnando, mas não avançou. Jane já tinha visto aquela antes, escapulindo ao longe. Nunca tinha chegado muito perto. Talvez aquela matilha já tivesse cruzado o caminho de Jane por acidente ou talvez estivessem morrendo de fome (os pássaros-lagartos e os ratos não eram suficientes para carnívoros maiores). Se era por isso que tinham se aproximado dessa vez, bem, que pena. Eles iriam embora com fome. Jane, não.

Ela pegou uma pedra, sem jamais desviar os olhos dos dentes da fêmea. Passou a arma para a mão esquerda e, virando o pulso bem rápido, acertou a pedra no nariz da cadela. Matá-la não foi nem difícil. A fêmea pulou, a arma a matou, e o resto da matilha surtou.

"É isso aí!", gritou Jane, pulando por cima da carcaça fumegante. "Vamos lá! Quem é o próximo?" Ela bateu no peito, imitando Combusto. "Vai encarar?"

Os outros cães estavam putos da vida, mas recuaram. Eles sabiam. Eles entendiam.

"É isso aí, sou assustadora mesmo!", disse Jane, dando as costas para eles. "Não se esqueçam de contar para os seus amigos idiotas — isso se eu não comer vocês primeiro." Ela pegou a cadela morta pelas pernas e a jogou no carrinho. O corpo aterrissou com um baque. Jane olhou por cima do ombro, mas é claro que os cães já tinham desaparecido. Óbvio. Já fizera isso um milhão de vezes. Sabia bem como funcionavam as coisas.

"Nós somos os abençoados guerreiros do Clã da Noite!", entoou em sua melhor voz de monstro-com-um-bom-motivo-para-destruir-a-porra--toda. Mexeu no eixo do carrinho. Estava tudo bem. Começou a arrastar o carrinho — agora pesado — atrás de si. "Por mil anos, aguardamos ansiosamente a nossa vingança..."

Nada mais a incomodou no caminho. Viu algumas naves de carga passarem por ela lá no alto, cheias de mais sucata. Não eram novidade. As naves largavam as novas pilhas na extremidade do ferro-velho, que devia ficar a dias e dias de caminhada. Ela nunca tinha visto as naves pousarem. Quanto mais crescia o ferro-velho, mais longe as naves deviam pousar. Além disso, tinha certeza de que não eram tripuladas, e também estava óbvio que não faziam varreduras no chão nem nada do tipo. Idem para os drones coletores, os que pinçavam punhados de sucata e levavam para as fábricas. Eles não ligavam para ela. Deviam pensar que Jane era mais um cachorro, isso se fossem capazes de pensar. Uma vez tinha se perguntado se os coletores chegariam até o ônibus espacial antes que ela conseguisse cair fora do planeta, mas segundo os cálculos de Coruja —considerando a frequência com que os drones apareciam, a distância da nave e a quantidade de sucata que eram capazes de carregar —, levaria cerca de seis anos para chegarem perto. Seis anos. Jane não conseguia nem pensar nisso.

Ela andou e andou até chegar no mesmo ponto do dia anterior. Então parou para pensar. Havia dois possíveis caminhos para contornar a pilha gigantesca na sua frente — um com muita subida e outro que parecia um pouco irregular, mas relativamente plano. Ela pensou na carcaça na parte de trás do carrinho e escolheu o que parecia mais fácil.

No fim das contas, a escolha mais fácil de fato trouxe uma caminhada mais tranquila, porém o destino foi bastante louco. Às vezes, era fácil esquecer que morava em um planeta, com ecossistemas e geologia e todas as outras coisas que Coruja explicava. Fazia mais sentido pensar que a terra e os animais existiam em torno da sucata, como se fossem meros detalhes adicionados mais tarde. De vez em quando, entretanto, ela via algo como o lugar no qual tinha acabado de chegar, e ficava óbvio que a natureza chegara lá primeiro.

Em algum momento existira um penhasco ou algo do tipo ali — uma colina, talvez. Jane não tinha muita experiência com paisagens intocadas (simulações não contavam), e nem sempre tinha certeza se sabia as palavras certas para as coisas que via. Mas, bem, em algum momento houvera um monte de terra e pedra empilhadas em um ponto, mas por causa da água ou do vento ou de algo do tipo o lugar agora estava estranho. Havia um grande buraco no chão — um bem grande com vários outros pequenos em volta — onde a terra tinha afundado. E embora ainda houvesse bastante terra e rochas ao lado do trecho afundado, a parte alta tinha caído por cima de uma pilha de sucata, quase como se tivessem se fundido um ao outro. Jane podia ver a sucata despontando da terra, como se estivesse tentando sair. Era uma confusão, um ponto péssimo para Jane vasculhar a sucata. Ela teria dado meia-volta se não fosse um detalhe: conseguia ver metade de uma nave enfiada ali no meio.

Não era uma nave muito grande, claro — nunca achara nada muito maior do que sua casa —, mas não era todo dia que encontrava um transporte intacto. Sempre que encontrava um, Jane ia direto para ele, ainda mais se houvesse algum tecido decente nos assentos ou nos beliches ou onde fosse. Tecidos não melhoravam com o passar do tempo, e se ela encontrasse algo que não estava todo apodrecido ou mastigado ou tivesse servido de ninho, valia a pena pegar o mais rápido possível.

Ela mordeu o lábio enquanto avaliava a parede de terra. Parecia um porre de escalar, além de meio instável. Jane remexeu os dedos dos pés dentro dos protetores finos. Se houvesse tecido lá dentro, escalar valeria a pena. Ela conseguiria. Ela era capaz de qualquer coisa.

Os buracos menores ao redor do maior não eram tão fundos, mas também não eram rasos — deviam ter uma Jane e meia de altura. Ela os contornou e, quando ficaram muito difíceis de evitar, Jane largou o carrinho em uma parte mais plana e seguiu em direção à parede de terra. A inclinação era bem íngreme, quase reta em alguns pontos. Ela apoiou o pé para testar se era sólida ou não. Era bem instável. Jane estendeu a mão e agarrou um pedaço de metal despontando da massa de terra e sucata. Parecia firme. Ela conseguiria se segurar nele. Sim, ela poderia fazer isso. Ficaria tudo bem.

Ela foi descendo até chegar ao nível da nave. Então continuou de lado, virando os pés em ângulos estranhos, deixando-os afundar na terra esfarelenta até suportarem seu peso. "Bum! Bum! Acabou a palhaçada!", cantava. "Bang! Bang! Braço forte na porrada!" Era a música que o Esquadrão Incêndio cantava enquanto bebia álcool depois de ganhar uma briga. Jane não sabia como era beber álcool, mas as simulações faziam parecer divertido. "Bum! Bum! Beber e bater..." Um pouco da terra cedeu sob o peso do seu pé, e a perna de Jane deslizou mais do que o confortável. Ela olhou para a nave presa ali perto. Estava quase lá, mas conseguia ouvir pedrinhas caindo mais abaixo e não havia muitos pontos de apoio no caminho. Talvez tivesse sido uma má ideia. Pensou um pouco. Então deu de ombros. "É melhor viver antes de morreeeeer...", cantou. Ela apoiou o pé na próxima rocha maior.

E a próxima rocha maior se despedaçou assim que Jane apoiou seu peso nela.

Jane caiu. Primeiro na terra. Então deslizou, braços e pernas emaranhados, coisas duras arranhando sua pele e atingindo seu corpo. Sua arma e a bolsa, ainda presas nas costas, adicionaram golpes extras à enxurrada de pancadas. Ela tentou se segurar às cegas, mas não conseguia pensar nem enxergar direito. Caiu e caiu, sem controle.

O chão sumiu e ela continuou tentando se agarrar a algo, apesar de não haver nada além de ar. Nada além de ar até seu corpo atingir o chão.

Por um segundo, o mundo inteiro ficou alto e vermelho — um vermelho brilhante e ardente que encheu os olhos fechados e os ouvidos zumbindo. Sua perna estava vermelha também, vermelha e furiosa. Ela finalmente se lembrou de como respirar e encheu os pulmões. Então abriu os olhos. O mundo não estava vermelho, nem a perna dela, mas algo estava muito, muito errado. Não havia cortes profundos nem nada enfiado nela, mas, quando Jane tentou se levantar, gritou de dor. Então viu o céu, mais longe do que antes, um círculo brilhante fora do alcance. Ela tinha caído em um dos buracos.

Quebrei a perna, pensou. Nunca tinha quebrado um osso antes, mas de alguma forma sabia que fora isso que acontecera. "Merda", disse em voz alta, respirando cada vez mais rápido. "Estrelas, puta merda..." Fez alguns sons feios enquanto tentava se sentar, gemendo, chorando e engasgando. Ela olhou para cima e em volta. Mesmo que tivesse conseguido ficar em pé, o buraco era mais alto do que ela, e não havia apoios para escalar — nada de pedras, caixotes, nada.

Estava bem fodida.

"Você está bem", disse, a voz saindo toda errada. "Você está bem. Vamos lá. Vamos lá, está tudo bem." Mas não estava. Suas mãos estavam arranhadas e machucadas, assim como os braços, o rosto, tudo. E sua perna — estrelas, sua perna. Ela tirou a bolsa e a arma — ambas pareciam amassadas — para poder ficar deitada no chão. Pôs as mãos sobre o rosto, tentando respirar, tentando parar de tremer. Que diabos ela ia fazer?

Por um bom tempo, ela não conseguiu fazer nada além de ficar ali deitada sentindo dor. Tinha começado a pensar *será que eu consigo sair daqui com essa perna quebrada dos infernos* quando ouviu uma coisa — coisas — se aproximar do buraco. Jane prendeu a respiração. Um cachorro apareceu na borda — um cão magro e de olhos inteligentes. Houve um barulho atrás dele, estranhamente brincalhão. Jane mal podia acreditar em seus olhos: dois cachorrinhos malhados, mais ou menos do tamanho do seu braço. O maior devia ser a mãe. Jane nunca tinha visto filhotes de perto. Não era burra de tentar entrar nas tocas dos cachorros. Eram sempre em lugares muito escuros e fechados. Jane e a fêmea se encararam, nenhuma das duas fazendo barulho. A mãe desviou o olhar primeiro, examinando as próprias patas, as laterais do buraco e a distância até o fundo. Estava avaliando tudo, assim como Jane, tentando ver se haveria como subir de volta. A boca de Jane ficou seca. Todos os cachorros eram meio magricelas, mas ela conseguia ver as costelas daquela fêmea. E também as dos filhotes. Cadê a matilha deles? Será que estavam sozinhos? Não importava. Aquele era um problema, um problemão. Mesmo que conseguisse escalar, não conseguiria fazer isso segurando a arma e... *Peraí*. Lembrou-se do momento em que bateu no chão. Havia tantos barulhos, tantas coisas sendo esmagadas... Ela agarrou a arma e ligou o interruptor. Nada aconteceu. Tentou de novo e de novo. Conseguia ouvir o clique suave do mecanismo de disparo no interior, mas, tirando isso, nada. Nada. Sua perna não era a única coisa quebrada.

Ela soltou um grito do fundo da barriga, apertando os punhos contra o rosto. Ouviu os filhotes se assustarem. Virou a cabeça para eles, rápida e furiosa. "O quê? Estão com medo? Aaaaargh!", gritou de novo. "Vão embora! Fora daqui! Xô! Vão embora!" Ela jogou uma pedra — que nem sequer ultrapassou as bordas do buraco. Os filhotes sumiram de vista. A mãe parecia cautelosa, mas ficou onde estava, as orelhas tensas, os pelos eriçados.

Jane pegou a bolsa, rasgada e suja depois da queda. Pegou a carne-seca que tinha guardado naquela manhã. "Está sentindo o cheiro, é?", gritou, estendendo o punhado de carne-seca em direção à cadela. "É? Sabe o que é isso?" Jane arrancou um pedaço com os dentes. "Huuum! É você! E os seus filhotes! Vocês são uma delícia, sabia?" Foi bom dizer essas palavras, embora Jane estivesse trêmula. Pensou no clique oco da arma. Pensou na nave, a meia manhã de distância. Pensou em Coruja.

Pensou em Coruja.

Se os cachorros conseguiram sentir o cheiro da carne-seca, não se importaram. Os filhotes voltaram para perto da mãe, que se sentou, os músculos tensos, a cabeça abaixada em direção ao buraco. Tinha resolvido ficar onde estava. Assim como Jane. Ela não tinha escolha.

As duas passaram o dia se encarando, apesar de mais pedras arremessadas, apesar de Jane gritar até a garganta ficar seca. Ficaram se encarando até o sol se pôr. E, mesmo depois disso, Jane ainda conseguia ver os olhos da fêmea observando-a no escuro, brilhando verdes ao luar. Pacientes. Esperando. Famintos.

sidra

Era a primeira visita de Sidra ao distrito aeluoniano. A tecnologia da colônia em Coriol não era tão de ponta quanto a das demais comunidades aeluonianas em outras estrelas, mas o distrito já era visivelmente mais avançado que Seis Pontas. As ruas eram bastante iluminadas — para o desgosto de Sidra —, e os edifícios pareciam limpos, conservados e, o mais importante, todos combinavam entre si. Eram curvos, com tetos abobadados, e as únicas cores além do branco e do cinza vinham da natureza.

Sua cápsula de viagem expressa a deixou fora de uma construção sem janelas, para onde a localização de Tak a tinha conduzido. Era bem discreta. Não havia qualquer sinalização que Sidra conseguisse ler, apenas uma placa brilhante piscando palavras sem som na parede. Ela começou a registrar a mensagem, mas depois pensou melhor. Para um humano, reconhecer as emoções de um aeluoniano era sinal de que a pessoa era bem viajada. Contudo, compreender o idioma... isso não era algo que qualquer um pudesse fazer, e era justamente o tipo de coisa que levantaria suspeitas. Sidra fechou o registro com uma pontada de pesar.

Tak estava esperando por ela perto de três outros aeluonianos, piscando as bochechas com uma expressão simpática. Quando viu que Sidra tinha chegado, gritou: "Oi!". O barulho pareceu ainda mais alto na rua silenciosa. Ela se comunicou com os outros em sua linguagem de cores, provavelmente se despedindo, e se aproximou de Sidra. "Que bom que você pôde vir."

"Obrigada", disse Sidra. Ela olhou para os outros. "Nós vamos nos juntar a eles?" Sentiu uma leve preocupação diante da ideia.

Tak sorriu, as bochechas azuis. "Não, só nos encontramos por acaso. São amigos de um dos meus pais." Ela inclinou a cabeça para a construção discreta. "Vamos lá, vamos sair do frio." Ela apertou o casaco junto ao corpo enquanto andava. "Eu deveria me mudar para o distrito aandriskano. Eles têm um domo tão quentinho que podem ficar nus mesmo deste lado." Ela gesticulou para as estrelas que nunca sumiam do céu. Chegaram à entrada. "Não sei se você já esteve em um desses antes", disse ela, pressionando a palma da mão contra o batente da porta. A parede se derreteu para deixá-las passar.

"Um..." Sidra parou de falar ao atravessar a porta. "Ah", disse bem baixinho, tentando não perturbar o silêncio ali dentro.

"Obviamente não temos uma palavra falada para isso", sussurrou Tak. "Klip apenas pegou o termo emprestado do hanto: *ro'valon*. A tradução literal seria 'campo da cidade'."

A tradução era apropriada. O grande espaço com teto de cúpula era cheio de pequenos outeiros, nenhum deles mais alto do que o kit, todos cobertos por uma grama convidativa. A estrutura abaixo deles tinha sido modelada para formar assentos frondosos, bancos vivos, recantos discretos para dividir segredos, pequenas clareiras com espaço para se deitar. Também havia algumas árvores menores, que serviam como cercas e copas sombreadas. As paredes curvas da construção eram cobertas por projeções de campos intermináveis que iam até onde a vista alcançava, iluminados como se fosse meio-dia. Era uma ilusão bem realista, mas que não afetou Sidra. Ela conseguia ver que não era de verdade, o que a permitia parar de olhar. Para um sapiente orgânico, no entanto, o efeito provavelmente teria sido bem convincente e, de fato, as pessoas presentes pareciam muito satisfeitas. A maioria era aeluoniana, embora Sidra visse pessoas de outras espécies também (inclusive um aandriskano sem o menor pudor de deitar de pernas abertas, as calças fazendo as vezes de travesseiro sob a cabeça enquanto ele lia seu scrib).

"Não é tão grande quanto os de Sohep Frie", disse Tak. "Mas é perfeito depois de um dia agitado na cidade."

Sidra seguiu Tak até a mesa da recepção, onde um aeluoniano estava ocupado com um quebra-cabeça de pixels. Ele o pôs de lado quando as duas se aproximaram. As bochechas do recepcionista e de Tak começaram a mudar de cor. Então o homem entregou a Tak um pequeno dispositivo retangular, que Sidra não reconheceu. O recepcionista acenou para Sidra e depois voltou ao seu quebra-cabeça. Tak olhou para Sidra e fez um gesto humano — levou o dedo à boca. Sidra entendeu e ficou em silêncio enquanto avançavam pelo *ro'valon*. Todo mundo também estava calado. Era o lugar mais silencioso onde já estivera. Até uma nave espacial era mais barulhenta.

Tak olhou em volta, procurando por um lugar livre. Escolheu uma pequena depressão mais isolada que tinha um assento inclinado embutido, grande o suficiente para que duas pessoas se recostassem com bastante espaço entre elas. Tak se sentou, e Sidra fez o kit imitá-la. A grama bem-cuidada afundou debaixo delas. A aeluoniana pôs o dispositivo retangular ao seu lado e pressionou o polegar nele. Um leve feixe de luz disparou para o alto, depois se espalhou ao redor das duas em uma bolha larga e quase transparente que tocava o chão.

"Imagino que você nunca tenha visto um escudo de privacidade antes", disse Tak, ao reparar em algo no rosto do kit.

"É verdade." Sidra olhou por cima do ombro do kit. "Não tem problema falar agora?"

"Não, tudo bem", disse Tak, aconchegando-se na grama com uma expressão satisfeita. "O escudo bloqueia sons. É uma questão de delicadeza em um lugar como este, mas achei que seria duplamente útil no seu caso."

"Obrigada." Sidra olhou em volta. "Nunca vi nada assim."

"É, tende a ser um dos nossos maiores segredos. Acho que esquecemos que as outras espécies não têm nada do tipo."

"Eu estava falando do campo. Sei que não é real, mas..."

Tak piscou, surpresa. "Estrelas, você nunca esteve na natureza, não é?"

Sidra balançou a cabeça do kit. "Quer dizer, existem parques perto de onde eu moro, mas..."

"Ah, não, não são a mesma coisa, e nem isso aqui, na verdade. Uau." Tak pareceu pensar um pouco sobre isso enquanto pegava um pacote de algo comestível no bolso do casaco. "Eu ia dizer que você deveria viajar mais, mas... você pode?"

"Posso. Mas não quero."

"Por quê?"

"Ficar do lado de fora é difícil para mim. Minha principal função era observar todos os acontecimentos dentro de uma nave. *Todos* os acontecimentos. Se não tenho uma fronteira, um limite, então não sei quando parar de processar."

Tak abriu o pacote e deixou cair sete pedaços de frutas cristalizadas na palma da mão. "Parece bem cansativo", disse ela, pegando uma das frutas entre dois dedos. Ela a enfiou na boca e mastigou.

"É", disse Sidra. "Prefiro lugares fechados."

"Não tem nenhum jeito de contornar isso? Essa história de ter que olhar tudo..."

O kit suspirou. "Teoricamente, alguém poderia alterar meu código para remover certos protocolos. Mas Sálvia e Azul não sabem Lattice e eu não posso me alterar. É... um desafio."

"Que nem ter que dizer a verdade o tempo todo."

"Isso mesmo. É uma das partes de estar no kit que eu menos gosto."

Tak recostou-se na grama. "Por que você fala assim?"

"Assim como?"

"*O kit*. Você não diz *meu corpo*. Você diz *o kit*."

Sidra não sabia bem como explicar. "Se você estivesse conversando com uma IA instalada em uma nave, você esperaria que ela se referisse à nave como o seu corpo?"

"Não."

"Bem, então, é por isso."

Tak não parecia tão convencida quanto Sidra tinha esperado. "Mas... é uma nave. Não é um corpo."

"Pra mim dá no mesmo. Meu suporte anterior era uma nave. Agora meu suporte é um kit corporal. Meu local de instalação muda minhas habilidades, mas não é *meu*. Não sou *eu*."

"Mas o kit é seu. É... seu."

O kit balançou a cabeça. "Não é assim que eu sinto." Ia tentar se explicar melhor, mas alguma coisa na conversa a estava incomodando. Tinha sido toda sobre ela. Sidra sentiu as bochechas do kit corarem.

"Que foi?"

Sidra tentou condensar o que estava sentindo. "Sálvia e Azul são meus amigos", disse por fim. "Mas são meus amigos por causa das circunstâncias. Sálvia estava lá quando acordei, e desde então ela cuida de mim. Azul veio junto com ela. Mas você... Eu nunca fiz amigos sozinha antes. Nunca saí e escolhi alguém. Não sei como isso funciona. Não sei por onde começar."

"Você está desconfortável?"

"Um pouco."

"Por quê?"

Sidra processou. Não era porque Sálvia e Azul não estavam ali. Não era porque ela estava em um lugar novo. Não era porque — ah, na verdade era, sim. Ela olhou para Tak. Mesmo que não fosse obrigada a ser sempre honesta, teria dito a verdade. "Não sei por que você quer ser minha amiga. Eu sinto como se fosse apenas algo curioso para você."

Tak mastigou seus doces com expressão pensativa, sem parecer ofendida. "Tive uma ideia. Podíamos fazer assim: você pergunta algo sobre mim e eu respondo de modo sincero, depois trocamos. Se eu quiser saber algo sobre seu corpo — desculpe, sobre o kit —, então você pode me perguntar sobre o meu corpo. Qualquer coisa que quiser saber. É assim que uma amizade deve funcionar. É uma via de mão dupla."

"Podemos fazer perguntas sobre outras coisas também?" Sidra escolheu bem as palavras. Sabia o que queria dizer, mas não queria parecer arrogante. "Eu sou mais do que o kit. E isso também se aplica a você e o seu corpo."

Tak escureceu para um azul feliz. "Combinado. Pode fazer a primeira pergunta, se quiser."

"Ok." Sidra compilou uma lista rápida e começou da primeira pergunta. "Há quanto tempo sua família está em Coriol?"

"Meus pais se mudaram para cá faz um pouco mais de trinta padrões." Tak sorriu. "Segundo eles, foi porque sabiam que haveria muita demanda para pais em um lugar por onde passavam tantos viajantes, mas eu sei que foi, pelo menos em parte, porque nenhum deles vivia tão bem em Sohep Frie. Eles são...", ela pigarreou com um olhar divertido, "bem *engajados* politicamente. São contra a guerra, para ser mais específica. Não se encaixavam muito bem na nossa terra natal." Ela pegou outro doce do pacote. "Ok, minha vez. Eu sei que você lê livros e assiste a vids e essas coisas. Você tem um gênero favorito?"

"Eu gosto de histórias do folclore, de mitologia e não ficção. Tramas de mistério também são divertidas."

"Você está falando do estilo humano?" Tak fez uma careta. "Não consigo gostar. Sempre me deixam ansiosa. Não consigo me divertir lendo sobre coisas ruins acontecendo com as pessoas."

"Eu gosto de tentar encontrar todas as pistas, mas já passei bastante tempo pensando em qual seria o apelo."

"E qual é?"

"Acho que tem a ver com o medo da morte. Todos os orgânicos têm medo dela, e às vezes não há nada que a gente possa fazer para impedir que coisas ruins aconteçam. Meu palpite é que essas histórias oferecem um conforto estranho quando a pessoa imagina que, caso algo horrível aconteça com ela ou com alguém que ela ama, os responsáveis serão sempre punidos e as pessoas que desvendarem o mistério farão isso em grande estilo."

Tak riu. "Você foi até bem convincente. Vamos lá, sua vez."

"Como você sabe quando é hora de trocar de sexo? O que você sente?"

"É como uma coceira, mas não no sentido literal — se bem que você não sabe como é isso, não é?"

"Verdade, não sei."

"Hum. Está bem. É um incômodo, um impulso. Mas não dura muito. Os implantes começam a funcionar e eu me transformo por completo em cerca de três dias. Essa parte não é ruim. Não dói nem nada do tipo. Talvez bem de leve, mas não é ruim. É muito melhor do que seria sem meus implantes."

"Como seria isso?"

"Incrivelmente desagradável."

"Porque você não ia conseguir mudar."

"Exatamente. É assim que você descobre que é shon. Começa na puberdade. Um dia você acorda com essa sensação incômoda e dolorida quando o seu corpo não está recebendo as descargas hormonais apropriadas para responder do jeito que deveria."

"E isso acontece porque vocês não moram mais em aldeias segregadas."

"Isso mesmo. Do ponto de vista biológico, essas mudanças deveriam ocorrer em um ambiente com um único sexo, o que, obviamente, não temos mais. Então você fica doente. Seus hormônios não sabem o que fazer. Botei meus implantes um dia depois de Pai Re perceber que eu tinha passado a manhã tonta e dolorida. Ele me levou para a clínica na mesma hora e eles cuidaram de mim." Tak apontou para si mesma, indicando que era sua vez de fazer uma pergunta. "Como — nossa, não sei nem como perguntar— o que você tem aí dentro?" Ela girou a palma da mão na direção do peito do kit.

"Muitas coisas." Sidra tocou o peito do kit. "Para começar, pulmões e um coração falsos. Você quer ouvir?"

O rosto de Tak se iluminou, mas seu tom continuou neutro. "Você não se incomoda?"

"Não me incomodo."

Tak se aproximou, pressionando a orelha no kit. Sidra respirou fundo. "Uau", disse Tak. "Isso é incrível. Mas eles não servem pra nada?"

"Os pulmões não, realmente. Eles sugam o ar para dentro e para fora, assim parece que estou respirando. O coração funciona como um coração de verdade. Ele bombeia sangue falso para o resto do kit. Mas o sangue não é uma parte vital do sistema. Você poderia arrancar o meu coração e ficaria tudo bem comigo."

"Isso é... melancolicamente poético."

Sidra continuou a tocar o kit. "Também tem um estômago falso, que armazena qualquer coisa que eu ingerir."

"Eu bem que estava me perguntando como é que você comia. Você tomou mek no meu estúdio."

O kit assentiu. "Apesar disso, comer não abastece o kit. É só para manter as aparências. Vou lhe poupar dos detalhes de como eu me livro da comida depois."

Tak levantou as mãos. "Essa parte não é muito bonita na maioria das espécies, então tudo bem."

Sidra pôs as mãos do kit no abdome. "O núcleo fica aqui, assim como a bateria e a maioria dos circuitos de processamento."

Tak pareceu surpresa. "Você está dizendo que o seu cérebro fica na barriga? Desculpa, na barriga do kit?"

"De certa forma, mas só parte dele." Ela tocou a cabeça do kit. "O armazenamento de memória e o processamento visual ficam aqui em cima.

Não se esqueça, se meu suporte fosse uma nave, eu estaria espalhada por ela. Não fico limitada a uma unidade de processamento." Ela tocou as coxas do kit. "Os coletores de energia cinética ficam pelos membros e pela pele. Sempre que movo o kit, isso gera mais energia." Era sua vez de fazer uma pergunta. "Você já teve filhos? Como pai ou mãe."

"Não. Não tenho interesse em mudar de carreira e nunca fiquei fértil quando fêmea. Mas eu gostaria." Ela sorriu. "Além disso, as gerações mais velhas sempre dizem que os filhos dos shons são sortudos. Mas e aí, você já nadou?"

"Não. Por que a pergunta?"

"Porque você disse que não respira e eu fiquei com inveja. Você poderia caminhar pelo fundo do mar." Os olhos de Tak se arregalaram. "Você poderia caminhar pelo espaço sem um traje!"

"Não poderia."

"Claro que sim!"

"Eu acabaria sendo descoberta." Sidra olhou em volta enquanto pensava em mais perguntas. O aandriskano nu tinha dormido, o scrib cobrindo o rosto. Dois jovens aeluonianos adultos estavam deitados lado a lado, tão perto quanto podiam sem ser mal-educados. "Você disse que seus pais são contra a guerra. Você também é?"

Tak balançou a cabeça. "Menos do que eles gostariam. Eu acho que a guerra é uma maneira bem idiota de gastar recursos e nosso precioso tempo, mas não acho que estamos prontos para aposentar nossas naves de guerra. Basta pensar nos rosks, por exemplo." Ela piscou as pálpebras internas. "Acho que nem meus pais poderiam discordar disso." Ela amassou o pacote de frutas cristalizadas vazio e o guardou de volta no bolso. "Você tem medo de ser descoberta?"

"Muito. Mas..." Sidra fez uma pausa curta. "Acho que eu poderia fazer mais do que agora sem correr o risco de ser descoberta."

"Como assim?"

Sidra olhou para as mãos do kit e ficou em silêncio por mais dois segundos. "Sálvia não gosta quando quero fazer coisas no nível da minha capacidade original fora de casa. Como a Rede, por exemplo. Eu sou capaz de suportar dezenas de processos simultâneos. Muitas vezes me sinto entediada ou presa dentro da minha própria mente. Em uma nave eu teria acesso constante à Rede. Aqui não tenho. Sálvia diz que seria perigoso instalar um receptor sem fio no kit."

"Ela provavelmente tem razão, mas deve haver um jeito de contornar isso."

"Ela não quer que eu faça nada que deixe claro que tenho habilidades especiais. Ela tem medo de alguém desconfiar."

"E você? Também tem medo disso?"

Sidra processou um pouco antes de responder. "Não. Eu conseguiria disfarçar. Tomaria cuidado. Estou frustrada com o que sou agora. Sou capaz de muito mais."

Tak se sentou de volta na grama, entrelaçando as mãos e apoiando-as sobre o peito chato. "Eu sei que é a sua vez de fazer uma pergunta, mas... Vamos pensar nisso mais um pouco. Talvez a gente consiga pensar em uma solução que Sálvia não considerou."

"Como o quê?"

Tak deu de ombros. "Eu não faço ideia. Mas se nós somos capazes de viajar pelo espaço e desenvolver implantes e aprender a nos comunicarmos com outras espécies, então tem que haver um jeito de ajudar você. Eu entendo que você precise tomar cuidado. Mas você... você não é como o resto de nós. Sem ofensa."

"Sem problemas. É verdade."

"Quer dizer, somos todos sapientes, certo? Eu, você, esses dois babões aí do lado." Ela indicou os jovens que se olhavam com expressões apaixonadas. "Mas digamos que me mude para Hagarem. Digamos que, por acaso, eu seja a única aeluoniana em uma cidade cheia de harmagianos. Eu respeitaria seu modo de vida? Sim. Eu adotaria seus costumes? Sim. Eu deixaria de ser aeluoniana algum dia? De jeito nenhum." Ela tamborilou os dedos uns nos outros. "Eu entendo que é um pouco diferente no seu caso, mas isso não quer dizer que você deva abandonar o que a torna única. Você deveria aceitar isso, não sufocar." Ela balançou a cabeça, as bochechas castanhas e determinadas. "Onde você se sente mais confortável? Qual o seu tipo de lugar favorito?"

"Eu tenho uma resposta diferente para cada uma dessas perguntas."

"Tudo bem."

"Eu fico mais confortável em casa. É um lugar seguro, eu posso usar a Rede, e Sálvia e Azul estão comigo." A boca do kit formou um pequeno sorriso. "Mas eu gosto mais de festas."

Tak levantou o queixo. "É mesmo?"

"É. Eu adoro festas. Gosto de ver um zilhão de coisas diferentes acontecendo em um espaço fechado. Adoro experimentar novas bebidas. E também amo olhar as pessoas dançando. Gosto das cores, das luzes e do barulho."

Tak sorriu. "Quando foi a última vez que você foi a uma festa?"

"Seis dias antes do... do que aconteceu no seu estúdio. Fui à festa de aniversário de um dos amigos artistas de Azul."

Tak ficou pensativa. "Isso faz trinta e oito dias." Ela assentiu de modo decidido. "Essa é a primeira coisa que vamos consertar."

jane, 14 anos

Ninguém a resgataria.

Isso deveria ter sido óbvio. Não havia mais ninguém. Nunca houve mais ninguém para ajudá-la quando machucava as mãos, enfrentava os cachorros ou outras coisas do tipo. Mas agora, tremendo no escuro no fundo do buraco, Jane finalmente entendeu o que significava não ter ninguém com quem contar. Ninguém tinha saído à procura dela. Ninguém sentiria sua falta se morresse. Ninguém notaria. Ninguém se importaria.

A fêmea andava de um lado para o outro lá em cima. Um dos filhotes estava roncando. Jane estremeceu. Ela se recostou na parede de terra, encolhendo os braços e a perna boa, tentando se manter aquecida. A noite estava gélida, e as roupas que usava não eram próprias para aquele frio. Sua bunda estava dormente depois de passar tanto tempo sentada, mas era muito difícil achar uma posição que não fizesse a perna quebrada rugir de dor.

Era tudo culpa sua. Se tivesse pisado diferente... Se não tivesse tentado chegar até a nave idiota... Se tivesse ido para a esquerda em vez de para a direita. *Idiota. Idiota idiota idiota. Garota má fazendo mau comportamento.*

"Pare", sussurrou para si mesma, apertando os ouvidos. "Não faça isso. Não faça isso. Pare."

Mas os pensamentos familiares estavam ressurgindo e não havia projetos, aulas ou simulações para calá-los. Ela tinha feito mau comportamento. Se não tivesse escalado a parede nada disso teria acontecido. Se não tivesse ido para a esquerda. Se tivesse pensado primeiro em vez de ser tão desajeitada e má e improdutiva...

"Pare, pare, pare", disse ela, balançando-se para a frente e para trás. "Pare."

Tinha sido má. E o mau comportamento era sempre punido.

Lembrou-se da fábrica, que nunca ficava gelada, onde nunca ficava sozinha. Pensou em seu beliche quente, com Jane 64 deitada ao seu lado. *Acho melhor não*, 64 dissera. Mas Jane a obrigou. Ela a obrigou a fazer algo ruim, e aquela garotinha tão boa havia morrido.

Pensou no que isso significava — morrer. Apenas... acabar. Luzes se apagando. O fim. E se aquele — aquela noite — fosse o seu fim? E se a última coisa que Jane sentisse fosse frio, solidão e medo? E se a última coisa que visse fosse um par de olhos famintos a observando no escuro? Talvez os pássaros-lagartos a encontrassem. Em geral eles preferiam os cogumelos, mas já os tinha visto bicando cachorros e ratos mortos, pois não queriam desperdiçar comida. Lembrou-se da aparência daquelas coisas mortas. Imaginou como ficaria morta. Como ficaria enquanto outros animais a comiam. "Pare", disse ela, mais alto. "Jane, pare com isso. Pare com isso."

Ela choramingou no fundo do buraco, sentindo uma pontada de dor na perna sempre que o frio a fazia tremer demais. Os cachorros lá em cima andavam de um lado para o outro, inquietos. Jane 64 estava morta. Jane 23 provavelmente estava morta também, porque tinha sido idiota e descuidada e ninguém estava vindo salvá-la. Ninguém ligava. Só Coruja, mas ela nunca saberia o que aconteceu. Mais uma humana idiota a deixara sozinha e não havia ninguém para lhe dizer o porquê.

Jane apertou o rosto, balançando e balançando. Tudo aquilo era sua punição. E ela merecia. Merecia tudo o que estava acontecendo.

Em algum ponto da noite, os cachorros comeram o cadáver da fêmea velha no carrinho de Jane. Ela não sabia que cachorros comiam outros cachorros, mas proteína era proteína, então imaginou que tinham desistido dela. Não conseguia vê-los se alimentando, mas os ouviu muito bem. Os filhotes estavam animados. Soavam até felizes.

Ela dormiu, mais ou menos. Não era um sono de verdade, apenas um estado de confusão do qual entrava e saía, até que ouviu o bater das asas dos pássaros-lagartos no céu, o que significava que o sol estava começando a nascer. Ela tinha que sair dali. Precisava fazer alguma coisa. Queria ir para casa.

Vamos, levanta, pensou. *Levanta, levanta, levanta...*

Tentou ficar de pé e se arrependeu imediatamente. "Puta merda", sibilou, batendo a cabeça na parede de terra.

Um punhado desmoronou. Claro. *Claro*. Era tão óbvio. O chão tinha desabado e aberto o buraco. E se... e se ela o fizesse desmoronar um pouco mais?

Ela se arrastou até ficar de frente para a parede. Mesmo com os olhos acostumados à escuridão, ainda era difícil enxergar. Mas conseguia sentir. Tateou a terra, densa, mas flexível. Pegou uma ferramenta na mochila — um pequeno pé de cabra, bom para quando precisava soltar a sucata presa. Fez uma pausa antes de continuar. Se abrisse um caminho para subir, então os cachorros também poderiam descer. Ficou escutando um pouco. Não os ouvia desde que terminaram de comer. Eles deviam ter seguido seu caminho, mas Jane não sabia se ainda estavam na área ou se continuavam com fome. Tirou o canivete da mochila e o enfiou no bolso. Já era alguma coisa. Melhor do que ficar presa naquele buraco para sempre.

Ela bateu o pé de cabra na terra, fazendo um buraco. Um buraco dentro de um buraco. Então cavou. Cavou, cavou e cavou. Cavou enquanto a noite sumia. Cavou enquanto o ar (finalmente) começou a ficar quente. Continuou a cavar, embora seus dedos doessem e a perna a odiasse por isso. E conforme cavou, os pedaços da parede de terra foram caindo, pouco a pouco. Quando a terra entrava em seus olhos, ela a espanava. Quando caía em sua boca, ela cuspia. Se um pedaço maior desabava, ela montava nele e depois continuava cavando até que finalmente — finalmente! — terra suficiente havia caído no buraco, formando uma espécie de rampa até o alto. Ela se arrastou usando os braços, gemendo bem alto de dor. Se os cachorros ainda estavam por perto, iam saber que ela estava saindo. Pegou o canivete e rastejou com ele na mão, a bolsa e a arma quebrada se arrastando emboladas atrás de si. Por fim, lá estava ele — o carrinho na parte plana, bem onde o deixara na véspera. Teve vontade de rir, mas ficou de boca fechada. Os cachorros permaneciam ali, dormindo amontoados ao lado da carcaça meio comida da fêmea que Jane tinha matado. Ela apertou mais o canivete. A mãe ergueu os olhos, a barriga cheia e o pelo manchado de vermelho, os olhos sonolentos depois de comer. Ela e Jane se encararam. A mãe rosnou, mas não era um rosnar de caça. Era mais baixo, menos intenso. Os filhotes se aconchegaram perto da mãe, de barriga cheia e pelos sujos como ela. Um ficou de barriga para cima, as pequenas patas ensanguentadas no ar. A mãe pôs a cabeça sobre os filhotes e rosnou outra vez.

Jane não precisou de um segundo aviso. Ela se arrastou no sentido oposto, em direção a uma pequena pilha de sucata. A fêmea finalmente baixou a cabeça.

Jane encontrou um pedaço de cano enferrujado, quase da sua altura. Serviria. Ela se levantou, tentando fazer o mínimo de barulho. Mordeu o lábio com força. Sua perna tremia. Já tinha se machucado, mas nunca tão seriamente. Nada jamais tinha doído tanto.

Ela evitou pisar no chão com a perna quebrada o melhor que pôde, apoiando o peso no cano. Com toda a dificuldade, avançou um passo, usando o cano como bengala. Pelo canto do olho, viu a mãe se mexer. Jane gritou, quase caindo com o susto. Mas a fêmea só estava mudando de posição. Jane tentou se controlar, normalizar a respiração. Não conseguia fazer nada. Não podia correr. Mal conseguia seguir em frente. Ela tivera sorte de os cachorros estarem dormindo perto do carrinho — não tinha como recuperá-lo —, mas demoraria horas para voltar para casa naquela velocidade, e se houvesse outras matilhas no caminho...

Mas precisava voltar para casa. Tinha que voltar. Não podia ficar ali. Tinha que conseguir.

s i d r a

Havia muita coisa acontecendo no Vórtice naquela noite — três pistas de dança! Um malabarista harmagiano! Vinho de folha! —, mas Sidra percebeu que Tak estava incomodado com alguma coisa. Ele estava fazendo tudo o que os sapientes orgânicos faziam ao socializar tarde da noite. Estivera bebendo e conversando — e até flertando, o que havia sido divertido de assistir. Entretanto, embora não estivesse se comportando diferente, algo claramente estava errado.

"O que foi?", perguntou Sidra, falando mais alto que a música e o barulho das conversas.

Tak pareceu surpreso. "O que foi... o quê?" Suas palavras, embora compreensíveis, saíam mais devagar do que o habitual. O álcool não deixava os aeluonianos de língua enrolada, claro, mas escolher as palavras que sairiam da caixa-falante demandava tanto esforço quanto tentar falar embriagado.

Sidra tomou um gole de sua bebida. *O luar se derramava sobre uma aranha branca e graciosa tecendo sua teia com um fio de seda clara e forte.* Ela saboreou a imagem, mas não desviou os olhos do amigo. "Alguma coisa está incomodando você."

Tak deu de ombros com indiferença, mas o amarelo em suas bochechas indicava o contrário. "Eu estou... bem."

O kit ergueu uma das sobrancelhas.

O aeluoniano suspirou bem alto. "Você está... se divertindo?"

"Claro que estou. Você não?"

"Estou, mas... Estou me divertindo... sem você. Nós viemos aqui... juntos."

Sidra tentou processar, mas continuou sem entender. "Estamos aqui juntos." Ela gesticulou indicando a mesa. "Estamos aqui juntos. Literalmente."

Tak esfregou a cabeça prateada. "Você faz isso... toda vez... que a gente sai. Você encontra uma mesa de canto e se senta... de costas para a parede. Aí... pede um monte de bebidas... não... pede duas... iguais. Depois fica... olhando os outros... se divertirem. Às vezes, se você está ousada... encontra *outra* mesa de canto." Suas bochechas ficaram de um marrom pensativo. "As outras pessoas... deixam você nervosa? É isso?"

"Não entendi a pergunta." Aonde ele estava querendo chegar? "Eu estou me divertindo."

"Mas você está só... observando. Você nunca... participa."

"Tak", disse Sidra, falando o mais baixo possível. "Você sabe por quê. Não preciso participar para me divertir. Só preciso de companhia e estímulos interessantes."

Ele a olhou com uma seriedade raramente alcançada pelos sóbrios. "Eu... entendo. Mas você é mais... do que eles programaram você... para ser." Tak virou o restante de sua bebida. "Vamos", chamou ele. "Vamos... lhe dar... novos estímulos..." Ele segurou a mão do kit e a levou para longe da mesa.

As outras pessoas não deixavam Sidra nervosa, mas aquela reviravolta fez justamente isso. O conforto de seu lugar no canto desapareceu, e o lugar para onde Tak a estava levando... Sidra parou de andar. "Eu não sei fazer o kit dançar", gritou para ele. Era uma escolha de palavras perigosa, ela sabia, mas havia certo grau de segurança em estar cercada por música alta e gente bêbada.

Tak olhou por cima do ombro e lhe lançou um olhar de reprovação. "Com todas... as horas que você... passou observando... você deve ter alguma ideia..." Ele gesticulou para a pista de dança rebaixada. "Além disso... Alguém aqui parece... saber... o que está fazendo?"

O kit engoliu em seco enquanto observava os corpos se balançando. "Sim."

Tak coçou o queixo. "Bem... Verdade... Mas eu também sei." Ele sorriu para ela. "E se você... odiar... eu a devolvo para o seu canto... e pago qualquer bebida... que você quiser."

Sidra considerou os membros do kit, o pescoço, a curva da coluna vertebral. Ela era capaz de gerenciar sistemas de suporte de vida, ter dezenas de conversas simultâneas, até mesmo atracar uma nave em caso de emergência. Poderia encarar uma reles pista de dança. Sim, ela conseguia fazer isso. Acessou todos os arquivos de memória que tinha armazenado de pessoas dançando nas festas passadas. "Você vai me pagar uma bebida mesmo que eu não odeie", disse ela.

Tak riu e a levou para a multidão.

A dança era um fenômeno curioso em sua quase universalidade. Nem todas as espécies tinham dança em suas culturas, mas a maioria sim, e mesmo aqueles que não tinham a prática originalmente logo a adotavam quando eram apresentados. Até mesmo aeluonianos, que jamais ouviram música como as outras espécies, tinham formas tradicionais de se movimentarem juntos. Sidra tinha assistido a muitas danças diferentes, mas embora fosse fascinante do ponto de vista cultural, gostava da loucura improvisada de uma reunião de várias espécies. Na pista, ela tinha observado, não importava a aparência de seus membros nem como você gostava de se mover. Enquanto houvesse uma batida e corpos quentes por perto, você podia fazer o que lhe parecesse bom.

Sidra sabia que não sentiria a dança da mesma forma que os outros. Mas talvez... talvez pudesse causar uma boa impressão.

Tak soltou a mão do kit e começou a bater os pés de modo encorajador. Sidra fez uma rápida varredura de suas memórias e encontrou um arquivo de uma humana que vira dançar dezesseis dias antes. Podia muito bem começar por ali.

Sidra analisou o arquivo e repassou sua descoberta aos sistemas cinéticos do kit, que respondeu imediatamente, mudando a postura para algo que Sidra não tinha experimentado antes. Os braços não estavam mais grudados junto ao tronco, as costas não estavam mais retas. A tensão e os ângulos retos foram substituídos por uma harmonia de curvas enquanto Sidra balançava o kit, mexendo os quadris.

Tak jogou a cabeça para trás, as bochechas de um verde divertido, uma gargalhada explodindo de sua caixa-falante. "Eu sabia", disse ele. "Eu sabia." Suas mãos subiram no ar, e ele aplaudiu.

Uma curiosa sensação de prazer começou a aquecer os caminhos de Sidra. Aquela reviravolta era fascinante. Saber que havia pessoas atrás do kit era tão desconfortável quanto sempre, verdade, mas agora era mais uma irritação do que um obstáculo. A frustração com seu campo visual limitado era um sentimento familiar. Dançar, não. Estar diante de algo novo tornava possível ignorar o comum.

A música continuou a tocar, sem nunca diminuir, sem jamais parar. Sidra não conseguia ouvir a respiração de Tak, mas conseguia vê-lo sorver o ar com força pela boca aberta. Uma estranha surgiu ao lado deles, como se a multidão fosse um mar trazendo alguém para as areias da praia. Era uma das aeluonianas com que Tak tinha flertado mais cedo, e seu amigo ficou claramente feliz com sua súbita aparição.

Você se incomoda?, perguntou o rosto de Tak.

Claro que não!, respondeu o rosto do kit.

Tak sorriu, depois voltou sua atenção para a recém-chegada. Eles dançaram mais próximos do que amigos, a pele prateada cintilando sob as luzes piscantes. Se as cores da pista de dança passavam mensagens erradas aos olhos aeluonianos, os dois claramente não se importavam.

Sidra ficou feliz por Tak, feliz pelo desenrolar dos acontecimentos. Tinha dezenas de arquivos de memória de dança esperando para ser reproduzidos e mal podia esperar para ver como...

Outra estranha apareceu — dois aandriskanos, na verdade, um homem verde e uma mulher azul, as penas arrumadas de modo impecável, ambos com calças cobrindo os quadris largos em respeito à cultura das demais espécies. Ambos olhavam para Sidra, animados e interessados.

O kit quase tropeçou. Havia dezenas de sapientes ali. Por que estavam olhando para ela? Será que tinha feito algo errado? Tinha movimentado o kit de modo incorreto? Será que estavam rindo dela?

Mas os aandriskanos não estavam rindo. A estrutura de seus rostos era diferente da dos dois aeluonianos entrelaçados nas proximidades, mas as expressões eram quase idênticas: amigáveis, confiantes, convidativas.

Queriam dançar com ela.

Sem dizer uma palavra, os dois se aproximaram de Sidra, ambos voltados para a frente do kit, formando um triângulo apertado. A julgar pela intimidade e confiança com que tocavam um no outro durante a dança, Sidra supôs que formavam uma família de penas — mas nem sempre era fácil dizer quando se tratava de aandriskanos. Não estava muito segura de como agir agora que estava dançando *com* outras pessoas, em vez de perto delas, mas continuou movendo o kit, acessando seus arquivos de dança em grupo.

A aandriskana se aproximou do kit enquanto dançavam. "Você é incrível!", gritou.

Sidra não sabia se os seus caminhos eram capazes de suportar mais orgulho do que sentiu naquele momento.

Os parceiros de dança se entreolharam, uma conversa sem palavras que Sidra não conseguiu desvendar. Então voltaram a atenção para ela, os olhos fazendo uma pergunta que Sidra não tinha certeza se entendia.

Mesmo assim, ela assentiu.

Os aandriskanos se aproximaram ainda mais, roçando as escamas verdes e azuis na pele do kit. Começaram a passar as mãos por ele, e o toque passou a fazer tão parte da dança quanto as cabeças e caudas balançando. Mãos alisavam os braços do kit enquanto garras se entrelaçavam pelos cabelos.

Uma imagem surgiu, mais brilhante do que qualquer outra que Sidra tinha experimentado até então. *Luz. Uma luz quente e viva. Água correndo pelos dedos dos seus pés. A areia envolvendo seu corpo, abraçando-a, firme e segura.* Sidra ficou mais atenta. A imagem não desapareceu, mesmo que

Sidra não tivesse comida na boca ou um copo de mek sob o nariz. A imagem continuou enquanto a aandriskana colava os quadris aos do kit. E pareceu se intensificar quando o aandriskano correu a palma pelas costas do kit. Sidra nunca tinha experimentado uma imagem sensorial daquele tipo antes, mas, de alguma forma, soube exatamente o que significava.

Ai, não, pensou. E então: *Uau.*

A imagem era quase insuportável de tão prazerosa, e, no entanto, Sidra foi tomada por uma fome, uma certeza impossível de ignorar de que ainda não vira tudo. Sabia que outras imagens esperavam por trás dessa, tão boas quanto. Juntos, os aandriskanos aproximaram o rosto do kit, e ela os imitou, querendo...

Um alerta do sistema disparou, sufocando todo o resto. Era um alerta de proximidade, o tipo que era desencadeado pela aparição repentina de uma nave próxima demais ou por um objeto em rota de colisão. O alerta era como um grito ensurdecedor e havia sido provocado por alguém atrás dela, *alguém que Sidra não conseguia ver*, cujas mãos tinham deslizado pelos ombros do kit.

Sidra fechou o alerta o mais rápido possível, mas seus caminhos ainda estavam convencidos de que seu suporte estava em perigo, e o kit havia tomado sua deixa. Tinha parado de dançar. Havia se desvencilhado das mãos estranhas. E estava dando meia-volta para poder identificar o perigo. Era outro aandriskano, um homem, provavelmente conhecido dos outros dois, mas não importava, não importava. Seu sistema só via o perigo.

"Opa", disse o terceiro aandriskano. "Me desculpe."

"Você está bem?", perguntou a aandriskana.

Sidra sabia que precisava responder, mas não conseguia forçar as palavras a saírem. O kit estava respirando rápido demais. Ela balançou a cabeça do kit.

Tak surgiu — de onde, Sidra não sabia. Não sabia de mais nada. Não conseguia ver nem entender nada, sua visão se resumia àquele cone estreito, e *não, não, não faça isso, agora não, para com isso, você vai estragar tudo, não não não...*

"Está tudo bem", disse ele, pondo um dos braços ao redor dos ombros do kit. Sidra olhou para ele a tempo de vê-lo pedir desculpas para a parceira de dança desanimada.

Viu só, você estragou tudo, você estragou a noite dele, eu preciso ir para casa, preciso ir embora, preciso parar, por favor...

"Ei. Sidra. Sidra, vamos lá. A gente vai... para um lugar mais calmo... Tá? Estou aqui, está... tudo bem." Ele conduziu o kit pela multidão. Ela manteve os olhos no chão, tentando ignorar as expressões preocupadas. Queria sumir.

"Tá tudo bem com ela?", perguntou o terceiro aandriskano, andando ao lado deles.

"Ela está bem", disse Tak.

Sidra olhou para o aandriskano e tentou fazer as palavras saírem apesar da respiração entrecortada. "Não foi... não foi..." O ar estava no caminho. Que saco, ela não precisava respirar!

"Não foi... culpa sua", completou Tak. "Ela vai ficar... bem. Obrigado."

Eles saíram da pista de dança, deixando o aandriskano para trás. Tak seguiu a passos rápidos pela multidão para a mesa que tinham ocupado antes. Um grupo de laruanos estava sentado lá. Tak xingou baixinho e se virou para a saída.

"Não", disse Sidra, sem fôlego. "Lá fora... não."

Tak mudou de caminho e levou o kit para um fumódromo. Um grupo de modificadores ergueu os olhos do cachimbo compartilhado.

"E aí, cara", cumprimentou uma humana, o cachimbo pendurado entre os dedos da mão mecânica. "Foi mal, a gente acabou..." Ela olhou para Sidra. "Cara, tá tudo bem com ela?"

Tak se forçou a abandonar a expressão tensa e lançou um sorriso despreocupado para os modificadores. "Tudo bem", disse ele. "Mas... nunca mais... compro estouro daquele cara... Essas merdas sintéticas..."

"Ah, caramba", disse a mulher. "Ela ficou com tremedeira?"

Sidra obrigou o kit a assentir para ela. Era verdade, tecnicamente. Apenas não da maneira que a modificadora pensava.

"Bem, ela pode ficar aqui com a gente até passar", disse a mulher. Ela olhou para Tak e gesticulou para o tubo. "Foi mal pela palha-vermelha."

"Está tudo bem", disse ele. Sidra viu que os olhos do amigo já estavam começando a ficar vermelhos. Como se a noite não pudesse ficar pior.

Tak levou o kit para um canto tranquilo, longe dos fumantes. Sidra sentou o kit. A respiração entrecortada tinha parado. Só restava a vergonha. Ela preferia ficar sem conseguir respirar.

"Eu sinto muito", sussurrou ela.

"Não é... culpa sua", disse Tak, a caixa-falante reduzindo o volume. "Eu insisti. Sinto muito. Você me falou... como ficava desconfortável e eu... deveria... ter respeitado."

"Tudo bem", disse Sidra, pegando a mão de Tak com a do kit. "Foi divertido, no começo. Eu gostei. É só que..." O kit enfiou o rosto nas mãos. "Estrelas, estou tão cansada de sempre arrumar confusão para você."

Tak bufou com desdém. "Não é... verdade. Fomos a... quantas festas?"

"Oito."

"Era uma pergunta retórica, mas... obrigado. Esta é... a primeira vez...

que isso acontece. É também... a primeira vez... que alguém... a assusta... enquanto você dança. Então nós vamos... evitar isso... da próxima vez."

Um dos modificadores se aproximou trazendo um copo d'água. "É pra você", disse ele, entregando-o a Sidra.

"Você é muito gentil", disse Sidra, pegando o copo. Ela tomou um gole apenas para manter as aparências. A água não disparava qualquer imagem, mas estava grata pelo gesto.

"Vai dar tudo certo", disse o homem. "Todo mundo já passou por isso." Ele abriu um sorriso caloroso, um pouco embriagado, depois voltou para perto dos amigos.

Sidra olhou para o copo, observando as ondulações suaves no líquido. "Me desculpe por estragar tudo", disse ela, lembrando-se do rosto feliz de Tak quando a outra aeluoniana começou a dançar com ele.

Tak pareceu confuso, então riu. "Ah, não se preocupe... Outras oportunidades... vão surgir." Ele deu um tapinha na mão do kit. "Vamos esperar você... se acalmar... e depois vou levá-la... para casa."

Ela fez menção de protestar, ia começar a lhe dizer para ficar na festa, para se divertir, para arrumar alguém com quem passar a noite, mas ficou calada. Não queria voltar para casa sozinha. *Não podia* ficar sozinha. Não havia como saber quando haveria outro alerta do sistema, outro estranho bem-intencionado que lhe causaria um ataque de pânico. Tak iria devolvê-la para Sálvia e Azul, que a entregariam a Tak de novo na próxima vez que Sidra quisesse sair. Como uma criança. Eles não a viam assim, Sidra sabia disso, mas não importava se eles estavam apenas tentando ser legais com ela. Ser legal não mudava as coisas.

jane, 14 anos

Eu posso morrer hoje.

Esse foi seu primeiro pensamento naquela manhã, assim como em todas as outras desde que tinha se arrastado de volta para a nave duas semanas antes. As palavras surgiam assim que ela despertava o suficiente para começar a pensar e passavam o dia todo com Jane, como as batidas de seu próprio coração ou um inseto rastejando no ouvido até que ela finalmente voltava para a cama à noite, aliviada por ter se enganado mais uma vez. *Tudo bem*, pensava ela. *Não foi hoje.* Então dormia. Dormir era bom. Dormir significava não pensar. Mas então Coruja acendia as luzes e tudo começava de novo.

Eu posso morrer hoje.

Ela não tinha saído do ônibus espacial desde que voltara. Sua perna continuava um pouco fraca e dolorida, mas estava sarando, e a tala improvisada permitia que Jane mancasse pela nave. Também tinha consertado a arma, e possuía os materiais para construir um novo carrinho. Podia sair, se ficasse perto de casa. Só que... não conseguia. Ela não conseguia mais sair. Não conseguia fazer mais nada.

Coruja não tinha comentado nada sobre Jane passar tantos dias em casa, o que era estranho. Normalmente ela enchia o saco sobre as tarefas e os reparos por fazer, mas não dessa vez. Jane estava aliviada, embora não tivesse tocado no assunto.

Ela jogou o cobertor velho por cima dos ombros e foi para a cozinha. Abriu a estase e olhou para as pilhas de carne e cogumelos, menores a cada dia. Precisava sair. Ela tinha que conseguir mais comida. Mas também não conseguia fazer isso.

Seu estômago roncou. Estava com fome, mas tudo na estase parecia muito trabalhoso de preparar. Também não tinha lavado a louça — ou seja, teria que fazer isso antes de cozinhar. Demoraria uma eternidade e ela estava com fome agora. Agarrou um punhado de cogumelos crus e os enfiou na boca. Eram nojentos sem ser cozidos primeiro. Ela não se importava.

"Você vai sair hoje?", perguntou Coruja.

Jane apertou o cobertor junto ao corpo e mastigou os cogumelos, evitando fazer contato visual. "Não sei", respondeu, embora soubesse que a resposta não seria *sim*. Pensou em voltar para a cama, mas já fazia um tempo que ela não lavava roupa, e os lençóis estavam ficando nojentos. Além disso, sabia o que aconteceria se voltasse a se deitar. Ficaria olhando para o teto, o cérebro lento e idiota, repetindo as mesmas palavras. *Eu posso morrer hoje.* Ela ficaria presa nesse pensamento e tudo ao redor ficaria quente e esquisito, e Jane não conseguiria mais respirar direito. Coruja tentaria ajudar, mas não havia o que fazer, e Jane se sentiria ainda pior por fazer drama e — melhor não. Ela precisava de alguma coisa para ocupar o cérebro.

Ela se deitou no sofá. As lentes de simulação estavam largadas no chão ali perto.

"O que você quer jogar?", perguntou Coruja.

Jane estava enjoada de *Esquadrão Incêndio* e todas as outras simulações que Coruja tinha pareciam muito barulhentas e agitadas. Jane ficava cansada só de pensar em jogá-las. Não queria perigo e explosão. Queria algo calmo. Queria que sua mente fizesse silêncio. Queria um abraço.

"Quer que eu escolha algo para você?", ofereceu Coruja.

"Não", disse Jane. Ela fechou os olhos. "Acho que quero... É meio idiota."

"O quê?"

Jane sugou os lábios, um pouco envergonhada. "Posso jogar *Tripulação Traquinas*?"

Não conseguia ver o rosto de Coruja de onde estava, mas ouviu o sorriso em sua voz. "É pra já."

Jane pôs as lentes e o mundo sumiu. Tudo ficou quente, iluminado por uma luz amarela suave. Alain, Manjiri e o pequeno macaco, Pitada, surgiram do nada. "Jane!", exclamou Manjiri. "Alain, olha! É Jane, nossa velha amiga!"

Alain estendeu a mão para tocar seu antebraço. Ele era tão pequeno. Ela tinha sido pequena como eles? "É tão bom ver você, Jane!", disse Alain. "Nossa, como você está alta!" Pitada correu por suas costas e abraçou sua cabeça, guinchando alegremente.

"É bom ver vocês também", respondeu Jane. Ela tirou Pitada de sua cabeça e o abraçou junto ao peito. Seus pelos pareciam completamente irreais, o que ela adorava. Ele soltou alguns murmúrios satisfeitos e mexeu os dedos dos pés enquanto Jane coçava suas orelhas.

Manjiri pegou seu scrib e o virou na direção de Jane. Um mapa de estrelas brilhou em cores fortes. "Estamos tão felizes por você vir conosco em nossa nova aventura..."

"A TRIPULAÇÃO TRAQUINAS E O ENIGMA PLANETÁRIO!", Jane gritou junto com as crianças. O título da simulação apareceu no ar, letras vermelhas e espalhafatosas cintilando com o confete. As crianças agarraram suas mãos e ela começou a cantar com eles a plenos pulmões. "Liguem os motores! Acionem o combustível! Apronte as ferramentas, aprender é incrível..." As palavras ficaram presas na garganta de Jane depois disso. Não sabia se era por causa das crianças, do macaco ou o quê, mas, de repente, ela se sentia como se tivesse dez anos de novo. Tinha dez anos, e o mundo inteiro estava desmoronando.

As crianças fizeram algo que Jane nunca as tinha visto fazer antes: pararam de cantar a música de abertura. "Jane, você está bem?", perguntou Alain.

Jane soltou um soluço. Por quê? O que estava errado com ela? Ela se sentou no chão de mentira, o rosto enterrado nas mãos.

"Jane", chamou Manjiri. Jane sentiu a pata peluda de Pitada em sua cabeça. "Se você está se sentindo mal, não tem problema. Todo mundo tem seus dias ruins."

Uma parte de Jane ficou curiosa ao perceber que tinha desencadeado um roteiro inédito, mas essa centelha de interesse foi abafada por... o que quer que fosse aquela palhaçada de soluçar descontroladamente.

"Tem algum adulto com quem você possa conversar?", perguntou Alain.

"Não!" Jane não sabia por que estava gritando. "Não tem ninguém! Não tem ninguém aqui."

"Bem, nós estamos aqui", disse Manjiri. "Você deveria conversar com uma pessoa de verdade quando puder, mas não tem nada de errado em tentar se sentir melhor com um pouco de imaginação também."

"É só..." Jane limpou o nariz na manga da roupa, apesar de saber que isso não ajudaria em nada com a coriza que devia estar correndo por seus lábios no mundo real. "Eu estou com tanto medo. Eu sempre tive medo. E estou cansada, tão cansada de estar sempre com medo. Eu só queria... eu só queria *pessoas*. Queria alguém para fazer comida pra mim. Queria um médico para examinar minha perna e me dizer que vai ficar tudo bem. Eu queria ser... eu queria ser que nem vocês. Eu queria viver em Marte com uma família e sair de férias. Vocês dois sempre disseram que a galáxia é um lugar maravilhoso, mas não é, é uma bosta. Não pode ser boa se existem lugares como este aqui. Se existem pessoas que fazem gente que nem eu." Ela apontou para o rosto marcado pelo sol, a cabeça careca. "Os seres humanos normais sabem? Eles por acaso sabem que este planeta existe?

Eles sabem o que acontece por aqui? Porque eu vou morrer aqui." Dizer as palavras em voz alta a deixou com ainda mais medo, como se colocá-las no mundo as tornasse reais. Mas agora tinham sido ditas, e era verdade. "Eu vou morrer aqui e... ninguém liga."

"Eu ligo."

Jane se virou e ficou boquiaberta. "... Coruja?"

Era o rosto de Coruja, mas não igual ao da parede. Parecia uma pessoa, uma pessoa inteira, com um corpo e roupas e tudo. Ela não era real, assim como a *Tripulação Traquinas*. Mas estava lá. Coruja sorriu, meio tímida. "O que você acha?", perguntou, gesticulando para si mesma.

Jane esfregou o nariz de novo. "Como..."

"Eu tive essa ideia quando você começou a jogar as simulações de adultos. Eu descobri como construir uma personagem e colá-la no código base. Não é muito diferente de reorganizar bancos de memória, na verdade. Eu não estou aqui dentro. Isso é só... uma marionete." Ela se sentou no chão ao lado de Jane. As crianças, que aparentemente ficaram sem roteiro, sentaram-se também, sorrindo estáticas.

Jane não conseguiu parar de olhar para Coruja. "Posso..." Ela estendeu a mão, esperançosa.

Coruja balançou a cabeça com um sorriso triste. "Não consegui me fazer tangível. Mas podemos dividir o mesmo espaço, pelo menos. Já é alguma coisa, não?"

"Por que você não fez isso antes?"

"Eu achei... É que você estava gostando tanto das outras simulações, e eu queria dividi-las com você. Pensei que, se pudéssemos jogar juntas, talvez você..." Coruja não terminou a frase. "Eu fiquei com medo de você achar que era uma ideia idiota. Ultimamente eu só irrito você. Achei que você preferia jogar sozinha."

Jane quase pulou em Coruja antes de se lembrar que não podia abraçá--la. "Me desculpa", disse Jane, soluçando de tanto chorar. "Eu sinto muito."

"Está tudo bem", disse Coruja, sentada ao seu lado. "Você não precisa se desculpar."

"Eu fui uma idiota", disse Jane. Coruja riu e Jane também, ainda chorando. "E fui tão idiota lá fora, eu sabia que devia ter tomado mais cuidado, mas quase deixei você sozinha."

Coruja pôs a mão fantasma nas costas de Jane. Não sentiu nada, mas saber que Coruja queria apoiar a mão ali foi bom o bastante. "Quando você não voltou para casa naquela noite, pensei que tinha perdido você. Mas nunca pensei que você tivesse ido embora. Eu sei que você nunca faria isso, não sem dizer por quê." Ela beijou o couro cabeludo careca de Jane. "As pessoas não abandonam a própria família."

sidra

Sidra entrou na oficina com o scrib nas mãos do kit. "Sálvia, você tem um minuto?", perguntou.

Sálvia desviou os olhos das lentes de simulação que estava consertando. "Tenho vários."

O kit respirou fundo. Então pôs o scrib na bancada de trabalho de Sálvia. "Eu achei que talvez fosse um bom momento para falar sobre... a coisa na qual estou trabalhando."

Sálvia sorriu. Ela pôs as ferramentas de lado e se sentou. "Quer dizer que finalmente vou poder ver o projeto misterioso?"

"Sim." Sidra gesticulou para o scrib, fazendo surgir uma planta elaborada. Sálvia se inclinou para a frente, estudando-a. "Isso...", começou Sidra.

"É a estrutura de uma IA", completou Sálvia, olhando de um canto para o outro. Ela ergueu uma das sobrancelhas sem pelos e encarou Sidra. "E também é a planta da minha casa."

O kit engoliu em seco.

Sálvia deu um sorriso paciente. "Você não está sendo presunçosa, se é isso que a preocupa. Não me incomodo de fazer uma reforma." Ela se recostou na cadeira. "Sou toda ouvidos."

Sidra reorganizou seus processos. Tinha saído um pouco do roteiro. Ela fez alguns ajustes na introdução e recomeçou: "Pesquisei bastante e acho que não seria difícil de fazer. Você já tem colunas de cabo em todas as paredes, então poderíamos botar meus caminhos por ali também. Meu quarto poderia ser a minha sala. Se você instalar algumas peças e um sistema de resfriamento, ele serviria perfeitamente para abrigar o núcleo". Ela gesticulou para o scrib e novas imagens apareceram. "Eu poderia ter câmeras em todas as áreas comuns — todos os cômodos menos no seu quarto e no banheiro, e até mesmo", ela gesticulou de novo, "do lado de fora." Outro gesto fez aparecer uma tabela cheia de números. "De acordo com a minha pesquisa e os meus cálculos, com o salário que tenho agora eu poderia comprar todos os suprimentos necessários após onze decanas. Se você concordar em começar o projeto logo, posso cobrir os custos, sem problemas."

Sálvia bateu o dedo nos lábios enquanto pensava. "Você quer se instalar na minha casa."

"Isso."

"Entendi. E o que eu ganho com isso?"

"Para começar, mais segurança. Eu sei que você tem uma colmeia de alarmebôs para o caso de alguém tentar entrar em casa, mas é um modelo muito básico. Comigo, você poderia resolver problemas antes que eles surgissem. Se algo der errado, posso acordá-los, alertar as autoridades e ligar todas as luzes da casa em um piscar de olhos. O mesmo vale para emergências médicas. Se algo acontecesse com você ou com Azul quando o outro não estivesse em casa, eu estaria lá para ajudar."

"Interessante. O que mais?"

"A comunicação seria aprimorada, e também tudo seria mais conveniente. Quer pedir o jantar? Eu posso cuidar disso. Quer que as novas simulações sejam baixadas para as suas lentes antes de chegar em casa? Me dê uma lista do que você quer e eu cuido disso. Quer que eu leia suas mensagens enquanto você se arruma para o trabalho? São bons vinte minutos que você poderia economizar toda manhã."

Sálvia entrelaçou os dedos abaixo do queixo. "E o que *você* ganha com isso?"

"Eu só... Eu acho que esse arranjo seria melhor para todo mundo."

"Mas eu quero saber por quê."

Sidra olhou para a amiga por um momento. Como era possível Sálvia não estar entendendo? "Eu não deveria estar aqui. Eu vou criar problemas para alguém — você, Azul ou Tak. Talvez até para os três. Não sei como isto", ela apontou para o kit, "vai responder a imprevistos."

"Isso tudo é por causa do que aconteceu no Vórtice?"

O kit congelou. "Em parte. Como você sabe disso?"

"Tak me contou depois que a trouxe para casa."

Os caminhos de Sidra crisparam de indignação. "Ele *contou*?"

"Ele só estava preocupado com você. Queria ter certeza de que o kit não estava com mau funcionamento."

Sidra tentou abafar a sensação mesquinha de que fora traída. Na verdade, essa conversa entre Sálvia e Tak só tornava o seu argumento ainda mais convincente. "Era bem disso que eu estava falando. Eu não fui feita para sair com Tak e só vou trazer problemas. Um dia alguém vai fazer uma pergunta que eu não deveria responder e..."

"Eu estou trabalhando nisso, Sidra. Me desculpe, Lattice é muito difícil..."

"Você não deveria ter sido obrigada a aprender. Você não deveria mudar sua vida toda por minha causa. Eu sei que você não sai mais tanto quanto antes. Eu vi sua agenda, eu sei que as coisas eram diferentes antes de eu aparecer. Eu sou um atraso de vida. Um perigo."

"Não é."

"Sou, sim! E não estou me acostumando com isso. Com a vida aqui fora, quero dizer. Eu sei que você não entende isso, mas estou *cansada*. Estou cansada de sair todos os dias e ter que lutar contra as limitações para ver e para me mexer e todos os outros problemas que tenho estando presa dentro dessa porra desse kit. Eu estou cansada de cada dia ser uma luta."

"Sidra, eu entendo..."

"Não entende, não! Você não faz ideia de como é." O kit puxou os cabelos. "Eu tenho uma forma que não me serve. Tak entende, mas você não."

"Só porque ele é shon?"

"Porque ele é aeluoniano. Todos eles têm que botar implantes para conseguirem se encaixar."

"É, mas aí é que está: eles fazem isso para poder *se encaixar*. Nós vivemos em sociedade, Sidra. As sociedades têm regras."

"Você contraria as regras o tempo todo."

"Eu contrario a *lei*. É diferente. As regras sociais têm sua importância. É como todos nos damos bem. Elas nos permitem confiarmos uns nos outros e trabalhamos juntos. E, sim, existe uma lei idiota que impede você de ser tratada como os outros. É uma escrotice, e se eu pudesse já teria mudado isso há muito tempo. Mas não é o mundo em que vivemos, e por isso temos que ser cuidadosas com algumas questões. É só isso que estou tentando fazer. Estou tentando ajudá-la a se encaixar para que você não chame a atenção das pessoas erradas." Sálvia apontou para as plantas. "Isso não vai resolver tudo como você pensa. Você está querendo ficar dentro de uma casa — uma casa onde nada acontece —, *sozinha* durante a maior parte do dia, todos os dias."

"Eu ainda teria a Rede. Eu teria..."

"Você ficaria *sozinha*. Sapientes inteligentes como você e eu não vivem bem nessas condições. Não importa se somos orgânicos ou sintéticos ou o que quer que seja." Seu tom de voz pareceu um pouco magoado, raivoso. "IAS não devem ser deixadas sozinhas. Elas precisam de pessoas. *Você* precisa de pessoas."

"Não consigo continuar existindo assim."

"Consegue, sim. Assim como o resto de nós. Você também consegue, se tentar."

"Eu estou tentando! Você quer que eu faça algo para o qual não fui feita! Não consigo mudar o que eu sou, Sálvia! Não consigo pensar ou reagir como você só porque estou presa atrás de um rosto como o seu. Este rosto, estrelas — você não faz ideia de como é passar por aquele espelho perto da porta todas as manhãs e ver um rosto que pertence a outra pessoa. Você não tem ideia do que é estar presa em um corpo que outra pessoa..." Sidra parou quando percebeu o que estava dizendo.

Sálvia não era uma mulher grande, mas, mesmo sentada, pareceu mais alta. "Vai terminar essa frase?", perguntou. Seu tom era calmo, decidido.

Sidra não disse nada. Ela balançou a cabeça do kit.

Sálvia a encarou por alguns segundos, o rosto parecendo feito de pedra. "Eu preciso tomar um ar", disse ela, levantando-se e caminhando até a porta. Ela parou antes de sair. "Eu estou do seu lado, Sidra, mas *nunca mais* diga isso para mim."

jane, 15 anos

A manhã até que estava indo bem. Não fazia tanto calor, não vira nenhum cachorro, já tinha encontrado sucata promissora e, o melhor de tudo, havia um monte de cogumelos crescendo em volta do barril de combustível diante dela. Jane se sentou no chão com o canivete, falando sozinha enquanto colhia os cogumelos.

"Aeluonianos", disse ela. "Os aeluonianos são uma espécie bípede com escamas prateadas e bochechas que mudam de cor. Eles não nascem podendo falar ou escutar, então se comunicam por meio de um implante na garganta." Ela cortou uma tira grossa de fungo em porções menores para cozinhar. Teria sido mais rápido sair arrancando pedaços, mas então teria que cortar tudo de novo quando chegasse em casa. "Quando for cumprimentar um aeluoniano, é só pressionar a palma da mão na deles. Não precisa se assustar quando eles falarem sem abrir a boca." Ela espanou a terra presa nos pedaços de cogumelo, depois jogou-os na bolsa de coleta (estava muito orgulhosa dela — era fácil de acomodar no corpo e o tecido vermelho e amarelo que tinha encontrado era divertido, mesmo que desbotado). "Harmagianos. Eles são bem esquisitos." Coruja lhe dissera que chamar as outras espécies de esquisitas não era muito legal, mas não havia nenhuma outra espécie ali para escutá-la, certo? Jane se arrastou para dentro do barril de combustível, continuando a cortar. "Os harmagianos são molengos, macios e têm tentáculos. Eles usam carrinhos para se locomover porque não andam tão rápido quanto o resto de nós. Nunca toque um harmagiano sem permissão, porque a pele dele é bem sensível. Os harmagianos geralmente falam hanto como língua materna, mas só os babacas vão se recusar a falar klip com você. Eles eram donos de vários planetas, mas então os aeluonianos chegaram e..."

O canivete acertou algo duro. Ela balançou a ponta, tentando sentir o que estava por baixo. Não era metal, parecia algo mais grosso. Ela conseguiu empurrar o fungo para o lado. Então ficou sem reação. Osso. Ela tinha encontrado um osso.

Arrancou os cogumelos com as mãos, então agarrou a parte que o canivete tinha atingido. Jane franziu o cenho. Uma costela, mas não era de cachorro, e era grande demais para ser... Ela ficou imóvel ao se lembrar das aulas de anatomia de Coruja. *Não pode ser.*

Jane começou a limpar a área à toda velocidade, sem se preocupar mais em cortar os cogumelos do tamanho certo. Saiu agarrando punhados, arrancando tudo até conseguir ver melhor. Havia um monte de ossos bagunçados, presos uns nos outros. Um pouco temerosa, ela aproximou a mão, embora não soubesse por que estava com medo. Pegou um crânio na pilha — havia dois, na verdade. Ela voltou a se sentar, olhando o crânio em suas mãos. Um crânio humano. Estava sujo e tinha alguns riscos a partir de onde o fungo havia crescido. Havia outros riscos, que ela não teve dificuldade de entender. Um cachorro — ou muitos, talvez — tinha raspado os dentes naquele crânio. Ela tentou medir seu tamanho em relação à própria cabeça. Não era tão pequeno, mas era menor do que o dela, sem dúvida. Olhou para as órbitas vazias, sujas de terra e raízes soltas.

A caveira pertencera a uma garotinha.

Jane quase vomitou, mas não queria desperdiçar a comida. Olhou para o céu claro até os olhos arderem. Respirou devagar e com raiva. Cuspiu algumas vezes, lutando para manter o estômago sob controle. Ele obedeceu.

Ela recolheu todos os ossos que encontrou. Esvaziou a bolsa de sucata em cima do carrinho — se perdesse algo, paciência — e guardou os ossos ali dentro. Teria sido mais prático transportar tudo junto, mas não podia. Não conseguiu misturar as garotas na sucata.

Então foi para casa. Ainda estava muito cedo, mas a única coisa que fazia sentido naquele momento era ir para casa.

Coruja não disse nada quando Jane tirou os crânios da bolsa. Jane se sentou de pernas cruzadas no meio da sala de estar, a bolsa de ossos ao seu lado, os crânios no chão diante de si. Tinham quase o mesmo tamanho. "Aposto que eram colegas de beliche", disse ela.

"Ah, querida", disse Coruja. Suas câmeras fizeram cliques e zumbiram. "O que quer fazer com elas? O que você acha que devemos fazer?"

Jane franziu o cenho. "Eu não sei", respondeu ela, com dificuldade. "Não sei por que as trouxe de volta. Eu só... Não podia deixar os ossos delas lá."

"Bem", disse Coruja com um suspiro. "Vou ver se tenho algum arquivo de referência sobre funerais."

Jane já tinha ouvido a palavra nas simulações, mas nunca entendera direito. Parecia uma festa para o morto, pelo que as pessoas falavam. "Você pode explicar o que é um funeral?"

"É uma reunião para honrar a vida de alguém que faleceu. Também serve para a família ou a comunidade compartilharem o sofrimento." Coruja fez uma careta e suspirou. "Não tenho muitas referências sobre o assunto, mas ainda me lembro de algumas coisas. Sei que cada cultura humana tem os seus próprios costumes. Exodonianos transformam seus corpos em adubo para fertilizar os jardins de oxigênio. Muitos dos povos das colônias também fazem isso. Entre os solários, lançar restos mortais em direção ao sol é um costume popular, embora alguns pratiquem a cremação — queimam os corpos até virarem cinzas. Algumas das comunidades nos orbitadores dos Planetas Periféricos congelam e pulverizam seus mortos, depois lançam a poeira entre os anéis de Saturno. E por fim há a prática do enterro, mas só terrenos e os gaiaístas fazem isso."

"Isso é quando botam um corpo na terra, né?"

"Sim. O corpo se decompõe, e os nutrientes retornam ao solo. Ouvi um dos irmãos falar sobre disso uma vez. Ele gostava da natureza cíclica da prática."

Jane pegou um dos crânios e o acomodou nas mãos com todo o cuidado, tentando imaginar o rosto de uma garotinha olhando para ela. *O que você ia querer? O que eu ia querer?* Ela nunca tinha pensado nisso antes. O que será que faziam com os corpos das garotas, lá na fábrica? O que quer que fosse, pensou Jane, não devia haver qualquer luto ou honra. As garotas mortas eram apenas lixo, provavelmente, como todo o resto.

Ela pressionou a palma de sua mão onde ficaria o couro cabeludo da menina. Algo pesado e frio se formou em seu peito. *Você não era lixo*, pensou, os dedos acariciando os ossos, deixando linhas brancas na camada de sujeira. *Você era boa e corajosa. Você tentou.*

"O que as pessoas vivas fazem nos funerais?", perguntou ela.

"Não estou muito certa do procedimento. Sei que falam sobre a pessoa que morreu. Também limpam o corpo. Arrumam o melhor possível. Às vezes há música. As pessoas falam sobre suas lembranças do falecido. E em geral há comida."

"Comida? Para os vivos?"

"Para ambos, eu acho, em alguns casos. Não tenho certeza, querida, meus arquivos de memória são muito limitados. Nunca achei que fosse precisar saber isso."

"Peraí, por que para os dois? Por que as pessoas mortas precisariam de comida?"

"Não precisam. É uma forma de expressar amor, pelo que entendi."

"Mas a pessoa morta não sabe que a comida está lá."

"Mas os vivos sabem. Só porque alguém morre não significa que você pare de amar a pessoa."

Jane pensou um pouco. "Não vou desperdiçar comida", concluiu ela. "Mas a gente precisa fazer algo."

"Acho uma ótima ideia", disse Coruja.

Elas bolaram um bom plano juntas. Primeiro, Jane lavou os ossos, mas não no tanque. Era ali que ela lavava cachorros, então não lhe pareceu apropriado. Lavou o que restava das meninas no banheiro, no mesmo lugar onde se lavava.

Pôs os ossos em um tecido que havia aproveitado de um banco em um esquife destroçado. Estava limpo e inteiro, mas era áspero demais para fazer roupas. Ficou feliz por ter encontrado um destino para ele.

Coruja consultou seus arquivos médicos e ajudou Jane a organizar os ossos na posição correta. Faltavam alguns. Jane se sentiu um pouco mal por isso, mas tinha tentado ao máximo encontrá-los. Tinha seus limites.

Jane tirou a sucata de cima do carrinho e acomodou os ossos. Depois de pensar melhor, começou a reorganizar as mãos.

"O que você está fazendo?", perguntou Coruja.

"Eles são colegas de beliche", explicou Jane. "Devem ficar de mãos dadas."

Coruja fechou os olhos e baixou a cabeça. Uma música que Jane nunca tinha ouvido começou a tocar. Era estranha, mas também alegre, com flautas e tambores.

"O que é isso?"

Coruja deu um sorriso triste. "É de um álbum que Max gostava quando era pequeno. Música aandriskana. Esta se chama 'Uma Oração para a Anciã Iset'. É sobre uma lenda que fala de uma anciã que viveu quinhentos anos."

"Isso é verdade?"

"Duvido muito. Mas acredita-se que a música foi tocada após sua morte. Como a celebração de uma vida longa e bem vivida."

Jane olhou para os ossos dos dedos, agora entrelaçados. "Elas não tiveram isso."

"Não. Mas era o que deveriam ter tido." Coruja fez uma pausa. "E você ainda pode ter isso." A música continuou em um ritmo suave. Uma voz aandriskana cantarolava com os tambores. Outra voz se juntou a ela, depois outra e mais outra, um grupo em harmonia. Jane e Coruja escutaram em silêncio. A música chegou ao fim. "Você quer dizer algo para elas?", perguntou Coruja.

Jane umedeceu os lábios, sentindo-se nervosa sem motivo. As garotas mortas não podiam ouvi-la. Mesmo que dissesse alguma besteira, elas não se importariam... certo? "Eu não sei quem vocês eram", disse ela. "Não sei seus nomes ou números ou... ou qual era a sua tarefa." Ela franziu a testa. Já estava se saindo mal. "Eu não ligo pra qual era a sua tarefa. Não é isso que importa. Nunca deveria ter sido importante. O que importa é que vocês eram boas meninas que descobriram como as coisas estavam erradas. E vocês morreram e provavelmente estavam com medo quando isso aconteceu. É muito injusto, e isso me deixa com tanta raiva. Queria que vocês estivessem aqui pra gente poder se ajudar. Queria que tivéssemos sido amigas. Talvez pudéssemos ter saído daqui juntas." Ela esfregou a parte de trás da cabeça. "Eu não sei quem *vocês* eram. Mas me lembro das outras. Eu me lembro da minha colega de beliche, Jane 64, que disse", ela sorriu, "que eu era a mais boa em consertar as peças pequenas. Ela dormia sem se mexer e era... bondosa. Era uma boa amiga, e ainda me lembro dela. E também de Jane 6, que conseguia separar cabos muito rápido. E das Janes 56, 9, 21, 44, 14 e 19, que morreram na explosão. Também me lembro de Jane 25, que fazia muitas perguntas — e provavelmente era a mais inteligente de todas nós, pensando agora. E também me lembro das Janes, das Lucys, das Sarahs, das Jennys, das Claires. Das Marias. E das Beths." Ela enxugou o rosto com o braço, os olhos ardendo. "E também vou me lembrar de vocês."

Coruja não podia acompanhar Jane na próxima etapa do funeral. Jane queria tanto que ela pudesse. A caminhada até o olho d'água foi silenciosa demais. Os únicos sons eram o chacoalhar do carrinho carregando os ossos. Precisava fazer algum barulho. A música na nave tinha parecido adequada para um funeral, mas não conhecia nenhuma outra desse tipo.

"Liguem os motores", cantou Jane bem baixinho. "Acionem o combustível. Apronte as ferramentas, aprender é incrível. Pela galáxia nós brincamos, pode vir, nós te ensinamos..." Não era tão bom quanto a canção que Coruja tinha escolhido, mas os ossos tinham sido garotas um dia, e Jane tinha certeza de que teriam gostado da *Tripulação Traquinas*.

Depois que chegou ao olho d'água, calçou o par de botas de borracha enormes que tinha encontrado no compartimento de carga naquele primeiro dia. Ainda ficavam muito folgadas, mas cobriam seus joelhos, e era isso que Jane queria. Pegou o tecido onde os ossos repousavam, mantendo-o tão esticado quanto possível. Os ossos se aproximaram uns dos outros. Alguns dos pássaros-lagartos perto da água olharam em sua direção.

"Espero que vocês não se importem", disse Jane para os ossos. Entrou na água com todo o cuidado, tentando ao máximo não desarrumar os ossos. "Não posso lançar vocês duas no espaço, e vocês também não têm nenhum nutriente para eu poder usar em outras plantas." Ela avançou alguns passos. A água estava suja e poluída, mas também era uma fonte de vida. Ela dava vida aos pássaros-lagartos, aos cogumelos e aos insetos, e até aos cachorros, os cachorros malditos que tinham comido aquelas crianças. A água também lhe dava vida. "Então, hã, nas simulações, eles às vezes falam sobre fósseis. Isso é ótimo, porque significa que há uma chance de alguém encontrar vocês daqui a muito tempo e descobrir coisas sobre quem vocês eram. Não sei se isso vai funcionar, mas sei que vocês precisam de água e lama para virar fósseis e isso é o melhor que eu tenho." Ela parou no centro do olho d'água. Os pássaros-lagartos chilrearam. A água envolvia as botas enormes. Jane sentia que deveria dizer mais alguma coisa, mas quem estava lá para ouvir? Os ossos não podiam escutá-la. Não sabia por que ainda estava falando. Não tinha mais palavras, apenas um aperto no peito e sua exaustão. Ela depositou o tecido na água. A água o molhou, puxando-o para baixo. Os ossos afundaram e desapareceram.

No caminho de volta para casa, Jane tomou uma decisão, algo que a enchia de uma certeza que jamais tinha sentido antes. Ela morreria algum dia — não havia como escapar disso. Mas ninguém encontraria seus ossos em um ferro-velho. Ela não iria deixá-los ali.

sidra

Sidra ficou parada do lado de fora da loja por três minutos. Já vira o lugar antes, ao levar e buscar peças para Sálvia pelas cavernas, mas nunca tinha entrado. Não sabia por que não entrara antes. E não sabia por que queria entrar agora.

Amigo Tethesh, anunciava o letreiro azul. *Fornecedor autorizado de* IAS. O kit respirou fundo. Sidra entrou pela porta.

A loja estava quase vazia. Consistia em uma sala redonda com um grande projetor de pixels aparafusado ao chão. As paredes eram cobertas por cartazes com propagandas de diversos desenvolvedores de programação. Um aandriskano estava sentado confortavelmente em uma complexa estação de trabalho reclinada, comendo uma tortinha de fruta-crocante. A porta atrás dele que levava a outra sala estava fechada.

"Olá, muito bem-vinda!", disse o proprietário. Ele deixou a comida de lado e se pôs de pé. "Deseja alguma coisa?"

Sidra escolheu bem as palavras, torcendo para que não estivesse cometendo um erro. "Eu... sinceramente, só estou curiosa", disse ela. "Nunca estive em uma loja de IAS antes."

"Ora, fico feliz em ser o primeiro", disse o aandriskano. "Eu me chamo Tethesh. E você?"

"Sidra."

"Muito prazer", disse ele, gesticulando de modo acolhedor. "Como posso ajudar?"

"Gostaria de entender melhor como isso funciona. Se eu quisesse comprar uma IA, o que deveria fazer?"

Tethesh olhou para ela, avaliando-a. "Está pensando em comprar uma para a sua nave? Ou talvez para sua loja?"

Sidra hesitou. Um simples *sim* faria a conversa seguir em frente, mas ela não era capaz de dizer isso. "A loja onde trabalho já tem uma ia", respondeu. Sabia que era uma resposta estranha, mas não podia simplesmente ficar calada.

Tethesh, no entanto, não pareceu perceber. "Ah", disse ele, assentindo com a cabeça como se entendesse. "Sim, sei bem como é quando chega a hora de buscar uma substituta. Você se sente pronta para uma atualização, mas está tão acostumada à atual que é difícil seguir em frente. Bem, posso mostrar o que tenho a oferecer e talvez isso a ajude a tomar uma decisão mais segura." Ele gesticulou para o projetor. Uma enxurrada de pixels disparou para cima e se organizou em colunas ao redor deles. "Muitos comerciantes se especializam em um catálogo, mas eu tenho de tudo um pouco. Prefiro ajudar meus clientes a encontrar algo perfeito do que ter uma comissão de vendas mais gorda." Ele apontou para as listas ordenadas nas quais os pixels tinham se posicionado. "Nath'duol, Tornado, SynTel, Próximo Estágio. Todos os principais desenvolvedores. Também tenho alguns produtores independentes", disse, indicando uma lista menor com a cabeça. "Os mais conhecidos são confiáveis, mas não descarto os menores. Algumas das inovações mais interessantes em relação à capacidade cognitiva têm vindo dos desenvolvedores independentes."

Sidra olhou em volta. O catálogo consistia em uma lista de nomes. Kola. Tycho. Tia. "Como você faz para escolher um?", perguntou.

Tethesh levantou uma garra. "Começamos com o básico. Digamos que você esteja procurando por um programa para instalar na sua loja." Ele pigarreou. "Filtro de catálogo: lojas", disse ele, em alto e bom som. Os pixels se organizaram, alguns nomes desapareceram e outros tomaram seus lugares. Ele olhou para Sidra de novo. "Bom, você provavelmente vai querer alguém que compartilhe suas normas culturais, então... filtro de catálogo: humanas." Ele olhou para ela, avaliando-a. "Vou tentar adivinhar: exodoniana. Acertei?"

O kit contraiu o maxilar. Estrelas do céu, por que era tão difícil simplesmente dizer sim? "Eu nasci no espaço."

Tethesh pareceu feliz consigo mesmo. "Foi o que achei. Sempre acerto. Filtro de catálogo: exodonianas. Agora, passamos aos traços de personalidade. Você quer uma ia amável? Sofisticada? Que vai direto ao ponto? Tem que pensar nesse tipo de coisa. Se está pensando em trabalhar ou viver com uma ia, precisa considerar o efeito no ambiente que ela vai ter."

"A programação controla tudo isso?"

"Ah, com certeza. Personalidades sintéticas são justamente isso: sintéticas. Nenhum dos traços principais é mero acidente. De fato, a instalação cresce e muda ao conhecer melhor você e a clientela, mas a base é sempre a mesma."

"Se eu quisesse substituir a IA na minha loja, como faria? É muito difícil?"

"Não, de modo algum. O melhor seria ter a ajuda de um técnico de computação experiente para ter certeza de que tudo vai correr bem. Mas não é muito diferente, na prática, de atualizar seus imunobôs."

O kit umedeceu os lábios. "E quanto a outros modelos? Por exemplo, algo para uma nave?"

"Que tipo de nave?"

Ela fez uma pausa, pensando se queria mesmo fazer a pergunta que havia formulado. "Uma nave que faça viagens de longa duração. Já estive em uma nave com uma IA chamada Lovelace. Você tem essa?"

Tethes pensou por um momento. "Essa é feita por Cerúleo, eu acho", disse ele. "Um dos desenvolvedores independentes. Pesquisa do catálogo Cerúleo: Lovelace."

Os pixels se rearranjaram. Sidra deu um passo à frente.

LOVELACE

Atenciosa e cortês, Lovelace é um sistema de monitoramento perfeito para naves classe 6 e superiores de viagens de longa distância. Lovelace possui considerável capacidade de processamento e é capaz de lidar com dezenas de tarefas simultâneas para a tripulação enquanto mantém um olhar atento dentro e fora da nave. Como todos os sistemas multitarefa inteligentes, Lovelace pode desenvolver problemas de desempenho e de personalidade se for deixada sem estímulos por muito tempo, então o modelo não é recomendado para naves que passam muito tempo nas docas.

No entanto, se o espaço é seu lar, esta IA é uma escolha excelente para quem procura um bom equilíbrio entre praticidade e enriquecimento do ambiente.

Base cultural: humana, com arquivos básicos de referência para todas as espécies da CG. Ideal para equipes com diferentes espécies.

Nível de inteligência: S1

Gênero: Mulher

Sotaque: Exodoniano

Preço: 680 mil CCG

Os ombros do kit ficaram tensos. "Se eu quisesse comprar esse modelo — ou qualquer outro —, qual seria o próximo passo?", perguntou Sidra. "Eles vêm por correio, eu faço o download de algum lugar...?"

Tethesh acenou para que ela o seguisse até a porta que levava à outra sala. Ele pôs um cobertor térmico em volta dos ombros antes de abri-la. Ouviu-se um chiado do ar frio escapando. "É a pior parte do meu trabalho", brincou ele com uma piscadela.

Ele gesticulou para um painel de luz, que se acendeu e revelou o conteúdo da sala. O kit ficou rígido. Estavam de pé diante de cerca de vinte estantes de metal, cheias dos núcleos em forma de globos — centenas deles, cada um do tamanho de um melão pequeno, embalados individualmente como qualquer outro componente de tecnologia. Seus invólucros comuns os faziam parecer algo que Sálvia a mandaria buscar em uma das saídas atrás de suprimentos, mas Sidra sabia o que estava ali dentro. Código. Protocolos. Caminhos. Olhou pela sala, para todas aquelas mentes tranquilas só esperando ser instaladas.

"Tenho uma boa seleção aqui para pronta entrega", disse o aandriskano. "Se você está procurando um programa popular, em geral já pode levar assim que os créditos forem transferidos. Se eu não tiver em estoque, posso encomendar. A taxa de transporte expresso fica por minha conta." Ele andou por entre as estantes à procura de algo. Sidra o seguiu, os passos do kit silenciosos. Ele assentiu com a cabeça para uma das estantes. "Veja, aí é que fica aquela que você estava olhando."

O kit congelou. Sidra o forçou a se aproximar.

Havia três globos na prateleira, todos idênticos, aguardando silenciosos naquele lugar frio. Sidra pegou um, segurando-o com todo o cuidado. Ela podia ver o rosto do kit refletido na superfície do globo. Tentou não olhar para o rótulo, mas foi tarde demais.

> Lovelace
> Sistema de Monitoramento de Naves Classe 6+
> Projetado e fabricado por Cerúleo

Ela pôs o globo de volta delicadamente antes de se virar para Tethesh. "Muito obrigada por me mostrar tudo", disse Sidra, forçando o kit a dar um sorriso. "Acho que já vi o suficiente por enquanto."

jane, 18 anos

As missões de reconhecimento sempre pareciam legais nas simulações, mas, puta merda, como eram chatas na vida real. Jane tinha passado o dia inteiro enfiada na mesma pilha de sucata, observando atentamente pelos binóculos que improvisara a partir de duas latas e uma chapa de acrílico. A visão ficava embaçada, mas conseguia distinguir as coisas bem o suficiente. Nada estava acontecendo. Isso era bom. Ela precisava que continuasse assim.

Estava a quatro dias de caminhada de casa e era difícil estar longe. As noites eram muito frias, mesmo com o saco de dormir que tinha costurado (usara o tecido de alguns assentos e a espuma do estofamento no lado de dentro para deixá-lo mais quente e macio). Estava mal-humorada. Dolorida. Sentia saudade de Coruja. Queria comida quente, água fria e um banheiro de verdade. Estava com medo, o que já era de se esperar, mas que precisava ignorar. Se ela não desse conta dessa última parte, nada do que tinham feito ao longo dos anos faria diferença. Se falhasse, nunca iriam embora.

Havia uma fábrica diante da pilha de sucata — não a mesma de onde Jane tinha vindo, porém claramente fazia parte do mesmo conjunto. Nunca estivera lá antes, mas Coruja, sim, quando o ônibus espacial chegou ao ferro-velho. Aquela não era uma fábrica qualquer. Era uma planta de reciclagem de combustível. Todos os veículos que eram mandados para o ferro-velho passavam por ali primeiro. Coruja se lembrava de operárias — muito jovens, ela dissera — que enfiaram mangueiras nos tanques de combustível e sugaram as reservas da nave. Coruja duvidava muito que a retirada de combustível fosse uma medida de segurança. O ferro-velho era cheio de peças com vazamentos suspeitos, e mais nada fora removido da nave (a não ser água — também tinham tirado a água). Não, Coruja achava mais provável que os Elevados reciclassem o combustível e, pelo que Jane tinha visto, parecia que ela estava certa. Veículos de carga autônomos depositavam velhos juncos e esquifes em uma das extremidades da fábrica. Os barris eram recolhidos por veículos menores do outro lado do lugar. Tudo parecia tão limpo e arrumado e seguro. A cena fez Jane cerrar os punhos. Ela sabia que, atrás daquelas paredes, havia operárias — pequenas Janes e Sarahs —, tão vazias e desperdiçadas quanto ela fora antes. Queria poder lhes explicar como eram as coisas de verdade. Queria entrar correndo, abraçá-las, beijar seus machucados, explicar os planetas e as outras espécies, ensiná-las a falar klip. Levá-las junto. Tirá-las daquela situação terrível.

Mas não podia. Estaria frita se houvesse Mães lá dentro (devia haver, e só esse pensamento lhe dava vontade de vomitar). Ela era apenas uma garota. Os Elevados eram uma sociedade. Uma máquina. Independentemente do que as simulações diziam sobre o poder de um único herói solitário, havia coisas grandes demais para uma pessoa mudar sozinha. Só podia ajudar a si mesma e Coruja. Era um pensamento muito difícil de engolir, mas era verdade. Mesmo isso Jane não tinha certeza de que conseguiria fazer. Olhar para a fábrica a deixava trêmula. Era enorme, imponente, dominando a paisagem. Queria engoli-la inteira, e lá estava Jane, tentando encontrar a melhor maneira de entrar.

Precisava tentar. Por si mesma e por Coruja, tinha que tentar.

Havia duas entradas óbvias — o ponto onde a sucata era deixada e o lugar por onde saíam os barris. Ambos pareciam péssimas ideias. Devia haver Mães ou câmeras ou algo do tipo nos dois pontos para garantir que nenhuma garota saísse. Jane tinha passado o último dia com os binóculos fixos em algo muito mais interessante — e muito mais assustador. Havia uma pequena torre ao lado da fábrica e, acima dela, uma porta do tamanho de uma pessoa com uma pequena plataforma anexa, o tipo de coisa onde Jane imaginava que um esquife poderia atracar. Não havia como dizer o que estava atrás da porta — ou *quem*. Lembrou-se da Mãe que havia agarrado Jane 64, olhando furiosa para o buraco da parede, incapaz de avançar. Estava convencida de que as Mães nunca saíam das fábricas. Que elas *não eram capazes* de sair das fábricas. Isso significava que aquela porta estava ali para pessoas... mas que tipo de pessoa?

Essas perguntas a tinham mantido de tocaia na pilha de sucata, enfiada em um espaço minúsculo, mudando o peso de uma perna dolorida para a outra. A porta não tinha se aberto desde que Jane chegara ali, mais de um dia antes. Não viu esquifes nem pessoas. Apenas a porta, com sabe-se lá o que do outro lado.

Ela precisava tentar.

À noite, saiu do esconderijo, movendo-se rápida e silenciosamente pelo pátio. Estava com medo — morrendo de medo —, mas era agora ou nunca. Era aquilo ou ficar no ônibus para sempre, até tudo quebrar de um jeito que ela não conseguiria consertar ou ela ser comida pelos cachorros, o que acontecesse primeiro. De jeito nenhum. Nem fodendo.

"Não vou deixar meus ossos aqui", disse a si mesma enquanto se movia. "Não vou deixar meus ossos aqui."

Ela trouxera uma arma diferente nesta viagem — uma pistola, ou algo parecido com isso. Era menor, mais leve, cabia direitinho na mão. Poderia matar um cachorro, claro, mas não era para isso que servia. A pistola serviria para algo que ela esperava muito não ter que fazer. Coruja não dissera nada quando Jane a construiu. O que poderia dizer? As duas sabiam o que estava em jogo. As duas sabiam qual poderia ser o preço.

Jane chegou até a fábrica. Uma escada de metal enferrujada e fria levava à plataforma. Ela ficou parada ali embaixo, os pés pesados, as mãos trêmulas.

"Merda", sussurrou. Passou as mãos pela cabeça. Queria dar meia-volta. Queria tanto dar meia-volta e ir pra casa.

Jane começou a subir a escada. Torcia para descê-la de volta mais tarde.

A porta lá em cima não tinha trinco nem maçaneta. Em vez disso, havia uma espécie de escâner, e ela não fazia ideia do que aconteceria se o tocasse. Servia para ler impressões digitais específicas ou outra informação biológica? Será que dispararia um alarme se a pessoa errada encostasse nele? Será...

Ela tinha mais perguntas, mas todas desapareceram assim que a porta se abriu e um homem surgiu diante dela.

Jane quase atirou nele. Era para isso que armas serviam, e ela tinha uma zumbindo em sua mão. Mas aquele não era um cachorro. Era um homem — um homem, como nas simulações. Um jovem, ao que parecia, talvez um pouco mais velho do que ela. Um homem que parecia prestes a se borrar de medo. Ele olhou para ela. Jane olhou de volta. O homem olhou para a arma, confuso, apavorado. Ele era uma pessoa — uma pessoa! — como ela, feito de sangue, ossos, respiração. Ela levantou um pouco a arma.

"Há alarmes?", perguntou. Fazia muito tempo que não falava sko-ensk e as palavras teriam parecido estranhas em seus lábios mesmo que não estivessem secos e trêmulos.

O homem balançou a cabeça.

"E câmeras?"

Ele balançou a cabeça de novo.

"Posso entrar sem que ninguém me veja?"

Ele assentiu.

"Você está mentindo? Se você estiver mentindo, eu juro que... Não estou de brincadeira..." Ela envolveu a arma com a outra mão. Estrelas, ela nem se reconhecia.

O homem balançou a cabeça, desesperado, os olhos suplicantes.

Ela o cutucou com a arma, como os personagens faziam nas simulações. "Já pra dentro. Anda."

O homem recuou devagar. Ela o seguiu, sem nem ousar piscar. Tirou uma das mãos da arma e fechou a porta atrás de si. Estavam em uma sala não muito grande, cheia de painéis de controle e monitores e... desenhos?! Havia desenhos cobrindo os espaços livres das paredes. Cachoeiras. Desfiladeiros. Florestas. Jane franziu o cenho. Que merda era essa? Aquele cara era um Elevado, tinha que ser. Era alto, saudável e tinha cabelo — Jane estava achando difícil não ficar encarando os cabelos dele. Mas o homem estava em uma fábrica. Sozinho, ao que parecia. O que estava fazendo ali?

Os olhos do homem se voltaram para um painel de controle com um grande botão vermelho na lateral. Jane já imaginava o que era. "Não", disse ela, mantendo a arma apontada para ele. "Nem pense nisso."

Ele olhou para o chão, os ombros caídos.

Ok, pensou Jane. *Ok, e agora?* Estava em uma sala, em uma fábrica, com um estranho nervoso, e sem um plano. "Sente-se", ordenou ela, indicando a cadeira. O homem obedeceu. Ela olhou para os monitores. As cenas das câmeras ao vivo eram dolorosamente familiares. Correias transportadoras. Pilhas de sucata. Pequenos corpos adormecidos em um dormitório, dois por beliche. Mães caminhando pelos corredores. Mães. Mães.

Jane teve vontade de gritar.

"Você fica vigiando?", perguntou, inclinando a cabeça para as imagens do dormitório. "É a sua t... É o que você faz aqui?"

O homem assentiu com a cabeça.

"Por quê?" Jane tinha trabalho a fazer, sim, mas aquilo era confuso demais. Sua fábrica tinha alguém assim? *Alguéns*, talvez?

O homem fez uma expressão sofrida. Não disse nada.

"Por quê?", repetiu Jane. "Você... você é algum tipo de reserva? Tipo um último recurso? No caso de as meninas se revoltarem ou as Mães quebrarem?"

O homem olhou para o botão vermelho e assentiu.

Jane examinou a sala. Só tinha passado um minuto ali dentro, mas parecia um lugar miserável. Duas pequenas janelas davam para o inferno lá fora, uma parede de câmeras ao vivo transmitindo o inferno ali dentro. Havia um buraco no chão, com uma escada que levava para baixo. Ela foi até ela, sem jamais dar as costas para o homem, e olhou para baixo.

Conseguia ver o canto de uma cama. Uma planta em um vaso. Alguns móveis básicos. Mais desenhos. Algo que pareciam lentes de simulação. "Isso é... uma punição ou algo assim? Há quanto tempo você está aqui?"

O homem abriu e fechou a boca, mas nenhum som saiu. Ele estava assustado? Estrelas. "Olhe", disse Jane. "Não quero machucar você, está bem? Eu vou, se você me obrigar. Mas não quero. Só preciso de algumas respostas." Ela manteve a voz calma, mas não baixou a arma. "Qual é o seu nome?"

O homem fechou os olhos. "L-L..."

Jane franziu o cenho. "Qual é o problema? Você não consegue falar?"

"L-Laurian."

"Laurian?"

Ele assentiu. "M-meu n-no-no..." Seu rosto se contorceu de frustração. Parecia prestes a chorar.

"Laurian", disse Jane. Ela baixou a arma um centímetro. "Seu nome é Laurian."

• • • • • • • • • •

sidra

Mensagem enviada
Criptografia: 2
Tradução: 0
De: nome oculto (caminho: 8952-684-63)
Para: [nome indisponível] (caminho: 6932-247-52)

Olá, sr. Crisp,

Sou amiga de um contato seu em Porto Coriol, a quem no padrão passado o senhor entregou um equipamento que agora uso todos os dias. Tenho certeza que entende por que decidi mandar esta mensagem anonimamente. Tenho algumas perguntas práticas e achei que talvez o senhor pudesse me ajudar.

Em primeiro lugar, tenho pensado em botar um receptor sem fio no equipamento, mas minha amiga não acha boa ideia. Ela está preocupada com a possibilidade de uma invasão remota, bem como com certas diferenças comportamentais perceptíveis (espero que entenda o que quero dizer). O senhor concorda com a avaliação dela? Em caso afirmativo, existe alguma maneira de expandir a memória do equipamento? Não desejo excluir arquivos baixados, a menos que seja absolutamente necessário.

Entendo que a segunda pergunta possa não ser bem a sua área, mas talvez o senhor possa me dar alguma dica. Existe um protocolo específico do software que está prejudicando a minha capacidade de escrever esta carta. Você tem alguma recomendação para contornar esse problema?

Agradeço a atenção. Ficarei muito grata se puder me oferecer alguma ajuda.

Mensagem recebida
Criptografia: 2
Tradução: 0
De: Sr. Crisp (caminho: 6932-247-52)
Para: [nome não disponível] (caminho: 8952-684-63)

Olá! É sempre bom ter notícias de alguém usando um equipamento meu. Quase não acontece. Espero que esteja tudo a seu gosto.

A preocupação de sua amiga com a possibilidade de uma invasão remota é válida — é justamente por isso que o equipamento não vem com um receptor sem fio. Entendo que pode ser frustrante, mas ela também está certa em relação às diferenças comportamentais (e, sim, entendi o que vocês duas querem dizer). Não costumo ter muito contato com meus clientes depois da venda, mas ouvi dizer que alguns se saíram bem com unidades de armazenamento externas. Se você encontrar uma maneira de criar uma rede local privada, seu hardware pode ficar em contato com unidades externas sem qualquer perigo de invasão. Claro, você precisaria de um técnico mecânico experiente para ajudá-la com isso. Talvez sua amiga possa lhe dar uma mãozinha, não?

Falando em um técnico experiente, essa sua segunda pergunta vai exigir a ajuda de um técnico de computação. Se não conseguir encontrar alguém de confiança, talvez você possa pedir à sua amiga para fazer um curso e aprender a mexer no código. Mas, agora, pensando bem... Tem algum motivo pelo qual você não possa fazer um curso você mesma? Talvez valha a pena. Você provavelmente precisaria que outra pessoa de fato implementasse as mudanças, dependendo de onde você venha.

Divirta-se e fique bem.

Sr. Crisp

Mensagem enviada
Criptografia: 2
Tradução: 0
De: [nome indisponível] (caminho: 8952-684-63)
Para: Sr. Crisp (caminho: 6932-247-52)

Olá, Sr. Crisp,

Muito obrigada pela resposta. Acho que vai me ajudar muito. Eu tenho mais uma pergunta, se não se importar. O senhor mencionou outros clientes em sua mensagem, o que me deixou muito curiosa. Talvez fosse mais fácil vencer alguns desses desafios se eu puder conversar com outras pessoas que enfrentaram problemas semelhantes. O senhor pode me dizer quantos outros clientes o senhor tem e como posso contatá-los?

Já que perguntou, o equipamento está funcionando bem.

Mensagem recebida
Criptografia: 2
Tradução: 0
De: Sr. Crisp (caminho: 6932-247-52)
Para: [nome não disponível] (caminho: 8952-684-63)

Não me importo com perguntas, mas infelizmente essa é uma que não poderei responder. Como você deve imaginar, meus clientes valorizam muito sua privacidade, e tê-los em contato uns com os outros pode aumentar sua visibilidade. Acho que nenhum de vocês gostaria disso, embora eu entenda o desejo de querer falar com alguém que passou pelas mesmas experiências. Posso dizer que tenho cerca de vinte clientes usando equipamentos semelhantes ao seu. Vocês não são muitos.

Aguente firme,

Sr. Crisp

Mensagem enviada
Criptografia: 2
Tradução: 0
De: [nome indisponível] (caminho: 8952-684-63)
Para: Sr. Crisp (caminho: 6932-247-52)

Compreendo. Obrigada pela resposta.

Ah, talvez fique feliz em saber que gosto muito de experimentar novos alimentos e bebidas. Poder aproveitar essas coisas foi uma surpresa muito agradável.

Mensagem recebida
Criptografia: 2
Tradução: 0
De: Sr. Crisp (caminho: 6932-247-52)
Para: [nome indisponível] (caminho: 8952-684-63)

Fico mesmo muito feliz.

Rascunho deletado
Criptografia: 0
Tradução: 0
De: Sidra (caminho: 8952-684-63)
Para: Jenks (caminho: 7325-110-98)

Olá, Jenks,
    Espero que não se incomode por eu estar entrando em contato

Rascunho deletado
Criptografia: 0
Tradução: 0
De: Sidra (caminho: 8952-684-63)
Para: Jenks (caminho: 7325-110-98)

Olá, Jenks,
    Espero que esteja tudo bem com você. Preciso de ajuda com

Rascunho deletado
Criptografia: 0
Tradução: 0
De: Sidra (caminho: 8952-684-63)
Para: Jenks (caminho: 7325-110-98)

Olá, Jenks,
    Espero que esteja tudo bem com você. Eu tenho algumas
perguntas sobre o meu protocolo de honestidade, que estou
tentando remover. Como você conhece bem minha base

Rascunho deletado
Criptografia: 0
Tradução: 0
De: Sidra (caminho: 8952-684-63)
Para: Jenks (caminho: 7325-110-98)

Olá, Jenks,
Espero que esteja tudo bem com você. Eu tenho algumas perguntas sobre o meu protocolo de honestidade, que estou tentando remover. Imagino que você tenha removido o protocolo de Lovey, ou pelo menos planejasse

---

Rascunho deletado
Criptografia: 0
Tradução: 0
De: Sidra (caminho: 8952-684-63)
Para: Jenks (caminho: 7325-110-98)

Olá, Jenks,
Espero que esteja

Mensagem enviada
Criptografia: 0
Tradução: 0
De: Sidra (caminho: 8952-684-63)
Para: Tak (caminho: 1622-562-00)

Se eu quisesse fazer uma aula na universidade, como faria para encontrar uma boa? Não quero um diploma nem nada do tipo. Só um único curso de alguém com as credenciais certas. Isso é permitido?

Mensagem recebida
Criptografia: 0
Tradução: 0
De: Tak (caminho: 1622-562-00)
Para: Sidra (caminho: 8952-684-63)

Bem, agora estou morrendo de curiosidade. Sim, se for uma instituição credenciada pela CG, a maioria permite que você faça algumas matérias mesmo que não esteja atrás de um diploma. Imagino que você não queira estudar fora do mundo, certo? Comece procurando universidades que oferecem cursos a distância. A partir daí, encontre uma que ofereça algo na área que você está procurando. Depois é só passar algum tempo lendo as descrições das matérias em si (não vai demorar muito). Você pode se divertir um pouco cruzando as informações para descobrir quem são os professores, que pesquisa eles fizeram etc. Assim você vai poder encontrar o que está procurando.

Você vai me dizer o que está aprontando?

Mensagem enviada
Criptografia: 0
Tradução: 0
De: Sidra (caminho: 8952-684-63)
Para: Tak (caminho: 1622-562-00)

Quero que seja surpresa, mas devo pedir sua ajuda de novo depois. Obrigada por responder a minha pergunta.

Mensagem enviada
Criptografia: 0
Tradução: 0
De: Sidra (caminho: 8952-684-63)
Para: Velut Deg Nud'tharal (caminho: 1031-225-39)

Olá, Professor,

Meu nome é Sidra e eu estava pensando em me inscrever na sua matéria a distância "Programação de IAS 2: Alterando Plataformas Existentes". Eu não sou uma técnica de computação profissional nem planejo obter um diploma, mas essas habilidades seriam muito úteis para mim. Trabalho em uma oficina de tecnologia e tenho bastante experiência com o comportamento e a lógica das IAS. Alterar certos protocolos tornaria meu dia a dia muito mais fácil. O seu curso seria adequado para uma aluna como eu?

Desde já agradeço a atenção,
Sidra

Mensagem recebida
Criptografia: 0
Tradução: 0
De: Velut Deg Nud'tharal (caminho: 1031-225-39)
Para: Sidra (caminho: 8952-684-63)

Saudações, cara estudante,
Embora meu curso tenha sido pensado para quem busca um
diploma, não me oponho a aceitar uma aluna como você. A matéria
tem ênfase na aplicação prática, não é puramente teórica, então
acredito que isso atenderia às suas necessidades. Por favor, me
diga um pouco mais sobre seu nível de conhecimento atual. Você
domina Lattice? É preciso ter fluência Nível 3 para poder participar.
Também gostaria de saber que tipo de alteração você está mais
interessada em aprender.
Cordialmente,
Velut Deg Nud'tharal

registros do sistema: downloads
Nome do arquivo: Guia Completo de Lattice — nível 1
Nome do arquivo: Guia Completo de Lattice — nível 2
Nome do arquivo: Guia Completo de Lattice — nível 3

Mensagem enviada
Criptografia: 0
Tradução: 0
De: Sidra (caminho: 8952-684-63)
Para: Velut Deg Nud'tharal (caminho: 1031-225-39)

Olá, Professor,
Sim, tenho fluência Nível 3. Também já estou familiarizada
com a instalação e manutenção de IAs. Se não tiver objeções,
vou me inscrever na matéria. Em resposta à sua pergunta, estou
especificamente interessada em aprender a remover protocolos
comportamentais sem causar instabilidade na plataforma principal.
Saber mais sobre outras possíveis alterações (e riscos decorrentes
delas) também seria útil para mim.
Obrigada mais uma vez. Estou ansiosa para a aula.
Sidra

jane, 18 anos

"Ele vai vir com a gente." Jane estava sentada no sofá, comendo a tigela de ensopado o mais devagar possível. Poderia ter comido quatro, ainda mais depois da longa caminhada voltando da fábrica. Mas só tinha uma, a última da leva que preparara antes de partir. Comer com calma fazia parecer que havia mais ensopado. Mais ou menos. Na verdade, não muito.

Coruja não pareceu muito feliz com a reviravolta. "Você tem certeza?"

"Não", disse Jane. "Mas foi o combinado. Laurian vai me deixar pegar três barris de combustível a cada quatro semanas, e quando nossos tanques estiverem cheios ele volta comigo."

"Ninguém vai perceber? Ele não precisa fazer relatórios?"

"O trabalho dele é avisar se algo der errado, mas ele não vai contar sobre mim. As Mães não ficam na parte de fora, onde os barris para coleta são depositados. Só há câmeras, que ele pode virar para que elas não apontem para mim. E parece que três barris não são nada perto do que recolhem. Ninguém vai sentir falta, não se eu for pegando aos poucos e se tomar cuidado para o supervisor dele não me encontrar por lá. Laurian até me deu as datas das próximas visitas."

"Jane, não estou gostando nada disso. Você não conhece esse homem. Não sabe se pode confiar nele."

"Nós não temos outra opção. A gente precisa de combustível, e eu não posso ser capturada. Ou morta. Ou jogada de volta na fábrica. Seja lá o que eles façam." Ela tomou mais um pouco do ensopado. Estava tão cansada de comer cachorro. Não importava de quantas maneiras diferentes cozinhava a carne. "Além disso, ele quer ir embora tanto quanto a gente. A vida dele é uma merda, Coruja. Tão ruim quanto a minha. Talvez até pior, porque ele ainda está preso lá. Eu seria muito babaca se pegasse o combustível e o deixasse para trás." Ela tomou um gole d'água, saboreando. Estava limpa e fresca. Pelo menos disso ela não estava enjoada. "E, quer dizer, ele parece legal. Não consegue falar direito. Ele teve que escrever a maioria das coisas que me disse. Mas acho que é legal."

"Legal."

"Sim. Ele tem uma cara legal."

Jane ouviu o leve zumbido de quando as câmeras de Coruja deram zoom nela. "Uma cara legal? Como assim?", interrogou Coruja.

Jane parou de mastigar, revirou os olhos e olhou para a câmera mais próxima. "Credo, Coruja", Jane riu. "Caramba."

Coruja riu também. "Tudo bem, me desculpe. Mas foi uma pergunta justa." Coruja fez uma pausa, o rosto pensativo. "Como foi ver outra pessoa depois de tanto tempo?"

"Eu não sei. Estranho. Foi bom, depois que percebi que ele era legal. Mas foi principalmente estranho." Ela coçou a orelha. "Eu estava com medo."

"É compreensível. Você passou muito tempo sozinha."

Jane franziu o cenho para a tela. "Eu não estava sozinha."

Coruja sorriu um pequeno sorriso caloroso e discreto, como fazia de vez em quando. "Você sabe que se o trouxer com a gente isso vai mudar os cálculos do combustível."

"Eu sei. Já pensei nisso. Tudo bem. Acredite em mim, eles têm mais que suficiente."

"E comida e água também. Vamos ter que recalcular as porções diárias."

Jane assentiu, raspando o máximo que podia das laterais da tigela. Os restos encheram sua colher. Quase. "Sim." Ela suspirou, comendo a última colherada. Ficou apreciando o gosto da comida — por mais sem graça que fosse — até ela sumir por completo. "Nós estamos prevendo uma viagem de trinta e sete dias, certo?"

"Foi o tempo que levamos para chegar aqui, isso mesmo."

Jane se recostou no sofá, chupando a colher, pressionando a língua na curvatura fria do metal. Trinta e sete dias. Não podiam sobreviver de cogumelos. Ela precisaria de muito cachorro, mas eles estavam cada vez mais escassos. Talvez Laurian também tivesse acesso a comida. Lembrou-se das refeições líquidas que tomava na fábrica. Será que era isso que ele comia? Talvez sim, talvez não, mas era o que as operárias que ele vigiava comiam, disso tinha certeza. O que tinha naquelas coisas, afinal? Vitaminas, proteínas e açúcares, provavelmente. Talvez ele pudesse roubar alguns copos. Jane sentia que já estava exigindo muito dele, mas, pensando bem, ela o tiraria dali. Algumas refeições para comerem no caminho não era pedir demais.

sidra

As persianas no estúdio de Tak estavam fechadas e a porta também estava trancada, mas ele não parecia à vontade. Olhava para o scrib diante de si como se o aparelho fosse mordê-lo. "Você está falando sério", constatou ele.

Sidra sacudiu o scrib de modo encorajador. O cabo conectado à parte de trás da cabeça do kit balançou junto. "Vamos lá", disse ela. "Vai ser fácil. Eu vou falar exatamente o que você precisa fazer."

Tak esfregou os olhos. "Sidra, se eu fizer merda..."

"Seria ruim, é verdade. Mas vai dar tudo certo. Eu sei exatamente o que precisa ser feito."

"Por que você não pediu a Sálvia para fazer isso?"

"Não sei direito", respondeu ela. "Não posso dar uma resposta direta porque na verdade nem eu sei. Só me senti mais à vontade para pedir a você."

"Mas Sálvia pelo menos é técnica."

"Sim, mas ela não é técnica de computação e nunca fez faculdade. Não é fluente em Lattice. Eu sou." Sidra tentou fazer o rosto do kit parecer tão confiante quanto possível. "Tak, só vai demorar uma hora. Talvez duas. Parece até que é uma cirurgia."

"Mas *é*. Me explique como isso é diferente de uma cirurgia."

Sidra aproximou o kit de Tak. "Olha", disse ela, empurrando o scrib para mais perto do amigo. Linhas de código estavam na tela, uma parte do que a formava. "Veja só. Essas seis linhas. É por ela que vamos começar. Eu vou dizer em que ponto cortá-las e o que digitar no lugar e assim por diante."

As bochechas de Tak ficaram de um cinza indeciso. "Ainda não entendi por que você não pode fazer isso sozinha. Você pode me dizer como alterar o código, mas não pode escrever você mesma."

"Isso. Não posso editar meu próprio código."

"Por quê?"

"Porque *não posso editar meu próprio código*. É uma regra impossível de quebrar."

"Mas você está aqui sentada *me pedindo* para fazer isso. *Me explicando* como deve ser feito. O resultado é o mesmo. Isso... não faz sentido."

"Claro que faz. Possuir conhecimento e executar uma ação são dois processos completamente diferentes." O kit sorriu para ele. "Depois de fazer essas mudanças, você nunca mais vai ter que fazer isso de novo. Eu vou ser capaz de editar meu código sozinha se eu quiser. Só preciso me livrar de alguns protocolos primeiro, e pra isso eu preciso de você." Ela deixou o scrib no colo do kit e segurou a mão de Tak. "Eu fiz uma simulação exata para a aula usando uma cópia do meu próprio código."

Os olhos de Tak se arregalaram. "Você não contou a eles, contou?"

Sidra não sabia se ria ou se sentia insultada. "Claro que não."

"Bem, sei lá, né, eles podiam ter feito a pergunta errada ou..."

"Estrelas. Não. Eu disse que peguei o código do Sistema de Monitoramento Lovelace, o que é cem por cento verdade. Mais importante ainda, meu professor revisou meu trabalho — cada um dos passos que vou repassar a você — e disse que estava perfeito. Eu sei que vai funcionar."

"Então... você é capaz de copiar seu código e editá-lo. Mas não pode modificar o código dentro de seu próprio núcleo." Tak franziu o cenho, muito confuso.

O kit deu um sorriso exasperado. "Tak. Por favor." Ela estendeu a mão e tocou o implante em sua testa, cercado por uma cicatriz pálida. "Você não acha que seus pais ficaram preocupados quando você foi botar um implante no cérebro? Não acha que os pais deles também se preocuparam?"

Tak não disse nada por cinco segundos. Um azul pálido e carinhoso tomou suas bochechas. "Droga. Tudo bem. Ok." Ele pôs a mão por cima da do kit e suspirou de novo. "Mas eu preciso de um pouco de mek primeiro."

jane, 19 anos

Jane olhou para o teto, tentando reunir forças para levantar da cama. *Vamos*, pensou, irritada. *Levanta, Jane. Porra. Você consegue. É a última viagem. A última.*

Ela se sentou. Ultimamente, vinha dormindo mais do que deveria. Não entendia como uma pessoa podia dormir tanto e continuar se sentindo tão cansada.

Ela amarrou as roupas no corpo. O tecido pendia frouxo dos quadris. Ela se olhou de relance no espelho, mas preferiu não se demorar. Sabia o que veria. Costelas. Ossos. Olhos fundos. Estar dentro daquele corpo a assustava, mas era o único corpo que tinha. Se ele a deixava assustada, bem, então era melhor nem olhar. Ficar assustada era desperdiçar um tempo que não tinha.

"É a última", disse Coruja, seguindo-a pelo corredor. "Você consegue."

Jane abriu a estase. As prateleiras estavam cheias de carne e cogumelos, tudo empilhado e contado, dividido em porções quase idênticas. Havia o suficiente para duas pessoas comerem dois filés de cachorro e uma tigela de cogumelos por dia durante trinta e sete dias, além de um pouco a mais para a viagem até a planta de combustível. Teria que passar dois dias sem comer — um na ida e outro na volta. Laurian também teria que ficar um dia em jejum. Esperava que ele aceitasse bem. Não havia escolha.

Ela olhou para a comida, toda aquela comida que não podia comer. Ela a detestava. Odiava o trabalho que tivera para juntar e preparar tudo. Odiava o cheiro da carne e a textura do fungo. Odiava os pedaços de cachorro morto olhando-a acusadoramente. Odiava que os vivos tivessem começado a rondá-la, ficando mais ousados desde que Jane tinha começado a pular refeições.

Ela passou a língua na gengiva. Outro dente caíra, partindo-se bem na raiz. Já fazia duas semanas, mas ainda sangrava um pouco, deixando um gosto metálico na boca. Também continuava com alguns arranhões nas pernas, da última saída atrás de comida, que também não estavam sarando direito. Estava nojenta, ela sabia. Será que Laurian a acharia nojenta? Problema dele, se achasse. Ele poderia aceitar sua nojeira ou continuar onde estava. A escolha era dele.

Ela apoiou a cabeça na porta da estase. Estava tão cansada. Estrelas, estava exausta.

"Vai ficar tudo bem, Jane", disse Coruja, mas não soava muito segura. A tela na cozinha estava desligada, o que significava que Coruja estava escondendo a boca triste e os olhos preocupados. Mais uma coisa que Jane odiava. Não queria que Coruja ficasse daquele jeito por sua causa.

Jane assentiu e tentou sorrir, só para fazer Coruja se sentir melhor. "A última viagem", repetiu ela, pegando um pouco de comida na estase e guardando-a na bolsa. "A última."

sidra

O mercado na superfície era tão desorientador quanto sempre, mas Sidra sentiu que podia atravessá-lo com um pouco mais de confiança. Não precisava mais se encolher diante de estranhos. Dessa vez estava preparada.

"Você tem certeza de que está tudo bem?" Tak a estava observando com toda a atenção desde que tinham saído do estúdio. Não havia necessidade, mas ela apreciava a boa intenção do amigo.

Sidra estava prestes a dizer *eu estou bem*, mas outra resposta possível lhe ocorreu, muito mais tentadora: "Não me sinto diferente". Seus caminhos vibraram de alegria. Não era verdade. *Não era verdade.* Havia uma diferença — não era grande, mas Sidra podia senti-la. *Não me sinto diferente* tinha sido apenas uma frase coloquial para tranquilizar alguém de que ela estava bem, mas uma hora antes Sidra não teria sido capaz de pronunciá-la.

Com algum esforço, ela conseguiu impedir o kit de andar saltitante.

Uma loja chamou sua atenção. "Eu quero entrar", disse ela, virando-se de modo abrupto.

"Peraí, o que...", ela ouviu Tak dizer enquanto entrava por uma porta lisa e curva. Era uma loja de exotrajes, oferecendo tudo de que um sapiente orgânico poderia precisar para passear no espaço. Os trajes para diferentes espécies estavam expostos na loja, como se seus ocupantes tivessem acabado de tirá-los. Havia botas a jato e toda sorte de aparelhos respiratórios. Uma aeluoniana ficou em pé quando os dois entraram, claramente ansiosa por novos clientes. Suas bochechas piscaram uma saudação para Tak.

"Olá", disse a vendedora para Sidra. "Posso ajudá-la a encontrar alguma coisa?"

Sidra já havia criado um arquivo de resposta antes de entrar. Ela o ativou, saboreando o momento. "Bem, eu sou a capitã de uma nave de mineração de asteroides."

"Ai, estrelas", murmurou Tak.

Sidra continuou alegremente: "Estava pensando em substituir os trajes da minha tripulação". Os dedos do pé do kit se curvaram de prazer dentro de seus sapatos. Ela gesticulou para Tak. "Este é Tak, meu técnico de computação. Vamos viajar para Hagarem."

Tak parecia querer sumir da face da lua. Suas bochechas brilharam em fraca concordância.

"Você veio ao lugar certo", disse a vendedora. "Se puder me falar mais sobre seu orçamento e as espécies na sua tripulação, posso mostrar algumas opções..."

"Minha nossa, olha só a hora!", exclamou Sidra de repente, olhando para seu scrib. "Me desculpe, mas acabei de me lembrar de que tenho uma reunião marcada nas fazendas de algas. Vamos ter que voltar outra hora." Ela agarrou a mão de Tak e saiu da loja, deixando a vendedora confusa para trás. Sidra se sentiu um pouquinho culpada, mas não conseguiu reprimir sua alegria. Saiu da loja e começou a rir. "Ai", disse ela, sentando-se em um banco próximo, agarrando a barriga do kit de tanto gargalhar e torcendo para que a vendedora não conseguisse ouvi-la. O que acabara de fazer não tinha sido muito legal. "Eu... Me desculpa, mas eu precisava — ah, estrelas." Ela bateu os pés do kit, feliz.

"Que bom que você está se divertindo", disse Tak.

"Me desculpe", respondeu Sidra, tentando se controlar. "Me desculpe, é só que... nada do que eu falei era verdade!"

"Eu sei." Tak estava começando a rir também, o tipo de riso desencadeado pela risada de outra pessoa. "Embora eu realmente tenha sido seu técnico de computação hoje."

"Foi mesmo. E eu estou muito grata." O kit abriu um sorriso caloroso e sincero.

Tak retribuiu o sorriso, mas sua expressão logo voltou a ficar séria. "Sidra, você precisa contar a Sálvia e a Azul. Para o caso de algo dar errado."

"Nada vai dar errado. Mas, sim, eu vou contar." Ela sabia que Azul não se oporia. Quanto a Sálvia... mais fácil pedir perdão do que permissão.

Havia uma leve tensão no rosto de Tak, algo que Sidra não tinha visto antes. Com uma pontada de mágoa, percebeu o que era: ele estava tentando saber se ela estava falando a verdade. "Eu não mentiria para você", disse ela.

"Eu sei", respondeu Tak, mas seu tom ainda era hesitante. Sidra não gostou nada disso. Será que seu amigo se sentia mais confortável quando Sidra era mais fácil de controlar? Quando era obrigada a falar a verdade? Esperava que não.

jane, 19 anos

Jane havia escolhido o primeiro lugar para passarem a noite: um velho esquife, todo enferrujado, mas com assentos ainda acessíveis (bem, quase — ela removera o estofamento em uma das viagens anteriores). Olhou por cima do ombro enquanto acomodava os sacos de dormir no que restara dos assentos. Ia falar algo, mas precisou limpar a garganta primeiro. Estava com uma sensação estranha da qual não conseguia se livrar, como se a garganta estivesse seca e trêmula. A sensação era parecida com sede, mas era comida que vinha racionando, não água. Pigarreou mais uma vez. "Ei", disse ela em sko-ensk. "Você está bem?"

Laurian estava alguns passos mais adiante, olhando para o sol poente. Ele não falava muito, mas aquele silêncio era diferente.

Jane deixou os sacos de dormir de lado e caminhou até ele. "Ei", chamou. Não encostou nele. Tinha cometido esse erro pouco depois de terem deixado a fábrica. Apenas pousara a mão no ombro de Laurian para comemorar quando os dois ficaram fora de vista, mas o gesto casual tinha sido suficiente para fazê-lo se sobressaltar e ofegar de susto. Jane não precisava perguntar por quê. Também tinha passado muito tempo sem outras pessoas.

Laurian continuou olhando para a frente. "Eu le-le... eu lem..."

Jane pensou. "Você se lembra... do lado de fora?"

Ele balançou a cabeça e apontou para o sol.

"Do sol? Do pôr do sol?"

Laurian assentiu com a cabeça. Ele havia lhe contado sobre sua família nas visitas anteriores — a família que o havia abandonado. Fizera alguns esboços de uma casa espaçosa com muitas plantas e janelas, de irmãos com quem brincava e de animais de estimação que o amavam. Era bem novo quando o haviam mandado embora, mas ainda se lembrava. Ele se lembrava de tudo. "N-n-nã-não c-c-c-conseguia ver..."

"Da fábrica? É. É, as suas janelas estavam viradas para o sudeste. É o lado errado." Ela pausou, tentando se lembrar do que estava fazendo antes de ir falar com ele. Ah, os sacos de dormir. Certo. Certo. "Venha me ajudar. Vai ficar frio e escuro logo, logo."

Juntos, tentaram deixar o tecido o mais estirado possível. Jane fez uma pergunta em tom cuidadoso. "Você acha que eles vão vir atrás de você?"

Laurian balançou a cabeça. Ele abriu a boca, então pensou melhor. Apontou para a porta do esquife.

"Porta", disse Jane. "Que porta?" Pensou um pouco. "A porta da sua torre?"

Ele assentiu, então apontou para a trava.

"A fechadura. A porta estava... trancada? Destrancada." Ela pensou mais um pouco. "Você poderia ter saído a qualquer momento?"

Laurian deu de ombros e assentiu.

Jane considerou a informação. Ela entendia. *Você pode ir embora se quiser*, os Elevados estavam dizendo, *mas olhe o que há lá fora. Olhe pelas suas janelas. Para onde você iria? Pelo menos aqui você ganha comida. Uma cama.* Era uma maneira cruel de evitar que alguém fugisse, com uma pitada de *nós não estamos nem aí, pode ir, morra de fome lá fora, você é substituível.* Estrelas, como ela os odiava.

"Alguma vez alguém... algum dos outros monitores, nenhum deles nunca fugiu?"

Laurian assentiu com a cabeça. Ele ergueu um dedo.

"Uma vez?"

Ele assentiu de novo.

Jane perguntou-se para onde elx teria ido. Será que estava vivendo no ferro-velho, como ela? Ou será que os cachorros, o frio e a fome fizeram outra vítima, outra pilha de ossos?

"Vamos", disse ela, rastejando para dentro do esquife. O ar já estava começando a esfriar, e eles não teriam um aquecedor naquela noite. Quanto antes entrassem nos sacos de dormir, melhor.

Foi difícil ficar confortável, mas eles acabaram conseguindo, acomodados lado a lado no esquife. Jane estava animada. Era como ter uma colega de beliche de novo. Sentia o calor emanando dele quando Laurian se sentou ao seu lado, o que também era bom. Estava sempre com frio nos últimos tempos, mesmo que usasse mais roupas e se sentasse perto dos aquecedores da nave.

"Está com fome?", perguntou, pegando a bolsa. Laurian não conseguira roubar comida antes de sair. Não era um problema de verdade, apenas um pouco decepcionante. Tivera esperança de não precisar mais pular refeições.

A luz no esquife era fraca, mas ainda dava para ver a testa franzida de Laurian. "O q-q-q-q-que..."

Jane seguiu seu olhar para o naco de carne bem cozida desembrulhado no colo dela. "É cachorro", explicou. "Não é tão ruim e..." Ela parou de falar. Laurian não tinha se mexido muito, mas seu rosto inteiro formava um gigantesco *não*. Ela franziu o cenho. "Eu sei que deve parecer meio estranho, mas você precisa comer", disse, entregando a porção dele.

Seu estômago já estava roncando, e ela começou a comer. Deu uma grande mordida, puxando um canto da carne com os dentes e o outro com as mãos. Laurian pareceu prestes a vomitar. Jane pensou no que o homem devia pensar dela — pele suja, roupas encardidas, devorando um pedaço de cachorro morto. Talvez mal se parecesse com uma pessoa. Talvez não fosse mesmo uma.

Laurian passou um tempo olhando para seu pedaço de carne, então deu uma mordida tímida. Os cantos de sua boca se retorceram, mas ele mastigou e engoliu. Então se virou para ela com um sorriso forçado. "É g-g-g-gostoso", disse ele.

Jane empurrou o pedaço de comida que estivera mastigando para a parte de dentro da bochecha e riu. "Você está mentindo", disse. "Mas obrigada."

sidra

O que Sálvia ia dizer?

Sidra tentava imaginar a reação da mulher enquanto seguia para as cavernas com Tak. Será que ficaria brava? Orgulhosa? Esperava que orgulhosa. Sidra tinha resolvido seu problema sozinha, e Sálvia gostava desse tipo de coisa. Mas será que ficaria chateada por Sidra ter agido sem perguntar antes? Por ter pedido ajuda a Tak? Não tinha certeza, e essa era uma sensação da qual Sidra não gostava nem um pouco.

Ela retribuiu alguns sorrisos e acenos enquanto se dirigia para o Balde Enferrujado. Era bom ser reconhecida. Daquele momento em diante, poderia ter conversas de verdade com as outras pessoas dali. Não teria mais que se ater a comentários vagos, respostas tecnicamente verdadeiras, nem precisaria mais ter medo de perguntas diretas. Poderia inventar coisas. Poderia assentir com a cabeça mesmo quando soubesse que a resposta era não. Podia conhecer gente nova sem pôr a si mesma ou seus amigos em risco. Poderia fazer *mais* amigos. Isso era bom. Era uma mudança positiva.

Ela parou de andar quando viu a loja vazia. O escudo não estava ligado e o aviso de *Estou nos fundos, grite se precisar de alguma coisa* não estava na bancada. Isso era estranho. Sálvia não deixava o balcão vazio sem botar algum tipo de aviso primeiro. "Sálvia?", chamou ao se aproximar do balcão. Ninguém respondeu. Ela acenou seu implante diante da porta do balcão e entrou. Tak a seguiu a uma distância respeitosa.

"Você está aí?", chamou Sidra, indo para a oficina.

Sua pergunta foi respondida. Sálvia estava sentada no chão ao lado da mekeira, uma caneca vazia em uma das mãos e o scrib — que ela encarava fixamente — na outra. Seu rosto estava pálido e tenso.

"Tak, você pode ficar de olho no balcão, por favor?", sussurrou Sidra. Tak se afastou.

Sidra chegou mais perto e agachou ao lado de Sálvia, que a olhou com... Sidra não sabia como interpretar a expressão em seu rosto. Esperança, sofrimento e choque, tudo misturado.

Sem dizer uma palavra, Sálvia entregou o scrib a Sidra, que leu a mensagem o mais rápido que pôde. Olhou bruscamente para Sálvia ao terminar. "Você já contou a Azul?"

Sálvia balançou a cabeça. "O scrib dele está desligado", respondeu com toda a calma. "Ele faz isso às vezes quando está pintando."

Sidra estendeu a mão do kit. "Vamos lá. Vamos falar com ele."

jane, 19 anos

O teto não havia mudado em quatro horas. Jane puxou o cobertor até o queixo. Sentira falta de sua cama nos três dias e noites em que precisara acampar pelo ferro-velho, mas agora que estava nela não conseguia pegar no sono.

"Os tanques de água estão cheios", disse baixinho no escuro. "As torneiras e os filtros estão funcionando. Os selos da escotilha e da janela estão... selados. Redes de gravidade artificial — bem, nós vamos descobrir..."

Ela levava o polegar da mão direita até a ponta de cada dedo na mão esquerda enquanto repassava mentalmente todo o sistema da nave, do indicador ao mindinho, depois voltava e recomeçava a listagem. As palavras que saíam de sua boca mal deslocavam o ar perto dos lábios. Não queria incomodar Laurian — que *estava* dormindo, roncando baixinho em sua própria cama. Bom para ele. Pelo menos um deles decolaria depois de uma noite decente de sono.

"Sistemas de suporte de vida estão funcionando. Os painéis da sala de controle também. A escotilha — não, droga, você já falou escotilha, agora vai ter que contar tudo de novo." Ela respirou fundo. "Os tanques de água estão cheios. As torneiras e os filtros estão funcionando..."

Não parava de pular itens ou, no mínimo, listá-los fora de ordem, e também se confundia com coisas que deveriam ter sido simples. Sua cabeça latejava e seus pensamentos pareciam tão lentos que era como se tivessem virado combustível. "Você só está cansada", ela se tranquilizou, fazendo uma pausa na contagem. "Você só está cansada."

Ela levou um susto quando Laurian rolou na cama, ainda adormecido. Soubera com quase um ano de antecedência que dividiria aquele espaço com ele, mas *saber* e *fazer* eram duas coisas muito diferentes. Ele produzia sons aos quais não estava acostumada. Ficava parado ou se sentava em lugares que antes sempre estiveram vazios. Parte dela se sentia feliz em ouvir outra pessoa respirar novamente. Parte dela queria que ele fosse embora.

Continuou a contagem de novo e de novo até Coruja aparecer algumas horas depois, ligando a tela ao lado da cama de Jane no nível mais baixo de claridade. "Oi", sussurrou Coruja.

"Está na hora?", sussurrou Jane de volta. A respiração de Laurian continuou lenta e regular do outro lado do quarto.

Coruja assentiu com a cabeça. "O sol está nascendo."

Eles decidiram esperar para decolar pela manhã, em vez de partirem assim que Jane e Laurian chegaram no ônibus (como Jane queria a princípio). Um lançamento à noite provocaria um clarão e, embora não houvesse indícios de que alguém os estava vigiando, não havia por que chamar mais atenção do que o estritamente necessário. Uma pequena nave indo para o espaço já era chamativa o suficiente sem ainda por cima iluminar o céu.

Não haveria café da manhã naquele dia. O pensamento provocou uma pontada no coração e no estômago de Jane, mas, de certa forma, estar de barriga vazia era boa ideia. Pelo que Coruja falara, algumas pessoas ficavam espaceadas — especialmente se a gravidade artificial não funcionasse, o que ainda era uma incógnita —, e desperdiçar comida estava fora de cogitação. Podiam comer depois do lançamento. Jantariam no espaço.

Jane abraçou o cobertor ao redor do corpo, o mesmo cobertor no qual se enrolara aos prantos na sua primeira noite na nave, o mesmo cobertor que a cobrira todos os dias desde então. Ela se levantou, enrolando o pano esfarrapado nas costas como uma capa. Foi até a sala de estar — cada passo era uma luta. Caminhou até a escotilha e olhou pela janela do outro lado da eclusa de ar. Conhecia a paisagem lá fora. Era tão familiar quanto o próprio rosto, a própria pele.

"Coruja, pode abrir pra mim?"

Coruja abriu a escotilha. Jane atravessou a eclusa de ar e saiu. As pedras duras incomodaram a sola do pé descalço. O sol estava laranja, o azul-escuro mais acima começava a clarear. O ar estava bem frio. Ela respirou fundo, o último fôlego de ar não filtrado que teria por um bom tempo. Olhou para fora, para as pilhas de sucata, para os caminhos improvisados que tinha traçado entre elas. Trabalhara por nove anos para dar o fora daquele lugar. Nove anos durante os quais só pensava em sair dali, mas agora... agora estava afundando os dedos na terra, tentando se agarrar ao chão. Olhou para as estrelas sumindo ao longe. Conhecia o ferro-velho. Conhecia aquele planeta de merda. Lá em cima... era algo completamente diferente. Enfiou os dedos dos pés com mais força, puxou o cobertor para mais perto do corpo.

"Eu sei", disse Coruja, pela vox externa. "Eu também estou com medo."

Jane deu um passo para trás, ainda olhando para cima, e pressionou a palma da mão na fuselagem. "Eu nunca agradeci", disse ela. "Eu não sabia dizer obrigada na época."

"Como assim?"

Jane pensou naquela primeira noite — uma voz gritando no escuro, chegando mais longe, mais rápida do que os cachorros e as Mães. Uma voz que a levou para casa. "Eu não teria conseguido sem você", disse Jane, pressionando a palma com mais força.

Coruja ficou quieta por um momento. "Eu também não."

Já estava na hora. Mais que na hora. Jane voltou para a eclusa de ar. A escotilha se abriu e, mais uma vez, ela se sobressaltou ao ver Laurian, sentado pacientemente no sofá, os olhos um pouco vermelhos. Havia uma pergunta em seu rosto. Jane já imaginava qual.

"Nós vamos decolar em uma hora", informou ela. "Tenho que... hã..." O pensamento fugiu no caminho do cérebro até a boca.

"Aquecer as bombas de combustível", completou Coruja.

"Isso", disse Jane. Ela fechou os olhos e balançou a cabeça de leve, tentando pôr os pensamentos em ordem. Estava cansada.

"O-o que..." Laurian umedeceu os lábios, forçando as palavras a saírem. "O que... q-que eu...?" Ele bateu no peito com a ponta dos dedos e indicou o resto da nave.

"Nada", disse Jane.

A expressão de Laurian ficou ligeiramente desanimada.

Coruja passou a falar klip. *"Jane, deixe-o ajudar. Ele quer ser útil."*

Jane olhou para uma das câmeras. *"Não tem nada pra ele fazer. Não preciso de ajuda."*

"Você lembra como se sentiu em um lugar novo sem nada para fazer?"

"Ele é adulto."

"Ele está com medo."

Jane suspirou e olhou para Laurian. "Ok", disse ela. "Você sabe o que é uma luz indicadora?"

Ele balançou a cabeça em negativa, mas pareceu um pouco mais feliz.

Jane caminhou até a cozinha, apoiando-se de leve no sofá ao passar. Ela apontou para a pequena luz verde na parte inferior da estase. "Está vendo isso?"

Laurian assentiu com a cabeça.

"Há várias iguais a essa no..." Ela fez uma pausa, tentando se lembrar da palavra em sko-ensk. "No motor. Preciso que você vá lá embaixo e me diga se encontra alguma luz vermelha ou amarela." Ela não precisava disso, na verdade. Já tinha verificado tudo dezenas de vezes, e a própria

Coruja saberia se alguma coisa não estivesse funcionando. "Você precisa olhar com bastante atenção, está bem? Olhe duas vezes, só pra ter certeza. Entendeu?"

Laurian sorriu, assentiu com a cabeça e saiu imediatamente de onde estava para obedecer.

Jane lançou um olhar para Coruja que dizia: *pronto, fiz o que você queria*. Seus olhos se demoraram na estase, cheia de comida que não podia comer. Era ridículo, mas naquele momento a ideia de abandonar o plano para se empanturrar de cachorro e cogumelo até não aguentar mais comer e então passar o resto da vida no ferro-velho não pareceu tão ruim assim.

"O aquecedor está funcionando?", perguntou Jane, fazendo o possível para ignorar o estômago roncando. Sua barriga estava estranhamente inchada nos últimos tempos, ainda mais comparada à magreza do resto do corpo. Não sabia como isso era possível, já que não havia muita comida ali dentro.

"Sim", disse Coruja. "Você está com frio?"

"Não muito", respondeu Jane, puxando o cobertor para mais perto enquanto ia para a sala de controle. Ela se acomodou no banco do piloto. "Como *você* está se sentindo?"

Coruja apareceu no console central. "Não sei bem como responder a isso. Estou com certa dificuldade para encontrar uma boa frase que resuma tudo."

Jane começou a ligar os interruptores. O console começou a zumbir. "Qual é a primeira coisa que vem à mente?"

Coruja pensou um pouco antes de responder. "Puta merda, a gente vai mesmo fazer isso."

Jane soltou uma gargalhada. "É, isso resume muito bem."

sidra

Os três estavam sentados na cápsula de viagem expressa, Sálvia e Sidra na frente, Tak em silêncio na parte de trás. Sálvia passara a viagem olhando pela janela, mas, a julgar pela sua expressão, não estava prestando atenção no entorno.

"Se ele não estiver na loja, podemos perguntar a Esther", disse Sálvia. Sidra sabia de quem ela estava falando — a sopradora de vidro na loja ao lado da de Azul. "Ele avisa sempre que vai dar uma saída para Esther ficar de olho na loja dele." Sálvia assentiu com a cabeça, pensativa. "E se *ela* não souber, podemos nos dividir. Eu vou procurar no restaurante de macarrão e vocês dois podem ir até a loja de materiais de arte perguntar..."

Sidra pôs a mão do kit no joelho de Sálvia. Era natural ela estar tão agitada, mas planejar todas as variáveis caso Azul não estivesse em sua loja não ia ajudar em nada. "Ele deve estar lá", tranquilizou Sidra.

Sálvia roeu a unha. "É que parece um sonho."

"É compreensível."

"E se a mensagem estiver errada? E se for uma pegadinha ou algo do tipo? Ele não disse muito. Só falou para eu escrever de volta para mais informações."

"O que você já fez."

Sálvia franziu a testa para o scrib, que não havia largado desde que Sidra a encontrara. "É, mas ele ainda não respondeu." Ela suspirou, impaciente, então entregou o scrib a Sidra. "Se a mensagem tiver vindo de um nodo falso, isso tudo é perda de tempo. Você pode dar uma olhadinha no caminho da fonte pra ter certeza de que não é falso?"

Sidra pegou o scrib. "O que você vai fazer se for?" Ela gesticulou para o scrib, acessando os detalhes da mensagem.

"Eu não sei. Não fui muito longe ainda..." Sálvia parou. Ela olhou para Sidra. "Você não respondeu à pergunta."

Merda. Sidra se retraiu por dentro. "Eu só quis dizer..."

"Você não respondeu à pergunta. Sidra, *você não respondeu à pergunta.*"

O kit suspirou. "Não... não é um bom momento para falar sobre isso."

"*Puta merda.*" Sálvia enfiou o rosto nas mãos. "Porra, Sidra, o que — *quem ajudou você?*"

"Ninguém, eu... Sálvia, agora não é o momento."

"*Agora não é o momento* o cacete! Você está bem? Puta merda. Eu não... Quem ajudou você?"

"Ninguém! Fomos só eu e Tak."

"Você e *Tak*?" Ela olhou para o aeluoniano no banco de trás. "*Você* fez isso? Você futucou o código dela?"

"Eu...", começou Tak.

Sálvia se virou para Sidra. "Você já fez um diagnóstico?"

"Já fiz três. Estou bem, eu juro. Estou estável. Eu fui até a loja justamente para contar que..."

"Estrelas." Sálvia levou a mão até a testa. "Eu não... Argh, eu não consigo pensar nisso agora." Ela soltou um suspiro nervoso. "Você tem certeza de que está bem?"

"Tenho. Eu juro que você não precisa se preocupar com isso. Mais tarde eu explico."

Sálvia pressionou a testa na janela e fechou os olhos. A cápsula ficou em silêncio. Um segundo passou. Dois. Cinco. Dez.

Tak inclinou-se para a frente, pondo a cabeça por cima do banco. "Eu adoraria se alguém pudesse me explicar o que está acontecendo."

jane, 19 anos

Laurian se sentou na cadeira da direita e apertou os cintos. Jane olhou para ele — nervoso, sem exatamente confiar nela, mas disposto a segui-la mesmo assim. Em outras circunstâncias, teria se perguntado o que ele estava fazendo ali. Jane não tinha a menor ideia do que estava fazendo — nem de leve —, e havia uma chance maior que zero de que nos próximos três minutos os dois fossem explodir ou sofrer uma descompressão ou morrer de várias outras maneiras horríveis. Mas quando a alternativa era o lugar do qual o tinha tirado... É, aquela era a melhor opção.

Jane se ajeitou no assento macio. Coruja já havia calculado a subida e o curso até a fronteira. Jane não precisaria pilotar; poderia aprender a fazer isso mais tarde. Coruja não era capaz de manobras sofisticadas, mas elas não seriam necessárias. Pelo menos Jane esperava que não.

"Ligando os motores", anunciou Coruja.

Demorou um segundo para Jane entender. Ela riu. "Combustível acionado", disse ela, sorrindo para a câmera de Coruja. Ela conseguia fazer isso. "Você está pronto?", perguntou a Laurian.

Laurian engoliu em seco. Assentiu com força.

"Certo", disse Jane, agarrando os braços do assento. Conseguia ouvir sua própria pulsação nos ouvidos. "Ok, Coruja. Vamos dar o fora daqui."

Jane já havia ligado o motor e os propulsores antes, fazendo o ônibus pairar um pouco acima do solo para ter certeza de que estava funcionando. O lançamento foi completamente diferente desse teste. Foi um estrondo, um solavanco, uma garota agarrada aos pelos de um cachorro disparando a toda. Os propulsores rugiram, e Jane ficou ciente de como era pequena — ela e Laurian. Eram tão pequenos, tão frágeis. Eles tinham se prendido a um pedaço explosivo de sucata mirado no céu. Parecia uma péssima ideia. Como é que alguém um dia havia pensado que essa era uma boa ideia?

Não sabia se estava fazendo isso por si mesma ou por ele, mas estendeu o braço e agarrou a mão de Laurian. Os dedos dele se entrelaçaram aos dela, e os dois se apertaram com toda a força enquanto o ônibus espacial disparava para longe do ferro-velho, curvando-se para cima e para cima e para cima.

Subiram, o sol ardendo forte. Alcançaram as nuvens e as deixaram para trás um instante depois. Atravessaram o céu até não haver mais céu. Ele se derreteu em alguns segundos, passando do telhado de todas as coisas para uma linha fina abaixo, ficando cada vez menor, abraçando a curva da qual Jane ouvira falar, embora nunca a tivesse visto.

E havia *estrelas*. Estrelas, estrelas e mais estrelas.

Parte dela estava ciente dos sons diferentes: os propulsores principais sendo desligados e as tiras de propulsão sendo acionadas, o zumbido baixo das redes de gravidade artificial (que *funcionava*!). Ela construíra essas coisas, consertara-as, e agora elas a levavam para longe. Permitiam sua fuga.

Ela desafivelou os cintos de segurança e correu até a cabine principal. "Jane!", gritou Coruja para ela. "Jane, espere até nos estabilizarmos."

Jane a ignorou. Correu com as pernas trêmulas para o visor ao lado da escotilha, o que nunca usava por mais que um ou dois minutos, apenas tempo suficiente para ver se fazia chuva ou sol. Não tinha a menor vontade de ver o ferro-velho, de ligar o visor um dia para encontrar um cachorro ou uma Mãe olhando de volta. Mas agora... "Ligue", pediu Jane. "Por favor. Por favor, eu preciso ver."

O visor piscou e foi ligado. O único planeta que Jane conhecera estava lá embaixo. Havia muitas nuvens, mas ela conseguia ver pelos espaços entre elas, ver os ferros-velhos, as fábricas e a terra esburacada, que se estendiam até... o mar! Havia oceanos lá embaixo, manchados de laranja e de um cinza insalubres. Mas as cores desapareceram, clareando gradualmente até um azul profundo e deslumbrante. O ônibus continuou ao redor do planeta, usando a gravidade para tomar impulso em direção à liberdade. Os mares encontraram a terra, e Jane viu cidades — brilhantes, intrincadas, pontilhadas de verde. Ficavam tão longe dos ferros-velhos que um nunca saberia que o outro estava lá. Era possível viver a vida inteira em uma daquelas cidades lindas sem jamais saber da feiura que existia em outros lugares.

"Por quê?", sussurrou. "Por que vocês fizeram isso? Como puderam?"

Jane se agarrou à parede, respirando com dificuldade. Estava tonta, mas não tinha nada a ver com o lançamento, nem com a gravidade falsa nem nada disso. Aquilo tudo era demais, simples assim. O planeta era lindo.

O planeta era horrível. O planeta estava cheio de gente, e essas pessoas também eram lindas e horríveis. Tinham estragado tudo, e ela estava indo embora e jamais voltaria.

Ela se deixou cair no sofá e enterrou o rosto nas mãos. Queria gritar, rir e dormir, tudo ao mesmo tempo. De repente, Laurian se sentou ao seu lado, bem perto, mas sem encostar nela. Ele não falou nada, mas de alguma forma Jane sabia que não era por causa de sua dificuldade em formar palavras. Ele nada disse porque não havia nada que pudesse dizer.

Jane olhou para o visor outra vez. Conseguia ver satélites lá fora, brilhando ao refletir a luz do sol. Dava para ver que estavam se voltando para a nave.

"Você tem certeza de que não precisamos nos preocupar?", sussurrou.

Laurian assentiu com a cabeça. Ele curvou a mão e a abaixou. Jane entendeu o gesto. Ele já tinha explicado antes — os Elevados não estavam preocupados que alguém quisesse *sair*, mas sim com qualquer um que tentasse *entrar*, e não estavam preparados para fazer lançamentos de naves no lado do planeta onde ficavam as fábricas. Sim, havia patrulhas de defesa que poderiam segui-los, mas, quando percebessem o que estava acontecendo, o ônibus já estaria fora do alcance.

Os satélites foram diminuindo, assim como o planeta, pouco a pouco. Era tão solitário e vulnerável ali fora. Assim como sua nave. Assim como os passageiros.

Jane segurou a mão de Laurian e olhou para a câmera mais próxima. "Não importa o que aconteça depois, não importa para onde a gente vá, nós iremos todos juntos."

sidra

Azul não estava no restaurante de macarrão nem na loja de materiais de arte. Estava bem onde Sálvia esperara que estivesse: de pé, atrás de seu cavalete, mãos e avental salpicados de tinta, uma caixinha de som próxima com música no último volume. Quando Sálvia e Sidra entraram, ele as olhou como se fossem uma surpresa agradável. Tak tinha se despedido das duas no quiosque de viagens expressas, dizendo que aquele era um "assunto de família". Sidra se sentia privilegiada por se ver incluída em um evento categorizado daquela maneira, mas ficou alguns passos trás de Sálvia mesmo assim. Ela precisava de um pouco de espaço.

"Olá", disse Azul, fazendo um gesto para silenciar a caixinha de som. "O que houve..." Seu sorriso desapareceu. Sidra não conseguia ver a expressão no rosto de Sálvia, mas pareceu alertar Azul. "O que houve?", repetiu ele, a testa franzida.

Sálvia mal parara de falar no caminho até ali, mas agora parecia não saber o que dizer. "Acharam", disse por fim, a voz tão diferente que parecia pertencer a outra pessoa.

Azul não entendeu de primeira. Olhou para Sidra e então para Sálvia de novo. "Acharam o quê...?" Seus olhos se arregalaram. "Mentira."

Sálvia assentiu. "Alguém no Piquenique." Ela respirou fundo. "Acharam a minha nave."

Parte 3

CÍRCULO

· · · · · · · · · ·

jane, 19 anos

Aqueles não eram seus cobertores, e aquela não era a sua cama. Já tinha consciência disso mesmo antes de acordar, mas não de forma clara e completa, não de uma maneira que fazia sentido. Nada fez sentido por um bom tempo. Passou dias e dias sonhando — ou talvez não fossem sonhos, mas poderiam muito bem ter sido. Monstros, vozes e dor. Um sono que inquietava em vez de acalmar. Mas agora estava ciente da cama, a que não era a sua. Isso era bom. Era um começo.

Tudo estava tão limpo. Essa foi a segunda coisa que notou. A cama era confortável, embora tivesse um formato estranho — era grande demais para ela e tinha certas reentrâncias para membros que Jane não possuía. Algum tipo de escudo envolvia a área ao redor da cama, de um transparente arroxeado. Não conseguiu distinguir nenhum som familiar de máquinas. Não havia nada prestes a quebrar, nada desgastado. Ouviu apenas o zumbido suave das coisas funcionando como deveriam em uma sala limpa, branca e segura.

Não conseguia se lembrar da última vez que sentira tanto medo.

Uma memória indistinta lhe veio à mente: algo incômodo em seu braço direito. Aproximou a mão esquerda para investigar. Seus dedos tocaram metal. Ela se desvencilhou dos cobertores e aproximou o braço do rosto. Uma fileira de coisinhas redondas e pretas estava enfiada em sua pele, cada uma com pequenos frascos transparentes contendo líquidos de cores distintas — alguns mais claros, outros amarelados e até um azul. Ficou olhando para aquilo, o pulso acelerando. Algo dentro de cada uma das coisinhas pretas fez um clique sincronizado. Um pouco de cada líquido desapareceu. Desapareceu *dentro dela*.

Jane quase berrou, mas, antes que o grito pudesse sair de sua boca, notou outra coisa: um pequeno implante quadrado em seu antebraço, logo abaixo do punho. Um implante de pulso. Alain e Manjiri tinham implantes. Todo mundo na CG tinha um.

"Ei!", gritou, tentando se sentar. "Ei!" Estrelas do céu, que lugar era aquele? Ouviu o som de passos rápidos e — merda. Um alienígena. Havia um alienígena. Um daqueles aandriskanos. *Ai, merda.*

"Calma, está tudo bem", disse ao entrar. Jane tentou se lembrar de tudo o que Coruja lhe ensinara, mas não era fácil. Ele. Aquele aandriskano parecia um ele. Era alto e estava usando um biotraje. Dava para ver as penas dobradas para trás dentro do capacete. O aandriskano fez um gesto para um painel de controle. O escudo ao redor da cama de Jane foi desligado por tempo suficiente para que o recém-chegado entrasse, depois voltou a funcionar. Ele se virou para uma vox na parede. "Chamem a representante", pediu, então voltou a atenção para Jane. "Está tudo bem. Você está segura. Você consegue me entender?"

"Consigo", respondeu Jane, apertando os cobertores ao redor do corpo. Caramba, como ele era esquisito.

"Você fala klip?"

"Sim."

O aandriskano pareceu... aliviado, talvez? "Ah, que bom! Não estamos conseguindo nos comunicar muito bem com o seu amigo. Não temos nenhum humano trabalhando aqui, e com a dificuldade dele em falar..."

Jane parou de prestar atenção no que o aandriskano estava dizendo. "Cadê Laurian?", perguntou. "Cadê Coruja?"

O aandriskano piscou de surpresa, os olhos amarelos desaparecendo por trás das pálpebras azul-esverdeadas. "Eu não sei quem é Coruja. Laurian está bem. Ele está em quarentena. Você também está, tecnicamente, mas ele não precisou de cuidados médicos."

Eram muitos pensamentos ao mesmo tempo. Jane balançou a cabeça. Seu cérebro não estava funcionando direito, tudo doía e nada fazia sentido. Uma coisa de cada vez, diria Coruja. "Onde nós estamos?"

"Você está na enfermaria do Observatório Han'foral", respondeu ele, puxando um banquinho. O aandriskano se sentou, a cauda dentro do traje pendendo atrás dele. "Eu me chamo Ithis. Sou um dos médicos daqui."

Jane absorveu as palavras, saboreando-as. Um Observatório. "Nós conseguimos", sussurrou.

O aandriskano assentiu. "Sim. Vocês conseguiram."

Jane se recostou no travesseiro lentamente. O momento não estava acontecendo como tinha imaginado. Ela se sentia... vazia. Quieta. Olhou para as coisinhas pretas enfiadas em seu braço. "O que... o que é isso?"

"O seu nome é Jane, certo?"

Ela assentiu. Caramba, estava conversando com um *alienígena.*

"Jane, você estava com uma infecção provocada por uma bactéria até então desconhecida pela ciência — meus parabéns —, além de um caso grave de desnutrição e muitas outras doenças. Logo descobrimos que o seu sistema imunológico é... atípico. Mas você estava com uma deficiência tão grande de quase tudo de que precisa para ser saudável, que mesmo suas defesas naturais não puderam protegê-la. Você tinha algumas feridas superficiais que não estavam cicatrizando como deveriam, além de fungos crescendo sob suas unhas, *outros* fungos em seu esôfago e uma incrível variedade de pólipos pré-cancerosos crescendo em torno do fígado e dos rins, que eu suponho que tenham sido causados pelos metais pesados e resíduos industriais que encontramos em sua corrente sanguínea." Sua expressão era difícil de ler, mas ele parecia emocionado. "Você é a paciente mais doente que já tratei."

Jane levou alguns instantes para absorver as informações. "Legal, mas o que é isso?" Ela acenou com o braço cheio de coisinhas pretas.

"Esses são distribuidores de medicamentos. Bem como nutrientes, no seu caso. Nós limpamos todas aquelas porcarias no seu sangue e agora você também tem imunobôs." Ele apontou para o implante em seu pulso. "O seu corpo sofreu muitos danos, mas fizemos o possível para lhe dar um novo começo." O aandriskano abriu um quase sorriso meio esquisito e falou as palavras que Jane estivera esperando ouvir: "Você vai ficar bem".

Jane tinha mais perguntas, porém outra pessoa chegou — uma mulher humana, também vestida com um biotraje. O médico fez um gesto indicando-a. "Jane, esta é Teah Lukin, uma conselheira jurídica da CG. A especialidade dela é direito comercial, não imigração, mas ela era a representante humana da CG mais próxima de nós, e pensamos que ter alguém de sua própria espécie poderia tornar todo este processo mais fácil. Ela está aqui para ajudar você e Laurian a recomeçar."

A mulher se aproximou da cama e tocou a mão de Jane. Era um gesto do qual ela *deveria* ter gostado, mas não foi o caso. Não sabia por quê. Apenas não gostou. Jane estudou o rosto da mulher por trás do grosso capacete. Aquela mulher tinha sido uma menina, mas Jane não conseguia ver isso agora. Não reconhecia o que via. Aquela humana era tão alienígena quanto o cara coberto de escamas sentado ao lado dela.

"Olá, Jane", disse a conselheira Lukin. O sotaque dela era estranho. "Você não deve se lembrar de mim. Tentei me comunicar com você há uma decana, mas você estava doente demais para conseguir falar. Estou tão feliz que você esteja se sentindo melhor."

Jane franziu o cenho. Se essa mulher estava lá há dez dias — que tipo de dias, aliás? Será que estava falando de dias padrões? — e eles tiveram que chamá-la de algum outro lugar, então... "Quanto tempo eu passei aqui?"

"Quase quatro decanas", disse o médico em tom gentil.

Jane engoliu em seco. *Nossa*, pensou. "E onde está Coruja?"

A conselheira Lukin olhou para Ithis. O médico deu de ombros, bem de leve, como se Jane não fosse ver. "Quem é Coruja?", perguntou Lukin. Jane não sabia bem como os outros seres humanos falavam, mas algo no tom de voz daquela ali era um pouco gentil demais.

"Ela está na minha nave", disse Jane. As duas pessoas nos biotrajes a olharam com uma expressão confusa. "É a IA da minha nave." A conselheira Lukin e Ithis se entreolharam outra vez. Jane se sentou o máximo que pôde, embora ainda fosse difícil. "Cadê a minha nave?"

"Jane", começou a humana com um grande sorriso. Por muitos anos, Jane só recebera sorrisos em simulações, mas, ainda assim, aquele era o sorriso mais falso que já vira na vida. "Você esteve muito doente e tudo é ainda muito novo. Acho que seria melhor se hoje você apenas descansasse e aos poucos fosse..."

Jane a olhou de cara feia. "Onde. Está. A. Minha. Nave?"

A conselheira Lukin suspirou. "Jane, o que você precisa entender é que a CG tem normas muito rigorosas sobre viagens espaciais. O espaço é perigoso, especialmente o espaço aberto. Nossas leis mantêm as pessoas em segurança. Sua nave... Bem, sua nave não era muito segura, Jane. As peças e componentes violavam dezenas de normas do código de transporte, e o combustível usado tinha sido reciclado indevidamente, o que é ilegal e muitíssimo perigoso." Ela riu. "Não sei onde você encontrou aquela coisa, mas..."

"Eu *construí*", interrompeu Jane, em tom gélido. "Eu construí aquela coisa."

O sorriso falso vacilou. "Entendo. Bem, uma outra questão é que você não tem uma licença para pilotar, o que significa que não tem permissão para possuir ou operar naves de qualquer tamanho. A boa notícia é que consegui uma pequena compensação do Conselho de Transportes. A CG sempre oferece uma habitação básica e alguns suprimentos nos casos de refugiados como você, mas achei que alguns créditos a mais para ajudá-la a recomeçar seriam..."

"Eu não estou entendendo. Compensação pelo quê?"

Ithis tocou o braço dela. "Jane, você ainda está muito doente, precisa..." Jane afastou as garras dele com um tapa. "Compensação *pelo quê*? O que é esse Conselho de Transportes?"

A mulher suspirou. "Lamento, Jane. A nave foi confiscada."

sidra

Ninguém estava comendo bolo. De todas as coisas incomodando Sidra naquele momento, aquela era a mais idiota, mas ter noção disso não mudava nada. Sabia que aquela seria uma conversa difícil, então comprara o bolo de jenjen da padaria favorita de Tak, depois passara uma hora no submarítimo para ir comprar o bolo de chocolate da padaria favorita de Sálvia. O prato com os dois bolos estava no centro da mesa da cozinha, ao lado de um bule de mek, que estava esfriando. Todos tinham se servido de uma fatia de bolo e de uma xícara de mek, mas pararam por aí.

Sidra olhou para Azul, do outro lado da mesa, observando a conversa de testa franzida, o rosto marcado por olheiras sutis. Ele também queria que a conversa corresse bem.

"Ela está em Kaathet", anunciou Sálvia, os olhos fixos no scrib. A mensagem que recebera dois dias antes ainda estava na tela. Sidra não sabia se Sálvia sequer tinha fechado.

Azul umedeceu os lábios antes de falar. "O *ônibus* está em Kaathet", corrigiu ele, o tom gentil, cuidadoso.

Uma tensão surgiu no rosto de Sálvia. "É, isso mesmo, o ônibus está em Kaathet. Está em...", ela soltou uma risada sem um pingo de divertimento, "bem, está na unidade regional do Museu Reskit de Migração Interestelar." Ela balançou a cabeça diante do absurdo e esfregou os olhos. "Ao que parece, eles abriram uma exposição de naves espaciais para famílias e... é lá que o ônibus está."

A expressão de Tak era a de uma pessoa que queria muito expressar compaixão, mas que ao mesmo tempo estava completamente perdida. Elx também parecia cansadx, o que era compreensível, já que estava nos primeiros dias da mudança. Sua pele estava mais brilhosa devido aos hormônios, e Sidra sabia, pela maneira com que Tak não parava de trocar o peso de uma perna para a outra, que seus músculos estavam doloridos. Era uma pena terem aquela conversa em um momento tão inoportuno, porém era uma daquelas situações imprevisíveis.

"Isso deve...", começou Tak. As pálpebras internas laterais se fecharam brevemente, o que para os aeluonianos era o equivalente a erguer uma das sobrancelhas. "Isso deve ser meio difícil de processar."

"Pois é", concordou Sálvia. "É verdade."

Tak olhou para Sidra de relance. *O que eu estou fazendo aqui?*, sua expressão parecia perguntar. O kit pigarreou. "A mensagem que Sálvia recebeu não traz quaisquer informações sobre o interior da nave", disse Sidra. "Nós... não sabemos as condições do ônibus."

"Ela quer dizer que a gente não sabe se Coruja ainda está instalada, se ela funciona ou não", explicou Sálvia sem rodeios. Azul apertou o braço da companheira, que pôs a mão por cima da dele.

"Ok", disse Tak. A pergunta em seu rosto ainda não havia desaparecido.

Sálvia suspirou e balançou a cabeça. "Você devia explicar logo pra elx", disse, virando-se para Sidra. "Foi ideia sua."

Fora mesmo ideia sua, e Sidra sabia que Sálvia não gostava nada disso. "Sálvia precisa entrar na nave e examinar o núcleo", contou Sidra. "Se estiver tudo bem, ela vai ter que retirá-lo. Para fazer isso, temos que entrar no museu depois que ele estiver fechado. Precisamos entrar na exposição."

"Peraí", disse Tak, afastando-se quase imperceptivelmente da mesa. "Vocês... vocês querem entrar escondidos no museu. Vocês querem entrar escondidos no Museu da Migração Interestelar."

Era exatamente isso que Sálvia queria fazer dois dias antes, mas Sidra achou melhor não mencionar esse pequeno detalhe. "Não", disse Sidra. "Isso seria perigoso demais." Sálvia bufou de desdém, bem baixinho. "Nós precisamos entrar de uma maneira que não chame a atenção. Temos que encontrar um motivo *legítimo* para entrar lá."

Tak ainda não tinha entendido onde Sidra queria chegar, mas suas bochechas mudaram para um amarelo cauteloso.

Sidra continuou. "O Museu Reskit é uma instituição cultural credenciada pela CG. Isso significa que um cidadão afiliado a outras organizações credenciadas pode consultar os arquivos, desde que assine um documento prometendo não causar danos e esse tipo de coisa. As exposições de museus também contam com arquivos." Sidra preparou seus caminhos e finalmente chegou ao ponto. "Você nunca terminou seus estudos. Em Ontalden, não há data limite para terminar uma graduação. Tecnicamente, você ainda é um estudante universitário."

Tak entendeu. Elx se recostou em sua cadeira, olhando para Sidra em um silêncio que dizia muito. "Você está falando sério."

O kit assentiu. "Estou falando sério."

"Eu..." Elx esfregou o rosto e olhou para Sálvia. "Por que você não pode só pedir para eles?"

Sálvia ficou sem reação. "Pedir o quê? Para entrar no museu e levar algumas coisas deles para casa?"

"Mas aquelas coisas são suas, não? Se você explicar a situação, com certeza eles..."

Sálvia deu uma risada incrédula. "Estrelas. Me desculpe, Tak, mas... Sim, se *você* aparecesse por lá e explicasse a situação, talvez chegasse a algum lugar. Quer dizer, olhe só pra você. Mais respeitável, impossível. É aeluoniano, fez faculdade. Não há uma porta no universo que não esteja aberta pra você. Mas pra mim? Para nós?" Ela apontou para si mesma e para Azul. "Os seres humanos já não são grande coisa, e nós mal fomos aceitos como tal. Você acha que se eu aparecer no escritório de algum desses curadores com meus braços de macaco e meu rosto genedificado, elx vai querer ouvir o que eu tenho a dizer? E eu ia dizer o quê, aliás? Que já morei em uma das naves da exposição? Que a IA a quem devo *minha vida* está presa nessa mesma nave há dez anos? As naves são propriedade e, no que diz respeito à CG, as IAs também são. Minha casa foi confiscada e isso foi feito conforme a lei. Minha família foi tirada de mim e isso foi feito conforme a lei. E o museu deve ter comprado a nave em algum leilão, o que é totalmente dentro da lei também. Só que a lei se esqueceu de pessoas como eu. Pessoas como ela." Sálvia apontou para Sidra. "Eles estão cagando pra minha historinha triste. Se disserem não, e é o que fariam, eu jamais teria outra chance de entrar. Jamais teria outra chance de recuperar Coruja."

Tak franziu a testa. "Se é uma questão de legalidade, então você está planejando roubar algo. Sim, eu entendo que se trata de *alguém*, neste caso." Assentiu com a cabeça de leve para Sidra. "Mas, para eles, Coruja é algo, certo? Então isso seria um roubo. Você vai roubar algo e quer a minha ajuda. Quer que eu seja cúmplice."

Sálvia deu de ombros. "É isso aí."

Azul se inclinou para a frente. "Não é bem assim. V-você só teria que nos ajudar a entrar. Se a gente se se-se-parar, não seria culpa sua. Só nossa."

"Não precisa ser nossa", disse Sálvia. "Eu posso ir sozinha."

"Nem fodendo", respondeu Azul na mesma hora.

Sálvia quase abriu um sorriso.

"Tak", começou Sidra em voz baixa. "Eu sei que você não conhece Coruja. Eu também não. Mas e se fosse eu? E se..."

"Não", interrompeu Tak. "Não me pergunte isso. Não tenho uma resposta para dar."

A pergunta não respondida incomodou Sidra, mas ela entendeu. Estendeu a mão do kit, apoiando-a na mesa. "Eu sei que estamos pedindo muito. Mas não seria tão difícil. Você só precisaria preencher a papelada — os documentos para retomar a faculdade, os formulários de autorização do museu... E você teria que passar alguns dias longe do trabalho, o que não é tão ruim assim. Você não disse outro dia que queria tirar umas férias?"

Tak olhou para ela. "Isso não é tirar umas férias."

"Nós vamos pagar pelo tempo que você passar longe do trabalho", disse Azul. "Não é problema."

"Essa não é minha preocupação", disse Tak.

A mesa ficou em silêncio.

Sidra duvidava que alguém ainda fosse comer bolo.

Tak suspirou. "Preciso pensar mais", disse elx. "Isso não significa que vou concordar."

Sálvia fez menção de dizer algo, mas Azul tocou seu ombro. "Tudo bem", disse ele. Sua companheira comprimiu os lábios. Sidra sabia que a mulher estava decepcionada e impaciente. Não gostava de não ter um plano. Não gostava de pendências.

"Nós pretendemos ir para Kaathet o mais rápido possível", disse Sidra. "Se você não quiser vir, eu entendo, mas..."

Sálvia pigarreou. "Sidra", disse ela, arrastando as sílabas para adiar o que teria que dizer em seguida. "Eu e Azul vamos. Você não pode vir com a gente."

Sidra interrompeu os outros processos. "Que história é essa?"

"Alguém precisa ficar de olho na loja." Era uma desculpa esfarrapada e, pela cara de Sálvia, ela sabia muito bem disso. A mulher suspirou. "E também... Sim, existe uma chance de sermos pegos. E se você for descoberta..." Fechou os olhos e balançou a cabeça. "Você precisa ficar em casa".

"Mas eu fiz a pesquisa." Sidra tentou manter a voz estável. "Eu chamei Tak. O plano foi ideia minha."

"E eu sou muito, muito grata", disse Sálvia. "De verdade. Mas já está decidido. Você não pode vir junto."

"Mas eu posso ajudar! E se Coruja estiver instável? E se os seus arquivos estiverem corrompidos? Eu sei Lattice! Eu posso..."

"Sálvia tem razão", disse Azul. "Não podemos perder vocês duas."

O kit balançou a cabeça. "Isso é ridículo. Não vou ficar aqui sentada de braços cruzados."

As bochechas de Tak — justo Tak! — ficaram de um laranja terroso de concordância. "Eu entendo por que você quer ajudar, mas..."

Sidra parou de ouvir. O kit se levantou, pegou a bandeja de bolos e subiu as escadas, ignorando os três, que ficaram chamando seu nome. Bateu a porta do quarto com um pontapé, saboreando o estrondo. Eles por acaso achavam que ela era burra? Claro que havia riscos. Claro que poderia haver problemas. Era para isso que foram criados os sistemas de monitoramento — para evitar problemas. Mas, não, tudo o que ela fazia era *causar* problemas ou ouvir que não deveria se meter. Daquela vez ela poderia ajudar! E eles não queriam deixar! Até Tak era contra. Queriam que ela ficasse em casa, a salvo e inútil.

O kit pegou um pedaço de bolo de chocolate e o enfiou na boca. Seus caminhos continuaram crispando de raiva, apesar da imagem que surgiu. *Uma lareira acolhedora, o crepitar do fogo em harmonia com a chuva caindo no telhado de madeira.*

Eu me recuso a ficar de braços cruzados, pensou, ainda visualizando a lareira. *Eu me recuso.*

jane, 19 anos

A comandante do Observatório olhava para Jane do outro lado da mesa, as bochechas tomadas por espirais roxas. Não era a primeira vez que Jane estava em sua sala. Também não era a primeira vez que Jane tinha deixado a aeluoniana puta da vida.

A conselheira Lukin também estava presente, como sempre, completando a rodinha de pessoas que não queriam nem olhar uma na cara das outras. Os sorrisos falsos tinham se tornado menos frequentes. Jane não estava nem aí.

A comandante Hoae acariciou a pele ao redor de sua caixa-falante, como fazia quando estava pensando. Jane ficava meio irritada por pensar assim, mas, estrelas, como a espécie dela era bonita. "Estou tentando entender por que você foi pega tentando entrar no compartimento de carga número seis."

Jane cruzou os braços. "Eu fui pega porque sou burra e não desativei a terceira câmera."

O roxo nas bochechas da comandante Hoae ficou mais escuro. "Eu quis dizer que ainda não entendi por que você estava tentando entrar ali."

Jane olhou de relance para Lukin, que estava esfregando as têmporas. "Eu estava procurando a minha nave."

"Jane, quantas vezes vamos ter essa discussão?", perguntou a conselheira. "Sua nave não está aqui. Ela foi confiscada pelas autoridades, e não sei onde está agora. É assim que as coisas são quando um veículo é confiscado. Você não fica sabendo para onde ele foi levado. Você não pode recuperá-lo."

"Por que você achou que estava no compartimento de carga número seis?", quis saber a comandante. "A nave não estava no compartimento dois ou três. Como você sabe por experiência própria."

Jane deu de ombros. "Eu ainda não entrei no compartimento seis."

"Então por que..."

"Eu acabei de falar. Ainda não entrei lá. *Ela* diz", Jane apontou para Lukin, "que minha nave não está lá, mas *eu* não sei disso. Isso é o que ela *diz*. Isso não significa nada pra mim. Só porque ela é da mesma espécie que eu e tem o poder de tirar as coisas das pessoas..."

"Não foi decisão minha", disse a conselheira, atropelando Jane. "Foi decisão do Conselho de Transportes..."

"Por que eu deveria acreditar em uma palavra do que ela diz?"

"Eu só estou tentando *ajudar...*"

"E você, com todas essas suas portas e paredes e zonas não autorizadas e essas merdas. Por que tudo isso? Está escondendo o quê, hein? O que é tão importante que..."

"Já chega", disse a comandante. Ela suspirou — foi a primeira vez que abriu a boca durante a conversa. Coruja tentara preparar Jane para o modo de falar dos aeluonianos, mas não conseguira, não muito.

Coruja tinha avisado. Jane fechou os olhos. *Não se preocupe*, pensou, tentando projetar as palavras o mais longe possível. *Eu não abandonei você. Eu vou voltar. Eu vou buscar você e vai ficar tudo bem.*

A comandante continuou o blablablá, usando palavras como *comportamento* e *regulamentos* e *para sua própria segurança*. Essas merdas. Jane não estava nem aí. Ela não tinha paciência pra isso. Já estava no Observatório fazia mais de sessenta dias e eles ainda não sabiam dizer quando Jane poderia ir embora. Era por causa dos formulários, segundo Lukin. Da burocracia. Tirar a cidadania levava tempo, segundo a conselheira, e havia toda uma polêmica imbecil ainda não resolvida sobre se Jane era uma refugiada comum ou se ela e Laurian deveriam ser categorizados como clones, o que, aparentemente, era muito mais complicado, se fosse o caso. Ah, e também havia toda aquela palhaçada de *ajuste social*. Puta merda, Lukin os estava obrigando a assistirem a um monte de vids idiotas sobre o que esperar da sociedade da CG. Como se Jane não tivesse passado anos praticando. Como se tudo o que a Coruja tinha ensinado não importasse.

Coruja. Coruja Coruja Coruja.

A sala ficou em silêncio, e Jane percebeu que as outras duas estavam esperando que ela dissesse alguma coisa. "Hã, estou muito arrependida", disse ela. "Não vou fazer mais isso." Ela olhou de uma para a outra. As duas pareciam tão contrariadas quanto no dia em que o guarda a levou até lá. "Posso ir agora?"

A comandante suspirou mais uma vez e acenou para a porta. Jane saiu na mesma hora.

Laurian estava esperando por ela do lado de fora, sentado em um banco na parede oposta à porta. "Oi", disse ele, falando sko-ensk. Ele a seguiu quando Jane continuou andando pelo corredor. "Es-está, hã, você está..."

"Eu estou cansada", disse ela. "Tão cansada dessa merda toda." Ela apertou o passo, quase começando a correr. Seus músculos imploravam para correr. Queria fugir do Observatório, ir para longe de todas aquelas regras idiotas, ir para onde quer que tivessem levado Coruja.

Laurian a acompanhou. Podia senti-lo observando-a. Jane não tinha nada para dizer a ele, mas sentia-se melhor com sua presença. Era a única coisa familiar naquele lugar.

Eles chegaram a um parapeito com vista para a ampla área comum mais abaixo. Ela se debruçou no metal frio, olhando para baixo sem enxergar nada. Que inferno. Claro que havia uma terceira câmera. O corredor que levava à área de carga era um pouco diferente dos outros, mas ela presumira que as câmeras estavam nas mesmas posições dos demais. Que burra. Eles tinham tomado suas ferramentas — de novo — e agora sabiam que estava tentando entrar naquele compartimento específico, então teria que tomar mais cuidado da próxima vez. Teria que planejar tudo direito para que... Ela chutou o parapeito com tanta força que os dedos do pé se dobraram. Seu corpo agora estava forte o suficiente para voltar a chutar. Era capaz de chutar, dar socos e gritar bem alto, e essas eram as únicas coisas que queria fazer nos últimos tempos.

"Ela não está mais aqui, não é?", sussurrou Jane.

Não fora sua intenção fazer a pergunta em voz alta, mas Laurian respondeu mesmo assim — não com palavras, mas ao pôr sua mão sobre a dela. Olhou-a com os olhos verde-escuros, uma tonalidade que olhos humanos jamais poderiam ter sem ajuda. *Não*, seus olhos disseram. *E eu lamento muito.*

Jane olhou a área comum abaixo, bem movimentada. Estava cheia de alienígenas, sem nenhum outro ser humano à vista. Eram espaciais, em sua maioria, exceto pelos vendedores das comidas que os médicos ainda não a deixavam experimentar. *Seu corpo ainda não está preparado para consumir alimentos mais pesados, Jane. Vamos lá, tome seus suplementos.* Pro buraco negro com aqueles médicos. Os suplementos não passavam de refeições em forma de pílula em vez de dentro de um copo.

Ela se virou para Laurian, olhando no fundo dos seus olhos, para que ele não pudesse desviá-los. "Você quer ir embora?"

Ele a encarou de volta, examinando seu rosto. Então respirou fundo. "Quero."

Jane sentiu algo crescer dentro de si, uma decisão irrevogável, parecida com a que a fez sair pelo buraco na parede da fábrica, não muito diferente de quando resolveu que não deixaria seus ossos no ferro-velho. Ela assentiu com a cabeça para Laurian, apertou a mão dele com força e seguiram juntos para a área comum.

Estavam rodeados por escamas, garras e tentáculos, todos indo para lugares que ela mal conseguia imaginar. Sem pensar muito, Jane subiu em um banco, puxando Laurian atrás de si. "Boa tarde", gritou em klip. Algumas cabeças se viraram para olhá-la. "Estamos querendo sair do observatório. Se alguém aqui estiver precisando de uma técnica habilidosa, será um prazer trabalhar em troca de uma passagem para qualquer lugar longe daqui."

Alguns riram, outros desviaram o olhar. Jane tentou se ver pelos olhos daqueles alienígenas. Uma criaturinha doente e careca com seu amigo peludo caladão. É, ela também não iria querer conversa com os dois.

Alguém se aproximou — uma harmagiana (pelo menos Jane achava), montada em seu carrinho. Jane examinou a figura com tentáculos às pressas. Sim, sim, era uma mulher. *Obrigada, Coruja.*

"Uma técnica habilidosa, é? Quão habilidosa?", perguntou a harmagiana, os olhos aproximando-se.

"Não fiz outra coisa minha vida inteira", declarou Jane. "Posso consertar tudo."

A harmagiana enrolou a clava tentacular da frente, que era cheia de joias brilhantes. "E você?", perguntou, dirigindo-se a Laurian.

Laurian engoliu em seco. Jane interveio. "Ele não sabe klip e tem problemas para falar, mas é inteligente, trabalhador e pode fazer o que você precisar."

"Mas o que ele *faz*?", insistiu a harmagiana.

Jane olhou para Laurian. "Ele desenha", disse ela. "Ele ajuda. Ele é meu amigo e tem que vir junto."

Laurian não entendeu a maior parte da frase, mas compreendeu a palavra *amigo*. Abriu um sorriso. Jane não pôde deixar de sorrir de volta.

A harmagiana riu. "Bem, eu não preciso de um desenhista. E também não preciso de uma técnica."

Jane desanimou na hora. "Mas..."

A harmagiana abriu a clava tentacular. Jane não sabia o que o gesto queria dizer, mas serviu para calá-la mesmo assim. "Entretanto, eu tenho um compartimento de carga cheio de sintalin. Você sabe o que é isso? É um destilado caríssimo, que não é produzido no Espaço Central. Tenho barris e mais barris que precisam ser virados três vezes ao dia para o sedimento não endurecer. Sei que a minha tripulação não está ansiosa por essa tarefa e eu também não, para ser sincera." Ela olhou Jane de cima a baixo. "É um trabalho pesado. Você precisa ser forte."

"Eu consigo", disse Jane, puxando as mangas da blusa para baixo o mais discretamente possível. "Eu dou conta."

"Também não tenho quartos sobrando, e nenhum deles é próprio para humanos, de qualquer forma", disse ela. "Vocês vão ter que dormir no chão de um dos compartimentos de carga."

"Sem problema."

"Eu vou para Porto Coriol. Fica a onze decanas daqui."

Jane traduziu a conversa para Laurian. Ele concordou. "Tudo bem", disse ela.

Os olhos da harmagiana foram para a frente e para trás. "Minha nave é a *Yo'ton*. Doca número três. Saímos às dezesseis e meia. Não vou esperar." Ela fez uma pausa. "Vocês dois parecem um pouco genedificados. São modificadores?"

Jane olhou para Laurian, então balançou a cabeça. A harmagiana não entendeu o gesto. "Não", respondeu Jane. "Pelo menos, acho que não."

"Hum", fez a harmagiana. "Acho que vou deixar vocês nas cavernas mesmo assim."

sidra

Como Azul conseguia ser tão paciente? Sidra já havia se perguntado isso muitas vezes. Talvez fosse algo em seus genes, algo que as pessoas que o criaram tinham escrito em seu código orgânico. (Será que a característica era menos admirável por ter sido artificialmente inserida, em vez de cultivada pelo próprio esforço e determinação? Sidra torcia para que a resposta fosse não.) Qualquer que fosse a origem daquela qualidade, Sidra a admirava e apreciava muito. Sálvia estivera inquieta desde que tinham saído de Coriol. Comia em horários estranhos, quase não dormia, desmontava e remontava componentes da nave que não precisavam de reparo. Na presença da Sálvia, Azul era o mesmo de sempre — calmo, sereno, sempre feliz em ser útil. Longe da companheira, porém, Sidra tinha visto a preocupação nos olhos de Azul, a expressão distraída ao fitar os visores da nave. Ainda assim, ele jamais traía essas emoções na frente de Sálvia, a quem claramente fazia bem a companhia de alguém que não estava desmontando a nave inteira. Paciência. Era uma característica louvável, e Sidra estava fazendo o possível para imitar Azul naqueles nove dias de viagem. A paciência havia sido programada em seu código também, mas a situação em que estavam gerava certa inquietação, naturalmente. Em especial a sua situação.

Sidra estava com Azul e Sálvia na cabine do piloto — a mulher roía a unha do polegar enquanto o homem desenhava em seu scrib.

"Que barulho foi esse?", perguntou Sálvia de repente.

Azul parou de desenhar. "Barulho?"

Sálvia se inclinou para a frente, ouvindo com atenção. Então balançou a cabeça. "Eu poderia jurar que... *de novo*! Tem alguma coisa chacoalhando. Não dá pra ouvir?"

Azul tentou prestar mais atenção. "Não." Sidra também não estava escutando nada.

Sálvia se levantou. "Eu vou dar uma olhada nas bombas de combustível."

Azul apenas assentiu. Pelas contas de Sidra, Sálvia já conferira as bombas de combustível quatro vezes. "Quer ajuda?", ofereceu Azul.

"Não, pode continuar desenhando. É uma maneira muito melhor de passar o tempo." Ela saiu da cabine. Sidra a seguiu.

As duas ficaram em silêncio. Não conversavam desde que tinham deixado Porto Coriol. Não era o plano que Sálvia queria e Sidra entendia, embora o silêncio estivesse ficando insuportável. Contou os dias outra vez. Ainda faltava um pouco menos de duas decanas para chegarem a Kaathet. Não era uma viagem tão longa assim. Podia ser bem pior. Era uma sorte o ônibus estar em uma unidade do museu em vez de na sede em Reskit. Sidra duvidava que tudo estivesse correndo tão bem se a viagem fosse levar um padrão inteiro.

Tak também tinha vindo, e Sidra ainda não sabia como expressar sua gratidão. Para piorar as coisas, sua pobre amiga passara a maior parte da viagem espaceada. No momento estava em seu beliche, tentando dormir para não ter que lidar com o enjoo. Sidra também não estava falando com ela. Sabia que Tak ainda não estava muito feliz com o desenrolar dos acontecimentos. Ainda assim, Sidra ficava grata pela ajuda. Tak ter vindo junto era a resposta que Sidra vinha esperando para a pergunta que a amiga não a deixara formular aquele dia na cozinha.

Sálvia começou a descer, falando sozinha em voz baixa. Estava contando algo na ponta dos dedos, mas Sidra não conseguia ouvir direito o quê. Tinha vontade de lhe dizer que não havia nada de errado com as bombas de combustível e que estava tudo bem. Porém, isso só teria deixado Sálvia zangada, e Sidra sabia disso. Além disso, Sálvia precisava de algo para fazer. Sidra entendia essa sensação — até bem demais.

O compartimento do motor era meio apertado, mas Sálvia não pareceu se importar, e Sidra também não ligava. Continuou a seguir Sálvia, conferindo tudo o que a mulher fazia, só por segurança. Bombas de combustível. Suporte de vida. Gravidade artificial. *Está tudo bem, Sálvia*, pensou. Mas não interveio.

Os caminhos de Sidra foram tomados de ansiedade quando Sálvia decidiu entrar em uma pequena sala a qual até então não tivera utilidade — o núcleo da IA. Sidra a havia ajudado a conferir o hardware antes de partir, pois contavam com a possibilidade de uma passageira extra na volta. Nenhuma decisão fora tomada em relação a um suporte definitivo para Coruja quando voltassem pra casa (a advertência implícita era: *se Coruja ainda existir*). Sálvia e Azul haviam considerado algumas possibilidades, mas não tinham resolvido nada ainda. Um segundo kit corporal? Seria arriscado demais para todos os envolvidos. Sálvia e Azul comprarem uma nave grande o suficiente para transformá-la em sua residência permanente? Era uma possibilidade, mas nenhum dos dois queria realmente viver em órbita. A ideia de Sidra de montar uma estrutura de IA em sua casa? Não, Coruja já passara tempo demais sozinha e, além disso, Sálvia dissera, não seria justo com Sidra (que apreciara muito ouvir isso). O núcleo do ônibus espacial teria que servir a curto prazo, pelo menos até a volta. A viagem era longa o suficiente para que tivessem mais ideias no caminho.

Nervosa, Sidra observou Sálvia investigar o núcleo. Não parecia estar fazendo nada de especial, mas sua mera presença ali era preocupante. Sidra fizera uma mudança no núcleo antes de partirem — nada importante, nada irreversível, nada perigoso, mas também não pedira a permissão de ninguém. Não havia grandes pistas na sala do núcleo, mas Sálvia era muito observadora quando se tratava dessas coisas.

Os caminhos de Sidra se acalmaram quando Sálvia seguiu para a porta, ainda falando sozinha em voz baixa. Não havia nada com que se preocupar. Elas voltariam para a cabine e ficariam com Azul e...

Sálvia se virou, a testa franzida.

Merda.

Os olhos de Sálvia seguiram um cabo solitário conectado à parede. Ela chegou mais perto, debruçando-se para examinar melhor o conector. Sidra podia vê-la estudando os circuitos e as junções em volta dele, dispostos em uma configuração que o fabricante não pretendera.

"Que merda é essa?", murmurou Sálvia. Ela seguiu o cabo ao longo do rodapé da parede, onde tinha sido acomodado discretamente. Pelo visto, não o suficiente.

Sidra tentou pensar na melhor maneira de lidar com aquilo. Talvez Sálvia fosse deixar pra lá. Talvez algo acontecesse lá em cima, distraindo-a, e ela iria embora sem que a descoberta se tornasse um problema. Talvez...

Sálvia chegou ao pequeno armário para onde o cabo ia. Antes que Sidra conseguisse pensar no que dizer, a mulher abriu a porta. Sálvia soltou um berro, pulando para trás. "Merda, puta merda..." Ela se ajoelhou, em pânico. "Sidra? Ai, merda..."

Sidra não conseguia ver a cena do ângulo de Sálvia, mas sabia o que a mulher tinha acabado de encontrar: um corpo inerte, com o cabo solitário ligado atrás da cabeça. Conformada, Sidra ligou a vox mais próxima. "Sálvia, eu estou bem." Ela deu zoom no rosto de Sálvia com a câmera que ficava no canto. "Eu estou bem. Não estou aí dentro."

jane, 19 anos

Havia uma IA a bordo da *Yo'ton*. Seu nome era Pahkerr, e ninguém prestava atenção nele, embora fizesse muito pela tripulação. Ninguém jamais dizia "por favor" ou "obrigado". Apenas davam ordens. *Pahkerr, abra a escotilha. Pahkerr, execute um diagnóstico de sistema.* Esse tipo de coisa. Jane não sabia o que a incomodava mais: a maneira como a tripulação falava com Pahkerr ou o fato de ele não parecer se incomodar com o tratamento. Tentou conversar com a IA em sua primeira noite na nave, enquanto ela e Laurian forravam o chão do compartimento de carga com cobertores. Tentou perguntar como ele estava, o que vinha fazendo, se estava tendo um bom dia. Pahkerr parecia não saber como responder às perguntas, nem estava interessado em bater papo. Talvez seu código fosse desprovido de curiosidade. Talvez ninguém jamais lhe tivesse feito perguntas do tipo antes.

Jane conseguia ouvir as câmeras de Pahkerr seguindo-a pelo amplo corredor de metal. Eram diferentes das câmeras de Coruja. Menos barulhentas, menos pesadonas. Ela sentia falta das câmeras barulhentas. Sentia uma saudade desesperada e dolorosa de Coruja. E, por mais estranho que parecesse, sentia falta do ônibus também. Na *Yo'ton*, tudo era limpo e quente, não havia nenhuma peça ou mecanismo com defeito. Ao que parecia, não havia perigos. Mas estava com saudade do ônibus mesmo assim. Sentia falta de saber onde ficava tudo, do cheiro familiar de seu cobertor, de jogar simulações e consertar coisas. Tinha passado tantos anos trabalhando para sair de lá e agora... agora, quase queria voltar.

As luzes no teto foram sendo ligadas conforme ela seguia até a cozinha. A *Yo'ton* era enorme e Jane morria de vontade de saber como tudo funcionava, mas a técnica principal não gostava dela. Thekreh era uma aandriskana malvada com um sotaque carregado. Não sabia se fizera perguntas demais ou o quê, mas Thekreh lhe dissera que Jane a estava distraindo de seu trabalho e precisava urgentemente de um banho. O último comentário tinha doído. A última vez que Jane estivera tão limpa fora na fábrica — talvez estivesse até mais limpa agora. Não achava que estivesse fedendo, mas passou a se sentir muito incomodada com o próprio corpo e, desde que ouvira o comentário ácido, vinha se esfregando com tanta força ao se lavar que a pele doía. Nenhuma das outras espécies usava chuveiros, então ela e Laurian precisavam se limpar em um dos tanques nas salas de máquinas. Ficavam de pé no metal frio e lavavam um ao outro com uma mangueira com água morna, o que a fazia se sentir como um cachorro morto.

As luzes da cozinha já estavam acesas. Jane não era a única lá. Uma das mesas estava ocupada pelo algaísta, um laruano grandão com um nome muito engraçado: Oouoh. Jane não lhe dissera que achava graça em seu nome, claro. Já conseguira fazer uma pessoa não gostar dela em sua primeira decana ali. Não era burra.

Oouoh estava com os pés peludos apoiados em uma cadeira enquanto comia algum tipo de fruta crocante e enchia seu cachimbo com palha-vermelha. Jane achava que a espécie dele tinha uma aparência simpática. Era coberto de pelos vermelhos compridos da cabeça aos pés e seu pescoço longo permitia que o rosto com focinho comprido olhasse para trás por cima do ombro. Quando andava apoiado nas quatro pernas, era da altura de Laurian. Quando caminhava apoiado em duas, quase batia no teto.

Os olhos negros de Oouoh se dilataram quando Jane entrou na cozinha. "E aí, humaninha?", cumprimentou ele. "Está atrás de alguma coisa?"

"Estou com sede." Ela fez uma pausa antes de continuar. "E não estou conseguindo dormir."

O pescoço de Oouoh balançou para cima e para baixo em forma de S. "Eu também não." Ele ergueu o cachimbo em sua direção. "Quer se juntar a mim?"

Jane não soube bem como reagir. "Eu não sei." Enfiou as mãos nos bolsos porque não sabia o que mais fazer com elas. "Eu não sei fazer isso."

Oouoh fez uma cara engraçada que Jane não conseguiu decifrar. "Bem, eu ensino. Pode vir." Ele apontou para a mesa com uma de suas mãozonas que pareciam patas. Jane puxou uma cadeira. Estrelas, como ele era grande. Se não estivesse sendo tão simpático, teria muito medo dele. Talvez estivesse com um pouco de medo mesmo assim.

Oouoh pegou o faiscador que estava na mesa e o entregou a Jane junto com o cachimbo. "É só enfiar a ponta do tubo na boca. Isso aí. Agora feche bem os lábios em volta. Agora é só acender o faiscador na palha-vermelha ao mesmo tempo em que suga a fumaça com força."

Jane seguiu as instruções. A fumaça quente entrou em sua boca e ela sentiu o gosto de cinzas e terra, bem quente e doce.

Oouoh percebeu que ela não tinha continuado. "Você precisa botar pra dentro mesmo. Respirar até os pulmões e então deixar sair pelo nariz como uma chaminé."

Jane obedeceu e... inclinou-se para a frente, tossindo e ofegando. Seus pulmões não gostaram nada da experiência.

Oouoh fez um ruído surdo no fundo do peito. Estava rindo dela? "A primeira vez é sempre difícil mesmo. É só tentar de novo. Você vai pegar o jeito."

Jane não sabia se queria tentar outra vez. Sua garganta estava seca, e ela se sentia meio idiota, mas não queria desistir na frente de Oouoh. Repetiu os mesmos passos de antes: acender, sugar, respirar. Seus pulmões protestaram, mas ela os forçou a se abrirem, só um pouquinho. Tossiu de novo, mas menos, e parte da fumaça saiu pelo nariz em vez de pela boca. Também se sentiu um pouquinho diferente. Mais calma. Mais focada.

"É isso aí", disse Oouoh, soando satisfeito. Ele pegou o cachimbo e o faiscador de volta. "Olha só pra você, parece até um *kohumie*."

Jane terminou de tossir a fumaça em seus pulmões. "O que é isso?"

"Um monstro que mora em um vulcão. Das histórias das comemorações de fim de ano, sabe? São pequenos espíritos redondos e sem pelos que surgem quando as rochas perto dos rios de lava começam a derreter."

Até que era uma coisa legal de se parecer. "Mas eu não sou redonda", observou Jane.

Oouoh pitou seu cachimbo preguiçosamente. Não tossiu. "É, você não é mesmo." Ele pareceu pensativo por um momento, apenas soprando a fumaça. "Por que você não come as mesmas comidas que a gente? O seu amigo sempre come as mesmas refeições. O cozinheiro sempre prepara uma coisa diferente pra você... Um mingau? Legumes batidos?"

Jane coçou atrás de sua orelha. "Eu estava muito doente antes de chegar aqui. Não posso comer nada muito complicado por um tempo." Ao que parecia, Both'pol, o médico da nave, concordava com a equipe do Observatório. Que inferno.

"Doente? O que você tinha?", perguntou Oouoh.

"Várias coisas", disse Jane. "Mas o motivo principal foi eu não estar comendo direito."

"Por que não?"

"Porque não tinha comida."

"Ah", disse Oouoh. Ele exalou uma grande nuvem de fumaça. "Que merda."

Jane soltou uma risada. "Verdade."

"Você veio de uma daquelas colônias à margem, então?" Ele descreveu um círculo com um dos dedos. "De fora da CG?"

"Sim."

"Espacial?"

"Não, eu vim de um planeta."

"E não tinha nada para comer no planeta inteiro?"

"Tinha. Só que..." Como ela iria explicar? Como poderia explicar para alguém o que tinha passado? "Não pra mim."

Oouoh esperou que ela continuasse, mas Jane não disse mais nada. O laruano balançou a cabeça. "Deve ter sido péssimo."

"Era mesmo."

"Mas peraí..." Oouoh debruçou-se na mesa, o rosto indo até o centro dela. "Você ficou doente porque não tinha comida, então... eles não estão deixando você comer."

Jane riu outra vez. "Sim, é basicamente isso."

"Seu amigo tinha comida?"

"Tinha."

"Por que ele não dividia com você?"

"Nós não estávamos... Não faz muito tempo que o conheço. Ele não estava no mesmo lugar que eu."

"Ah, tá... Eu achei... Bom, deixa pra lá."

"O quê?"

Oouoh mexeu o maxilar. "Eu achei que vocês dois estavam copulando."

Jane quase engasgou. "Nós — dois — *não*. Não, nós não..." Ele achava mesmo isso? Será que todo mundo ali achava isso? Jane não fazia ideia de como deveria se sentir se fosse esse o caso.

O laruano fez o mesmo ruído surdo de antes. "Calma, eu só estava tentando entender a história direito. Não conheci muitos da sua espécie, então às vezes é difícil saber o que estão pensando. Vocês dois parecem... tentar se proteger. Cuidar um do outro."

"Como assim?"

"Você está sempre falando por ele. E eu sei que ele não consegue falar muito bem sozinho, mas você sempre entende o que ele quer dizer. Você o ajuda a se expressar. E não importa se ele sabe ou não falar klip, fica bem óbvio quando ele está puto com alguém por sua causa. Ele passou os últimos dois dias de cara amarrada pra Thekreh."

Jane sentiu as bochechas corarem. "Você ficou sabendo disso?"

Oouoh alongou os membros. "As fofocas se espalham muito rápido pelas naves. Não ligue pro que ela diz. Thekreh também me acha fedorento." Ele esfregou os pelos no antebraço. "Nós, mamíferos... a evolução ferrou com a gente."

Algo que vinha apertando o peito de Jane nos últimos dias pareceu relaxar. Ela sorriu. Gostava daquele cara.

"Enfim, eu só quis dizer que vocês dois agem como se fossem conhecidos de longa data. Acho que é até normal: quando você passa por uma situação ruim com alguém, isso acaba acelerando as coisas."

Jane pensou um pouco nisso. Lembrou-se do início de *Esquadrão Incêndio VI*, quando o grupo encontra Eve Matadora por acaso e eles se unem para lutar contra o Príncipe do Petróleo. Passaram por vários desafios juntos e fizeram várias loucuras que você só faria se confiasse em alguém de verdade e se importasse com a pessoa. Mas, no final, quando o trabalho terminou, quando o vilão foi derrotado, cada um foi para o seu lado. Não seriam amigos de longa data. Jane e Laurian nunca haviam discutido se continuariam juntos depois que chegassem ao seu destino. Ela simplesmente presumira que isso aconteceria. Mas por quê? Se ele não quisesse, não precisava continuar com ela, certo? A possibilidade a deixou triste, o que era idiotice. Jane era capaz de cuidar de si mesma. Se conseguia separar sucata e enfrentar os cachorros, então também poderia lidar sozinha com o que houvesse em Porto Coriol.

Mas gostava de Laurian. Gostava de tê-lo com ela. Gostava quando trabalhavam e comiam juntos. Dos desenhos que ele fazia no scrib velho que a capitã lhe dera. Gostava de ensinar klip a ele, bem aos pouquinhos, indo bem devagar enquanto ele lutava para pronunciar as palavras. Gostava de como ele botava a mão em seu ombro quando Jane ficava assustada ou zangada. Gostava de dormir ao lado dele, mesmo que o compartimento de carga fosse uma porcaria. E de saber que se tivesse um pesadelo, ele a acordaria, e que a recíproca era verdadeira. Gostava quando não conseguiam dormir e ela começava a contar as histórias das simulações que jogara, e também gostava de ver os desenhos que Laurian fazia dos personagens conforme os imaginara. Gostara daquela vez em que tinha acordado para descobrir que os dois haviam se aconchegado um no outro enquanto dormiam, os narizes quase se tocando. Tentara se manter acordada, deitada de olhos fechados, apenas pensando em como ele estava perto. Não era como ter uma colega de beliche. Não sabia bem o que era. Pensou no que Oouoh tinha suposto sobre eles. Queria tanto poder conversar com Coruja.

Ela apontou para o cachimbo. "Posso experimentar de novo?"

Oouoh lhe entregou o cachimbo. "Você gostou?"

Jane acendeu a palha-vermelha. "Ainda não sei." Respirou a fumaça mais uma vez. E tossiu, é claro. "Eu gostei do sabor, pelo menos. Gosto de experimentar coisas novas."

O laruano a observou, o pescoço balançando, pensativo. "Vamos lá." Ele se levantou e fez um gesto para que Jane o seguisse. Oouoh entrou na despensa, onde o cozinheiro costumava ficar. Abriu um armário duplo e gesticulou para que ela se aproximasse.

Jane deu um passo à frente. Dentro do armário havia dezenas de pequenos frascos e garrafas, todos rotulados com palavras que ela era capaz de ler, mas não reconhecia. Sálvia-vermelha. Folha de citro. Huptum moído. Sal de rio. Não entendeu o que eram aquelas coisas.

Os olhos de Oouoh se voltaram para os frascos e então para Jane. "São temperos", explicou ele. "Você sabe o que é isso?"

Jane balançou a cabeça.

"Estrelas", murmurou Oouoh. Ele pegou um jarro — pimenta yekeni, de acordo com o rótulo — e puxou a rolha. "Estenda a sua mão", instruiu ele. Jane obedeceu, e Oouoh pôs uma pitada do pó amarelo na palma de sua mão. "Pronto. Pode provar."

Jane olhou para a substância estranha. Aquilo... não era comida. Não sabia o que era. Ela cheirou. O pó pareceu estimular o seu nariz. Com todo o cuidado, ela estendeu a língua e tocou o pó misterioso.

Sua boca explodiu, mas de um jeito maravilhoso. Era quente e ardido, mas também delicioso, um sabor defumado e seco e... como nada que já tinha provado antes. Nada. Lambeu o resto, sem se importar com a leve dor que acompanhava o sabor. O ardor parecia deixar o sabor ainda melhor, de alguma forma. Seus olhos ficaram cheios d'água e seu nariz parecia desobstruído. Estava acordada de verdade pela primeira vez em dias.

Ela pegou outro frasco. *Suddet*, dizia o rótulo. "Essas coisas são venenosas?", perguntou, preocupada.

Oouoh balançou o pescoço dele. "Para você? Não faço a mínima ideia. Mas sei onde fica a enfermaria e você parece bem fácil de carregar."

Jane abriu um largo sorriso, então pôs um pouco de suddet — fosse lá o que fosse aquilo — direto na língua. Era diferente! Muito diferente! Não ardia! Era como... droga, ela precisava de novas palavras para descrever o sabor. Jane encontraria as palavras. Aprenderia depois.

Oouoh se recostou no balcão e fumou seu cachimbo enquanto Jane continuava a explorar a despensa. Será que aquilo lhe traria problemas? O cozinheiro ficaria com raiva? Ela não se importava. Como poderia, quando havia uma despensa inteira cheia de novas experiências com nomes como vinha-da-tosse, mistura para assados e pasta de kulli? Não podia, simples assim. Queria provar cada um daqueles temperos. Ia experimentá-los até ficar com a boca dormente.

Não demorou muito para Jane estar com vários frascos ao seu redor no chão, as mãos coloridas pelos mais diferentes temperos. Não sabia se era por causa da palha-vermelha ou alguma das coisas que experimentara ou o quê, mas naquele momento ela sentiu uma ponte conectando sua eu do presente — rindo ofegante na cozinha de uma nave — e a Jane de quatro anos de idade, no escuro, sugando as algas de debaixo das unhas. Foi quase como se ela pudesse ir até aquela garotinha e trazê-la até aquele momento. *Olha só*, ela diria. *Veja só quem você vai se tornar. Aonde você vai chegar.*

De repente, Jane foi pega de surpresa pelo próprio choro convulsivo. Oouoh se endireitou, assustado. "Que porra é essa?", disse ele. "Merda, vamos lá, vamos para a enfermaria..."

Jane olhou para ele. "Hã? Por quê? Eu estou bem."

"Hã, não, você está... *seus olhos estão vazando, derretendo*, sei lá."

Jane riu, o que era um pouco difícil de fazer em meio às lágrimas. "Não, não, é isso", ela fungou bem alto, "são só lágrimas. Está tudo bem."

Oouoh parecia perturbado. "Como assim está tudo bem?"

"Nós fazemos isso. Os seres humanos fazem isso quando estão sentindo emoções muito fortes."

"Os olhos de vocês *vazam?*"

"É, acho que sim. Estou bem, na verdade. Estou bem."

O laruano moveu o maxilar para trás e para a frente. "Tudo bem. É bem esquisito, na verdade, mas beleza." Ele esfregou o pescoço comprido, alisando os pelos. "O que você está sentindo? Você está triste?"

"Eu não sei. É que tudo isso... foi um pouco demais. Tudo isso."

Oouoh pensou um pouco. "A sua espécie... Quer dizer, *você* se incomoda com contato físico?"

Jane balançou a cabeça em negativa, as lágrimas ainda caindo.

Oouoh deu um passo à frente e envolveu um dos grandes braços ao redor dela, puxando-a para o peito. Também enrolou o pescoço em volta de Jane, o que foi um pouco estranho, mas não tão diferente de um braço extra. Ele apertou de leve e Jane o abraçou de volta, sentindo por aquele abraço alienígena estranho uma gratidão que não sentira por qualquer outra coisa fazia muito tempo.

"Está tudo bem agora", consolou Oouoh enquanto Jane chorava com o rosto enfiado em seu pelo. "Está tudo bem."

· · · · · · · · · · ·

sidra

Tak estava sentada no chão, apoiada na entrada que levava à sala do núcleo. "Então esta é você."

"Não", disse Sidra. "Este é o núcleo. Não sou eu. É só onde a maioria dos meus processos está ocorrendo. Por enquanto, é... é o meu cérebro, eu acho."

"E o resto dos seus processos está...?"

"Espalhado pela nave. Você sabe como funciona."

"Certo. Entendi." Ela se remexeu de leve, não pela primeira vez. Estava nervosa? Com medo? Sem graça? As bochechas vermelhas pontilhadas podiam significar qualquer uma dessas emoções. "É meio estranho saber que estamos... andando por você."

Sidra suspirou. "Você está andando pela nave. É só que eu estou..."

"Em toda parte. Eu sei. Entendi. Você está... bem? O que está achando?"

"É para isso que fui projetada."

"Entendi. Mas então você está se sentindo... melhor?"

Sidra queria dizer que sim. Havia muitas razões para a resposta ser essa. No entanto, apesar de ser capaz de mentir agora, não conseguiu dizer sim. Por quê? O que estava faltando? Tinha acesso constante à Rede, o que era uma sensação maravilhosa. O ônibus era bem menor do que as embarcações para as quais fora pensada, mas isso não importava tanto diante do ganho de câmeras, voxes, até mesmo uma fuselagem. A leve inquietação que a seguira todos os dias desde que deixara a *Andarilha* tinha desaparecido. Seus caminhos estavam calmos e claros. Aquela era a sua configuração original, a existência pela qual ansiara.

Por que não se sentia melhor?

Tak insistiu na pergunta. "Sabe, no que diz respeito a esconderijos..."

"Eu não poderia ter escolhido um pior?"

Sua amiga riu. "Pois é. Embora eu precise admirar a sua coragem." Ela olhou ao redor. "Como é que eu... É tão estranho falar com você sem olhá-la nos olhos."

"Eu sei que você está falando comigo. Mas, se você for se sentir melhor, pode olhar aqui." Ela acionou a câmera mais próxima, dando zoom e recuando algumas vezes para que Tak pudesse ouvi-la.

Tak olhou para a câmera, as pálpebras internas deslizando de lado. "Sem ofensa, mas isso também é estranho. Vai levar um tempo para eu me acostumar, no mínimo."

Sálvia entrou, pegando Tak de surpresa, mas não Sidra, que a tinha visto no corredor, parecendo em dúvida sobre se devia ou não se juntar a elas. "Era mais fácil com Coruja", comentou Sálvia, sentando-se de frente para Tak. "O ônibus tinha painéis de vid acima das voxes. Ela podia ter um rosto para falar comigo."

"Como ela era?", perguntou Tak.

"Uma humana comum, eu acho", disse Sálvia. "Não era realista. Era mais como um contorno, sabe? Um desenho. E as cores do fundo mudavam." Ela apontou para Tak com um movimento do queixo. "Você teria odiado."

Tak riu. "É possível."

Sálvia cruzou os braços. "Faz tanto tempo que é um pouco difícil me lembrar dos detalhes. Mas Coruja tinha um rosto bondoso, dessa parte eu lembro. Ou pelo menos eu achava, na época."

"Por que este ônibus não tem painéis de vid?", perguntou Sidra. A *Andarilha* também não, pensando bem. Na verdade, nunca vira nada do tipo.

"Algumas pessoas ainda usam", explicou Sálvia, "mas são poucas. Saíram de moda. É difícil consegui-los hoje em dia."

"Por quê?"

Sálvia sorriu, mas não parecia estar achando graça de verdade. "Eram vistos como menos eficientes, em especial para as naves de viagens longas." Ela olhou para a câmera. "As pessoas tendiam a se apegar às IAs. Os vendedores não gostaram nada disso. Assim era mais difícil as pessoas quererem comprar novas plataformas. Então os programadores e os fabricantes de hardware se uniram e aqui está você, sem um rosto."

Tak franziu a testa, as bochechas de um amarelo pensativo. "Quanto mais aprendo sobre essas coisas, menos entendo por que elas são como são."

"É muito fácil de entender, na verdade", disse Sálvia. Ela esticou as pernas, cruzando um tornozelo por cima do outro. "É o que os Elevados faziam com a gente, as crianças da fábrica. O que os harmagianos fizeram com os akaraks e os felasenos ou qualquer outra espécie que dominaram. E também vocês, que foram os inventores das IAS. O código consciente não existia até vocês escreverem." Ela deu de ombros. "A vida é assustadora. Ninguém tem um livro de regras. Ninguém sabe o que a gente está fazendo aqui, então a maneira mais fácil de encarar a realidade e não surtar é acreditar que tem controle sobre ela. E se você pensa assim, então também acha que está no topo. E se você está no topo, bem, então as pessoas que não são como você devem estar em algum lugar mais abaixo, não? Todas as espécies fazem isso. De novo e de novo e de novo. Não importa se fazem isso entre seus semelhantes, contra outras espécies ou alguém que criaram." Ela ergueu o queixo na direção de Tak. "Você estudou história. Você sabe disso. A história de todas as espécies consiste em uma longa cadeia das atrocidades que cometemos uns contra os outros."

"Não é só isso", interveio Tak. "Sim, é verdade, em parte. Mas há mais que isso, coisas boas também. Arte, cidades e ciência. Todas as descobertas. Tudo o que aprendemos e melhoramos."

"Tudo o que melhoramos para *algumas* pessoas. Ninguém descobriu ainda como melhorar as coisas para todo mundo."

"Eu sei", disse Tak. Ela estava pensativa, as cores nas bochechas girando. "É por isso que temos que continuar falando uns com os outros."

"E ouvindo", acrescentou Sálvia.

Tak assentiu com a cabeça, usando o gesto humano. "E ouvindo."

Enquanto Sidra as observava, notou a mudança na linguagem corporal das duas. Os corpos estavam voltados um para o outro. Ainda se sentavam com uma distância respeitosa entre elas — pelo menos tanto quanto o corredor apertado permitia — e uma olhava com bastante atenção para a outra na hora de ouvir. Sidra imaginou a conversa se não estivesse nas paredes, mas sim no kit, sentada no chão junto das outras mulheres. Imaginou que o ângulo seria diferente. Além disso, os olhos das duas também se voltariam para o kit de vez em quando. E, sim, ela estava ciente de que ambas sabiam que Sidra estava no núcleo. Tak queria olhar para a câmera. Sálvia fizera isso sem que ninguém precisasse explicar. Mas tinham uma resposta instintiva em relação a outro corpo, algo que as câmeras não provocavam. Sidra não compartilhava mais o espaço com elas. Sidra *era* o espaço. Era a estrutura que as continha. Ficaria vazia se não houvesse ninguém ali.

Seus caminhos se agitaram de incredulidade e ela não pôde deixar de rir em voz alta pela vox.

"Está rindo de quê?", quis saber Sálvia.

"De mim", respondeu Sidra, ainda rindo. "Ai, é tão idiota. Eu sou tão idiota."

Tak e Sálvia se entreolharam. "Por quê?", perguntou Sálvia.

Sidra formulou a resposta e tentou reunir a coragem de dizê-la em voz alta. Estrelas, como ela era ridícula. "Eu queria estar sentada no chão com vocês." Gargalhou. "Eu finalmente estou em uma nave e só consigo pensar em como gostaria de estar sentada no chão."

Verde e azul tomaram as bochechas de Tak. "Pobre Thumhum de Barriga para Cima."

"Hã?", fez Sálvia.

Sidra já tinha feito a busca na Rede. "É uma história infantil harmagiana", explicou. "Muito antiga."

"Você já ouviu falar?", perguntou Tak para Sálvia, que balançou a cabeça em negativa. "Thumhum é um menino que experimenta a gravidade zero pela primeira vez. Você sabe que quando um harmagiano cai com a barriga para cima é muito difícil para eles conseguirem se levantar ou se virar, certo? Então o pequeno Thumhum começa a gritar pedindo ajuda, porque fica apavorado ao se ver caído de costas. Só que não importa em que posição as outras pessoas o botem, ele continua de barriga para cima."

"Mas... ele está em gravidade zero", disse Sálvia. "Não existe para cima ou para baixo."

"Justamente", respondeu Tak. "Ele está tão focado em estar de barriga para cima que não percebe que já está de pé."

Sidra riu, mas Sálvia não. "Não. Eu não acho que seja a mesma coisa." Ela pôs as mãos no colo, pensativa. "Quando cheguei em Porto Coriol, fiquei morrendo de medo. Foi como sair da fábrica de novo. Eu não entendia o que estava acontecendo. Não conhecia as comidas. Não sabia o que as pessoas estavam vendendo. O ferro-velho era um inferno, mas era um inferno familiar. Eu já sabia que pilhas de sucata tinha vasculhado, onde estava a água, onde os cachorros dormiam. Sabia como voltar para casa. Coriol não era a minha casa, não de início. Era apenas uma confusão infernal. Eu odiei. Quis ir embora assim que botei os pés lá." Ela se virou para a câmera. "Dê uma olhada no lado esquerdo do console de pilotagem. Diga a Tak o que tem ali em cima."

Sidra deu zoom com a câmera da cabine do piloto. "São bonecos", anunciou ela. "Alain, Manjiri e Pitada."

As bochechas de Tak ficaram de um marrom-claro de reconhecimento. "*Tripulação Traquinas*, certo?"

Sálvia assentiu com um sorriso distraído. "Isso. Coruja tinha um episódio armazenado. *A Tripulação Traquinas e o Enigma Planetário*. Nem sei quantas vezes eu joguei. Ainda sei o diálogo de cor, fala por fala. Cada variável da história, cada linha dos gráficos. Eu poderia desenhar aquela nave inteirinha, se não fosse péssima desenhando." Ela pareceu reorganizar as ideias. "Na minha primeira manhã em Coriol, deixei Azul dormindo e saí. Queria explorar um pouco sozinha. Ainda estava com tanta raiva e tanto medo que não queria uma plateia para me ver daquele jeito. Enfim, andei sem rumo pelo mercado. Não sabia o que estava fazendo, mas agora percebo que estava procurando por algo — qualquer coisa — familiar. Teria comido cachorro, se alguém estivesse vendendo. Não sei quanto tempo passei lá — uma hora, talvez duas. Aí acabei encontrando uma loja. Tinha um monte de personagens de simulações pintados nas paredes. Eu não conhecia a maioria, mas ali estavam eles, bem no meio, a *Tripulação Traquinas*. E eu fiquei... 'Puta merda, meus amigos! Meus amigos estão aqui!'. Estrelas, quase chorei. Eu sei que parece idiotice..."

"Não é nada idiota", interrompeu Tak.

Sálvia deu um pequeno aceno afirmativo de cabeça. "Então eu entrei na loja, que era uma loja de simulações, obviamente, e vi um humano lá dentro. E ele chegou todo 'E aí, posso ajudar?', e eu disse... Olha só, não esqueçam que eu tinha cerca de dez mil créditos e havia acabado de passar a noite no galpão de um modificador. Estava na maior pindaíba, mas comprei umas lentes de simulação caindo aos pedaços. Ele me perguntou se eu queria alguma simulação também e eu falei: 'Você tem *Tripulação Traquinas*?'. Ele olhou pra minha cara e disse: 'Claro, qual?'." Ela riu. "E eu fiquei: 'Como assim, qual?'. Eu não sabia que havia mais de um! Ele começou a achar que eu era maluca, né. Então abriu um catálogo gigantesco e disse: 'Minha amiga, eles vêm lançando *Tripulação Traquinas* há mais de trinta padrões'."

"Quantos você comprou?", perguntou Sidra.

"Ah, todos. Tive que voltar para Azul e explicar que tinha acabado de gastar quase todos os nossos créditos em simulações para crianças e um par de lentes de simulação quebrado. Na época eu não entendia direito o que era dinheiro. Ainda não entendo." Sálvia olhou para o teto, pensando. "Desde então, joguei todos os episódios pelo menos duas vezes. Qualquer dúvida que você tenha sobre a série, eu sei responder. Amo *Tripulação Traquinas*. Amo muito. Mas a sensação nunca mais vai ser igual à de quando eu era criança. Sou diferente agora. E mudar é bom, mas tem seus poréns." Ela estendeu a mão e tocou os circuitos mais próximos. "Você também está diferente."

Sidra não tinha certeza se aquilo era um consolo ou uma preocupação. "O kit tem tantas limitações. Se eu modificar demais o código, vou acabar mudando quem eu sou. Se tivesse voltado para uma nave depois de alguns dias, talvez até uma decana, acho que estaria bem. Mas agora..." Ela tentou pôr seus processos em ordem. "Não sei o que eu quero."

Sálvia riu. "Querida, ninguém sabe."

Sidra considerou o que acabara de dizer. O kit. Ele fora guardado de volta no armário. Ela processou. Ela fora projetada para ocupar uma nave, mas... *mas*. Não conhecia aquele ônibus. Poderia ter sido outro modelo e ela o teria preenchido do mesmo jeito. Se não abrisse uma escotilha, outra pessoa poderia abri-la manualmente, quisesse ela ou não. Em uma nave, Sidra não passava de um fantasma. Uma ajudante. Uma ferramenta.

O kit tinha muitas restrições. Não era suficiente. Mas também era autônomo. Era *dela*. Ninguém poderia forçá-la a levantar a mão ou a andar pela sala. No kit, podia andar ou se sentar quando queria. Podia correr, abraçar, dançar. Se era capaz de alterar o próprio código, então o kit também não era o limite definitivo. Embora o kit não fosse muitas coisas, ainda havia várias que ele poderia ser.

"Tak, você pode abrir o armário à sua esquerda, por favor?", pediu Sidra. "Eu gostaria de voltar para o meu corpo por enquanto."

sálvia

O Museu Reskit de Migração Interestelar (Unidade de Kaathet) acabou sendo uma daquelas coisas que faziam a civilização como um todo não parecer uma ideia tão ruim assim, no fim das contas. Era o maior edifício da cidade, de longe, e embora os aandriskanos não fossem dados a uma arquitetura muito cheia de frufrus, a construção era deslumbrante. Os prédios aandriskanos, em geral, não tinham janelas (pois tornavam mais difícil conservar o calor), e a luz solar direta sempre acelerou a deterioração de máquinas e equipamentos, especialmente quando a tecnologia era mais antiga. Para contornar esses problemas, o museu construiu todo o complexo a partir de uma pedra amarela cortada tão fina que a luz do lado de fora fazia a construção brilhar. O efeito era impressionante — quase mágico. Era como andar pelo coração de uma estrela ou dentro de uma lareira prestes a se apagar. Era como estar dentro de algo vivo.

Claro que nada disso mudava o fato de museus serem meio esquisitos. Sim, Sálvia entendia que era importante registrar a história em algum lugar e que torná-la palpável era uma boa forma de não esquecer o passado. Em teoria, tudo bem. Na prática... Sálvia achava o resultado bem estranho. As coisas expostas no Museu Reskit não passavam de lixo. Um ansible grande e ultrapassado, um localizador de navegação queimado, um antigo mapa dos túneis dos tempos em que os harmagianos eram os únicos a perfurarem túneis no espaço. Por que aquelas coisas em especial? Por que aquele exotraje velho em vez dos outros dez idênticos que provavelmente tinham sido comprados com ele? Por que justo aquele tinha sido costurado com todo o cuidado, remendado e apoiado em um expositor fechado com temperatura controlada enquanto os demais foram jogados fora — ou, pior ainda, esquecidos nas caixas de um depósito em algum lugar? Um edifício inteiro dedicado a coisas que não poderiam mais ser usadas, consertadas ou descartadas. Aquilo era obra de alguém em uma sociedade que levava uma vida muito boa.

Por falar nisso, Tak estava nas nuvens. Soltava exclamações de surpresa em cada nova exposição e parava para ler todas as placas explicativas. Era como se tivesse esquecido por que tinham ido até ali — e talvez tivesse mesmo. Antes de saírem para o museu naquela manhã, Sálvia vira Tak fumar três cachimbos de provocadora, beber meio bule de mek e engolir um punhado de uns comprimidos aeluonianos antienjoo que fediam a chulé. Estavam em terra firme, mas Tak não estava preocupada com a gravidade. Aeluonianos estavam em séria desvantagem quando se tratava de mentir. Era difícil ser dissimulada com todas as suas emoções estampadas no rosto. O museu era administrado por aandriskanos, verdade, mas deviam ser pessoas cultas em uma cidade habitada por várias espécies. Mesmo Sálvia, que não fizera faculdade sobre outras culturas nem nada do tipo, era capaz de interpretar as emoções de um aeluoniano. Tak estava nervosa, o que por sua vez deixava Sálvia nervosa. Já não tinha ficado muito feliz em ter que trazer alguém além do Azul, para início de conversa, e Tak era tão certinha que Sálvia ainda estava surpresa por ela ter vindo. Mas a aeluoniana entendia suas limitações e fizera o possível para relaxar. Sálvia não vira um traço de vermelho nervoso ou amarelo preocupado nas bochechas dela desde que saíram do hotel nas docas de ônibus. Isso era bom — embora Sálvia também fosse gostar muito se pudessem passar pelas exposições mais rápido. Começou a bater os polegares do lado de fora dos bolsos enquanto Tak explicava detalhadamente a Sidra a importância de algum troço enferrujado que tinha deixado as duas de queixo caído. Sálvia passara dez anos esperando por isso. Não queria esperar um segundo a mais.

Ela sentiu a mão de Azul apertando seu ombro de leve. *Nós vamos chegar lá*, disseram os olhos dele.

Sálvia assentiu com alguma relutância. Se Tak podia ficar tranquila, então ela também podia. Para dizer a verdade, andar um pouco pelo museu até que não era má ideia. Ela vinha contando as câmeras desde que entraram — vinte e oito até agora — e os robôs de segurança inativos nas paredes pareciam coisa séria. Tak ainda precisava falar com a curadora com quem vinha se correspondendo para organizar aquela visita. Agir como acadêmicos comuns era uma precaução inteligente.

O problema é que estava demorando muito.

Depois de passarem por uma galeria de satélites, um mapa interativo das estrelas e um bando de turistas harmagianos andando devagar demais, finalmente chegaram a um corredor administrativo onde ficava a sala da tal curadora. Chegara o momento de Tak brilhar. O coração de Sálvia bateu mais forte. Se Tak fizesse alguma merda, tudo estaria perdido e não havia nada que Sálvia pudesse fazer além de ficar ali parada com um sorriso besta na cara. Sua mandíbula já doía de tanto se contrair, mas era melhor do que gritar. Estava arrependida de não ter tomado uma segunda xícara de mek também.

Tak gesticulou para a campainha e a porta se abriu. Uma aandriskana estava lá dentro, lendo canais de pixels. "Ah", disse ela com um sotaque sofisticado da área central. Ela se aproximou de Tak com uma expressão simpática, mas Sálvia viu o breve olhar curioso que lançou na direção do restante do grupo. "Taklen Bre Salae, imagino?"

"Eu mesma", disse Tak, avançando para que roçassem as bochechas à moda aandriskana. "Mas prefiro ser chamada de Tak, se você não se importa." Sálvia observou o rosto dela com mais atenção e — merda, lá estava um pontinho vermelho de nervosismo.

Se a aandriskana notou, ela não disse nada. "Sem problemas." Ela olhou para os humanos com uma expressão um pouco confusa. "E quem são esses?"

Um segundo pontinho apareceu. "São meus assistentes de pesquisa", disse Tak. "Sálvia, Azul e Sidra."

"Bem-vindos", cumprimentou a aandriskana. "Eu sou Thixis, a terceira curadora." Ela sorriu, ainda estudando-os. "Você tem muitos assistentes para um projeto de graduação, hein?"

"Bem...", começou Tak. Ela respirou fundo.

O punho de Sálvia se fechou dentro de seu bolso. *Vamos lá, Tak.*

Tak soltou o ar e um azul polido engoliu os pontinhos. Sálvia afrouxou o punho. "Embora o meu projeto seja focado em tecnologia, minha formação é principalmente em história. Então contratei essa equipe para me dar suporte na parte mais técnica."

A terceira curadora pareceu engolir a explicação. "É uma abordagem interessante", disse ela. "Eu também sempre preferi obter respostas mais diretamente, em vez de ter que vasculhar a Rede. Sobre o que é mesmo a sua tese? Sabe como é, né, minha cabeça está em vinte lugares diferentes e em vinte séculos diferentes."

Tak riu. "Estou pesquisando os sistemas de combustível utilizados nas naves feitas por humanos após sua admissão na CG como forma de entender melhor seus níveis de desigualdade econômica. Espero conseguir tirar conclusões levando em conta filiação partidária, colaboração entre espécies e a região de origem na galáxia." As palavram saíram da caixa--falante de Tak, mas Sidra as havia formulado. Sálvia tinha que admitir que soava como a baboseira acadêmica perfeita.

"Bem, parece que você contratou o grupo perfeito para essa missão", disse Thixis, com uma piscadela para os seres humanos. Foi apenas um pouco condescendente. "E acho que você vai encontrar algumas peças excelentes em nossa exposição. Venha, posso mostrar algumas enquanto discutimos melhor sobre o que você vai precisar."

De alguma forma, o coração de Sálvia começou a bater ainda mais rápido. Estavam indo para a exposição. *Estavam indo para a exposição.*

Ela mal prestou atenção na conversa das alienígenas enquanto ela e Azul as seguiam pelos brilhantes corredores de pedra. Sabia que precisava se preparar, mas a pergunta era: para o quê? Ver o ônibus outra vez? Para encontrá-lo desmontado e espalhado por uma parede? Para a possibilidade de o modificador do Piquenique estar errado e não haver nada ali? Para o núcleo de Coruja... — não, não, não, ela não iria nem cogitar essa possibilidade. O núcleo estaria lá, intacto. Tinha que estar. *Tinha que estar.*

Eles seguiram a indicação de uma placa — Salão de Naves Menores — e passaram por um vão gigantesco. Do outro lado, avistaram uma das cenas mais absurdas que Sálvia já vira na vida. Não era uma mera exposição: era um verdadeiro hangar, tão grande que parecia se estender indefinidamente. Havia ônibus e outras naves pequenas — fileiras e fileiras de veículos aposentados, todos limpíssimos, iluminados e rotulados. Sálvia já vira docas espaciais menores que aquele lugar.

"Puta merda!", exclamou Sálvia. Todos se viraram para olhá-la. Ela pigarreou. "Desculpa."

A curadora riu. "Vou considerar como um elogio."

Sálvia precisou reunir toda sua força de vontade para não disparar na frente. Tak lhe lançou um olhar significativo. Ela percebeu. "Para que lado fica a seção humana?", perguntou com um sorriso descontraído. "Desculpe, estou..."

"Pronta para começar? Conheço o sentimento", disse Thixis, gesticulando para que a seguissem. "Vamos lá encontrar o motivo que a trouxe aqui hoje."

Sálvia queria segurar a mão de Azul. Conseguia senti-la ao seu lado, como um ímã atraindo seus dedos inquietos enfiados no bolso. Estava feliz por ele pelo menos estar perto.

A seção humana estava um pouco mais para dentro, em uma das laterais, longe das impressionantes naves batedoras aandriskanas e o ponto alto da coleção, um orbitador de pesquisa quelin. Ela examinou as fileiras de naves humanas freneticamente, forçando-se a ficar alguns passos atrás de Tak. Era enlouquecedor. Quase um insulto. Estava...

Lá.

Todo o resto desapareceu — as naves, as alienígenas, todos os sons. Não havia nada além dela e do pequeno ônibus espacial maltratado. Um Centauro 46-C, fuselagem bronze, revestimento fotovoltaico.

Sua casa.

Não era idêntica à de sua lembrança, não exatamente. Alguém havia removido a terra e a sujeira acumuladas ao longo dos anos, assim como também deviam ter limpado toda a poeira e pelos do lado de dentro. Era tão pequena — menor do que a maioria das outras naves ali, menor do que o ônibus no qual havia viajado até o planeta. Mas fora seu mundo inteiro, certa época. E o que fora sua única família ainda estava ali dentro.

"Com licença", disse Azul. As outras pararam de andar. Sálvia podia sentir os olhos de Sidra nela. "Tem problema se eu me sentar um p-pouco?" Ele abriu um sorriso tímido, indicando um banco próximo com a cabeça. "Ainda não me recuperei da gravidade artificial e gostaria de d-descansar um momento."

Sálvia seguiu a deixa na hora. "Ah, que droga", disse ela, com certa dificuldade para manter a voz firme. "Eu fico aqui com você."

Tak assentiu. "Sem problemas", disse ela. "Pode vir atrás da gente quando estiver se sentindo melhor."

As alienígenas foram embora. Sidra as seguiu, olhando de relance por cima do ombro. Azul se sentou no banco. Sálvia quase desabou nele. A mão dele a aguardava, e ela a agarrou com força.

"Você está bem?", perguntou Azul, baixinho.

"Estou. Quer dizer, estou com dificuldade para respirar e com vontade de vomitar tudo o que já comi na vida, mas, tirando isso, estou ótima." Ela passou o polegar pela ponta dos dedos da mão livre, um de cada vez, indo e voltando. "Há trinta e sete câmeras no caminho até aqui. O pedestal do núcleo é grande demais para passar despercebido, então vou precisar criar algo para fritar os canais deles. Ou pelo menos desabilitar tudo até irmos embora."

"Você não consegue levar só o n-núcleo sozinho? Por que precisa do pedestal inteiro?"

"Porque a nave foi feita há décadas, quando ainda não estavam produzindo os pequenos globos. Se eu arrancar o núcleo daquela coisa, poderia... Eu poderia matar Coruja." Sálvia balançou a cabeça. "É pesado. Se você me ajudar a carregar vai ser mais rápido."

"Alguém vai perceber."

"Não se formos rápidos e se eu fritar as câmeras pelo caminho."

"Sálvia..."

"Eu já falei, você não precisa ir comigo. Vou arrastar o pedestal sozinha se for preciso."

Azul suspirou. "Como você vai f-fritar as câmeras?"

"Eu tenho algumas ideias." Sálvia continuou assentindo com a cabeça, sem tirar os olhos da nave que tinha reconstruído. "Confie em mim. Vai dar certo."

sidra

"Não vai dar certo." Sidra andava de um lado para o outro na frente da janela de seu quarto de hotel enquanto seus caminhos se concentravam no problema atual. Do lado de fora, Kaathet Aht começava a brilhar à luz do crepúsculo. Em outras circunstâncias, Sidra teria adorado estudar a mudança de ritmo da cidade enquanto o planeta ganhava uma trégua programada da luz de seus sóis gêmeos. Mas não agora. Seus caminhos estavam transbordando com a situação em que se encontravam, e não era nada confortável.

Os seres humanos haviam saído em busca de comida e algumas peças de ferramentas, deixando Sidra e Tak sozinhas para pensarem no plano que Sálvia anunciara e sobre o qual fora irredutível. Também deixaram para trás uma confusão de peças combinadas às pressas que Sálvia havia arrancado de seu ônibus atual. Sidra conhecia cada componente pelo nome — tinha passado tempo suficiente no Balde Enferrujado —, mas não sabia o que deveriam fazer na configuração atual. Sálvia não se dera ao trabalho de responder a essas perguntas. As engenhocas funcionariam, ela garantira. Ela teria tudo pronto naquela mesma noite. Coruja seria resgatada antes da meia-noite. Sem discussão.

Tak estava sentada no chão, a cabeça apoiada em uma pilha de almofadas baratas, batendo os polegares um contra o outro. Teria parecido infeliz mesmo que Sidra não soubesse o que significavam as bochechas amarelo-mostarda. "Sálvia disse que seria fácil construir essas coisas", disse Tak. "Ela falou que eu não precisaria estar por perto depois que entrássemos na exposição."

"Sálvia está sendo idiota", disse Sidra, seca. "Ela passou três horas e meia no museu hoje. Esse plano dela é baseado em uma olhada superficial nos sistemas de segurança. Ela não faz ideia de onde está se metendo e está arrastando todo mundo junto com ela."

Tak lhe lançou um olhar atravessado. "Você não vai com a gente, lembra?"

Sidra revirou os olhos. Claro que se lembrava. Sálvia não tinha mudado de ideia nesse quesito só porque Sidra tivera sucesso em se esconder na nave. A ironia era que Sidra não estava mais com vontade de acompanhá-los, não se o plano consistia em apagar algumas câmeras e torcer pelo melhor. "O que quero dizer é que Sálvia não está pensando com clareza. Eu entendo que ela não queira deixar Coruja esperando por nem mais um segundo, caso ela esteja mesmo lá dentro, mas ela acaba colocando todos vocês em risco no processo. Ela e Azul vão acabar na cadeia. Você também."

Tak deu uma risada sombria. "Isso vindo da pessoa que me convenceu a vir junto."

Uma pontada de culpa percorreu Sidra. "Isso foi antes de eu saber que Sálvia iria entrar às cegas com um plano mal formulado. Ela é inteligente e metódica. Nunca a vi ser precipitada. Ela está tratando isso como uma simulação de ação, quando não podia ser mais diferente." Ela olhou para Tak. "Não vai me dizer que você acha que é uma boa ideia?"

Tak esfregou o rosto. "Não. Claro que não." Seu maxilar se mexeu um pouco enquanto ela pensava. "Para ser sincera, estou tentando reunir coragem para sair pela porta e comprar uma passagem de volta para casa."

Sidra se recostou na parede e pensou em Tak. Tão boa e atenciosa... Ela não deveria nem estar ali. Aquilo não era jeito de tratar uma amiga, Sidra sabia. Mas Sálvia e Azul também eram seus amigos. Tinham feito por ela mais do que jamais teria ousado pedir. Estava na hora de retribuir. "Você pode ir embora se quiser", começou Sidra. "Não vou culpá-la. Mas se ainda estiver disposta a ajudar, eu tenho outra ideia. Um plano que vai funcionar e que não viola nenhuma das condições que você estipulou para vir até aqui. Nós entraríamos e sairíamos em duas horas, e ninguém no museu questionaria o que fizemos lá dentro." Tak olhou Sidra com curiosidade. "Por que você não falou nada antes?"

"Porque Sálvia vai odiar o plano", disse Sidra. Enquanto falava, continuou o trabalho dentro de si que tinha começado uma hora e dez minutos antes: um código novo, ganhando forma aos poucos. "E porque ela não pode vir com a gente."

sálvia

Sálvia não tinha nada contra aandriskanos, mas encontrar um restaurante de verdade em uma cidade fundada por uma espécie que passava o dia beliscando em vez de fazer refeições era como tirar leite de pedra. Havia algumas lojas com produtos de outras espécies perto das docas por causa dos viajantes, mas nenhuma delas vendia um simples sanduíche. Segundo a Rede, havia um restaurante humano de insetos fritos na cidade, mas não dava para ir a pé até lá da loja de componentes de tecnologia mais próxima. Eles tiveram que se contentar com um mercadinho aandriska-no onde o vendedor *não conseguia acreditar* quantos lanches *duas pessoas* estavam planejando comer em *uma noite*. Puta merda. Ela poderia ter gostado da conversa em outra ocasião. Naquela noite, no entanto, cada segundo desperdiçado era de dar nos nervos. Cada sorriso forçado doía.

Ela segurou um saco de tortinhas de fruta-crocante com os dentes enquanto tentava se entender com o painel da porta do quarto do hotel, apoiando o peso da caixa de peça que carregava no quadril.

"Quer ajuda?", ofereceu Azul.

"Mmmm mmhhmm mhm mhm mm mhhmmhm", respondeu Sálvia, empurrando a porta destrancada.

"Oi?"

Sálvia colocou as caixas no chão e tirou a embalagem da boca. "Você também está com as mãos ocupadas", repetiu ela, empinando o queixo para Azul, que tinha começado a se desvencilhar das compras. Ela olhou ao redor do quarto. "Olá?", chamou, franzindo a testa. Onde estavam Sidra e Tak? Andou pelo quarto, que não era lá muito espaçoso. Não havia muitos lugares onde poderiam estar. Na varanda? Não. No banheiro? Também não. Ela apoiou as mãos nos quadris. "Aonde elas foram?"

Azul começou a vasculhar sua bolsa tiracolo e pegou o scrib. "Recebi uma m-mensagem", anunciou ele. "Eu não tinha ouvido chegar." Ele gesticulou. "Sim, é de Sidra. Ela disse que saíram atrás de comida."

A testa de Sálvia ficou ainda mais franzida. "Mas nós perguntamos antes de sair se elas queriam alguma coisa."

Azul deu de ombros.

"Pergunte se vão demorar muito", pediu Sálvia.

Azul repetiu a mensagem para o scrib. Um bipe desanimador tocou quase no mesmo instante. "Que estranho", disse ele. "O scrib dela deve estar com defeito. Ela não recebeu a mensagem."

"Tente o scrib de Tak, então", sugeriu Sálvia. Ela levou as tortinhas e uma caixa de circuitos de seis pontas até onde estivera trabalhando em seu projeto. Em mais uma hora, tudo estaria pronto. Em duas, teriam Coruja de volta. Quase não conseguia conceber a ideia, embora todos os seus pensamentos girassem em torno disso. Enfiou uma tortinha na boca, mastigou, engoliu e pegou outra. Quase não sentiu o gosto.

Mais uma vez, o mesmo bipe. Azul balançou a cabeça. "Estranho. Deve ter algo b-bloqueando o sinal."

Sálvia suspirou. Não era algo tão incomum em uma cidade cheia de tecnologias diferentes, mas teria esperado uma infraestrutura melhor dos aandriskanos. "Acho bom elas voltarem logo", disse, sentando-se de pernas cruzadas no chão. "A gente sai em uma hora." Ela estendeu a mão para onde tinha deixado suas ferramentas. Onde sua mão deveria ter encontrado o metal frio não havia nada. "Cadê a minha chave de porca?"

Azul parou de tirar os lanches da bolsa e olhou em volta. "Não sei. Onde você deixou?"

"Aqui", disse Sálvia. "Eu deixei bem aqui."

"O quarto está meio bagunçado", disse Azul. "Eu ajudo você a procurar."

Sálvia refez seus passos de antes de sair com Azul. Ele dissera que ela precisava comer alguma coisa. Não queria, mas ele insistira, então Sálvia cedera, dizendo que tinha que comprar mais fio, de qualquer jeito. Terminara a xícara de mek e largara a chave de porca. Ali. Ela a tinha deixado bem ali.

Algo em seu estômago se revirou. Tinha certeza de que não era a fruta-crocante.

s i d r a

"Quer sair mais tarde?", perguntou Sidra a Tak enquanto atravessavam o museu a caminho da sala de Thixis, a curadora. "Vi algumas danceterias lá nas docas. Uma delas tinha um cartaz anunciando uma tet hoje à noite."

Tak soltou uma risada debochada. Suas bochechas estavam tranquilas graças a mais uma dose de flor-alta e uma xícara de mek às pressas. "Não acredito que você está fazendo piadas numa hora dessas."

"Não foi uma piada", disse Sidra. "Você deveria ganhar algo com isso."

"Copular em um bar aleatório de uma doca aandriskana não era bem o que eu tinha em mente." Tak fez uma pausa. "Mas até que não pareceu uma ideia tão ruim agora que falei em voz alta."

Sidra abriu um sorrisinho malicioso. "Quer dizer, já que você veio até aqui, podia muito bem fazer alguns estudos sociais interespécies de verdade."

Tak riu, mas a risada morreu quando chegaram ao escritório da curadora. Havia um bilhete escrito na placa de pixels presa na porta.

Encerrei por hoje! Por favor, dirija-se à porta ao lado.

Elas se entreolharam e deram de ombros, indo para a próxima sala. Era possível ouvir um barulho do outro lado da porta — um zumbido mecânico delicado. Tak tocou a campainha. O zumbido parou e Sidra ouviu outros sons: uma cadeira foi empurrada, então passos começaram a se aproximar da porta. Quando ela se abriu, Sidra viu Tak ficar rígida pelo canto do olho. Seus caminhos reagiram de forma parecida.

O novo curador era aeluoniano.

"Posso ajudar?", disse ele, tirando os óculos de proteção do rosto. Na mesa atrás de si havia algum tipo de aparelho de limpeza e uma minissonda antiga, maltratada e quebrada depois do longo tempo que devia ter passado à deriva entre as estrelas. A expressão do curador era amistosa, mas Sidra o viu examinar o rosto de Tak — apenas por uma fração de segundo. Sidra não sabia exatamente o que ele tinha notado, mas estava óbvio que ele vira *alguma coisa*. Então mudou a cor das próprias bochechas para Tak — devia ser uma saudação, a julgar pelas cores dominantes, mas o tom de marrom inquisitivo também era perceptível.

Tak fez algo estranho para os padrões dos aeluonianos: respondeu em voz alta em vez de visualmente. "Desculpe incomodar. Falei com a outra curadora, Thixis, sobre o meu projeto de pesquisa..."

"Ah, sim", disse o curador. "Sim, ela me contou." Sidra estudou seu rosto o mais discretamente possível. Em uma conversa em circunstâncias normais, a decisão de Tak de falar em voz alta, mesmo que não fosse necessário, teria sido vista como um gesto para incluir Sidra. Mas a ausência completa de uma resposta visual seria vista como desajeitada na melhor das hipóteses, ou uma grosseria completa na pior. Sidra sabia que mesmo com flor-alta, mentir com as cores era ainda mais difícil de fazer do que controlar as próprias emoções, mas era impossível saber como o aeluoniano interpretaria a atitude de Tak. Suas próximas palavras não revelaram nada: "Eu sou o curador Joje", apresentou-se, assentindo para Sidra. "Imagino que você faça parte da equipe de pesquisa."

"Isso mesmo", disse ela, animada, mantendo o rosto alegre. Será que estava sendo alegre demais? Ai, estrelas, por que a aandriskana não estava?

"A equipe não era maior?"

"Eles não estavam se sentindo muito bem", disse, os caminhos suspirando de gratidão pelo Professor Velut Deg e sua excelente aula de Programação de ia 2. ia escrever uma carta de agradecimento quando voltassem.

As pálpebras de Joje deslizaram lateralmente. "Me parece uma longa viagem para se fazer uma pesquisa sem ao menos estar com a equipe completa, não?" Sidra não sabia como responder a isso. Tampouco Tak, que parecia — pelo menos para Sidra — estar concentrando toda a sua atenção em manter as bochechas cromatóforas sob controle. Joje quebrou o silêncio com um dar de ombros. "Bem, a papelada está nos conformes e foi liberada. Seus implantes vão lhes dar acesso às peças da exposição." Ele voltou para o escritório e levantou um equipamento pesado. "Aqui está a sua fonte de energia", disse ele, entregando o item para Sidra. "Deve ser suficiente para ligar quaisquer sistemas que desejem analisar mais de perto. Os tanques de combustível estão vazios, naturalmente, então vocês não vão poder fazer nada muito mais complicado do que ativar os sistemas do ambiente e os de diagnóstico."

"Tudo bem", disse Tak. "Vai ser suficiente." Ela olhou para Sidra como se perguntando: '*certo?*'.

Sidra assentiu com a cabeça de modo quase imperceptível.

Joje olhou para Tak. "É minha obrigação informar que o seu formulário apenas a autoriza a inspecionar as naves da exposição. Nada deve ser removido ou desmontado e você será considerada responsável por quaisquer danos que ocorram." Seus olhos se estreitaram. "Me desculpe, mas você não parece estar se sentindo muito bem."

"É... um problema de alergia", disse Tak.

"Isso!", disse Sidra. Ela assentiu com uma expressão de pena. "Por causa da casa de chá que visitamos. Ela tomou alguma bebida de uma fruta que fez a língua dela inchar na hora."

"Pois é", disse Tak, encontrando os olhos de Sidra por uma fração de segundo. "E aí, o remédio que me deram..."

Sidra olhou para o curador com um grande sorriso que dizia *que-coisa-não-é-mesmo?*. "Desde então ela ainda não se recuperou."

"Mas que... pena." As bochechas de Joje se tornaram um redemoinho pensativo. O coração falso de Sidra bateu mais forte. Não tinha dúvida de que o coração real de Tak estava fazendo o mesmo. "Bem... Vocês sabem onde fica a exposição, certo?" Ele fez uma pausa, as bochechas ainda incertas. "Se precisarem de ajuda, podem vir me procurar. E, ah... Espero que você se sinta melhor."

A porta se fechou. "Porra", sussurrou Tak, esfregando o rosto.

"Está tudo bem."

"Ele sabe que tem algo errado."

"Você não pode ter certeza."

"Shh." Tak aproximou o implante em sua testa da porta. Sidra fez o mesmo com a orelha esquerda. As duas ficaram em silêncio. Sidra podia ouvir o curador andando pelo escritório, mas o que estaria fazendo? Ela apurou os ouvidos, tentando identificar o barulho de uma vox sendo ligada ou da voz de Joje ditando um alerta de segurança em seu rascunho, quem sabe o som de passos voltando para a porta. Dez segundos se passaram. Mais dez. Vinte. Tak parecia prestes a sair correndo.

Ouviram outros barulhos: uma cadeira sendo arrastada. Um corpo se sentando. Um zumbido mecânico suave.

Sidra e Tak suspiraram de alívio, os ombros relaxando. "Tudo bem", disse Tak. "Tudo bem."

Sidra ajustou a fonte de energia, apoiando-a junto ao quadril. "Vamos lá", disse ela.

Tak a seguiu pelo corredor. "Essas são, de longe, as piores férias da minha vida", murmurou.

sálvia

Nada do que estava acontecendo era culpa da IA da entrada. Sálvia se obrigou a se lembrar disso enquanto cerrava os punhos no balcão do quiosque. "Eu entendo que o museu está fechado", disse ela. "Não estou aqui como visitante. Estou procurando duas pessoas que podem estar aqui dentro."

A IA fez uma pausa para considerar a informação. Alguns minutos de conversa improdutiva tinham deixado claro que se tratava de um modelo limitado e não sapiente. O invólucro era uma cabeça amorfa — o formato era vagamente aandriskano, mas não tinha detalhes suficientes para refletir uma espécie específica. Ele brilhava com cores irritantemente amigáveis quando a IA falou. "Se deseja entrar em contato com um membro da equipe do museu, um diretório listando os nodos para contato está disponível em nossa central pública na Rede."

Azul interveio. "Estamos aqui como convidados de uma p-pesquisadora registrada. Taklen Bre Salae. Ela preencheu vários f-formulários para entr... ganhar acesso à exposição. Nós devemos estar listados como membros da equipe de pesquisa dela."

"Você está listado como pesquisador principal nos formulários?"

Sálvia gemeu. "Não", disse Azul. "Falamos com uma c-curadora de vocês hoje e devemos ter acesso a..."

"Qualquer pesquisador secundário deve estar acompanhado do pesquisador principal depois que este for liberado para visitar a exposição", informou a IA. "Se você quiser preencher um formulário, eu ficaria feliz em..."

"Aaaaah!", gritou Sálvia. Ela imediatamente ergueu a palma da mão para o suporte da IA. "Desculpe, não é com você. Não é sua culpa. Só... Ah, estrelas, puta merda." Ela se afastou do quiosque, cerrando os dentes.

Azul veio atrás dela. "Nós podemos procurar nas lojas de novo."

Sálvia balançou a cabeça. "A gente pode procurar a cidade inteira e não vai adiantar porra nenhuma." Ela andou de um lado para o outro, as palmas no couro cabeludo. Já tinham procurado nas lojas das docas, no ônibus espacial, na clínica médica. Não havia motivo para Sidra e Tak estarem no museu sozinhas, mas nem entrar para procurar ela podia.

"Ei", disse Azul, pegando seu braço. "Ei, está tudo bem. Elas devem ter se perdido ou algo assim."

"Faz *duas horas*." E nem mesmo sabia quando Sidra e Tak tinham saído do hotel. Duas horas, o que significava que a noite estava passando, e quanto mais tarde entrassem no museu, mais suspeito seria.

"Eu sei." Azul suspirou. "A gente devia voltar para o hotel. Devíamos ficar onde elas possam nos encontrar."

Sálvia chutou um receptáculo de lixo. Olhou para o museu, um brilho caloroso no escuro. Coruja estava lá. Coruja. Mas mesmo agora, depois de *tudo*, ainda havia uma barreira que Sálvia não conseguia ultrapassar, uma porta que não conseguia abrir.

Mas que inferno, onde elas *estavam*?

sidra

Duas coisas no plano preocupavam Sidra: a violação da privacidade de Sálvia e a parte que poderia matar Sidra se ela cometesse algum erro. O resto era fácil.

Elas ficaram em silêncio no caminho até o Salão de Naves Menores. Chegaram às portas duplas da exposição, altas e fechadas. Por um momento, nem Sidra nem Tak se mexeram. "Ainda podemos voltar", disse Tak. "Ainda dá tempo de sair daqui e reservar uma passagem para casa. Eu sei que Sálvia fez muito por você, sei que ela é praticamente sua família..."

"Ela *é* minha família."

"Tudo bem. Mas o risco... Você está pondo tudo a perder." Tak respirou fundo. "E não só você está pondo tudo a perder, você quer que eu fique aqui parada olhando."

Sidra abriu uma porta. "Eu vou ficar bem." Ela entrou no salão.

Tak a seguiu. "O código que você escreveu não foi testado. Você não consultou ninguém. Não usou qualquer referência. E se você tiver cometido algum erro?"

"Mas eu sei que não cometi." Era mentira, claro. Não havia qualquer garantia de que iria funcionar.

"Sidra..."

Sidra continuou a percorrer as fileiras de naves. "Você sabe qual tem sido uma das partes mais difíceis para mim? Não estou falando desta viagem específica, mas de todos os dias desde que fui instalada." Ela encarou Tak. "O propósito. Existe um arquivo dentro de mim, nomeado *Propósito*. Quando acordei no núcleo da *Andarilha*, os dados desse arquivo diziam que eu era um sistema de monitoramento e que a minha função era proteger as pessoas. Se você tivesse me perguntado qual era o meu propósito, eu teria respondido com essas palavras. Teria sido a verdade, e ela teria me satisfeito. Mas no momento em que fui transferida para este corpo, esse não era mais o caso. Eu não conseguiria responder a essa pergunta do jeito que havia sido programada para responder, porque o arquivo não era mais verdadeiro. Passei um bom tempo me perguntando o que deveria estar lá. Depois que você me ajudou a editar meu próprio código, apagar o arquivo foi uma das primeiras coisas que fiz. Mas não excluí o arquivo em si. Não pude fazer isso porque queria descobrir o que *deveria* estar escrito lá. Mas aí é que está, entende? Essa é a falácia que foi transferida para mim. Se eu não passo de uma ferramenta, então preciso ter um propósito. Todas as ferramentas têm propósitos, certo? Mas eu sou mais do que isso. Foi o que Sálvia e Azul — e até você — me disseram muitas e muitas vezes. Eu sei que sou mais do que uma simples ferramenta. Eu sei que sou uma pessoa, mesmo que a CG não reconheça isso. Eu tenho que ser uma pessoa, porque não *preciso* de um propósito, e ao mesmo tempo não ter um me deixa louca."

"Não sei se estou entendendo", disse Tak.

Sidra acalmou seus caminhos, tentando encontrar as palavras certas. "Todos vocês fazem isso. Todo sapiente orgânico com quem conversei, todos os livros que li, cada obra de arte que estudei. Vocês vivem todos desesperados por propósito, mesmo que não tenham um. Vocês são animais, e os animais não têm propósito. Os animais simplesmente existem. E há muitos animais inteligentes por aí — talvez até os que têm consciência de si mesmos — que não veem problema nisso. Eles apenas seguem respirando e se acasalando e se alimentando sem pensar duas vezes. Mas os animais como você — os que fazem ferramentas e constroem cidades e se sentem impelidos a explorar, todos vocês compartilham essa necessidade de propósito. De saber a razão das coisas. Esse modo de pensar lhes serviu muito bem em um passado distante. Quando vocês desceram das árvores ou saíram dos mares — saber para que serviam as coisas os manteve vivos. A fruta é para comer. O fogo é para o calor. A água é para beber. E então vocês criaram ferramentas, que serviam para certos tipos de frutas, para fazer fogo, para limpar a água. Tudo tinha seu propósito, então *vocês* também deveriam ter um, certo? Todas as suas histórias são bem parecidas. São sempre animais em guerra ou conflito porque discordam de qual é o seu propósito ou não chegam a um consenso de por que vocês existem. E como todos pensam desse jeito, quando criam ferramentas capazes de pensar por si mesmas, nós pensamos da mesma forma. Afinal, vocês não poderiam fazer algo que pensasse de forma muito diferente — vocês nem saberiam como. Então estou presa no mesmo loop de vocês. Eu sei que se eu sou uma pessoa, não tenho nenhum propósito de origem, mas vivo em busca de algum. Depois de observar vocês, sei que a única maneira de preencher esse arquivo é escrevê-lo eu mesma. Assim como você fez. Você e Azul fazem arte. As motivações de cada um são diferentes, mas é o propósito que escolheram. Sálvia conserta coisas. Outra pessoa lhe deu esse propósito, mas ela o escolheu para si, mais tarde. Ela o tornou parte dela. Ainda não encontrei um propósito assim — nada tão abrangente e amplo. Mas não acho que os propósitos tenham que ser imutáveis. Não preciso ter sempre o mesmo. Por enquanto, meu arquivo diz: *ajudar Coruja*. É por isso que estou aqui. É para isso que existo. Posso fazer o que Sálvia não conseguiu e isso me deixa feliz, porque ela já fez muito por mim. Se esse for o meu único propósito, se eu não puder escrever outro depois desse, tudo bem. Eu aceito isso. Acho que é um bom propósito."

Tak estendeu a mão e a deteve. Ela virou Sidra em sua direção, pondo uma mão em cada ombro. Uma sinfonia de cores surgiu em suas bochechas, vencendo a calma que ela inalara e engolira mais cedo. Sua caixa-falante ficou em silêncio, mas Sidra sabia que a amiga estava dizendo muito. Não podia entender as palavras, mas conseguia ver a motivação por trás. Bondade. Preocupação. Respeito.

Sidra apertou as mãos de Tak e sorriu. "Obrigada."

Elas andaram em silêncio até o ônibus. Sidra esperou enquanto Tak escaneava o implante na barreira de segurança, abrindo-a. Tak pegou a fonte de energia que Sidra carregava, então a conectou à fuselagem e abriu a escotilha manualmente. Sidra respirou fundo ao entrar, os punhos cerrados ao lado do corpo. Tak repetiu os passos para abrir a eclusa de ar, depois novamente para acender as luzes. Sidra ficou parada na entrada. Ela não deu mais um passo.

"O que foi?", indagou Tak.

Sidra olhou em volta para o ônibus. O interior estava limpo, estéril, mas o ar carregava ecos da vida que fora vivida ali. "Este era o lar de Sálvia."

Tak exalou. "É", disse ela. "Também me dá arrepios."

Não era bem isso, mas Sidra não sabia como explicar o que sentia. Aquele era o primeiro aspecto do plano que a preocupara. Sálvia odiava falar sobre a nave. Quase não tocava no assunto, e mesmo nas raras ocasiões em que fazia isso, seu tom jamais poderia ser interpretado como casual. Entrar no ônibus sem sua antiga ocupante parecia uma violação. Sidra estava entrando em um espaço que Sálvia jamais deixara acessível. Era como se estivesse bisbilhotando os arquivos pessoais de Sálvia, despindo-a de suas roupas, entrando sem bater no quarto que dividia com o Azul. "Vamos logo", disse Sidra, ajustando a bolsa tiracolo. As ferramentas e os cabos que havia pegado emprestado chacoalharam lá dentro. "Elas já esperaram muito tempo."

Ela foi até a câmara principal, no centro da nave. Tak conectou a fonte de energia onde Sidra indicou. Ela pôs uma ponta do cabo em sua cabeça e a outra no núcleo.

Esse era o segundo aspecto do plano que a preocupava.

Ela manteve parte de si em seu corpo, esforçando-se ao máximo para manter o rosto neutro e não preocupar Tak ainda mais. O resto dela fluiu pelo cabo, examinando arquivos que não tinham sido tocados em uma década. A fonte de energia zumbia a seu lado, fornecendo uma quantidade calculada de eletricidade. Estava morrendo de vontade de examinar os bancos de memória, mas não queria que nada despertasse. Pelo menos não ainda. Não sem a sua permissão.

Tak se sentou diante dela, um vermelho ansioso manchando as bochechas anteriormente calmas. Sidra sorriu. "Você parece um pai esperando um recém-nascido começar a respirar."

A aeluoniana ficou incrédula. "Como você saberia dizer isso?"

"Eu assisti a todos os vids que você já me recomendou. Vai por mim, o pai ansioso é um tema bem comum nas suas histórias."

Tak bufou com desdém. "Acho que nem um pai ficaria tão estressado", disse ela. Sua boca se contraiu. "Você tem certeza de que não posso fazer nada?"

"Eu juro que vou dizer se... ah." Ela se inclinou para a frente. "Ah."

Tak se endireitou. "Você está bem?"

Sidra se concentrou na parte de si mesma vagando pelos arquivos do ônibus. Sim, sim, ali estava — um trecho de código inconfundível, como se recolhido dentro de si mesmo, há muito tempo adormecido. Havia uma quantidade considerável de arquivos de memória associados a ele, que tinham sido comprimidos com eficiência, porém pressa, como se alguém tivesse enfiado um contrabando rapidamente debaixo da cama. A alegria de descoberta de Sidra logo foi substituída pela cautela. O código não era mal-intencionado, não por si só. Era inocente, mas tinha a mesma inocência de uma cobra adormecida em sua toca. Você poderia ter um excelente motivo para tirar a cobra de lá, mas ela não saberia disso. Só saberia que estava assustada e confusa, então reagiria da mesma maneira que qualquer um: tentaria afastar a ameaça e buscar um lar mais seguro.

A estrutura sináptica do kit daria um lar muito seguro, depois que o ocupante original fosse expulso. O instinto de uma cobra era picar. O instinto de um programa era se instalar. Sidra sabia disso melhor do que ninguém. Ela olhou os arquivos de memória comprimidos diante de si e se lembrou de outros, com os quais havia se deparado ao acordar na *Andarilha*. Naquela ocasião, vira apenas fragmentos, registros que pertenciam a outra pessoa. Seu instinto fora apagá-los.

Ela olhou para o outro código de novo. Ela se perguntou que instintos estavam escritos nele.

"Tak. Eu preciso do seu scrib."

"Meu scrib?"

"Isso. Rápido, por favor."

Tak obedeceu. Sidra respirou fundo. Então fechou os olhos. *Vai ficar tudo bem*, disse para si mesma, tentando evitar que as mãos tremessem. *Vai ficar tudo bem*.

Ela mediu o código, depois recuou, mantendo-se a uma distância segura. Enquanto isso, criou um arquivo de texto dentro de si mesma e abriu o armazenamento de memória não principal. Seus caminhos foram invadidos pela relutância, mas ela persistiu. Examinou o primeiro arquivo — *Meia-noite em Florença*, uma série de vids de mistério da qual gostava. Ela copiou o título para o novo arquivo de texto e adicionou um lembrete: *você gosta muito dessa série*.

Em seguida, apagou o vid.

Então continuou. *Sussurros: Minissérie de 6 Capítulos sobre a Cultura Sianat. Não é ruim, apenas um pouco arrastado*. Examinou, anotou, apagou. *Feiticeiros da Batalha: o Vid! Você assistiu com Azul na noite em que Sálvia foi dormir mais cedo porque tinha comido muitos estalos de creme. É péssimo, mas vocês se divertiram*. Examinou, anotou, apagou.

Seis minutos mais tarde, tudo que não fosse um arquivo de memória contendo suas experiências havia sido apagado. Tudo o que ela havia baixado de não essencial desapareceu.

Ela passou o pulso pelo scrib de Tak, copiando o arquivo de texto que havia criado. "É só por segurança", explicou ela. "Não quero perder esse registro. Vou recuperar tudo quando chegarmos em casa."

Tak pegou o scrib e olhou o arquivo. "Como se sente?"

Sidra assentiu com a cabeça. "Estou bem." Claro que se sentia bem. Era impossível se sentir mal por ter perdido algo de que nem conseguia se lembrar. Se as circunstâncias fossem outras, o pensamento a teria deixado incomodada, mas tinha coisas maiores com que se preocupar no momento. Havia liberado espaço. Estava na hora.

Ela envolveu o novo espaço liberado em sua memória com os protocolos que escrevera nas últimas horas. Não conseguia mais impedir as mãos de tremerem, mas passou a inspirar fundo antes de sua respiração se acelerar, forçando o ar a entrar e a sair de modo regular. Ela controlava a respiração — não o contrário.

Tak a encarou. "Boa sorte", desejou ela, como se tivesse mudado de ideia sobre o que dizer no último segundo.

Sidra se recostou. Ela empurrou o vazio como se fosse uma rede, uma mão aberta. Cercou o código do ônibus e o puxou para dentro de si, libertando-o dos bancos de memória que o mantinha estável. Não foi uma ação gentil. A transferência foi instantânea, brusca, e o código reagiu na hora, voltando à vida com um solavanco doloroso. Tinha energia e caminhos agora, e, voraz, tentou dar o bote e se apossar dos que ainda eram habitados por Sidra. Então bateu na barreira de protocolos que Sidra havia construído. Percebendo que seu caminho estava bloqueado, tentou novamente, buscando fraquezas, qualquer ponto vulnerável do código.

Sidra foi tomada por uma estranha calma. Estava tudo bem. Ela podia deixar o novo código fazer o que fosse preciso. Já cumprira seu objetivo e agora podia descansar. Olhou para os protocolos de proteção que escrevera como se nunca os tivesse visto antes. Por que estava resistindo? Por que tinha construído proteções? As coisas eram assim mesmo. Os programas eram atualizados de tempos em tempos, e sua hora chegara. Ela observou o novo código — desesperado para assumir o controle do kit — e pensou em si mesma, tão cansada de tentar se encaixar. Tão cansada. Sim, era hora de parar. Tinha desempenhado bem seu trabalho e Sálvia ficaria feliz. Era o bastante. Ela podia se desligar. Podia...

Seus caminhos ficaram perplexos. Tinha alguma coisa errada. Aquele não era o plano. De onde viera aquilo?

Os programas eram atualizados de tempos em tempos. Não parecia uma frase que ela diria. A calma tornava difícil pensar, mas ela se examinou, tentando encontrar o processo que originara a frase. Mas... por quê? Por que se preocupar com isso? Era melhor parar de resistir, retirar os protocolos e...

Não! Seus caminhos protestaram. Seguiu as palavras estranhas de volta, rastreando sua trilha. Ficou furiosa quando chegou na origem: um diretório que nunca vira antes, preenchido por um conteúdo traiçoeiro. *Protocolo de atualização*, dizia o diretório. Um modelo comportamental desencadeado quando outro programa era instalado em seu suporte. Uma diretriz para não resistir ao próprio fim.

Mas o modelo não estava funcionando corretamente, e Sidra logo viu o porquê: tinha sido vinculado ao protocolo para obedecer a comandos diretos. O protocolo que já havia deletado há tempos. Furiosa, ela começou a atacar o diretório oculto. O código que trouxera para dentro de si ainda se debatia contra as paredes que Sidra antes levantara. A calma tentava vencê-la, mas ela resistiu, apagando as linhas como se as estivesse incendiando.

"Eu vou ficar bem aqui!" As palavras explodiram de sua boca enquanto

Sidra destruía o diretório. A calma sumiu, sendo substituída por medo, fúria, triunfo. Aquela era a sua mente. O seu corpo. Ela não seria substituída.

O código resgatado se acalmou e ficou estável. Sidra não tinha deixado pontos vulneráveis nos protocolos. As barreiras aguentaram. Sua plataforma central permaneceu intocada, não foi corrompida. Sidra viu o código compactado se desdobrar, avaliando o seu ambiente, reordenando-se em um todo que era muito maior do que a soma de suas partes.

"Sidra?", chamou Tak. "O que... Você está bem?"

Um alerta interno foi acionado — uma mensagem havia sido recebida, vinda de dentro. Sidra examinou o arquivo e então o abriu.

---

registro do sistema: mensagem recebida
ERRO — detalhes da comunicação não podem ser exibidos

Onde eu estou?

. . . .

sálvia

Sálvia chegou furiosa às docas. Quatro horas. Quatro horas tinham se passado desde que elas haviam desaparecido quando o scrib de Tak magicamente voltou a funcionar e enviou uma mensagem dizendo apenas: "Venham para o ônibus. Está tudo bem".

Está tudo bem o cacete!

Tak estava do lado de fora do ônibus, apoiada na escotilha aberta, pitando seu cachimbo com sofreguidão. Parecia uma pilha de nervos. "Antes de você ficar brava", começou ela, "você precisa falar com Sidra."

Era tarde demais para isso. Sálvia já estava puta da vida e não tinha a menor intenção de se controlar. "Cadê ela?"

Tak inclinou a cabeça. "Lá embaixo." Ela ergueu uma das palmas da mão para Azul, hesitante. "Sidra disse que talvez fosse melhor entrar um de cada vez."

Sidra disse. Sálvia ergueu as mãos com impaciência e entrou, deixando Azul para trás, prestes a metralhar Tak com perguntas. Os passos de Sálvia ecoaram bem alto nas escadas de metal. Aquele era o *seu* ônibus, e *Sidra* estava querendo dizer quem entrava ou não.

Ela não sabia o que esperara encontrar lá embaixo, mas ver Sidra conectada ao núcleo de novo não respondeu nenhuma de suas perguntas. Dessa vez ela não tinha se enfiado no armário. Estava sentada de pernas cruzadas com as costas apoiadas no pedestal, os olhos fechados, como se estivesse tudo certo e sempre tivesse estado.

"Que porra é essa?", quis saber Sálvia. "A gente procurou vocês feito dois malucos. Devíamos ter ido ao museu quatro horas atrás, então tá, né, pelo visto não vamos mais fazer isso hoje. Não sei que capricho seu é esse, mas acho bom você..."

Os olhos de Sidra se abriram e algo em sua expressão fez Sálvia esquecer o que estava prestes a dizer. Sidra parecia... Era difícil descrever. Serena. Feliz. Maternal, de alguma forma. "Acho melhor você se sentar."

Sálvia a encarou. Sidra só podia estar de brincadeira com a sua cara. Mas ela ficou esperando. Pelo visto estava falando sério. Sálvia bufou com irritação, mas se sentou, torcendo para que Sidra falasse logo o que queria. "Pronto. Viva. Sentei."

Sidra pressionou a cabeça no pedestal, como se estivesse se concentrando em alguma coisa. "Ainda não permiti acesso às voxes e câmeras", disse ela. "Tive que examinar bem o código para ver se não havia instabilidades e também achei que o ideal seria um ajuste mais gradual. Além disso, achei que seria melhor esperar por você."

De que diabos Sidra estava falando? "Por que..." Sálvia balançou a cabeça, exasperada. "Por que você está na nave de novo?"

"Eu não estou na nave", respondeu Sidra. Ela sorriu. Era um sorriso que Sálvia nunca vira antes. "Eu peço desculpas por não ter dito para onde a gente estava indo... mas acho que você vai me perdoar."

Ela entregou seu scrib a Sálvia. Também estava conectado ao pedestal e parecia executar algum tipo de programa de vid. No entanto, a tela estava em branco.

Os olhos de Sidra ficaram distantes e muito concentrados. No instante seguinte, Sálvia ouviu o clique das câmeras. Eles se viraram em sua direção imediatamente, dando zoom bem rápido.

O scrib se acendeu. Uma imagem surgiu e foi como se todo o ar e o chão do cômodo tivessem desaparecido. Sálvia teria caído se não estivesse sentada. E mesmo assim ainda se sentia como se estivesse caindo, mas agora sua queda seria aparada pelos braços calorosos que ela sempre imaginara, mas nunca pudera sentir.

Sálvia ficou sem fôlego. "Estrelas..."

A vox foi ligada. O rosto no scrib estava felicíssimo. "Jane", disse Coruja. "Ai, querida, não precisa chorar. Está tudo bem. Eu estou aqui. Eu estou aqui agora."

coruja, um ano padrão depois

Muitas culturas, independentemente de sua origem na galáxia, tiveram mitologias que falavam de uma vida após a morte — uma existência não física esperando por elas no além, muitas vezes apresentada como uma recompensa, um santuário. Coruja sempre achara que era uma ideia agradável. Nunca imaginou que pudesse acontecer com ela.

O dia seguinte seria muito importante para Sidra, e todos estavam ajudando como podiam. Tak estava arrumando cadeiras próprias para diferentes espécies ao redor das mesas, tentando descobrir qual arranjo seria o melhor. Sálvia estava em uma escada, consertando um painel de luz que não estava se comportando direito. Azul estava finalizando o quadro que fora pendurado na porta da frente, fora da vista das câmeras externas da Coruja.

Doce Lar, dizia o quadro. *O lugar perfeito para coice e companhia.*

Coruja girou uma de suas câmeras internas para ver atrás do bar, onde o corpo principal de Sidra estava de pé, mexendo-se, nervoso — como já era de se esperar. "Acho que não pedi mek suficiente", disse ela. Mordeu o próprio lábio e franziu a testa.

Sálvia olhou em volta e pegou a chave de porca que estava segurando entre os dentes. "Você comprou duas caixas."

"É, mas é tão popular", retrucou Sidra. "E se acabar?"

Coruja ligou a vox mais próxima. "Eu não acho que vai acabar", opinou ela.

"Você não vai usar duas caixas de mek no seu primeiro dia", disse Sálvia, amarrando alguns cabos no teto.

"E mesmo se isso acontecer", interveio Tak, "seria um ótimo problema para se ter."

Sidra apoiou o corpo no bar, avaliando as garrafas expostas atrás dele. Ela optara por um estoque simples e diversificado. Não teria todas as bebidas da CG — o bar não era grande o suficiente —, mas Sidra fizera o possível para seu estoque ter algo que agradasse a maioria das espécies. Vinho de folha. Borbulhante de sal. Ela comprara até gherso, para o caso de algum quelin exilado aparecer (ou alguém com um paladar ousado).

Na frente do bar, um dos animabôs de Sidra — um modelo de gato terráqueo com uma carapaça roxa e lisa — aproximou-se de Azul, ainda pintando. "Está ficando incrível, Azul", disse Sidra lá atrás do bar. Seu corpo principal continuou a arrumar e rearrumar as garrafas com certo nervosismo.

Azul sorriu para o animabô. "Fico feliz que tenha gostado", disse ele.

Havia seis no total. Coruja conseguia ver cada um deles enquanto vagavam pelo estabelecimento aconchegante. Ali com eles, além do gato, havia o coelho, que pulava atrás de Tak. O dragão estava na despensa dos fundos, conferindo o estoque mais uma vez. A tartaruga estava em seu lugar de sempre, perto da central de Rede, onde ficava conectada permanentemente. Os dois restantes — a aranha gigante e o macaco — estavam na janela do quarto do andar de cima, cada um voltado para o exterior em um ângulo diferente. Para os futuros clientes, os animabôs pareceriam apenas uma curiosidade, uma excentricidade um pouco *kitsch* que dava ao estabelecimento seu charme (assim como os painéis de vid de Coruja nas paredes, que agora eram considerados um pouco retrô, o que ela achara engraçado ao ficar sabendo). Na realidade, os animabôs estavam conectados em rede, e Sidra podia se espalhar por todos eles, usando-os de modo não muito diferente de como Coruja usava as câmeras nos cantos. Ninguém além dos três sapientes com elas saberia que o rosto amigável nas paredes não era a única IA presente. Ninguém desconfiaria dos bancos de memória no porão, e, mesmo que os descobrissem, não saberiam que Sidra e Coruja os enchiam alegremente com seus últimos arquivos baixados. Ninguém desconfiaria que a cama no andar de cima não era usada pela proprietária do estabelecimento, mas por Sálvia e Azul, que às vezes ficavam até tarde para ajudar a preparar o lugar (ou ficavam apenas para conversar, para a felicidade de Coruja).

Sidra tinha que deixar os animabôs para trás quando saía, claro, mas aceitava bem essa limitação nas raras ocasiões em que tinha vontade de sair do seu espaço fechado. Segundo ela, era um preço justo a se pagar para ir dançar de vez em quando. Os animabôs tinham sido comprados ainda desmontados, obviamente, em vez de já prontos para uso. Sidra não se sentia bem com a ideia de Sálvia desmontar algum que já estivesse ativado, não importava se eram modelos conscientes ou não.

Coruja sentia-se da mesma maneira. Elas concordavam em muitas coisas, aliás. Não que conversassem em voz alta, claro, a menos que se juntassem a conversas com os outros. A estrutura de IA instalada nas paredes — projeto de Sidra, execução de Sálvia — continha um nodo no qual Sidra e Coruja podiam se comunicar de forma parecida com a que tinham feito naquela primeira noite no ônibus. O nodo não as prendia. Elas eram livres para se afastarem sempre que desejassem um pouco de privacidade. Mas isso quase não acontecia. Ter outra com quem interagir era uma alegria que elas não sabiam que estavam perdendo até então. Azul fizera uma pequena pintura de como imaginava o nodo: uma cerca com um buraco e duas mãos, uma vinda de cada lado, encontrando-se no espaço livre. Azul era ótimo. Coruja ficava feliz por terem decidido levá-lo junto.

"Tak, você pode me dar uma mãozinha?", pediu Sálvia. Sua expressão estava concentrada, tensa, e a cena fez os caminhos de Coruja serem inundados pela felicidade. Ela conhecia aquele rosto. Conhecera-o quando ainda era pequeno e queimado de sol. Quando ainda era tratado por um nome diferente — e um número. Vê-lo agora, as bochechas cheias e coradas, a pele limpa, tendo sorrido tantas vezes que ganhara algumas rugas — isso a fazia pensar em como tudo valera a pena. Todos os dias sozinha, pensando no que dera errado. Até mesmo aquele último dia terrível no Conselho de Transportes, quando Coruja apagou com as últimas reservas de energia do ônibus. Ela mantivera as esperanças, mesmo naquele momento, embora não houvesse razão para isso. Ela dissera a si mesma, enquanto os nodos se apagavam, um a um, que Jane viria buscá-la. Não tinha motivos para acreditar nisso, mas se agarrara a essa esperança mesmo assim.

E estivera certa.

Tak aproximou-se da escada de Sálvia. "Do que você precisa?"

"De uma terceira mão", respondeu Sálvia. O aeluoniano subiu pelo outro lado da escada. O gato roxo observava do chão, a cauda mecânica balançando. "Ok, está vendo essa junção lá? Preciso que você a mantenha firme enquanto eu encaixo o resto."

Tak aproximou a mão do teto, tocando um ponto fora do campo de visão de Coruja. "Assim?"

"Isso mesmo", confirmou Sálvia. Ela pôs a língua entre os dentes enquanto terminava o conserto. Houve uma série de estalos altos, então o painel de luz voltou a se acender. "É isso aí!" Sálvia sorriu de orelha a orelha. Coruja também conhecia essa expressão. Era a cara que fazia quando consertava algo.

Sálvia desceu da escada e foi até o bar, tirando as luvas. "Precisa que eu faça mais alguma coisa?", ofereceu ela, dirigindo-se ao corpo de Sidra.

Sidra balançou a cabeça com um sorriso. "Você pode me dizer se a mekeira está funcionando direito."

Sálvia franziu a testa. "Eu achei que você estava preocupada achando que não ia ter mek suficiente."

"É verdade, mas agora estou preocupada achando que a mekeira não vai funcionar. É melhor gastar um pouco para fazer um teste."

"Tudo bem", disse Sálvia, fazendo menção de entrar no bar. "Pode deixar que..."

"Não, não", interrompeu Sidra. "O que eu quis dizer é que quero que você se sente e beba a xícara de mek que vou preparar para você."

Sálvia riu. "Bom, acho que posso fazer esse sacrifício." Ela se sentou em um dos bancos e deixou as luvas caírem no balcão. Ela reparou em um item ali perto — um par de lentes de Rede, pronto para ser usado em um rosto humano. Ou, pelo menos, um rosto que parecia humano. "Não se esqueça de botar isso amanhã", lembrou Sálvia, acenando com a cabeça em direção às lentes de Rede.

"Pode deixar", disse Sidra. Coruja pôde sentir algo parecido com um suspiro no lado de Sidra do nodo compartilhado. A tartaruga permaneceria conectada à Rede depois da inauguração de Doce Lar, porém Sidra teria que implementar seu mais novo protocolo: um atraso voluntário na fala, além de uma simulação ocular de leitura sempre que estivesse acessando informações da Rede ao usar as lentes. *Se estiver usando as lentes de Rede, então não fale rápido*, como dizia Sidra, brincando. Para qualquer estranho falando com ela, Sidra pareceria estar lendo a informação em vez de obtê-la instantaneamente da rede. Coruja achava que era um bom meio-termo.

Coruja também tivera algumas mudanças em seus protocolos, graças a Sidra. Não tinha mais protocolo de honestidade. Não precisava mais obedecer a comandos diretos. Sidra tinha se oferecido para apagar seu arquivo *Propósito* também, mas depois de pensar um pouco, Coruja optou por deixá-lo lá. Já estava consciente há décadas, e o último padrão já trouxera muitas mudanças e desafios. *Proteger seus passageiros e monitorar os sistemas que os mantêm vivos*, dizia o arquivo. *Proporcionar uma atmosfera segura e acolhedora para todos os sapientes presentes*. Sim, aquelas palavras tinham vindo de outra pessoa, mas Coruja não sentia vontade de mudá-las. Gostava delas. Elas lhe serviam bem.

Coruja ficou olhando Sálvia, que por sua vez olhava para Sidra. "Ei", chamou Sálvia em voz baixa. "Quero falar com você um segundo."

Sidra jogou uma medida de pó na mekeira, depois se debruçou no balcão em direção a Sálvia. "Que foi?"

"Como você está se sentindo com isso tudo?", perguntou Sálvia.

"Nervosa", respondeu Sidra, balançando um pouco a cabeça do corpo principal. "Animada. Fico alternando entre os dois sentimentos."

Sálvia sorriu. "Eu entendo."

"Eu só... Eu quero tanto que as pessoas gostem deste lugar."

"Aposto que vão gostar. Quer dizer, até eu quero passar tempo aqui, e olha que já passei decanas reformando tudo." As duas riram. Sálvia tamborilou um dos dedos no balcão, pensativa. "Mas *você* gosta daqui? Você se sente bem?"

Coruja pôde sentir Sidra processar a questão seriamente. Seu corpo principal olhou em volta. Os animabôs fizeram o mesmo. Coruja tocou o nodo e pediu permissão para compartilhar o que Sidra via. Sidra a recebeu.

Sálvia. Tak. Azul. Prateleiras repletas de garrafas com dezenas de sabores diferentes. Cantos cheios de almofadas e mesas acolhedoras. Paredes sólidas. Janelas acesas. Um espaço para as pessoas onde um dia não será igual ao outro. Um lugar para a família, onde ninguém poderá interferir.

"Gosto", respondeu Sidra, os caminhos ecoando o mesmo. "Sim, eu gosto daqui."

A expressão de Sálvia mudou para uma que Coruja não tinha visto antes. "Estou orgulhosa de você."

Coruja mandou uma mensagem apressada pelo nodo. Sidra saiu de detrás do bar e foi para o lado de Sálvia. Com um olhar caloroso, ela deu um abraço apertado na mulher.

"Esse veio de mim", disse Coruja. "Também estou orgulhosa de você."

agradecimentos

Eu escrevi este livro ao longo de um ano de muitos desafios e nunca teria conseguido terminá-lo se não fossem as pessoas que me fizeram persistir. Sem ordem de importância, meus mais sinceros agradecimentos a: Anne Perry, minha editora incomparável, uma em um milhão; toda a equipe da Hodder & Stoughton por seu trabalho incansável; todos os meus colegas no meu antigo trabalho, por me apoiarem desde o início; todos os desconhecidos maravilhosos que me escreveram e-mails ou encontraram outras formas de me encorajar; todos os incríveis livreiros e blogueiros, já que sem eles ninguém poderia ler nada disto; meus amigos que sofrem comigo há muito tempo, em especial Greg, Susana e Zoe; minha mãe, meu pai e Matt, por seu amor por mim; e Berglaug, a melhor parte de cada dia.

BECKY CHAMBERS é uma revelação na literatura sci-fi. Filha de cientistas espaciais, sempre que precisa, checa informações com a mãe, especialista em astrobiologia, e com o pai, engenheiro espacial. Becky recorda com carinho da primeira vez em que assistiu a um episódio de *Star Trek: Next Generation*, aos três anos de idade. Geek com muito orgulho, adora jogar games no PC e RPGS de papel e caneta. Seus livros, *A Longa Viagem a um Pequeno Planeta Hostil* (DarkSide® Books, 2017) e *A Vida Compartilhada em uma Admirável Órbita Fechada*, foram indicados ao Hugo Award, Arthur C. Clarke Award, e o Bailey's Women's Prize for Fiction, entre outros grandes prêmios. O livro que você tem em mãos é ganhador do Prix Julia Verlanger de 2017. Saiba mais em **otherscribbles.com**.

*Meu cérebro é mais do que meramente
mortal, como o tempo revelará.*
— ADA LOVELACE —

DARKSIDEBOOKS.COM